DE PARTYCRASHER

D1725407

Eerder verschenen van Sophie Kinsella bij The House of Books:

Sophie Kinsella

De partycrasher

Vertaald uit het Engels door Mariëtte van Gelder

the house of books

Oorspronkelijke titel: *The Party Crasher*
Oorspronkelijk uitgegeven door: Bantam Press, een imprint van
Transworld Publishers, Londen 2021
© Madhen Media Ltd, 2021
© Vertaling uit het Engels: Mariëtte van Gelder, 2022
© Nederlandse uitgave: The House of Books, Amsterdam 2022
Omslagontwerp: Richard Ogle/TW
Omslagontwerp Nederlandse uitgave: bij Barbara, Amsterdam
Omslagbeeld: Lucy Davey en Shutterstock
Auteursfoto: © John Swannell
Typografie: Crius Group, Hulshout

ISBN 978 90 443 6446 0
ISBN 978 90 443 6447 7 (e-book)
NUR 302

www.thehouseofbooks.com
www.overamstel.com

OVERAMSTEL
uitgevers

The House of Books is een imprint van Overamstel uitgevers bv

MIX
Papier van
verantwoorde herkomst
FSC® C104608

Ter nagedachtenis aan Sharon Propson

1

Ik weet dat ik dit kan, ik wéét het gewoon. Wat ze ook zeggen. Het is gewoon een kwestie van doorzettingsvermogen.

'Effie, ik heb je al gezegd dat die engel niet blijft zitten,' zegt mijn grote zus Bean, die met een glas bisschopswijn in haar hand naar me toe loopt om te kijken. 'In geen miljoen jaar.'

'O, jawel.' Ik blijf gedecideerd touw om onze geliefde zilveren piek wikkelen, zonder me iets aan te trekken van de dennennaalden die in mijn hand prikken.

'Nee. Geef het toch gewoon op! Ze is te zwaar!'

'Ik geef het niet op!' repliceer ik. 'De zilveren engel staat altijd boven in de kerstboom.'

'Maar deze boom is maar half zo groot als de bomen die we anders altijd hebben,' merkt Bean op. 'Heb je dat niet gezien? Het is een spichtig boompje.'

Ik kijk even naar de kerstboom, die op zijn gebruikelijke plek in de nis in de hal staat. Natuurlijk heb ik wel gezien dat hij klein is. Meestal hebben we een reusachtige, indrukwekkende, weelderige boom, terwijl deze een beetje miezerig is, maar daar gaat het nu niet om.

'Dit moet lukken.' Ik leg zwierig de laatste knoop, laat los… en de hele tak bezwijkt. De engel komt ondersteboven te hangen, haar rok valt over haar hoofd en je kunt haar onderbroek zien. Verdikkeme.

'Nou, dat ziet er superfeestelijk uit,' zegt Bean, die proest van het lachen. 'Zullen we "Vrolijk kerstfeest" op haar slip schrijven?'

'Ook goed.' Ik maak de engel los en zet een stap achteruit. 'Ik spalk die tak wel met een latje of zo.'

'Zet toch gewoon iets anders boven in de boom!' Bean klinkt half geamuseerd, half vertwijfeld. 'Effie, waarom ben je toch altijd zo koppig?'

'Ik ben niet koppig, ik ben volhardend.'

'Geef ze van katoen, Effie!' valt pap me bij, die net met een bundel kerstverlichting in zijn armen langsloopt. 'Vecht voor de goede zaak! Geef niet op!'

Zijn ogen twinkelen en hij heeft blosjes op zijn wangen, en ik glimlach vol genegenheid terug. Pap snapt het. Hij is een van de meest vasthoudende mensen die ik ken. Hij is grootgebracht door een alleenstaande moeder, in een piepklein flatje in Layton-on-Sea, en hij heeft op een echte achterbuurtschool gezeten. Maar hij zette door, schopte het tot de universiteit en kwam toen bij een investeringsmaatschappij. En nu is hij hier: gepensioneerd, zonder zorgen, gelukkig, alles in orde. Dat bereik je niet door het bij het eerste obstakel op te geven.

Oké, zijn vasthoudendheid kan soms doorschieten naar on-redelijke halsstarrigheid. Zoals die keer toen hij aan een sponsor-loop van tien kilometer meedeed en weigerde op te geven, ook al hinkte hij en bleek later dat hij een kuitspier had gescheurd. Maar, zoals hij naderhand zei, hij had het geld bij elkaar gekregen, hij had de klus geklaard en hij zou het wel overleven. Tijdens onze jeugd riep pap 'Je overleeft het wel', wat soms opmonterend werkte, soms moed schonk en soms absoluut niet op prijs werd gesteld. (Soms wil je niet horen dat je het wel overleeft. Je wilt naar je bloedende knie kijken en blèren, en dan moet iemand meelevend zeggen: 'Stil maar, wat ben je toch dapper.')

Pap was duidelijk al aan de bisschopswijn begonnen voordat ik aankwam, maar waarom ook niet? Het loopt tegen de kerst én hij is jarig én het is optuigdag. Dat is traditie bij ons thuis, dat we de boom op paps verjaardag optuigen. Zelfs nu we allemaal volwassen zijn, komen we nog elk jaar naar Greenoaks, ons ouderlijk huis in Sussex.

Pap loopt door naar de keuken en ik ga dicht bij Bean staan en vraag zachtjes: 'Waarom heeft Mimi dit jaar zo'n klein boompje gekocht?'

'Weet niet,' zegt Bean na enig nadenken. 'Omdat het praktisch is, misschien? Ik bedoel, we zijn allemaal volwassen.'

'Zou kunnen,' zeg ik, maar ik vind het geen bevredigend antwoord. Mimi, onze stiefmoeder, is artistiek en creatief en zit vol gekke ideeën. Ze is altijd dol geweest op kerstversiering, hoe groter, hoe beter. Waarom zou ze opeens besluiten praktisch te zijn? Volgend jaar ga ik met haar mee om een boom te kopen, neem ik me voor. Ik zal haar er subtiel op wijzen dat we altijd een reusachtige boom hebben op Greenoaks en dat er geen reden is om een eind te maken aan die traditie, ook al is Bean drieëndertig, Gus eenendertig en ik zesentwintig.

'Eindelijk!' onderbreekt Bean mijn gedachten, turend naar haar telefoon.

'Hè?'

'Gus. Hij heeft de film net gestuurd. Over nipt gesproken.'

Ongeveer een maand geleden zei pap dat hij dit jaar geen cadeautjes wilde. Alsof we ons daar iets van zouden aantrekken. Maar eerlijk gezegd heeft hij inderdaad veel truien en manchetknopen en dergelijke, dus besloten we origineel te zijn. Bean en Gus hebben een videocompilatie gemaakt, die Gus nog moest afmonteren, en ik heb aan mijn eigen verrassingsproject gewerkt en kan niet wachten om het aan pap te laten zien.

'Gus zal het wel druk hebben gehad met Romilly,' zeg ik met een knipoog tegen Bean, die naar me grinnikt.

Onze broer Gus heeft sinds kort een waanzinnige vriendin,

Romilly. En we zijn niet verbaasd, absoluut niet, maar... nou ja. Het zit zo: het is Gus. Afwezig. Vaag. Hij is knap, op zijn eigen manier, heel innemend en ontzettend goed in zijn werk op het gebied van software, maar hij is niet bepaald wat je een alfamannetje zou noemen, terwijl zij een soort fantastisch powerhouse is met volmaakt haar en chique mouwloze jurken. (Ik heb haar gegoogeld.)

'Ik wil die video even snel zien,' zegt Bean. 'Ga mee naar boven.' Terwijl ze voor me uit de trap op loopt, vraagt ze: 'Heb jij je cadeau voor pap al ingepakt?'

'Nee, nog niet.'

'Ik heb namelijk extra inpakpapier meegebracht, mocht je het nodig hebben, en lint. O, en ik heb die mand voor tante Ginny besteld,' voegt ze eraan toe. 'Je hoort nog wel hoeveel ik van je krijg.'

'Bean, je bent geniaal,' zeg ik dankbaar. En het is waar. Ze denkt altijd vooruit. Ze regelt altijd alles.

'O, en nog iets.' We zijn op de overloop en Bean wroet in haar tas. 'Het was een aanbieding, drie voor de prijs van twee.'

Ze overhandigt me een vitamine D-spray en ik bijt op mijn onderlip om niet te lachen. Bean begint een obsessieve gezondheids- en veiligheidsbewaker te worden. Vorig jaar gaf ze me telkens levertraancapsules en daarvoor was het matchapoeder.

'Bean, je hoeft geen vitaminen voor me te kopen! Ik bedoel, dank je wel,' voeg ik er iets te laat aan toe.

We lopen haar kamer in en ik kijk vol genegenheid om me heen. Voor zover ik me kan herinneren is er nooit iets aan veranderd, en er staan nog dezelfde handbeschilderde meubeltjes die ze al sinds haar vijfde heeft: twee witte houten ledikanten, een ladekast, een kledingkast en een toilettafel, allemaal versierd met Pieter Konijn. Ze was altijd van plan ze te vervangen door iets coolers, maar ze kon het nooit over haar hart verkrijgen er afscheid van te nemen, dus is alles er nog. Ik associeer het zo sterk met haar dat ik Pieter Konijn niet kan zien zonder *Bean* te denken.

'Heb je eraan gedacht Dominic uit te nodigen voor vandaag?' vraagt Bean terwijl ze haar iPad opent, en ik begin te gloeien bij het horen van zijn naam.

'Nee, het is nog te vroeg om hem aan de ouders voor te stellen. We hebben nog maar een paar dates gehad.'

'Maar wel goede dates.'

'Ja, goede dates.' Ik glimlach blij.

'Uitstekend. Oké, daar gaan we...' Ze zet haar iPad op de toilettafel en we kijken samen naar de spannende openingstitel: *De enige echte... Tony Talbot!* Dan verschijnt er een foto van pap in het plaatselijke sufferdje van Layton-on-Sea van toen hij elf was en een rekenprijs had gewonnen. Dan komt er een afstudeerfoto, gevolgd door een trouwfoto van hem en Alison, onze biologische moeder.

Ik kijk naar haar knappe gezicht met de grote ogen en krijg weer dat rare afgesneden gevoel dat ik altijd krijg als ik foto's van haar zie. Ik zou een sterkere band willen voelen. Ik was pas acht maanden oud toen ze overleed, en toen ik drie was, trouwde pap met Mimi. Mimi is in mijn herinnering degene die voor me zong als ik ziek was, die taarten bakte in de keuken en die er was, altijd. Mimi is mijn moeder. Het is anders voor Bean en Gus, die nog vage herinneringen aan Alison hebben, terwijl ik alleen maar de familiegelijkenis heb, die in mijn geval wel heel sterk is, moet ik toegeven. We hebben allemaal haar brede gezicht, krachtige jukbeenderen en ver uit elkaar staande ogen. Ik zie er permanent verbaasd uit en Beans grote blauwe ogen staan altijd vragend. Gus daarentegen ziet er meestal afwezig uit, alsof hij er met zijn hoofd niet bij is (wat komt doordat het ook echt zo is).

Op het scherm begint een reeks oude amateurfilmpjes en ik leun naar voren. Daar is pap met Bean als baby... Een picknick met het hele gezin… Pap die een zandkasteel bouwt voor peuter Gus… Dan een filmpje dat ik vaker heb gezien: pap die naar de voordeur van Greenoaks loopt en die theatraal opent, op de dag dat het huis van ons werd. Hij heeft vaak gezegd dat het een van de belangrijkste momenten van zijn leven was, een huis als dit kopen. 'Een jongen uit Layton-on-Sea die het heeft gemaakt,' zoals hij zegt.

Want Greenoaks is niet zomaar een huis. Het is verbluffend. Het heeft karakter. Het heeft een torentje! Het heeft een glas-in-loodraam. Gasten noemen het vaak 'excentriek' of 'eclectisch' of ze roepen gewoon: 'Wauw!'

En oké, een paar kleinzielige, verdwaasde mensen zouden het 'lelijk' kunnen noemen, maar die zijn blind en hebben het mis. De eerste keer dat ik een mij onbekende vrouw in de dorpswinkel Greenoaks 'wanstaltig' hoorde noemen, was ik tot in het diepst van mijn wezen gekrenkt. Mijn elfjarige hart brandde van verontwaardiging. Ik was nog nooit eerder een architectuursnob tegengekomen; ik wist niet dat zoiets bestond. En ik hield hartstochtelijk van alles aan mijn huis, alles wat die onbekende, ongemanierde volwassene beschimpte. Van het zogenaamd 'lelijke metselwerk' (het ís niet lelijk) tot en met de berg. De berg is een tamelijk doelloze, steile heuvel in de tuin, opzij van het huis. Daar lachte de vrouw ook om, en ik wilde gillen: 'Nou, die berg is super voor kampvuren, dat je het maar weet!'

In plaats daarvan schreed ik met een wrokkige blik op mevrouw McAdam, van wie de winkel was, naar buiten. Het pleit voor haar dat ze lichtelijk ontdaan keek en riep: 'Effie, kind, wilde je iets kopen?' Maar ik kwam niet terug, en ik weet nog steeds niet wie die spottende onbekende was.

Sindsdien volg ik de reacties op Greenoaks met argusogen. Ik heb mensen naar adem snakkend achteruit zien stappen bij de aanblik, waarna ze wanhopig zochten naar iets aardigs om erover

te zeggen. Ik wil niet beweren dat het een persoonlijkheidstest is…
maar het is een persoonlijkheidstest. Iemand die niets positiefs
over Greenoaks kan bedenken, is een kleinzielige snob en wat mij
betreft afgeschreven.

'Effie, kijk, dat ben jij!' roept Bean uit als er een nieuw filmpje
begint, en ik zie mezelf als peuter over het gazon waggelen aan de
hand van een achtjarige Bean. Geeft niet, Effie,' zegt ze opgewekt
als ik omval. 'Probeer het nog maar eens!' Mimi zegt altijd dat
Bean me heeft leren lopen. En fietsen. En mijn haar vlechten.

We hebben het donkere jaar van Alisons dood gewoon overgeslagen, stel ik stilletjes vast. Deze compilatie gaat alleen over
de gelukkige tijden. Tja, waarom ook niet? Pap hoeft er niet aan
herinnerd te worden. Hij heeft het geluk gevonden bij Mimi en
sindsdien is hij een tevreden mens.

De zoemer gaat. Bean doet of ze het niet hoort, maar ik kijk
waakzaam op. Ik verwacht Mimi's kerstcadeau. Ik heb speciaal
geregeld dat het vandaag bezorgd zou worden, en ik wil niet dat
Mimi het per ongeluk openmaakt.

'Bean,' zeg ik terwijl ik de pauzetoets van de iPad indruk, 'loop
je met me mee naar de poort? Ik denk dat het Mimi's naaitafel
is, en ik wil hem stiekem naar binnen brengen, maar hij is nogal
groot.'

'Oké,' zegt Bean. Ze sluit de video af. 'Dus, wat vind je ervan?'

'Geweldig,' zeg ik vol vuur. 'Pap zal er weg van zijn.'

We haasten ons de trap af. Mimi, die groen door de spijlen
van de trapleuning aan het vlechten is, kijkt op en glimlacht naar
ons, maar haar gezicht staat een beetje gespannen. Misschien is
ze aan vakantie toe.

'Ik ga wel,' zeg ik gejaagd. 'Het zal wel een pakketje zijn.'

'Dank je wel, Effie, kind,' zegt Mimi met haar zachte, zangerige,
opbeurende Ierse accent. Ze draagt een Indiase handgestempelde
jurk en haar haar wordt naar achteren gehouden door een hand-

beschilderde houten klem. Terwijl ik kijk, legt ze behendig een strik in een roodfluwelen lint en alles blijft keurig zitten, uiteraard. Het zal eens niet.

Bean en ik knerpen over het grind naar de grote smeedijzeren poort. Er hangt al een winterse, schemerige somberte in de middaglucht. Op straat staat een witte bestelbus geparkeerd en een gast met een kaalgeschoren kop en een kartonnen doos wacht ons op.

'Dat kan die naaitafel niet zijn,' zeg ik. 'Te klein.'

'Pakje voor de oude pastorie,' zegt de jongen als we het voetgangershek openmaken. 'Ze zijn niet thuis. Willen jullie het aannemen?'

'Ja hoor,' zei Bean, die naar het pakje reikt, en net als ze een krabbel op zijn apparaatje wil zetten, pak ik haar hand om haar tegen te houden.

'Wacht. Nog niet tekenen. Ik heb een keer voor een pakje voor de buren getekend en toen bleek de glazen vaas die erin zat gebroken te zijn, en ze konden hun geld niet terugkrijgen omdat ik ervoor had getekend en toen gaven ze mij de schuld.' Ik hap even naar adem. 'We moeten het eerst controleren.'

'Hoeft niet,' zegt de jongen ongeduldig, en ik voel dat ik mijn stekels opzet.

'Dat weet je niet.' Ik scheur het deksel open en pak de bestelbon. '"Yogasculptuur,"' lees ik hardop. '"Inclusief montage."' Ik kijk op. Ik had dus toch gelijk. 'Zie je wel? Het hoefde wél! Je hoort het te monteren.'

'Ik ga echt niks monteren,' zegt de jongen, die op een misselijkmakende manier zijn neus ophaalt.

'Het moet,' zeg ik. 'Het staat hier. Inclusief montage.'

'Ja hoor, vast.'

'Monteren!' hou ik vol. 'We tekenen pas als je het hebt gemonteerd.'

De jongen neemt me even kwaad op, zonder iets te zeggen, wrijft over zijn geschoren kop en zegt dan: 'Wat een koppig stuk vreten ben jij. Heeft iemand je dat al eens verteld?'

'Ja,' zeg ik, en ik sla mijn armen over elkaar. 'Iedereen.'

'Het is waar.' Bean knikt en grinnikt. 'Doe het nou maar. Trouwens, wat is dat, een yogasculptuur?' vraagt ze aan mij, en ik haal mijn schouders op.

'Ik zal mijn gereedschap pakken,' zegt de jongen, die nu kwaad naar ons allebei kijkt. 'Maar dit is lulkoek.'

'Dat heet goed burgerschap,' wijs ik hem terecht.

Even later komt hij terug met zijn gereedschap en we kijken belangstellend toe hoe hij geërgerd zuchtend metalen onderdelen in elkaar begint te schroeven tot... Wat ís dat precies? Het is een soort weergave van een persoon... nee, twee personen, een man en een vrouw, en ze lijken in elkaar te schuiven... Wát doen ze daar?

Wacht even.

O mijn god. Mijn maag verkrampt en ik kijk naar Bean, die er als gehypnotiseerd bij staat. Betekent 'yogasculptuur' eigenlijk 'pornografische sekssculptuur'?

Okéééé. Ja, dat betekent het.

En eerlijk gezegd ben ik gechoqueerd! Andrew en Jane Martin dragen identieke bodywarmers. Ze stellen dahlia's tentoon op de zomerbraderie. Hoe kunnen ze dít besteld hebben?

'Moet zijn hand op haar tiet of op haar kont?' vraagt de jongen, naar ons opkijkend. 'Er zit geen handleiding bij.'

'Ik... weet het niet,' breng ik moeizaam uit.

'O mijn god.' Bean komt tot leven als de jongen het laatste, meest plastische lichaamsdeel van de man uit de doos haalt. 'Nee! Echt niet. Wil je even ophouden, alsjeblieft?' vraagt ze met schrille stem aan de jongen. Dan wendt ze zich tot mij en fluistert geagiteerd: 'Dit kunnen we niet naar de Martins brengen. Ik zou ze nooit meer aan kunnen kijken!'

'Ik ook niet!'

'We hebben dit niet gezien. Oké, Effie? We hebben dit níét gezien.'

'Mee eens,' zeg ik uit de grond van mijn hart. 'Eh, pardon?' Ik richt me weer tot de jongen. 'De plannen zijn iets gewijzigd. Zou je het allemaal weer uit elkaar kunnen halen en terug in de doos kunnen stoppen?'

'Dat méén je niet, verdomme,' zegt de jongen ongelovig.

'Het spijt me,' zeg ik ootmoedig. 'We wisten niet wat het was.'

'Dank je wel voor de moeite,' voegt Bean er snel aan toe. 'En vrolijk kerstfeest!' Ze diept een verfrommeld biljet van tien pond uit haar zak op, wat de bezorger iets gunstiger stemt.

'Teringzooi,' zegt hij terwijl hij de onderdelen snel weer uit elkaar schroeft. 'Wat willen ze nou?' Hij kijkt afkeurend naar de naakte vrouwenfiguur. 'Trouwens, als je 't mij vraagt, krijgt ze nog knieklachten als ze zo doorgaat. Je moet er wat kussens onder leggen om de gewrichten te sparen.'

Ik kijk naar Bean en wend snel mijn blik af.

'Goed idee,' pers ik eruit.

'Je kunt niet voorzichtig genoeg zijn,' vult Bean met een lach in haar stem aan.

Hij propt het laatste lichaamsdeel weer in de doos en Bean zet een krabbel op zijn elektronische schermpje. Als hij in zijn bestelbus stapt, kijken we elkaar weer aan.

'Knieklachten,' zegt Bean proestend.

'De Martins!' roep ik lichtelijk hysterisch uit. 'O god, Bean, hoe kunnen we ze ooit nog onder ogen komen?'

De bestelbus rijdt weg en we kunnen eindelijk de slappe lach krijgen.

'Ik plak die doos wel weer dicht,' zegt Bean. 'Ze komen er nooit achter dat we weten wat erin zit.'

Net als ze zich bukt om de doos te pakken, trekt iets mijn blik:

er nadert iemand over de dorpsweg. Iemand die ik uit duizenden zou herkennen, van het donkere haar tot aan de lichte, krachtige kin en de langbenige manier van lopen. Joe Murran. En die aanblik is genoeg om een eind aan mijn lachbui te maken. Op slag. Met terugwerkende kracht.

'Wat is er?' zegt Bean, die mijn gezicht ziet, en ze draait zich om. 'O. O.'

Hij komt nog dichterbij en mijn hart wordt samengeknepen. Als in de greep van een python. Ik krijg geen lucht. Krijg ik nog lucht? O, hou op, Effie. Stel je niet aan. Natuurlijk krijg ik nog lucht. Kom op. Ik kan mijn ex nog wel zien zonder ter plekke dood neer te vallen.

'Gaat het wel?' vraagt Bean zacht.

'Natuurlijk!' zeg ik snel.

'Oké.' Ze klinkt niet overtuigd. 'Nou, weet je wat? Ik breng die doos naar binnen, dan kunnen jullie even… bijpraten.'

Ze loopt naar de voordeur en ik zet een stap achteruit, zodat ik op het grind van de oprit kom te staan. Op mijn eigen terrein. Het voelt alsof ik aan de grond gehouden moet worden door thuis, door Greenoaks, door de liefde van de familie.

'O, hoi,' zegt Joe als hij bij me is. Zijn blik is ondoorgrondelijk. 'Hoe is het met je?'

'Goed.' Ik haal nonchalant mijn schouders op. 'Met jou?'

'Ook goed.'

Joe's blik flitst naar mijn hals en ik leg in een reflex een hand op mijn kralenketting, iets waar ik meteen spijt van heb. Ik had niet moeten reageren. Ik had moeten doen alsof ik niets had gezien. *Hè? Sorry? Droeg ik ooit iets om mijn nek met een soort betekenis voor ons samen? Neem me niet kwalijk, ik herinner het me niet zo goed meer.*

'Leuke ketting,' zegt hij.

'Ja, van Bean gekregen,' zeg ik achteloos. 'Best bijzonder, dus.

Je weet wel. Betekenisvol. Ik ben er gek op, toevallig. Ik draag hem altijd.'

'Van Bean gekregen' was waarschijnlijk wel genoeg geweest, maar ik heb mijn punt gemaakt. Dat zie ik wel aan de uitdrukking op Joe's gezicht.

'Alles goed op je werk?' vraagt hij geforceerd beleefd.

'Ja, dank je,' antwoord ik net zo beleefd. 'Ik ben overgeplaatst. Ik organiseer nu vooral handelsbeurzen.'

'Super.'

'En jij? Wil je nog steeds hartchirurg worden?'

Ik hou het opzettelijk vaag, alsof ik niet weet in welke fase van zijn medische carrière hij zit. Alsof ik niet ooit naast hem zat en hem tot twee uur 's nachts hielp studeren.

'Dat is wel het plan.' Hij knikt. 'Het vordert.'

'Mooi.'

We vallen stil. Joe heeft de gebruikelijke denkrimpel in zijn voorhoofd gekregen.

'Hoe zit het...' begint hij ten slotte. 'Ben je... met iemand samen?'

Zijn woorden zijn als zout op een geschaafde huid. Wat kan het hem schelen? Waarom zou hij dat willen weten? *Jij hebt het recht niet naar mijn liefdesleven te informeren, Joe Murran*, wil ik driftig antwoorden, maar dan zou ik me laten kennen. Bovendien heb ik iets om over op te scheppen.

'Ja, toevallig ben ik inderdaad met iemand samen,' zeg ik, en ik zet mijn dromerigste gezicht op. 'Hij is echt geweldig. Kan niet beter. Aantrekkelijk, succesvol, vriendelijk, betróúwbaar...' besluit ik met nadruk.

'Toch niet Humph?' zegt Joe wantrouwig, en ik voel ergernis opkomen. Waarom moet hij over Humph beginnen? Ik heb drie weken iets met Humphrey Pelham-Taylor gehad om wraak te nemen op Joe en ja, dat was kleinzielig en ja, ik heb er spijt van.

Maar denkt hij echt dat het ooit iets had kunnen worden tussen Humph en mij?

'Nee, niet Humph,' zeg ik overdreven geduldig. 'Hij heet Dominic. Hij is ingenieur. We kennen elkaar van internet en het gaat geweldig. We passen ontzettend goed bij elkaar. Ken je dat, als het gewoon klópt?'

'Fijn,' zegt Joe na een lange stilte. 'Dat is… Ik ben blij voor je.'

Hij ziet er niet blij uit. Hij ziet er zelfs eerder gekweld uit. Maar dat is niet mijn probleem, zeg ik streng tegen mezelf. En waarschijnlijk voelt hij zich helemaal niet gekweld. Ooit dacht ik dat ik Joe Murran kende, maar dat was duidelijk niet waar.

'Ben jíj met iemand?' vraag ik beleefd.

'Nee,' zegt Joe prompt. 'Ik ben… Nee.'

Er valt weer een stilte, waarin Joe zijn schouders kromt en zijn handen in zijn jaszakken duwt.

Dit gesprek loopt echt voor geen meter. Ik snuf de frisse winterlucht een paar keer op en word overspoeld door verdriet. Die verschrikkelijke avond, nu tweeënhalf jaar geleden, raakte ik niet alleen de liefde van mijn leven kwijt, maar ook de vriend die ik al had sinds we allebei vijf waren. Joe is hier opgegroeid; zijn moeder is nog steeds het hoofd van de dorpsschool. We waren speelkameraadjes. Als tieners kregen we verkering. We gingen samen naar de universiteit. We werden jongvolwassenen die plannen maakten voor een leven samen.

Maar nu zijn we… wat? Nauwelijks in staat elkaar recht aan te kijken.

'Nou,' zegt Joe uiteindelijk. 'Vrolijk kerstfeest.'

'Insgelijks. Vrolijk kerstfeest.'

Ik kijk hem na, draai me om, sjok over de oprit terug naar het huis en zie Bean bij de voordeur staan.

'Gaat het wel, Effie?' vraagt ze gespannen. 'Als je Joe ziet, word je altijd zo… stekelig.'

19

'Niets aan de hand,' zeg ik. 'Ga mee naar binnen.'

Ik heb Bean nooit over die avond verteld. Sommige dingen zijn zo pijnlijk dat je er niet over kunt praten. Ik probeer er zelfs niet eens aan te dénken.

Ik moet me op het hier en nu richten, zeg ik tegen mezelf. Alle fijne dingen. Het optuigen van de boom. Bijna Kerstmis. De hele familie samen op Greenoaks.

Ik voel me nu al lichter, en ik loop achter Bean aan naar binnen en trek de voordeur stevig achter me dicht tegen de kou. Ik kijk elk jaar uit naar deze dag, en die laat ik door niets of niemand bederven. Laat staan door Joe Murran.

Een uur later voel ik me nog vrolijker, wat iets te maken zou kunnen hebben met de twee glazen bisschopswijn die ik achterover heb geslagen. We hebben de kerstboom opgetuigd en zitten nu met zijn allen in de keuken om de rechtop gezette iPad naar de video te kijken die Bean en Gus voor pap hebben gemaakt. Ik zit lekker roezig opgekruld in de stokoude rotanstoel in de hoek en zie mezelf op vierjarige leeftijd in een door Mimi gemaakte gebloemde jurk met smokwerk. Het is een zomerse dag en ik zit op een kleed op het grasveld mijn matroesjkapoppetjes uit elkaar te halen, waarna ik ze stuk voor stuk aan pap laat zien.

Ik kijk nu weer naar pap om te zien of hij het leuk vindt en hij glimlacht en heft zijn glas bisschopswijn naar me, zo'n typisch charmant gebaar van pap. Mijn beste vriendin Temi vindt dat pap acteur had moeten worden, en ik snap hoe ze daarbij komt. Hij is knap en waardig en hij heeft een natuurlijke aantrekkingskracht.

'Ofilant, je was een aanbiddelijk kind,' zegt Bean vol genegenheid. Mijn hele familie noemt me 'Ofilant' als ze me geen Effie noemen; het was mijn brabbelwoordje voor 'olifant'. Niemand noemt me ooit bij mijn echte naam, Euphemia (goddank), maar er zegt ook niemand 'Beatrice' tegen Bean, of 'Augustus' tegen Gus.

'Ja, jammer van het uiteindelijke resultaat,' voegt Gus eraan toe.

Ik antwoord afwezig 'Ha, ha', zonder mijn blik van het scherm af te wenden. Ik ben in de ban van mijn puntgave matroesjka's, die net nieuw uit de doos komen. Ik heb ze nog steeds: vijf hand-beschilderde houten poppetjes die in elkaar passen, met stralende opgeschilderde ogen, rozige wangen en een serene glimlach. Ze zijn een beetje gehavend geraakt en er zitten viltstiftvlekken op, maar ze zijn mijn dierbaarste aandenken aan mijn kindertijd.

Andere kinderen hadden een knuffelbeer, maar ik had mijn poppetjes. Ik haalde ze uit elkaar, zette ze op een rij, liet ze met elkaar 'praten' en vertelde ze dingen. Soms stonden ze voor ons gezin: twee grote ouders en drie kleinere kinderen, met mezelf als het kleinste poppetje. Soms waren ze verschillende versies van mij, of ik gaf ze de namen van schoolvriendinnetjes en speelde de ruzietjes van die dag na, maar meestal waren ze een vorm van bezigheidstherapie. Ik zette ze in elkaar en haalde ze weer uit elkaar, bijna zonder ze te zien, en liet me kalmeren door het vertrouwde ritueel. Dat doe ik trouwens nog steeds. Ze staan nog altijd bij mijn bed en ik reik er nog steeds weleens naar als ik gestrest ben.

'Moet je die jurk zien,' zegt Bean nu, met haar blik op het scherm. 'Die wil ik ook!'

'Je kunt hem zelf maken,' zegt Mimi. 'Ik heb het patroon nog. Er was ook een versie voor volwassenen.'

'Echt?' Beans gezicht licht op. 'Zeker weten dat ik die jurk ga maken.'

Voor de zoveelste keer verbaas ik me erover hoe Bean Mimi's creativiteit heeft overgenomen. Ze houden allebei van naaien, breien en bakken. Ze kunnen een ruimte sprookjesachtig maken met een velours kussen hier en een schaal havermoutkoekjes daar.

Bean werkt thuis in de marketing en zelfs haar kantoor is prachtig, met overal hangplanten en kunstposters.

Ik koop kussens en havermoutkoekjes. Ik heb zelfs een hangplant geprobeerd, maar het zag er allemaal nooit hetzelfde uit. Ik heb die flair niet. Maar goed, ik heb andere vaardigheden. Dat denk ik tenminste. (Is een koppig stuk vreten zijn een vaardigheid? Daar schijn ik namelijk het beste in te zijn.)

Onze keuken is het schoolvoorbeeld van Mimi's creativiteit, denk ik terwijl ik vol genegenheid om me heen kijk. Het is niet zomaar een keuken, het is een instituut. Een kunstwerk. Elke kastdeur is voorzien van een bosgezicht waarop van alles te zien is, met viltstift getekend en door de jaren heen opgebouwd. Het begon allemaal met een muisje dat Mimi voor me tekende om me op te vrolijken toen ik een jaar of drie was en mijn knie had opengehaald. Ze tekende het muisje in de hoek van een kastdeur, gaf me een knipoog en zei: 'Niet aan papa vertellen.' Ik keek er verrukt naar, niet in staat te geloven dat ze iets zo fantastisch had getekend, en dan ook nog eens op een déúr.

Een paar weken later, toen Gus van streek was om het een of ander, tekende ze een komische kikker voor hem. In de jaren erna voegde ze de ene tekening na de andere toe en werden de deuren ingewikkelde bostaferelen. Bomen ter ere van verjaardagen; dieren met Kerstmis. Ze liet ons zelf ook bijdragen leveren. We tekenden ze met ingehouden adem, met het gevoel dat we heel gewichtig waren. Een vlinder… een worm… een wolk.

De deurtjes zijn nu zo goed als vol, maar Mimi propt er zo af en toe nog iets nieuws tussen. Onze keuken is beroemd in het dorp en als we vrienden op bezoek hebben, is die keuken het eerste wat ze willen zien.

'Níémand anders heeft zo'n keuken!' zei Temi ademloos toen ze hem voor het eerst zag, als kind van elf, en ik herinner me dat ik prompt terugkaatste, apetrots: 'Niemand anders heeft een Mimi.'

Op het scherm van de iPad is nu een montage te zien van pap op verschillende feesten door de jaren heen en ik kijk overspoeld door weemoed naar pap, verkleed als kerstman toen ik acht was... Pap en Mimi in avondkleding, dansend op Beans achttiende verjaardag... Al die gelukkige familiegelegenheden.

Lang zul je leven, Tony Talbot! luidt de afkondiging van de film, en we applaudisseren allemaal enthousiast.

'Nou ja! Kinders!' Pap, die zichtbaar ontroerd is, kijkt glimlachend om zich heen. Hij is sentimenteel van aard, en ik zie dat zijn ogen vochtig zijn. 'Ik heb er geen woorden voor. Wat een ongelooflijk cadeau. Bean, Gus, Effie... dank jullie wel.'

'Je hoeft mij niet te bedanken,' zeg ik snel. 'Dat was het werk van Bean en Gus. Ik heb... dit voor je gemaakt.'

Opeens verlegen geef ik hem mijn cadeau, verpakt in Beans papier. Ik kijk met ingehouden adem hoe hij het grote, platte boek uitpakt en de titel leest.

'Een jongen uit Layton-on-Sea.' Hij kijkt me vragend aan, slaat het boek open en bladert erin. 'O... mijn hemel.'

Het is een soort plakboek dat ik heb gemaakt over het Layton-on-Sea uit paps jeugd, met oude foto's, ansichtkaarten, plattegronden en krantenknipsels. Terwijl ik eraan werkte, werd ik erdoor gegrepen; ik zou nu waarschijnlijk een proefschrift over Layton-on-Sea kunnen schrijven.

'De speelhal!' roept pap uit terwijl hij bladert. 'De Rose & Crown! De St.-Christoffelschool... Dat roept herinneringen op...'

Dan kijkt hij eindelijk op, helemaal geëmotioneerd. 'Effie, lieverd van me, wat prachtig. Ik ben diep ontroerd.'

'Het is niet artistiek of zo,' zeg ik, want opeens besef ik dat ik alleen dingen heb ingeplakt, terwijl Bean er waarschijnlijk iets supercreatiefs mee zou hebben gedaan, maar Mimi legt een hand op mijn arm.

'Haal jezelf niet zo naar beneden, Effie, schat. Het is wél artistiek.

Dit is een kunstwerk. Het is historisch. Het is met liefde gemaakt.'

Zij heeft ook glanzende ogen, stel ik verbaasd vast. Ik ben paps sentimentaliteit wel gewend, maar Mimi is niet zo'n huiler. Vandaag zie ik echter beslist een zachte kant van haar. Ze pakt met bevende hand haar bisschopswijn en kijkt naar pap, die haar een veelzeggende blik toewerpt.

Oké, dit is raar. Er hangt iets in de lucht. Het valt me nu pas op. Maar wat is het?

Dan weet ik het opeens. Ze voeren iets in hun schild. Nú is het me allemaal duidelijk. Pap en Mimi zijn altijd van die ouders geweest die samen dingen bedisselen en dan met een voldongen feit komen, zonder eerst wat proefballonnetjes op te laten. Ze hebben een plan en ze gaan het ons vertellen en het maakt ze allebei een beetje emotioneel. Ooh, wat zou het zijn? Ze zullen toch geen kind gaan adopteren? Het idee komt uit het niets. Nee. Vast niet. Maar wat is het dan? Pap slaat het boek dicht, wisselt nog een blik met Mimi en richt zich dan tot ons.

'Dus. Jullie allemaal. We hebben eigenlijk...' Hij schraapt zijn keel. 'We hebben nieuws voor jullie.'

Ik wist het!

Ik neem een slokje bisschopswijn en wacht gespannen af. Gus legt zijn telefoon weg en kijkt op. Er valt een lange, rare stilte en ik kijk onzeker naar Mimi. Ze heeft haar handen zo strak in elkaar gevouwen dat haar knokkels er wit van zien, en voor het eerst voel ik me een beetje onbehaaglijk. Wat speelt hier?

Een nanoseconde later dient het meest voor de hand liggende, beangstigende antwoord zich aan.

'Ben je ziek?' flap ik er panisch uit. Ik zie al wachtkamers voor me, infusen en vriendelijke dokters met slechtnieuwsgezichten.

'Nee!' zegt pap meteen. 'Liever, toe, maak je geen zorgen, we maken het allebei goed. We zijn kerngezond. Het is... iets anders.'

Ik kijk perplex naar mijn broer en zus, die er allebei roerloos bij zitten. Beans gezicht staat gespannen en Gus kijkt met gefronst voorhoofd naar zijn knieën.

'Enfin.' Pap blaast hoorbaar uit. 'We moeten jullie vertellen dat... dat we een besluit hebben genomen.'

2

Anderhalf jaar later

Ik heb exact drie keer in mijn leven het gevoel gehad dat ik uit mijn lichaam was getreden.

De eerste keer was toen onze ouders ons vertelden dat ze gingen scheiden, pats, volkomen onverwacht en zonder goede reden, voor zover ik het begreep.

De tweede keer was toen pap meedeelde dat hij een nieuwe vriendin had, Krista, een verkoopmanager in sportkleding die hij in een café had ontmoet.

De derde keer is nu.

'Hoor je me wel?' klinkt Beans gespannen stem in mijn oor. 'Effie? Ze hebben Greenoaks verkocht.'

'Ja,' zeg ik met een rare kraakstem. 'Ik hoor je wel.'

Het voelt alsof ik hoog in de lucht zweef en op mezelf neerkijk. Daar sta ik, tegen de voorgevel van Great Grosvenor Place 4 in Mayfair geleund, in mijn serveerstersuniform, met mijn hoofd afgewend van de felle zon en mijn ogen dicht.

Verkocht. Verkócht. Greenoaks. Aan vreemden.

Het heeft een jaar te koop gestaan. Ik was bijna gaan geloven dat het altijd te koop zou blijven staan, veilig weggemoffeld op Rightmove. Niet wég.

'Effie? Ofilant? Gaat het wel?'

Beans stem dringt door in mijn gedachten en ik kom met een schok terug naar de werkelijkheid, weer in mijn eigen lichaam. Buiten op de stoep, waar ik niet zou moeten zijn. Salsa Verde

Catering moedigt het bedienend personeel niet aan telefoon-pauzes te nemen. Of plaspauzes. Of wat voor pauzes dan ook.

'Ja. Natuurlijk! Natuurlijk gaat het wel.' Ik recht mijn rug en adem uit. 'Ik bedoel, joh. Het is een huis. Het stelt niet zoveel voor.'

'Nou, toch wel. We zijn er opgegroeid. Het zou begrijpelijk zijn als je van streek was.'

Van streek? Wie zegt dat ik van streek ben?

'Bean, ik heb hier nu geen zin in,' zeg ik kortaf. 'Ik ben aan het werk. Het huis is verkocht. Het zal wel. Ze doen maar. Krista zal haar luxe villa in Portugal al wel hebben uitgezocht. Die zal wel een ingebouwde kluis hebben voor al haar bedeltjes. Sorry, hoe noemt ze ze ook alweer? Haar prullies.'

Ik voel Bean aan de andere kant van de lijn grimassen. We zijn het over veel dingen niet eens, van balconettebeha's tot custard, maar bovenal over Krista. Het probleem met Bean is dat ze zo áárdig is. Ze had diplomaat moeten worden. Zij zoekt naar het goede in Krista, terwijl ik Krista gewoon zie zoals ze is.

Een beeld van paps vriendin dringt zich op: blond haar, witte tanden, nepbruin, irritante teckel. Toen ik haar voor het eerst zag, was ik verbijsterd. Ze was zo jong. Zo… anders. Ik was al verbluft dát pap een vriendin had. En toen zagen we haar.

Ik probeerde haar leuk te vinden. Of in elk geval beleefd te blijven. Ik heb echt mijn best gedaan, maar het is onmogelijk. Dus… ben ik een beetje doorgeslagen naar de andere kant.

'Heb je ze vandaag gezien op Instagram?' Ik kan het niet na-laten om zout in de wond te strooien, en Bean zucht.

'Ik heb je al vaker gezegd dat ik er niet naar kijk.'

'O, maar dat zou je wel moeten doen!' zeg ik. 'Het is een fan-tastische foto van pap en Krista samen in een bubbelbad, met glazen champagne, hashtag *sexinyoursixties*. Leuk toch? Want ik vroeg me inderdáád af of pap seks had, natuurlijk, en nu weet ik het. Dus dat is goed. Dat dat bevestigd is. Hoewel, is Krista niet in de veertig? Hoort zij er niet bij? O, en hij heeft beslist weer aan het nepbruin gezeten.'

'Ik kijk er niet naar,' herhaalt Bean op die ingehouden, gedecideerde manier van haar. 'Maar ik heb Krista wel gesproken. Er schijnt een feest te komen.'

'Een feest?'

'Een uitwijdingsfeest. Een kans om afscheid te nemen van het huis, denk ik. Ze pakken het groots aan. Avondkleding, catering, de hele mikmak.'

'Avondkleding?' herhaal ik ongelovig. 'Wie heeft dat bedacht? Krista? Ik dacht dat ze al het geld aan een villa ging uitgeven, niet aan een protserig feest. Wanneer is het, trouwens?'

'Tja, dat is wel een ding,' zegt Bean. 'Het huis bleek al een tijd onder bod te zijn, maar pap had niemand iets verteld omdat het nog niet zeker was. Ze zijn dus al heel ver. De overdracht is volgende week woensdag en de zaterdag daarop is het feest.'

'Volgende week woensdag?' Ik voel me opeens leeg. 'Maar dat is… Dat is…'

Snel. Te snel.

Ik doe mijn ogen weer dicht en laat het nieuws op me inwerken, met horten en stoten en pijnscheuten. Ik moet wel terugdenken aan die dag toen onze wereld voorgoed anders werd. Toen we in de keuken bisschopswijn zaten te drinken, knus en tevreden, ons totaal niet bewust van de bom die op barsten stond.

Achteraf gezien waren er natuurlijk wel signalen. Mimi's gespannen handen. Paps vochtige ogen. Die omzichtige blikken die ze telkens wisselden. Zelfs de kleine kerstboom lijkt nu veelzeggend.

Maar het is niet zo dat je bij het zien van een kleine kerstboom automatisch denkt: wacht eens even… Kleine boom… Wedden dat mijn ouders gaan scheiden? Ik had geen idee. Iedereen zegt de hele tijd: 'Je moet toch een vermoeden hebben gehad?' Maar dat had ik eerlijk waar niet.

Nog steeds heb ik bij het wakker worden soms een paar momenten van zalige onwetendheid voordat ik het me, bam, weer herinner. Mimi en pap zijn gescheiden. Pap heeft een relatie met Krista. Mimi woont in een flat in Hammersmith. Het leven dat we kenden is voorbij.

Dan dringen alle andere rampzalige elementen van mijn bestaan zich natuurlijk aan me op. Niet alleen zijn mijn ouders uit elkaar, ons hele gezin is eigenlijk opgebroken. Ik ben verwikkeld in een eindeloze vete met Krista. Ik spreek pap nooit meer. Ik ben vier maanden geleden ontslagen. Ik heb mijn leven gewoon niet meer in de hand. Het is of ik in een waas leef. Soms voelt het bijna alsof er iemand dood is, maar we geen bloemen hebben gekocht.

En dan heb ik ook nog geen echt vriendje meer gehad sinds Dominic, die een man met twee gezichten bleek te zijn. (Als we een 'gezicht' rekenen voor elke meid met wie hij het stiekem deed, had hij trouwens vijf gezichten, en ik vind het ongelooflijk dat ik al zijn kerstkaarten voor hem heb geschreven omdat hij zei dat ik zo'n mooi handschrift had. Ik ben een goedgelovige stumper.)

'Ik weet dat het allemaal heel snel gaat,' zegt Bean verontschuldigend, alsof zij er iets aan kan doen. 'Ik weet niet wat ze met de inboedel doen, die zal wel in de opslag gaan tot ze iets anders hebben. Ik wil alles wat van mij is sowieso hebben. Pap en Krista gaan intussen iets huren. Maar goed, Krista zei dat ze later vandaag de uitnodigingen zou mailen, dus... ik wilde je even waarschuwen.'

Wat gaat het allemaal snel, denk ik met pijn in mijn hart. Echtscheiding. Vriendin. Het huis verkopen. En nu dat feest. Ik bedoel, een féést? Ik probeer me een feest op Greenoaks voor te stellen zonder Mimi als gastvrouw, maar het voelt gewoon niet goed.

'Ik denk niet dat ik erheen ga,' zeg ik voordat ik me kan bedwingen.

'Ga je niet?' Bean klinkt ontzet.

'Ik ben niet in een feeststemming.' Ik probeer nonchalant te klinken. 'En ik geloof dat ik die avond al iets heb. Dus. Veel plezier. Doe iedereen de groeten van me.'

'Effie!'

'Wat?' zeg ik, me van de domme houdend.

'Ik vind echt dat je moet gaan. Het is het allerlaatste feest op Greenoaks. We komen allemaal. Het is onze kans om afscheid te nemen van ons huis... om als gezin bij elkaar te zijn...'

'Het is ons huis niet meer,' zeg ik bot. 'Krista heeft het verpest met haar "smaakvolle" verf. En we zijn ook geen gezin meer.'

'O, jawel!' gaat Bean er geschokt tegenin. 'Natuurlijk zijn we nog wel een gezin! Zo mag je niet praten!'

'Oké, ook goed, wat jij wilt.' Ik kijk knorrig naar de stoep. Bean kan zeggen wat ze wil, maar ik heb gelijk. Ons gezin is aan gruzelementen. In scherven gevallen. En niemand zal ons ooit nog kunnen lijmen.

'Wanneer heb je pap voor het laatst gesproken?'

'Weet ik niet,' jok ik. 'Hij heeft het druk, ik heb het druk...'

'Maar je hebt wel een fatsoenlijk gesprek met hem gevoerd?' Bean klinkt bezorgd. 'Hebben jullie het weer bijgelegd sinds...'

Sinds die keer dat ik Krista heb uitgefoeterd en het huis uit ben gestormd, bedoelt ze. Alleen is ze te tactvol om het te zeggen.

'Natuurlijk.' Het is weer een leugentje, want ik wil niet dat Bean over pap en mij gaat stressen.

'Nou, ik krijg hem niet te pakken,' zegt ze. 'Krista neemt altijd op.'

'Hm.' Ik doe zo onverschillig mogelijk, want de enige manier waarop ik de hele situatie met pap kan hanteren, is door me ervan te distantiëren. Vooral tegenover Bean, die er een handje van heeft om me in mijn hart te raken, net als ik denk dat het me niets meer doet.

'Effie, kom naar het feest,' zegt Bean smekend in een poging me over te halen. 'Niet aan Krista denken. Denk aan óns.'

Mijn zus is ontzettend redelijk. Ze heeft oog voor het standpunt van anderen. Ze zegt dingen als 'anderzijds' en 'daar heb je een punt' en 'ik snap waarom je dat zegt'. Ik moet proberen ook zo redelijk te zijn, denk ik in een vlaag van zelfverwijt. Of ik zou in elk geval moeten proberen redelijk te klínken.

Ik doe mijn ogen dicht, haal diep adem en zeg: 'Ik snap waarom je dat zegt, Bean. Je hebt een punt. Ik zal erover nadenken.'

'Fijn,' zegt Bean opgelucht. 'Want anders is Greenoaks straks voorgoed weg en dan is het te laat.'

Greenoaks is straks voorgoed weg.

Oké, dat idee kan ik nu niet aan. Ik moet dit telefoongesprek afsluiten.

'Bean, ik moet gaan,' zeg ik. 'Want ik ben aan het werk. In mijn ontzettend belangrijke functie van tijdelijke serveerster. Ik spreek je nog. Doei.'

Ik glip de immense marmeren keuken weer in, waar het gonst van de bedrijvigheid. Een bloemist laadt bloemen uit, overal staan grote emmers met ijs en ik zie de gast die de 'huismanager' wordt genoemd opgaan in een gesprek over de tafelschikking met Damian, de eigenaar van Salsa Verde.

Zo'n grote, chique lunch verzorgen is een soort voorstelling geven, en terwijl ik naar de druk bezige koks kijk, fleur ik op. Ik moet gewoon werken, bezig blijven. Ja. Dat is de oplossing.

Het was een enorme schok toen ik mijn baan in de evenementenbranche kwijtraakte. (Het was níét omdat ik waardeloos was, en anders was ik niet de enige, want de hele afdeling werd opgeheven.) Maar ik doe mijn best om positief te blijven. Ik solliciteer elke dag minstens één keer en dankzij het bedieningswerk kan ik nog rondkomen. En je weet nooit hoe een koe een haas vangt.

Misschien wordt Salsa Verde mijn redding wel, denk ik, om me heen kijkend. Misschien kom ik langs deze omweg weer terug in de evenementenbusiness. Wie zal het zeggen?

Ik word uit mijn gepeins gewekt door de bloemist, een vriendelijk uitziende vrouw met grijs haar, die een getergde indruk maakt. Ze ziet me kijken en zegt prompt: 'Wil je iets voor me doen? Dit in de hal zetten?' Ze knikt naar een gigantisch boeket witte rozen op een metalen standaard. 'Ik móét mijn pioenen redden, maar dit hier staat in de weg.'

'Oké,' zeg ik, en ik pak de standaard.

'O, dat had je nou niet moeten doen!' zegt Elliot, een van de koks, als ik het gevaarte langs hem heen zeul, en ik grinnik naar hem. Hij is lang en gebruind, met blauwe ogen en een gespierd lijf. We hebben eerder wat gekletst, en intussen checkte ik heimelijk zijn biceps.

'Ik weet dat je van witte rozen houdt,' zeg ik met een flirterige glimlach.

Zou het overdreven zijn om een enkele bloem uit het stuk te plukken en die aan hem te geven?

Ja. Overdreven. En: diefstal.

'Hé, gaat het?' vervolgt hij iets zachter. 'Ik zag je buiten staan. Je maakte een gestreste indruk.'

Zijn gezicht is zo open, zo oprecht bezorgd, dat ik hem wel in vertrouwen moet nemen. Een beetje maar.

'O, het gaat wel, dank je. Ik heb net gehoord dat mijn ouderlijk huis is verkocht. Mijn ouders zijn anderhalf jaar geleden gescheiden,' leg ik uit als ik zijn vragende gezicht zie. 'Ik bedoel, ik ben eroverheen. Natuurlijk. Maar toch.'

'Ik snap het.' Hij knikt meelevend. 'Wat jammer.'

'Ja.' Ik knik terug, dankbaar voor zijn begrip. 'Precies! Het is echt jammer. Ik heb iets van: waarom? Want het kwam zo uit het niets. We hadden een gelukkig gezin, vat je? Mensen hadden iets van: wauw! Moet je die Talbots zien! Die zijn zo waanzinnig gelukkig! Wat is hun geheim? Tot mijn ouders opeens zeiden: "O, raad eens, kinderen, we gaan scheiden." Dát bleek hun geheim te zijn. En ik... Nou ja. Ik kan er nog steeds niet bij,' besluit ik zacht.

'Wauw. Dat is...' Elliot lijkt sprakeloos. 'Hoewel, fijn dat ze hebben gewacht tot jullie volwassen waren, hè?'

Dat zegt iedereen. En het heeft geen zin om ertegenin te gaan. Het heeft geen zin om te zeggen: *Maar begrijp je het dan niet? Nu kan ik niet meer op mijn jeugd terugkijken zonder me af te vragen of het niet allemaal een leugen was.*

'Ja!' Het lukt me op de een of andere manier opgewekt te klinken. 'Een geluk bij een ongeluk. Dus, zijn jouw ouders nog bij elkaar?'

'Ja, toevallig wel.'

'Fijn.' Ik glimlach bemoedigend. 'Dat is echt fijn. Hartverwarmend. Ik bedoel, het hoeft niet zo te blijven,' voeg ik eraan toe, want het is niet meer dan fatsoenlijk om hem te waarschuwen.

'Nee.' Elliot aarzelt. 'Ik bedoel, het lijkt een goed stel...'

'Zo líjkt het,' zeg ik, triomfantelijk naar hem wijzend, want hij slaat de spijker op zijn kop. 'Precies! Het líjkt een goed stel. Tot op een dag: boem! Dan gaan ze uit elkaar en je vader heeft een nieuwe vriendin die Krista heet. Maar goed, als het zover is, ben ik er voor je.' Ik geef alvast een opbeurend kneepje in zijn arm.

'Dank je,' zegt Elliot, die een beetje raar klinkt. 'Ik stel het op prijs.'

'Geen punt.' Ik glimlach nog eens naar hem, zo hartelijk als ik kan. 'Ik moet die bloemen in de hal zetten.'

Terwijl ik het bloemstuk de trap op zeul naar de entreehal, voel ik een soort gloed vanbinnen. Elliot is leuk! En hij zóú in me geïnteresseerd kunnen zijn. Ik zou kunnen vragen of hij iets met me wil drinken. Zo langs mijn neus weg, maar wel met duidelijke bedoelingen. Hoe zeggen ze dat ook alweer in contactadvertenties? *Voor gezelschap en meer.*

Hé, hoi Elliot, ik vroeg me af of je zin hebt om naar het café te gaan, voor gezelschap en meer?

Nee. Ieuw. Echt niet.

Hoe dan ook, als ik terugkom in de keuken, zie ik wel dat dit niet het moment is. Het is drukker dan ooit en tijdens mijn afwezigheid lijkt de stress nog iets te zijn opgevoerd. Damian heeft ruzie met de huismanager en Elliot probeert ertussen te komen terwijl hij slagroom op een chocoladedessert spuit. Ik bewonder zijn moed. Damian is intimiderend, ook als hij in een goede bui is, dus laat staan als hij kwaad is. (Ik heb me laten vertellen dat een kok zich ooit liever in een koelkast verstopte dan Damian onder ogen te komen, al kan dat gewoon niet waar zijn.)

'Hé, jij daar!' blaft een andere kok, die over een enorme pan erwtensoep gebogen staat. 'Roer eens even.' Hij geeft me zijn pollepel en gaat zich met de ruzie bemoeien.

Ik kijk nerveus naar de lichtgroene massa. Soep valt onder een hogere salarisschaal. Ik hoop maar dat ik het niet verkeerd doe. Hoewel, kun je soep bederven? Nee. Natuurlijk niet.

Terwijl ik roer en roer, piept mijn telefoon. Ik trek hem onhandig uit mijn zak terwijl ik met mijn andere hand blijf roeren. Het is een appje, en als ik de naam *Mimi* zie, kan ik haar troostende Ierse accent al horen. Ik maak het bericht open en lees het.

Schat, ik hoorde het net van het huis. Het moest er een keer van komen. Ik hoop dat het goed met je gaat. Je bent een gevoelige ziel, Ofilant, en ik denk aan je. Deze foto vond ik vandaag bij het opruimen. Herinner je je die dag nog? Tot gauw, liefs, Mimi xxx

Ik klik op de foto en word op slag overweldigd door een stortvloed aan herinneringen. Het is mijn zesde verjaardag, de dag waarop Mimi het hele huis in een circus veranderde. Ze zette een tent op in onze enorme woonkamer met gewelfd plafond, blies een miljoen ballonnen op en leerde zelfs jongleren.

Op de foto sta ik in mijn ballettutu op het oude hobbelpaard. Mijn haar zit in slordige staartjes en ik zie eruit als de gelukkigste zesjarige van de wereld. Pap en Mimi staan elk aan een kant van me, houden mijn handen vast en glimlachen naar elkaar. Twee liefdevolle ouders.

Ik slik iets weg, zoom in en kijk naar de jonge, levendige gezichten van mijn ouders, van het ene naar het andere, alsof ik een detective ben die aanwijzingen zoekt. Mimi lacht stralend naar pap. Zijn glimlach is net zo teder. En terwijl ik kijk, voelt het alsof een bankschroef mijn maag omklemt. Waar is het fout gegaan? Ze waren gelukkig, echt waar...

'Hé!' onderbreekt een stem mijn gedachten. Een luide, boze stem. Ik kijk met een ruk op en als ik Damian op me af zie benen, slaat de angst me om het hart.

Nee. Nééé. Niet goed. Ik laat mijn telefoon op het werkblad kletteren en roer snel en daadkrachtig in de soep. Ik hoop dat zijn 'Hé!' voor iemand anders bedoeld was, maar opeens staat hij vlak bij me en kijkt me recht aan.

'Jij daar. Hoe je ook heet. Wat is er met je gezicht? Heb je koorts?'

Ik breng verbaasd een hand naar mijn gezicht. Het is nat. Waarom is mijn gezicht nat?

'Wacht eens.' Hij komt nog dichterbij en kijkt vol weerzin naar me. 'Je húílt toch niet?'

'Nee!' Ik wrijf snel over mijn gezicht en zet een vrolijke glimlach op. 'God, nee! Natuurlijk niet!'

'Gelukkig maar,' zegt Damian met een onheilspellende beleefdheid. 'Want anders...'

'Ik huil niet!' zeg ik overdreven opgewekt, en op hetzelfde moment valt er een dikke druppel op het groene oppervlak van de soep. Mijn maag verkrampt van afgrijzen. Waar komt die druppel vandaan?

'Je huilt wél!' barst hij uit. 'Je laat verdomme tranen in die verdomde soep vallen!'

'Niet waar!' zeg ik radeloos, en op hetzelfde moment spat er weer een traan in de pan. 'Ik voel me goe-hoed!' Mijn stem slaat om in een snik en tot mijn afschuw valt er een nog grotere druppel in de soep.

O god, ik geloof niet dat die uit mijn oog kwam.

Ik kijk bevend op naar Damian, en zijn gezicht laat me sidderen. Uit de stilte om ons heen leid ik af dat iedereen in de keuken naar ons kijkt.

'Eruit!' roept hij. 'Weg! Ga je spullen pakken.'

'W-weg?' stamel ik.

'Tranen in de soep, godbetert.' Hij schudt vol weerzin zijn hoofd. 'Weg jij.'

Ik slik een paar keer, vraag me af of dit nog op te lossen is en stel vast van niet.

'Aan het werk!' brult Damian opeens naar de anderen, en iedereen gaat weer als een gek aan de slag.

Ik doe met een onwezenlijk gevoel mijn schort af en loop naar de deur. Iedereen ontwijkt mijn blik.

'Dag,' mompel ik. 'Tot ziens, allemaal.'

Als ik langs Elliot loop, wil ik blijven staan, maar ik ben nu te ontredderd om nonchalante avances te maken.

'Doei,' zeg ik tegen de vloer.

'Wacht even, Effie,' zegt hij met zijn diepe stem. 'Blijf staan.'

Hij wast en droogt zijn handen en komt naar me toe. Ik voel hoop opflakkeren. Misschien wil hij met me op date, en dan worden we verliefd, en dan wordt dit ons aandoenlijke verhaal over hoe we elkaar hebben leren kennen…

'Ja?' zeg ik als hij bij me is.

'Ik wilde je alleen nog iets vragen voordat je weggaat,' zegt hij zacht. 'Heb je iemand?'

O mijn god! Het gaat gebeuren!

'Nee,' zeg ik zo onverschillig mogelijk. 'Nee, ik heb niemand.'

'Nou, misschien zou je iemand moeten zoeken.' Hij neemt me medelijdend op. 'Want je bent echt nog niet over de scheiding van je ouders heen, als je 't mij vraagt.'

3

Ik ga naar huis, nog steeds beledigd. Ik ben wél over de scheiding van mijn ouders heen. Natuurlijk ben ik eroverheen. Je kunt toch over iets heen zijn, maar er wel over willen praten?

En ík huilde niet. Nu ik erover nadenk, weet ik het zeker. Mijn ogen traanden door die soep. Het was de soep.

Ik duw de deur van onze flat open, slof somber naar binnen en zie Temi met haar laptop op de vloer zitten. Haar vlechtjes hangen over haar schouders.

'Hoi,' zegt ze, en ze kijkt naar me op. 'Wat doe jij hier?'

'Ik was vroeg klaar,' zeg ik, want ik heb geen zin om erover te praten. (Het is trouwens niet zo erg als ik dacht. Het bureau reageerde vrij kalm toen ik vertelde dat Damian me zijn keuken uit had geschopt. Ze zeiden dat hij dat om de haverklap doet en dat ze me de eerste week niet meer naar hem toe zouden sturen. Vervolgens boekten ze me voor tien bedrijfslunches.)

'O, oké.' Temi gelooft me op mijn woord. 'Dus, ik kijk net op Rightmove. "Verkocht", staat er. Het ziet er fantastisch uit,' voegt ze eraan toe.

Ik had Temi het nieuws over Greenoaks geappt. Ze is nogal geobsedeerd door de vastgoedmarkt, dus ik wist dat ze het interessant zou vinden. Daar komt nog bij dat ze veel schoolvakanties bij ons thuis heeft doorgebracht en zich er dus bij betrokken voelt.

'"Bezoekers van dit victoriaanse huis in gotische stijl aan de rand van het pittoreske dorpje Nutworth in West Sussex zullen versteld staan van de voorname, imposante entree,"' leest ze voor. 'Ja! Klopt! Ik weet nog dat ik de eerste keer dat ik bij jullie logeerde dacht: o, jeetje, woont Effie hier?'

'"Boogramen met verticale stenen stijlen laten een zee van licht binnen." En tocht,' vult ze aan. 'Er zou moeten staan: "De ramen laten ook tochtvlagen door waar je van bevriest. En regenvlagen. Een regelmatig terugkerend genot van dit buitenkansje."'

Ik moet wel lachen (ik weet dat ze me wil opvrolijken) en ze knipoogt naar me. Temi en ik kregen op school een band door het dansen; we zaten allebei in de jazzballetgroep. Ik volgde alleen de lessen, maar Temi zat op het internaat, want haar ouders werkten allebei krankzinnig hard in het bankwezen. Ze kwamen uit Nigeria, maar toen Temi twee was, gingen ze eerst een paar jaar naar Frankrijk en toen naar Londen, waar ze gebleven zijn. Temi zit nu ook in het bankwezen. Als mensen vragen 'Is dat niet ontzettend zwaar?' glimlacht ze en zegt: 'Ja, dat vind ik er zo leuk aan.'

'Hoe was je werk?' zeg ik om van onderwerp te veranderen, maar ze leest door.

'"Op het terrein rondom het huis bevinden zich bijzondere tuinen die de onconventionele architectuur complementeren."'

'Met "bijzonder" bedoelen ze "raar",' zeg ik, en ik knijp mijn ogen tot spleetjes. 'En "onconventioneel" staat voor "lelijk".'

'Nee, niet waar! Effie, ik ben dol op Greenoaks, dat weet je, maar je moet toegeven dat het anders is. Uniek,' voegt ze er tactvol aan toe. '"Een ruime hal biedt toegang tot een grote, gelambriseerde salon met erkerzitje,"' leest ze verder, en we zijn er even stil van, want we woonden als scholieren in die erker. We trokken de stokoude, dikke gordijnen dicht zodat er een soort muf hol ontstond waarin we tijdschriften lazen en make-up uitprobeerden. Toen we ouder waren, dronken we daar miniflesjes wodka en praatten over jongens. Toen Temi's oma was overleden, brachten we er een middag in elkaars armen door, zonder iets te zeggen, in ons eigen wereldje.

Ik ga naast Temi op de vloer zitten en kijk toe terwijl zij door alle foto's scrolt en ze van een doorlopend geestig commentaar voorziet. Maar als ze bij de foto's van de effen glanzende keuken met de effen glanzende kastdeuren komt, stopt ze met scrollen en zwijgen we allebei. Hier kan zelfs Temi niets grappigs over zeggen. Wat Krista heeft gedaan was een vorm van moedwillig, zinloos vandalisme. Ze eigende zich Mimi's mooie, unieke bos toe en verwoestte het.

En dan vragen mensen zich nog af waarom ik een vete met haar heb.

Er gaat een timer af in de keuken en Temi hijst zich overeind.

'Ik moet in mijn stoofpot roeren,' zegt ze. 'Kopje thee? Daar ben je zo te zien wel aan toe.'

'Ja, lekker,' zeg ik dankbaar. 'Het was me het dagje wel.'

Het is niet alleen het nieuws dat Greenoaks is verkocht, of zelfs maar dat ik de keuken uit ben gegooid… Het is alles. Het loopt allemaal door elkaar heen in mijn hoofd.

Wat geen mens zal geloven, is dat ik heb geprobeerd Krista een kans te geven. Echt. Toen we kennis met haar gingen maken op Greenoaks, had ik me vast voorgenomen positief te zijn.

Oké, ja, ik vond het bizar om een vreemde, glamoureuze vrouw in een strakke spijkerbroek op hakken door Mimi's keuken te zien wiebelen. Te zien hoe ze met een gemanicuurde hand over paps rug streek. Te zien hoe ze als een tiener tegen hem aan kroop op de bank, hem 'Tone' noemde en met hem schaterde om een onderonsje dat duidelijk iets met seks te maken had. Maar ik was niet 'van meet af aan tegen haar', zoals iedereen schijnt te denken.

Bean zei naderhand dat we beter eerst op neutraal terrein hadden kunnen afspreken, en daar zal ze wel gelijk in hebben.

Het zou hoe dan ook moeilijk zijn geweest om een andere vrouw op Mimi's plek te zien. Meestal blijft de moeder na de scheiding in het huis wonen, maar zoals Mimi zei was het lang voordat zij op het toneel verscheen al paps huis. Mimi stond er dus op dat zij weg zou gaan, en nog geen vijf minuten later, of zo voelt het, trok Krista bij pap in.

En dat zou nooit makkelijk zijn geweest, maar ik zweer met mijn hand op mijn hart dat ik bereid was Krista te dulden en haar zelfs aardig te vinden. Pas de derde keer dat ik haar zag, begonnen de alarmbellen echt te rinkelen. En dat was de dag waarop het helemaal misging tussen pap en mij.

Onze relatie zat al een beetje in het slop. Nadat ze de scheiding hadden aangekondigd, kon ik een tijd niet echt met pap of Mimi praten, want ik wilde alleen maar 'Waarom?' jammeren, of 'Hoe kúnnen jullie?' of 'Jullie begaan een verschrikkelijke fout!' en Bean zei dat niemand daar iets aan had. (Ze wilde ook niet meedoen aan mijn kortstondige plannetje om pap en Mimi weer bij elkaar te krijgen door hun eerste date te laten herleven en ze er met een list naartoe te lokken.)

Het was dus zwaar. En we stonden allemaal te kijken van de manier waarop pap was veranderd. Hij had duidelijk zijn best gedaan zijn beste beentje voor te zetten bij Krista door nieuwe kleren te kopen (foute spijkerbroeken), zelfbruiner te gebruiken (hij ontkende het, maar het was onmiskenbaar) en continu dozen champagne te kopen. Krista en hij leken nooit iets anders te drinken dan champagne, terwijl dat vroeger altijd iets voor speciale gelegenheden was.

Ze bleven maar luxueuze minivakanties houden en foto's van zichzelf in badjas op paps nieuwe Instagram-account posten. En ze bleven maar praten over een villa in Portugal, waar pap zelfs nog nooit was geweest. Het was allemaal Krista's idee. Hij gaf haar zelfs een diamanten hanger voor hun 'viermaandige jubileum' en ze praatte er constant over, ze pronkte ermee en speelde ermee. *Zie je mijn glimmertje? Kijk eens hoe het licht op mijn glimmertje valt?*

Het was alsof er een totaal vernieuwde, andere pap was opgestaan, maar ik praatte tenminste nog met hem. Ik had nog het gevoel dat hij aan mijn kant stond. Tot die dag.

Ik was naar Greenoaks gegaan om te lunchen, alleen ik. Toen pap zat te telefoneren, drentelde ik de woonkamer in en zag Krista een foto van het bureau maken. Toen prevelde ze 'Bureau, zes laden, messing beslag' in haar telefoon, alsof ze dicteerde. Ik was zo verbijsterd dat ik even verstijfde, en toen ik weer kon bewegen, sloop ik weg.

Ik probeerde haar het voordeel van de twijfel te gunnen. Die hele lunch probeerde ik een onschuldige verklaring te bedenken voor wat ze deed, maar het lukte niet. Dus vroeg ik pap of ik hem op kantoor kon spreken over een 'familiekwestie' en toen gooide ik het er allemaal uit.

Het gesprek ging niet gewoon slecht, het ging verschrikkelijk. Ik kan me niet woordelijk herinneren wat hij zei, maar ik herinner me wel de boze, afwerende stem waarmee hij zei dat ik niet moest snuffelen, dat ik moest accepteren dat hij nu met Krista was, dat ik blij voor hem moest zijn in plaats van problemen te verzinnen en dat ik moest beloven er niets over tegen Gus en Bean te zeggen, want dan konden ze zich tegen Krista keren.

Ik herinner me dat ik hem met een gloeiend gezicht aangaapte. Ik was zo geschokt dat hij Krista's kant had gekozen, tegen mij, dat ik amper een antwoord kon hakkelen voordat ik me zo snel mogelijk uit de voeten maakte.

Ik heb Gus en Bean nooit over die dag verteld. Ik heb mijn belofte aan pap gehouden. Maar ik had niet beloofd geen vete met Krista te beginnen, toch?

Dus koos ik daarvoor.

Ik ging voor het eerst in de aanval op Krista's verjaardag. Pap had ons allemaal gesommeerd naar een gruwelijke lunch te komen om Krista's grote dag te 'vieren'. Ze werd 'eenenveertig jaar jong', zoals ze ons wel duizend keer vertelde.

Hadden wij zin om Krista's verjaardag te 'vieren'? Nee. Zijn wij wel echt familie van haar? Nee. Greep zij de gelegenheid gewoon aan om al het dure porselein tevoorschijn te halen, cateraars in te huren, champagnekurken te laten knallen en te pronken? Ja.

Maar Bean zei dat we ons best moesten doen en dat ik moest ophouden 'vieren' met sarcastische aanhalingstekens te zeggen, en als we echt probeerden blij te zijn voor Krista, konden we misschien beginnen een band met haar te krijgen.

Soms denk ik dat het niet meer goed komt met Bean.

Ik ging dus mee, en ik gaf Krista een mooi ingepakte ingelijste foto als cadeau. Het was een goudgetinte foto van haar. In een goudkleurige lijst. En er stonden twee tekstballonnen op. In de ene stond *Moet je mijn glimmer zien!!!* en in de andere *Katsjing!!!*

Oké, *Katsjing!!!* ging misschien iets te ver, maar ik kon de verleiding gewoon niet weerstaan.

Ik had me voorbereid op een pleidooi om het als een onschuldig, ludiek geschenk te zien, maar dat was niet eens nodig. Krista keek er een paar seconden naar, met een strak gezicht, zei 'Super!' en schoof de foto regelrecht haar tas in, voordat iemand anders hem kon zien.

En toen gooide ze haar drankje over me heen. De officiële lezing is dat ze per ongeluk haar drankje over me heen liet vallen, maar zij en ik weten allebei dat het geen ongelukje was. Ze kieperde haar kir royal over mijn nieuwe, crèmekleurige jurk en hing toen meteen de vermoorde onschuld uit door Bambi, haar teckel, te pakken en hem over zijn kop te aaien met de woorden: 'Wat deed mammie daar, Bambi? Die domme mammie heeft haar drankje over die arme Effie heen gemorst!'

Dat was dus de dag waarop we elkaar stilzwijgend de oorlog

verklaarden. En we hebben een tijdje vrij actief slag geleverd. Onze wapens waren voornamelijk passief-agressieve e-mails, dubieuze complimenten op Instagram en als genegenheid vermomde beledigingen.

Het was bijna leuk om haar op stang te jagen en dan af te wachten hoe ze zou terugslaan. Het was een soort spelletje. Ik ging nog naar familiebijeenkomsten, vol ingehouden woede, waar ik Krista met argusogen volgde, maar ze deed nooit iets waar ik echt bezwaar tegen kon aantekenen. Tot die ene avond, nu twee maanden geleden. We gingen met zijn drieën op Greenoaks eten (Gus reed ons erheen) en ik had gek genoeg best een goede bui. Tot pap op de drempel zei, zonder ons aan te kijken: 'O, trouwens, Krista heeft de keuken overgeschilderd. Geen paniek, ik heb eerst foto's gemaakt, als aandenken.'

Net zo makkelijk. Ik kan er nog steeds niet bij. Dát hij Krista dat heeft laten doen. Dat hij het ons zo achteloos vertelde. Dat hij niet begreep hoe kapot we er alle drie van zouden zijn.

Gus liep naar binnen en snakte naar adem toen hij de witge-schilderde kastdeurtjes zag. Bean kreeg een soort verfrommeld gezicht. Ikzelf was in shock. Ik herinner me dat ik daar stond met het gevoel dat mijn hele jeugd was uitgewist.

Het ergste was nog wel dat Krista tróts was op haar heilig-schennis. Ze bleef maar zeggen dat die kleur 'Wimborne White' heette en dat de keuken nu veel frisser oogde. Tegen die tijd was ik al zo overstuur dat ik amper kon praten, maar toen ik het woord 'frisser' hoorde, kon ik me niet bedwingen en snauwde: 'Weet je, de *Mona Lisa* zou er ook vast frisser uitzien als je die een lik verf gaf. Je zou het Louvre je diensten moeten aanbieden!'

Wat niet echt werd gewaardeerd.

Gus en Bean leken er na een paar minuten overheen te zijn. Ze vermanden zich. Ze namen een glas wijn en babbelden beleefd. Maar dat kon ik niet. Ik was te diep gekwetst. Het was te beladen.

Ik probeerde uit te leggen hoe erg ik het vond, en langzamerhand ging ik me steeds meer opwinden... tot ik opeens tegen Krista gilde: 'Weet je wat? Er is niet genoeg plaats in dit huis voor ons en jou, Krista, dus we gaan. Oké? We gaan weg. Voorgóéd.'

Toen werd het allemaal ontzettend gênant, want ik had verwacht dat Bean en Gus samen met mij het huis uit zouden stampen, maar dat deden ze niet. Ze bleven gewoon op de bank zitten. Ik beende de hal in, verhit, zwaar ademend en klaar om mijn broer en zus, die uiteraard solidair mijn kant zouden kiezen, een high five te geven... en merkte dat ik helemaal alleen was. Ik was zo verbouwereerd dat ik mijn hoofd om de hoek van de deur stak en vroeg: 'Komen jullie nog?'

'Effie...' zei Bean gekweld, maar zonder in beweging te komen, en Gus keek gewoon afwezig.

Ik moest dus nog een keer van het toneel verdwijnen en proberen mijn hoofd fier rechtop te houden, en ik durf te zweren dat ik Krista hoorde giechelen.

Ik was des duivels. Ik had bijna geweigerd die twee te vergeven. Bean zei achteraf dat ze zich verscheurd had gevoeld, maar dat ze het afschuwelijke gevoel had gekregen dat als we allemaal wegliepen, het gezin voor altijd kapot zou zijn, en dat zij probeerde een brug te slaan.

'Nee, je bént een brug, want je laat Krista gewoon over je heen lopen!' (Toen keek ze gekwetst en had ik spijt.)

Vervolgens nam ik Gus onder handen. Hij zei dat hij niet door had gehad dat hij weg moest lopen en dat ik hem de volgende keer een appje moest sturen.

Ik heb niets aan die twee.

En sinds die avond heb ik vrijwel geen contact meer met pap gehad. Ik ben ook niet meer op Greenoaks geweest. Ik heb geen aanvallen op Krista meer gepleegd, en zij ook niet op mij, maar dat stelt me niet gerust. Het is net een schemeroorlog. Ik ben continu op mijn hoede, want ik weet niet wat me te wachten staat.

Temi komt weer naast me zitten, reikt me een mok thee aan en kijkt nog eens naar de neutrale overgeschilderde keuken. Zij was ook dol op Mimi's creatie, en ze heeft zelfs een keer in de paasvakantie zelf een tekeningetje van een kuiken toegevoegd.

'Trut,' zegt ze bondig.

'Ja. O, raad eens, ze geeft een uitwijdingsfeest voor het huis,' voeg ik er mistroostig aan toe. 'Een groot pocherig feest zodat iedereen afscheid van Greenoaks kan nemen en zij rond kan paraderen en de bijenkoningin uit kan hangen.'

'Wat doe je aan?'

'Ik ga niet,' zeg ik bot. 'Het is Krísta's feest.'

'Nou en?' kaatst Temi terug. 'Negeer haar! Neem afscheid van het huis, praat met je vrienden en familie, neem een paar drankjes… Als ik jou was, zou ik iets fantástisch aantrekken en dat mens een poepje laten ruiken.' Temi krijgt een verre blik in haar ogen en ik zie dat ze nu al bedenkt wat ze bij NET-A-PORTER zou bestellen.

Mijn telefoon zoemt, ik open WhatsApp en zie dat ik een bericht van Bean heb.

Heb net mijn uitnodiging gekregen. Per e-mail, van Krista.
En jij?

Ik ga naar mijn e-mail en scrol naar beneden, maar er is geen nieuw bericht van Krista, dus antwoord ik:

Nee.

Even later stuurt ze nog een bericht.

Hij is vast onderweg. Ik stuur je de mijne. Het klinkt leuk!
Ik vind echt dat je moet komen.

'Het is Bean,' zeg ik tegen Temi, die naar me zat te kijken. 'Ze vindt dat ik moet gaan.'

'Gelijk heeft ze,' zegt Temi resoluut. 'Je moet alles drinken wat er te drinken is, alles eten wat er te eten is en er voor jezelf het leukste feest ooit van maken.'

Op dat moment krijg ik Beans mailtje binnen. Ik klik tegen wil en dank nieuwsgierig de bijlage aan. Het is een chique e-invitatie met een virtuele envelop en een kaart met voorname krullerige belettering.

'Wat pretentieus,' zeg ik meteen. 'Het lijkt wel een koninklijke bruiloft.'

'"Mw. Krista Coleman en dhr. Antony Talbot nodigen u van harte uit op een uitwijdingsfeest op Greenoaks. Champagne en cocktails van 18.30-21.00 uur,"' leest Temi over mijn schouder mee. 'Champagne én cocktails. Zie je nou? Het wordt waanzinnig!'

'Er is nog een bijlage,' zeg ik, en ik klik die ook aan. '"Familiediner, 21.00 uur tot laat."'

'Twee feesten!' roept Temi uit. 'Nog beter!'

'"Familiediner," dat klinkt afschrikwekkend.' Ik trek een grimas. 'Moet ik daarvoor blijven?'

'Het familiediner is voor de A-lijst!' gaat Temi ertegenin. 'Dat is het vipgebeuren. Ze zal minstens vijf gangen opdienen.'

Temi heeft gelijk. Het wordt een gigantische opschepperige blufschranspartij en nu wil ik er stiekem bij zijn.

'Ze zal wel kreeft serveren,' zeg ik met een blik op de voorname krulletters. 'Nee, gebraden zwaan.'

'Gebraden zwaan, maar dan ín een gefrituurde struisvogel.'

'Met een glimmertje om zijn nek.'

We giechelen nu allebei, en als ik een telefoontje van Bean op mijn scherm zie oplichten, glimlach ik nog steeds.

'Hoi.'

'Nou, heb je het gezien?' vraagt ze op die gretig-angstige toon van haar. 'Ga je erheen?'

'Kweenie,' zeg ik. 'Misschien. Het klinkt best groot. Het borrel-gedeelte, in elk geval.'

'O ja, Krista pakt het supergroot aan. Ze nodigt hopen mensen uit. Mensen uit het dorp, vrienden van haar, vrienden van pap...' Bean zwijgt even en voegt er dan omzichtig aan toe: 'Ze heeft de Murrans ook gevraagd, maar ik weet niet of ze allemaal komen.'

Ik weet niet of Joe komt, bedoelt ze. Ik doe mijn ogen even dicht. Joepie. Joe Murran. Die kan er ook nog wel bij.

'Tja, ik zal erover nadenken.'

'O, kom toch!' Beans enthousiasme druipt over de lijn. 'Zonder jou is het niet hetzelfde, Effie. Trouwens, je wilt het huis toch zien? En uitzoeken wat je wilt hebben? De inpakkers komen maandag en ze gaan al mijn spullen bij mij afleveren, dus dat zou jij ook kunnen laten doen. Ik krijg al mijn oude boeken terug. En mijn oude slaapkamerameublement.'

'Je Pieter Konijn-meubels?' zeg ik met een verbaasd lachje. 'Waar wil je ze laten?' Beans slaapkamer is al ingericht, met een fatsoenlijk extra breed grotemensenbed.

'Ik heb de logeerkamer uitgeruimd,' zegt Bean triomfantelijk. 'Mijn gasten mogen Pieter Konijn hebben, en mensen die erom lachen, hoeven niet te komen logeren.'

'Daar lacht niemand om,' zeg ik hartelijk. 'En ik kom beslist een keer in je Pieter Konijn-kamer slapen.'

Het blijft even stil, tot ik onwillig vraag: 'Dus... wat doe je aan?'

'Je komt dus!' jubelt Bean.

'Misschien,' geef ik toe.

Misschien ben ik niet zo koppig als ik denk. Misschien wil ik toch het glas wel heffen op Greenoaks. Misschien kan ik het bijleggen met pap.

Anders gesteld: als ik niet ga, zal ik het dan ooit nog bijleggen met pap?

Ik klik mijn e-mail aan om te zien of er al iets van Krista is, maar nee.

'Weet je, ik ben eigenlijk niet uitgenodigd voor dat feest,' merk ik op, en Bean lacht weer.

'Je kent Krista toch. Ze is zo'n digibeet, ze verstuurt de uitnodigingen waarschijnlijk een voor een. O, Ofilant, ik ben zo blij dat je komt.'

'Misschíén.'

'Oké, misschíén. Maar toch. Laat het me weten als je je uitnodiging hebt.'

Ze verbreekt de verbinding en ik vernieuw mijn e-mail. Nog steeds niets van Krista. Je zou denken dat ze alle familie-uitnodigingen tegelijk zou versturen, maar misschien houdt ze de mijne achter. Trouwens, wat zeg ik daar? Natuurlijk houdt ze de mijne achter. Ze wil een punt maken. Nou, mij best. Ze maakt haar punt maar. Het boeit me niet.

Alleen blijkt het me wel te boeien, want een uur later heb ik mijn e-mail een keer of honderd ververst. Waar blijft die stomme uitnodiging? Ze weet wel hoe ze me op de kast moet krijgen. Denkt ze dat Bean en ik elkaar niet spreken? Beseft ze niet dat ik haar spelletje doorzie?

'Je moet gewoon een beetje geduld hebben,' adviseert Temi, die met haar haar in een douchemuts op de bank zit en een indringende geur van kokoshaarmasker verspreidt. 'En intussen kun je je haar doen.' Ze gebaart naar haar hoofd. 'Ik heb er hier nog een van. Het is fantastisch spul.'

Maar ik ben te opgefokt om een haarmasker op te brengen; ik kan geen seconde meer wachten. Ik trek mijn laptop naar me toe, open mijn e-mail en klik Nieuwe e-mail aan.

'Wat doe je?' vraagt Temi, die wantrouwig haar ogen tot spleetjes knijpt.

'Krista uit haar tent lokken,' antwoord ik kernachtig. 'Ze kan niet eeuwig spelletjes met me blijven spelen.'

Ik stel met snelle, vastberaden vingers een bericht op.

Ha Krista,
Wat leuk, die laatste post van jou op Instagram!!! Hoe is het met je glimmertje? Goed, hoop ik. Ik vroeg me af of jullie zaterdagavond thuis zijn? Ik wilde wat spullen komen halen, maar als jullie er niet zijn, kom ik wel een andere keer.
Effie

Ik klik Verzenden aan en wacht op haar antwoord. Krista heeft haar telefoon altijd bij zich, in een met stras bezet geval aan haar ceintuur, dus ik weet dat ze de mail meteen kan zien. En inderdaad, ik krijg binnen een paar minuten antwoord.

Ha Effie!
Dat is lang geleden! We waren je bestaan bijna vergeten, je vader en ik hebben het tegenwoordig zelfs over 'de twee kinderen'. Grapje!!!!
We zijn er zaterdagavond wel, maar we hebben een feestje. Je bent van harte welkom! Je had tegen me gezegd dat je nooit meer een voet over de drempel wilde zetten en dat je me nooit meer wilde zien, dus ik dacht niet dat je een uitnodiging op prijs zou stellen, maar als je wilt, vinden wij het natuurlijk superleuk om je te zien. Avondkleding, aanvang 18.30 uur.
Krista

Ik lees het bericht twee keer door en laat het met stijgende ontzetting op me inwerken.

Ze wachtte niet gewoon met mijn uitnodiging, ze wilde me helemaal niet uitnodigen. In mijn eigen ouderlijk huis. Op mijn eigen familiefeest, waarvoor de hele rest van de wereld wel is uitgenodigd. Ik stond niet op de lijst.

Dit is Krista's bom, na al die weken. Ze moet hebben gewacht en gewacht om hem te laten barsten, en ik kan haar triomfantelijke roze lipglossgrijns gewoon voor me zien.

Mijn gezicht gloeit. Mijn hoofd tolt. Het was niet eens in me opgekomen dat ze mij niet zouden vragen, dat ze me deze laatste kans om afscheid te nemen van ons ouderlijk huis zouden ontnemen.

'En, heb je je uitnodiging al?' vraagt Temi, en ik kijk op en probeer vrolijk te doen.

'Overgeslagen,' pers ik eruit, en ik zie de ontsteltenis op haar gezicht.

'Ben je niet uitgenodigd? Dat meen je niet!' Ze grist de laptop uit mijn handen en tuurt naar het scherm. 'Wacht even. Je bent wél uitgenodigd.'

'Maar dat is niet echt een uitnodiging, toch? Ik stond niet op de lijst. Ik "mag" van Krista naar het feest komen. Dat is iets anders. Die hele mail is zelfs een soort anti-uitnodiging.'

'Dit kan niet waar zijn,' hijgt Temi. 'Het is jouw huis!'

'Niet meer.'

'Wacht, maar... je vader.' Haar ogen worden groot. 'Is hij het hiermee eens? Dat kan niet!'

'Ik weet het niet,' zeg ik, en ik probeer mijn lippen in een glimlach te dwingen. 'Ik denk het wel. Je weet dat we elkaar niet meer spreken. Dus. Hij zal dit ook wel willen.'

Ik val stil. Het voelt alsof er ergens een deur is dichtgeslagen. Ik wist niet eens dat hij open was, maar nu is hij beslist dicht.

'Dit is schandalig!' barst Temi los. 'Hoelang heb je in dat huis gewoond? En hoelang is Krista al in beeld? En wat je vader aangaat…' Ze breekt perplex haar zin af en we zwijgen allebei even.

'Tja, nou ja,' zeg ik ten slotte beverig. 'Geef terug.' Ik pak met houterige handen mijn laptop terug en klik Beantwoorden aan.

'Wat doe je?' vraagt Temi.

'Ik ga Krista's charmante anti-uitnodiging afslaan.'

'Nee.' Ze schudt haar hoofd. 'Nog niet. Slaap er een nachtje over.'

Ik heb dat 'erover slapen'-gedoe nooit begrepen. Hoezo, een ellendige, doorwaakte nacht over je probleem liggen tobben, domweg om te doen wat je daarvoor ook al van plan was, maar nu met twaalf uur vertraging? Hoe kan dat een goed idee zijn?

'Ik hoef er niet over na te denken,' zeg ik, en ik begin te typen, snel.

Lieve Krista,
Wat een hartelijke, uitnodigende e-mail!!!
Ik had het geluk een glimp op te vangen van de uitnodiging die je aan Bean hebt gestuurd, die er iets anders uitzag. Wat ingenieus van je om iedereen een andere uitnodiging te sturen. Superpersoonlijk!
Helaas moet ik je gastvrije aanbod afslaan. Het schiet me net te binnen dat ik die avond al iets heb, al weet ik nog niet precies wat.
Je zult je er wel erg op verheugen ons huis aan het hele dorp te showen!!! Ik hoop dat het allemaal naar wens gaat en nogmaals bedankt dat je me die e-mail hebt gestuurd.
Beste wensen,
Effie

Ik klik Verzenden aan voordat ik me kan bedenken, of zelfs voordat ik ook maar iets kan denken, want mijn hoofd voelt vreemd leeg, en dan kom ik overeind.

'Waar ga je heen?' vraagt Temi. 'Effie, gaat het wel?'

'Prima,' zeg ik. 'Ik ga naar Mimi.'

4

Ons gezin is kapot, dat is gewoon een feit.

Terwijl ik met grote passen naar Mimi's flat loop, razen de gedachten door mijn hoofd. Bean kan de VN-vredesmacht uithangen zoveel ze wil, maar kíjk dan. We waren het hechtste gezin van de wereld, met gezamenlijke lunches, picknicks en bioscoopbezoekjes... maar nu komen we nooit meer bij elkaar. Ik heb pap in geen weken gezien. Gus laat niets van zich horen. Zelfs Bean is stilletjes. En nu dit.

Ik denk verdrietig terug aan hoe mijn breuk met pap begon. Want het was niet mijn schuld, echt niet. De dag nadat ik Greenoaks uit was gestormd, belde ik hem op. Ik kreeg hem niet aan de lijn, maar ik sprak iets in. Ik stelde voor om samen te gaan lunchen of zo.

Toen wachtte ik. Een dag. Twee dagen. Drie. Ik bedacht wat ik allemaal wilde zeggen als we het gingen uitpraten. Ik schreef zelfs een soort script voor mezelf. Ik zou mijn excuses aanbieden omdat ik zo heftig had gereageerd. En omdat ik tegen Krista tekeer was gegaan. Maar vervolgens zou ik uitleggen dat wij drieën geen mooie 'frisse' keuken zagen, maar een keuken waaruit onze kindertijd was gewist. Ik zou uitleggen dat ik me continu onbehaaglijk voel in Krista's gezelschap. Ik zou uitleggen dat het allemaal moeilijker is dan hij misschien beseft...

Maar we gingen het niet uitpraten. Op de vierde dag stuurde pap me een e-mail, die ik met bonzend hart opende... maar ik was nog nooit zó door een bericht op mijn ziel getrapt. Hij schreef dat mijn post nog steeds op Greenoaks werd bezorgd en dat ik misschien moest zorgen dat die werd doorgestuurd.

Post? Póst?

Niets over die avond. Niets over Krista. Niets over iets echt belangrijks.

Mijn gekwetstheid werd naar een totaal nieuw niveau opgestuwd. Ik overwoog even helemaal niet te reageren, maar toen besloot ik een kort, waardig antwoord te sturen: *Sorry dat je last hebt van mijn post, mijn excuses, ik zal onmiddellijk de doorzendservice aanvragen.* En op die toon communiceren we sindsdien. Kort. Zakelijk. Formeel. We hadden weer even contact toen pap me meedeelde dat er een ver familielid was overleden, iemand van wie ik nog nooit had gehoord. Ik betuigde mijn deelneming alsof ik het tegen het koninklijk huis had. Toen, een week later, zei hij dat hij bij het opruimen wat oude schoolrapporten van me had gevonden die hij me wilde sturen, en ik antwoordde dat hij zich de moeite kon besparen. Dat was het. Onze enige communicatie. In twee maanden.

Het is alsof paps hele persoonlijkheid is veranderd, samen met zijn kleding en zijn nepbruin. Hij geeft niets meer om de dingen die vroeger belangrijk voor hem waren. En ik mis mijn oude pap zo ontzettend dat het pijn doet. Ik mis het om zijn raad te vragen als er dingen misgaan in de flat. Ik mis het om hem grapjes over het nieuws te appen. Hem foto's van wijnkaarten in restaurants te sturen met de vraag *Wat zullen we bestellen?* en te wachten op zijn antwoord *De op één na goedkoopste, natuurlijk*, voordat hij een echt advies stuurt.

Ik heb de artikelen en tv-programma's over uit elkaar gevallen gezinnen nooit begrepen. Ik vroeg me altijd af: hoe kán zoiets? Maar nu ben ik zelf lid van zo'n gezin. En telkens wanneer ik mezelf toesta eraan te denken, word ik overmand door een soort duizelig afgrijzen.

Ik kan het niet opbrengen om Bean te vertellen hoe erg het is.

Het is gewoon te verschrikkelijk. Bovendien is ze zo teerhartig dat ze helemaal gestrest zou raken en waarschijnlijk zou denken dat het op de een of andere manier háár schuld was. Ik kan in feite maar één iemand bedenken die misschien zou kunnen helpen. Mimi was degene die geduldig al onze huilerige ruzies oploste toen we nog klein waren, die goed en kwaad ontwarde en ondraaglijk onrecht rechtzette. Als er iemand in staat is te luisteren, te adviseren en tactvol te bemiddelen, is zij het wel.

Maar zij is natuurlijk ook net die ene van wie ik dat met geen mogelijkheid kan vragen.

Ik tref Mimi in de tuin, waar ze haar ene rozenstruik snoeit. Ze ziet er gebruind uit na haar recente reisje naar Frankrijk. Mimi reist veel de laatste tijd: ze doet stedentrips en museumtrips en ze heeft een wijnrondreis van een volle maand door Zuid-Afrika gemaakt.

'Schat! Ik had je niet gehoord!' Haar gezicht licht op als ze me ziet en ze komt naar me toe om me te omhelzen. Ik had me vast voorgenomen om eerst wat te babbelen voordat ik over het echte probleem begon, maar ik merk dat ik het niet kan.

'Er komt dus een feest,' zeg ik.

'Ja, ik heb het gehoord,' zegt Mimi neutraal, en ze gaat verder met snoeien.

'Maar ik ga niet, dan weet je dat maar,' zeg ik een beetje uitdagend.

Misschien kunnen Mimi en ik zaterdagavond samen iets gaan doen, valt me opeens in. Misschien kan ik haar mee uit eten nemen. Ja. We houden ons eigen feestje.

'Ga je niet?' Ze klinkt oprecht verbaasd en ik probeer te bedenken hoe ik het kan uitleggen zonder er te diep op in te gaan.

'Geen zin. Trouwens, het doet er niet toe,' zeg ik snel. 'Hoe is het met jóú?' Dit is het gebabbel waar ik mee had moeten beginnen. 'Je ziet er goed uit. En wat is de tuin mooi!'

'Dank je, snoes. We komen er wel. Ik overweeg een pruimenboom te planten.'

'Pruimenkruimeltaart!'

'Precies.'

We bakten altijd samen pruimenkruimeltaarten, Mimi en ik. Dat was ons ding. We plukten de pruimen, waarbij we de wespen ontweken, we sneden ze in stukken en kibbelden over de hoeveelheid nootmuskaat die we moesten raspen, en dan kwam Gus de keuken in drentelen, begon te stralen en zei: 'Betekent dit dat we custard krijgen?'

Mimi plukt nog een paar dode rozen uit de struik en zegt dan, alsof ze dezelfde gedachten had als ik: 'Heb je Gus de laatste tijd nog gesproken? Hij lijkt het erg druk te hebben.'

'Al een eeuwigheid niet meer,' zeg ik, blij dat we het over iemand anders kunnen hebben. 'Hij is niet zo goed in het beantwoorden van berichten, maar de laatste keer dat we elkaar spraken, maakte hij een gestreste indruk.'

'Hm,' zegt Mimi vrijblijvend. Dan voegt ze er luchtig aan toe, alsof ze op iets anders overschakelt: 'Gaat Romilly ook naar het feest?'

Ha. Dit is haar geheimtaal. Mimi zou nooit iets lelijks over Romilly zeggen, want zo is ze niet, maar het is duidelijk dat ze net zo over Romilly denkt als Bean en ik: Gus is gestrest door zijn vriendin, die een nachtmerrie is.

We snappen allemaal waarom Gus voor Romilly is gevallen. Ze is heel aantrekkelijk en dynamisch en ze heeft twee aanbiddelijke dochtertjes, Molly en Gracie. Op het eerste gezicht lijkt ze een droomvrouw, maar als je nog eens goed kijkt, zie je de nachtmerrie: een controlfreak die geobsedeerd is door het onderwijs van haar dochters en Gus schaamteloos gebruikt als chauffeur/kok/wiskundeleraar. (Allemaal mijn mening.)

Ik denk dat Gus het nu ook ziet. Hij weet dat Romilly niet

bij hem past, hij weet dat hij niet gelukkig is, hij is er alleen nog niet aan toegekomen er iets aan te doen. Ik heb het gevoel dat 'bij Romilly weggaan' waarschijnlijk op een lijstje staat dat op zijn bureau slingert, maar dat hij er een kop koffie bovenop heeft gezet.

'Ik heb er niets over gehoord,' zeg ik, 'maar ze zal vast wel komen.'

'Hm-hm. En Bean?' vervolgt Mimi zacht. 'Heeft zij… iemand?'

Mijn hart trekt samen. Want je zou Gus' liefdesleven misschien suboptimaal kunnen noemen, maar dat van Bean…

Als ik eraan denk, doet het nog steeds letterlijk pijn, ook al zijn we een jaar verder. Het is zo'n verdrietig, simpel verhaal. Hal, op wie we allemaal dol waren, vroeg Bean ten huwelijk. Hij deed zijn aanzoek zoals het hoort, in het park, en we waren allemaal wild enthousiast… Bean was zo blij… Tot hij zich bedacht, drie dagen later, en er een punt achter zette. Niet alleen achter de verloving, maar achter de hele relatie. Afgelopen.

Ze stonden op het punt een ring te gaan uitzoeken. Bean was op weg naar de juwelier waar ze hadden afgesproken. O god. Het was afschuwelijk. Afschúwelijk. Eerst had ik de gelukkigste zus van de wereld en toen opeens de verdrietigste. Die mooie, lieve, gevoelige, vrijgevige Bean. Het deugde gewoon niet. Zulke dingen zouden haar niet mogen overkomen.

En ja, ik weet dat Hal er ook niets aan kon doen. Hij heeft heel open en eerlijk aan Bean verteld dat hij te hard van stapel was gelopen en toen tot het inzicht kwam dat hij er nog niet klaar voor was, en het speet hem verschrikkelijk en hij nam het zichzelf kwalijk. Hij zal wel geen keus hebben gehad, maar…

God, wat is de liefde ellendig. Liefde is hopeloos.

'Ik denk het niet,' zeg ik met mijn blik op een verdord blad. 'Ze heeft er niets over gezegd.'

'Hmm-hmm,' zegt Mimi weer op die tactvolle manier van haar. 'En jij, snoes? Heb jij… interesse in iemand?'

'Nee,' zeg ik botter dan de bedoeling was. 'Niemand.'

'Ik hoorde dat de Murrans ook naar het feest gaan,' zegt Mimi luchtig terwijl ze een roos afknipt.

'Ja,' zeg ik nog botter. 'Dat heb ik ook gehoord.'

'Joe is een hele beroemdheid geworden, hè?' Ze lijkt het grappig te vinden. 'Al zegt zijn moeder dat hij het vreselijk vindt. We hebben pas koffiegedronken. Hij is van Twitter af, zei ze. Naar het schijnt werd hij overladen met berichten nadat hij op tv was geweest. Overladen! Het fragment staat nog op internet, weet je.'

'Vast wel,' zeg ik na een korte stilte.

'Heb je het gezien?'

'Nee,' zeg ik, met mijn blik op de lucht gericht. 'Ik dacht het niet.'

Wat gelogen is, maar ik ga niet zeggen: *Natuurlijk heb ik het gezien, alle vrouwen in Groot-Brittannië hebben het gezien en de ene helft heeft Joe een huwelijksaanzoek gedaan en de andere helft heeft hem haar slipje gestuurd.*

Mimi heeft kennelijk door dat ik niet over Joe wil praten, want ze klapt haar snoeischaar dicht, legt een hand op mijn arm en glimlacht.

'Kom op. Tijd voor een kop thee.'

Als ik de keuken binnenkom, blijf ik stokstijf staan en kijk naar het kastje voor me. In de hoek van de deur zit een viltstifttekeningetje. Een boom en een vogel. Simpel en briljant.

'Je hebt getekend!' roep ik uit.

'Ja.' Mimi glimlacht. 'Een beetje. Vind je het mooi?'

Ik ben even sprakeloos.

'Ja,' breng ik ten slotte uit. 'Ik vind het prachtig.'

'Het is een nieuw begin,' zegt Mimi, die lachrimpeltjes rond haar ogen krijgt. 'Schat, wil je blijven eten?'

'Ja, graag.' Ik haal diep adem. 'En hoor eens, Mimi, heb je zin om zaterdag uit te gaan? Alleen wij tweetjes? Naar een restaurant of zo?'

'En het feest dan?' zegt Mimi, die de waterkoker aanzet.

Ik voel frustratie opkomen. Heeft ze dan niet geluisterd?

'Ik ga niet naar het feest. Ik ben liever bij jou!'

Mimi slaakt een ingehouden zucht en draait zich naar me om.

'Effie, snoes, ik heb zaterdag al iets. Ik heb…' Ze aarzelt. 'Ik heb een date.'

Een paar afgrijselijke seconden lang voel ik me draaierig. Een date? Mijn moeder? Een dáte?

'Aha,' zeg ik met verstikte stem. 'Dat is… Je weet wel. Super!'

Opeens zie ik allemaal ongewenste beelden voor me. Mimi die champagne drinkt in een restaurant met een flikflooiend zilvervostype met een sjaaltje om die zegt dat hij 'gezelschap en meer' zoekt.

Ieuw. Nee. Niet doen. Ik kan dit allemaal niet behappen.

'En ik vind dat jij naar het feest moet gaan,' vervolgt Mimi onverstoorbaar. Ze legt vriendelijk een hand op mijn arm. 'Schat, zit hier meer achter dan je me vertelt?'

Ik denk even na over mijn antwoord.

'Het is gewoon moeilijk,' zeg ik uiteindelijk. 'Je weet wel. Met Krista. En pap. En alles.'

Bij het woord 'Krista' zie ik Mimi een heel klein beetje in elkaar krimpen. Ze praat nooit over Krista, maar toen ze voor het eerst een foto van haar zag, viel het me op dat ze even grimaste.

'Natuurlijk is het moeilijk,' zegt ze. 'Maar je houdt toch van Greenoaks? Dit is je kans om er afscheid van te nemen. En er moeten dingen zijn die je mee wilt nemen…'

'Nee hoor,' spreek ik haar bijna triomfantelijk tegen. 'Ik heb mijn slaapkamer uitgeruimd, weet je nog?'

Ik had mijn kamer waarschijnlijk jaren geleden moeten uitruimen, maar Bean en ik (en Gus trouwens ook) zijn nooit echt 'het huis uit gegaan'. Vóór de scheiding gingen we elk weekend terug naar huis, dus leek het logisch om wat spullen op Greenoaks te hebben. Bean heeft er zelfs weer een tijd gelogeerd toen ze haar eigen huis opknapte, en ze heeft er nog zoveel spullen dat het lijkt alsof ze er nog steeds woont.

Maar ik niet. Niet meer. Een maand geleden heb ik in een soort opstandig gebaar een bedrijf ingehuurd om alles behalve de meubels in mijn slaapkamer in dozen te pakken en op te slaan.

'Meubels?' dringt Mimi aan. 'Boeken?'

'Nee. Ik hoef niets. Trouwens, alles gaat in de opslag. Het is niet bepaald dringend.'

Het water kookt, maar we komen geen van beiden in beweging.

'Toch vind ik dat je naar dat feest moet gaan,' zegt Mimi ernstig. 'Dat vind ik echt, Effie.'

'Nou, ik heb al afgezegd,' zeg ik op luchtige, bijna spottende toon. 'Dus jammer dan. Ik kan er niet meer heen.'

We praten niet meer over het feest. Mimi kookt voor me en we kijken tv, en tegen de tijd dat we elkaar een afscheidsknuffel geven, voel ik me waarachtig vrolijk.

Thuis zwelg ik een tijdje in een warm bad en dan maak ik aanstalten om naar bed te gaan. Pas als ik mijn telefoon voor het laatst check, komen Beans appjes binnen.

Mimi zegt dat je hebt AFGEZEGD?

Ofilant, besef je wel dat dit onze laatste kans is om Greenoaks te zien???

Geef antwoord. Ik weet dat je er bent.

Oké, mij best, je wilt niet praten. Nou, ik zal je zeggen wat ik ervan vind. Ik vind dat je Krista moet mailen om

te zeggen dat je toch naar het feest komt. Je hoeft niets
tegen haar te zeggen. Je kunt haar de hele avond negeren.
Blijf bij Gus en mij.

Ik wil het wel voor je doen, als je wilt. Ik doe het graag.

Zal ik proberen met pap te praten?

Zeg iets!!!

Ik beantwoord geen van haar berichtjes, maar zet mijn telefoon
uit, kruip in bed, duik onder mijn dekbed en knijp mijn ogen
dicht. Het boeit me niet wat Bean zegt. Of Mimi. Ik word met
de minuut zekerder van mijn zaak.

Ik hoef niet naar een aanstellerig, zinloos feest en ik hoef
Greenoaks niet voor het laatst te zien. Er is daar absoluut niets
wat ik nodig heb of begeer of waar ik ook maar enige belangstelling voor heb. Níéts.

Ik begin al in slaap te soezen en neem doezelig mijn punten
nog eens door. Wat zou ik uit Greenoaks kunnen meenemen? Nou
dan. Er is niets! In gedachten dwaal ik door de kamers beneden,
alsof ik ze afvink. Hal… woonkamer… eetkamer… werkkamer…
de trap op naar boven… de gang door…

En dan schiet ik overeind, met bonzend hart, en sla een hand
voor mijn mond.

O god. O mijn god. Mijn matroesjka's.

5

Ik moet mijn matroesjka's hebben. Het is geen kwestie van 'willen', maar van 'moeten'. Als ik mijn ogen dichtdoe, zie ik ze levendig voor me, en ik kan hun zwakke, houtige, knusse geur ruiken. Eentje met een barst in haar hoofd van toen Gus haar midden in een ruzie naar me toe smeet. Eentje met een blauwe viltstiftstreep over haar gebloemde schort. Eentje met een watervlek van toen ik haar hoofd als kopje wilde gebruiken. Allemaal dierbaar, allemaal gekoesterd. Bij het idee dat ik ze nooit meer zou aanraken, dat ik ze nooit meer in mijn handen zou voelen en hun vertrouwde gezichtjes nooit meer zou zien, keert mijn maag zich bijna om van paniek.

Maar ze zijn nu nog op Greenoaks, verstopt in een schoorsteen in de rommelkamer, waar ik ze een halfjaar geleden in heb gepropt.

Het ironische is dat ik ze veilig wilde bewaren. Véílig. Er was ingebroken hier in de flat. Gelukkig waren de poppen ongedeerd (we waren alleen wat contant geld kwijt), maar ik flipte. Ik besloot dat mijn kostelijke poppetjes veilig opgeborgen op Greenoaks beter af zouden zijn dan hier in Hackney.

Alleen wilde ik niet dat Krista ze in haar klauwen zou kunnen krijgen. Ze was al in de uitruim- en 'opfris'-fase. Ze had mijn poppetjes makkelijk kunnen 'opfrissen' in de vuilnisbak. Dus stopte ik ze weg, op een plek waar ik alleen van wist.

Ik nam me voor ze ooit een keer weer mee te nemen, maar ik

had geen haast. Ik dacht dat het altijd nog kon. Ik voorzag niet dat ik niet meer naar Greenoaks zou gaan. Of dat het huis zo plotseling verkocht zou worden. Of dat ik 'anti-uitgenodigd' zou worden voor het laatste familiegebeuren daar.

Ik neem aan dat alles in het huis wordt opgeslagen, maar de inpakkers zullen nooit in een schoorsteen kijken. De poppetjes zullen achterblijven. De nieuwe mensen zullen het huis opknappen, want dat doen mensen. Ik zie al een potige aannemer voor me die zijn hand in de schoorsteen steekt en ze eruit trekt: *Wat krijgen we nou? Een stelletje poppen. Kieper maar in de container, Bert.*

Bij die gedachte lopen de rillingen over mijn rug. Ik heb niet meer fatsoenlijk geslapen sinds die nacht toen ik recht overeind in bed schoot, nu vijf dagen geleden. Ik moet ze halen.

Daarom ga ik vanavond tóch naar het feest, alleen niet als gast. Ik heb het helemaal uitgestippeld. Ik ga naar binnen als iedereen wordt afgeleid door de feestelijkheden, sluip naar de rommelkamer, pak mijn poppetjes en ga weer weg. Erin, eruit, foetsie. Het zal tien minuten kosten, maximaal, en het enige waar ik om moet denken is: 1. geen mens mag me zien, en 2. Krista mag me onder géén beding zien.

'Piepen mijn sneakers?' vraag ik terwijl ik ermee op ons sjofele groene keukenzeil spring alsof ik een cardioles volg. 'Hoor je iets?'

Temi kijkt op van haar telefoon en laat haar blik niet-begrijpend naar mijn voeten glijden.

'Je sneakers?'

'Ik mag geen geluid maken. Ik mag niet verraden worden door een piepende sneaker. Het is heel belangrijk,' voeg ik eraan toe als er geen reactie komt. 'Je zou me kunnen helpen, weet je.'

'Oké, Effie, relax.' Temi steekt haar hand op. 'Je bent opgefokt. Even voor de duidelijkheid. Je gaat inbreken op het feest van je eigen vader. Een feest waar je trouwens ook voor bent uitgenodigd.'

'Dat was een anti-uitnodiging,' spreek ik haar tegen. 'Zoals je heel goed weet.'

Ik rek een hamstring, want ik heb zo'n vaag vermoeden dat ik al mijn lichamelijke kracht nodig zal hebben om dit tot een goed einde te brengen. Ik kom niet bepaald naar binnen tokkelen, maar... nou ja. Misschien moet ik door een raam klimmen.

Ik ben helemaal in het zwart. Niet chic feestzwart, maar *Mission Impossible*-zwart, zoals het een inbreker betaamt. Zwarte legging en top, zwarte sneakers en zwarte leren handschoenen zonder vingers. Een zwarte muts, ook al is het juni. Ik voel me een beetje hyper, een beetje nerveus en een beetje alsof ik de nieuwe James Bond zou kunnen worden als ik dit er goed vanaf breng.

Temi kijkt naar me en bijt op haar onderlip.

'Effie, je kunt ook gewoon naar het feest gaan, hoor.'

'Ja, maar dan moet ik "naar het feest gaan",' breng ik ertegen in, en ik trek een vies gezicht. 'Ik zou Krista om een uitnodiging moeten vragen... en naar haar moeten glimlachen... Het zou afgrijselijk zijn.'

'Kun je Bean niet vragen of ze de poppetjes voor je meeneemt?'

'Jawel, maar ik wil haar niet om een gunst vragen.' Ik wend mijn blik af, want het onderwerp Bean ligt een beetje gevoelig.

Bean vindt nog steeds dat ik naar het feest moet. We hebben er zelfs een soort ruzie over gehad. (Het valt niet mee om ruzie te maken met Bean, want ze blijft maar terugkrabbelen en excuses maken, ook al komt ze met briljante argumenten, maar we kwamen in de buurt.) Als ik me tegenover haar laat ontvallen dat ik vanavond in de buurt van Greenoaks kom, zal ze weer proberen me over te halen naar het feest te komen. Dan bezorgt ze me een schuldgevoel. En ik wil me niet schuldig voelen. Ik wil mijn poppetjes pakken en wegwezen.

'Neem in elk geval een jurk mee,' zegt Temi terwijl ze me bekijkt. 'Misschien bedenk je je en wil je toch meefeesten. Stel dat je er bent en het eten en drinken zien er echt geweldig uit en je denkt: verdomme, waarom ben ik niet gewoon naar het feest gegaan?'

'Dat gebeurt niet.'

'Stel dat je iemand ziet met wie je wilt praten?'

'Ook niet.'

'Stel dat je wordt betrapt?'

'Hou op!' zeg ik verontwaardigd. 'Wat doe je negatief! Ik word niet betrapt. Ik ken Greenoaks als mijn broekzak. Ik ken alle geheime routes, alle zolders, de luiken, de verstopplekken...'

Ik zie mezelf de rommelkamer al binnenglippen, een mysterieuze gestalte in silhouet. Ik pak in een enkele, vloeiende beweging de poppetjes, klauter langs een regenpijp naar beneden en maak een koprol op het gras voordat ik me rennend door het duister in veiligheid breng.

'Zoek je een handlanger?' vraagt Temi, en ik schud mijn hoofd.

'Bedankt voor het aanbod, maar ik kan beter alleen gaan.'

'Nou, als je me nodig hebt, ben ik er voor je. Ik zal je positie bepalen aan de hand van je telefoon. Een helikopter regelen voor je ontsnapping.'

'Je hoort nog van me.' Ik grinnik naar haar.

'Stel dat je Joe ziet?' Temi's woorden overvallen me, en ik aarzel. Want ik heb er zelf ook aan gedacht. Natuurlijk heb ik eraan gedacht. Eindeloos.

'Dat gebeurt niet,' zeg ik. 'Niets aan de hand.'

'Hm,' zegt Temi sceptisch. 'Wanneer heb je hem voor het laatst gezien?'

'Een paar kerstvakanties geleden. Hij liep langs ons huis. We maakten een praatje. Niets bijzonders.'

Voordat Temi nog iets kan vragen, loop ik de keuken uit, laat me in de woonkamer op de bank zakken en doe alsof ik mijn telefoon check, maar nu moet ik weer aan Joe denken. En aan die avond, vier jaar geleden, toen ik uit Amerika terugkwam en alles implodeerde.

Het maakte ons altijd onzeker dat we al sinds de middelbare school met elkaar gingen. We vroegen ons allebei af: heeft iedereen niet toch gelijk? Zijn we niet echt te jong? Dus toen ik op mijn werk de kans kreeg om aan een uitwisselingsprogramma met San Francisco mee te doen, leek dat de ideale gelegenheid voor een proefbreuk. We zouden elkaar een halfjaar niet zien en amper berichtjes uitwisselen. We zouden de vrijheid hebben om met anderen te daten, van het leven zonder elkaar te proeven. En als ik weer terug was...

We spraken het niet uit, maar we wisten het allebei: we zouden elkaar trouw blijven.

De avond voor mijn vertrek gingen we uit eten in een chic restaurant dat we eigenlijk niet konden betalen, en daar haalde Joe een heel klein pakje in cadeaupapier tevoorschijn dat me nerveus maakte omdat ik wist dat hij het niet breed had.

'Ik weet dat je zegt dat je niet van de "grote diamanten" bent,' begon hij, en ik schrok en dacht: o god, heeft hij een hypotheek genomen om zo'n stomme diamant te betalen?

'Dat ben ik ook niet,' zei ik snel. 'Eerlijk niet. En weet je, je kunt altijd je geld terugkrijgen.' Ik knikte naar het pakje. 'Als je het terug wilt brengen, vind ik het niet erg. We kunnen gewoon doen alsof dit niet is gebeurd.'

Joe schoot in de lach. Ik had natuurlijk kunnen weten dat hij wel wijzer was.

'Dus heb ik het anders aangepakt,' vervolgde hij met lachrimpeltjes rond zijn ogen. 'En ik kan je met trots zeggen dat in dit pakje...' Hij overhandigde het me zwierig. '... de kleinste diamant van de wereld zit. Gegarandeerd.'

Ik schoot zelf ook in de lach, deels van opluchting, en begon het open te maken.

'Als het maar echt de kleinste van de wereld is,' zei ik terwijl ik het papier van het sieradendoosje trok. 'Scheep me niet af met "vrij klein".'

'Hij is toevallig onzichtbaar voor het blote oog,' zei Joe met een stalen gezicht. 'Gelukkig had ik een microscoop bij me toen ik hem kocht. Je zult van me moeten aannemen dat hij bestaat.'

Joe kon me altijd aan het lachen maken. En aan het huilen. Want toen ik het doosje openmaakte en het zilveren hangertje in de vorm van een kaars zag, met een piepklein diamantje als vlam, werden mijn ogen vochtig.

'Dat ben ik,' zei hij. 'Ik blijf gestaag voor je branden tot je weer terugkomt.'

Toen ik opkeek, zag ik dat zijn ogen ook glansden, maar hij glimlachte vastbesloten, want we hadden ons van tevoren vast voorgenomen die avond alleen maar vrolijk te zijn.

'Je moet je vermáken,' zei ik. 'Met... nou ja. Andere meiden.'

'Jij ook.'

'Wat, moet ik me met andere meiden vermaken?'

'Als je wilt.' Zijn ogen vonkten. 'Uitstekend idee, zelfs. Stuur me de foto's.'

'Nee, echt, Joe,' zei ik. 'Dit is onze kans om...' Ik brak mijn zin af. 'Om het uit te zoeken.'

'Ik weet al hoe het zit,' zei hij zacht, 'maar inderdaad. Ik snap het. En ik beloof je dat ik me zal vermaken.'

Ik had een leuke tijd in San Francisco, echt. Ik zat niet te kniezen en ik kwijnde niet weg. Ik werkte hard, ik werd bruin, ik nam een ander kapsel en ik had dates met Amerikaanse mannen. Ze waren aardig. Beleefd. Grappig. Maar ze waren Joe niet. Ze konden niet aan hem tippen. En bij elke mêh-date wist ik het zekerder.

Joe en ik beperkten ons contact opzettelijk tot het minimum, maar soms stuurde ik hem 's avonds laat een foto van mijn kaars-hanger, die nu aan een zilveren ketting om mijn nek hing. En soms kreeg ik een foto binnen van een brandende kaars op zijn bureau. En dan wist ik het.

Het was mijn idee om ons weerzien op de langste avond te houden, in de boomhut op Greenoaks, waar we door de jaren heen zo vaak hadden gezeten. Ik was een dag eerder aangekomen, maar ik had tegen Joe gezegd dat hij me niet moest komen afhalen. Luchthavens zijn stressvolle, functionele plekken en het gaat nooit zoals in de film. Iedereen kijkt hoe je elkaar begroet en je worstelt altijd met een extra tas vol zooi en dan moet je de metro in. Daar had ik ontzettend géén zin in. In plaats daarvan zouden we onze grootse hereniging dus in de boomhut op Greenoaks houden, onder de midzomerhemel. Ik vertelde het aan niemand in de familie, maar nam gewoon de trein naar Nutworth en sloop om het huis heen naar de boom. Het zou onze kostelijke geheime ontmoeting zijn.

Het duurde lang voordat het tot me doordrong dat hij niet zou komen. Stompzinnig, vernederend lang. Ik was vroeg aangekomen, nerveus maar opgetogen, in nieuw ondergoed en een nieuwe jurk en met het kaarsje met de diamant om. Ik had wijn voor ons, theelichtjes, een plaid, muziek en zelfs een taart. Ik werd niet meteen ongerust toen hij niet kwam. Ik dronk wijn en ging me steeds meer op het weerzien verheugen.

Na een halfuur stuurde ik hem een foto van mijn hangertje, maar er kwam geen reactie. Ik stuurde er dus nog een, waar ook geen reactie op kwam, en toen begon ik ongerust te worden. Ik liet al mijn terughoudendheid varen en stuurde hem een reeks opgewekte berichtjes om te vragen of hij de datum was vergeten? De afspraak? Alles wat we hadden besproken? Toen vroeg ik, iets wanhopiger, of het wel goed met hem ging.

Vervolgens raakte ik in paniek. Ik zat daar al bijna een uur. Joe is niet iemand die te laat komt. Ik begon rampscenario's te verzinnen. Hij was dood. Doodgereden op weg naar ons weerzien, met een bos bloemen. Of hij was ontvoerd. In het minst erge geval was hij beklemd geraakt onder een zwaar meubelstuk.

Dat is mijn enige excuus voor wat ik toen deed: ik ging naar het huis van zijn moeder. O gód. Ik krimp nog in elkaar bij de herinnering. Ik liep wankel over Isobel Murrans tuinpad, bijna hyperventilerend van de zenuwen, met tranen in mijn ogen, en drukte vertwijfeld met mijn vinger op de bel.

Ik weet niet waar ik op hoopte. Een vreugdevolle, hartverwarmende scène waarin bleek dat Joe was vertraagd omdat hij een jong katje uit een boom had gered.

In plaats daarvan deed Isobel de deur open in haar badstoffen badjas. Ze was voor me uit bad gekomen. Zo beschamend.

'Effie!' riep ze uit. 'Je bent er weer!'

Maar ik was ten einde raad en kon haar glimlach niet eens meer beantwoorden.

Ik ratelde mijn angsten af en haar verbazing sloeg om in schrik. Ze ging meteen haar telefoon halen, stuurde een berichtje en kreeg een paar seconden later antwoord.

Haar gezichtsuitdrukking bevestigde het duistere, ondenkbare vermoeden dat de hele tijd al op de loer had gelegen. Ze keek gegeneerd. Bezorgd. Gekweld. En, het ergst van alles, medelijdend.

'Effie... hij maakt het goed,' zei ze zacht. Haar hele gezicht stond gepijnigd, alsof ze het bijna niet kon opbrengen het nieuws te brengen dat haar zoon niet dood was en niet bekneld was geraakt onder een zwaar meubelstuk.

'Oké,' zei ik. Ik voelde me misselijk. 'Goed. Sorry. Ik... ik snap het.'

Het was nog niet in volle hevigheid tot me doorgedrongen, maar ik moest weg. Mijn benen struikelden al achteruit... maar toen bleef ik even staan.

'Vertel het alsjeblieft aan niemand,' smeekte ik met schorre stem. 'Niet aan mijn familie. Mimi. Bean. Ze weten niet dat ik hier ben. Vertel het ze niet, Isobel. Alsjeblieft.'

De tranen stroomden toen al over mijn wangen, en Isobel leek het bijna net zo erg te vinden als ik. 'Hij moet met je praten,' prevelde ze, bijna in zichzelf. 'Ik weet niet wat hem… Ik begrijp niet hoe hij… Effie, kom binnen. Drink een kop thee met me. Een borrel.'

Maar ik schudde woordeloos mijn hoofd en stapte achteruit. Ik moest een donker plekje zoeken waar ik deze nachtmerrie ongestoord kon verwerken.

Het ergste was nog wel dat ik nog hoop koesterde; ik kon er niets aan doen. Het telefoontje, een halfuur later, deed me de das om. Het was Joe. Hij bood zijn verontschuldigingen aan. Hij zei een keer of honderd dat het hem speet. Hij zei een keer of honderd dat hij me slecht had behandeld. Hij zei een keer of honderd dat het onvergeeflijk was.

Wat hij me niet vertelde, was het waaróm. Telkens als ik ernaar vroeg, zei hij alleen maar dat het hem speet. Ik kwam niet door zijn nietszeggende, ondoordringbare muur van verontschuldigingen. Maar aan verontschuldigingen had ik niets.

Mijn verdriet sloeg om in woede en ik eiste een gesprek – *Dat is wel het minste wat je me schuldig bent* – dus dronken we de volgende dag mistroostig een kop koffie. Alleen was het alsof ik met een getuige in een rechtszaak praatte. Ik wist niet waar mijn warme, geestige, liefdevolle Joe was gebleven.

Hij zei met doffe stem dat hij niemand anders had, maar dat hij niet dacht dat hij me eeuwig trouw zou kunnen blijven. Hij was in paniek geraakt. Hij had me niet willen kwetsen, al was hij zich ervan bewust dat hij me wel degelijk had gekwetst. Hij zei niet één keer 'Ik kan het mezelf niet eens uitleggen, Effie', maar wel zesduizend keer, strak naar de muur achter me kijkend.

Je kunt een man wel naar een koffietent leiden, maar je kunt hem niet dwingen zijn gevoelens te uiten. Uiteindelijk draaiden we in kringetjes rond en gaf ik het op, afgemat en verslagen.

'Nou, gelukkig was het maar de kleinste diamant van de wereld die je me had gegeven,' zei ik bij wijze van trap na. 'Ik vond het niet zo heel erg om hem weg te gooien.'

Het was een kinderachtige opmerking en ik zag Joe in elkaar krimpen, maar het kon me niet schelen. Het voelde zelfs lékker.

Zodoende deed ik de kerstvakantie daarop, toen ik er vrij zeker van was dat ik Joe zou kunnen tegenkomen, nog iets kinderachtigs waarvan ik wist dat het hem in elkaar zou laten krimpen: ik begon iets met Humph Pelham-Taylor, onze plaatselijke aristocraat.

Humph woont acht kilometer buiten Nutworth en is een echte kakker. Een stamboom, geruite overhemden, de oude kinderjuf die nooit meer is weggegaan, dat soort dingen. Op school had hij eindeloos achter me aan gezeten (ik had natuurlijk geen interesse), maar nu greep ik mijn kans om wraak te nemen op Joe.

Ik bedoel, het werkte wel, min of meer. Toen ik dat jaar aan het begin van de kerstvakantie de kerk in kwam, arm in arm met Humph, met een spectaculaire muts van nepbont op, leek Joe redelijk perplex. En toen ik luid uitriep 'Humph, lieveling, je bent hilárisch', zag ik Joe steil achteroverslaan van verbazing. (Eerlijk gezegd zag ik wel meer mensen steil achteroverslaan van verbazing. Ook Bean.)

Meer bereikte ik er ook niet mee. Eén perplex gezicht en één keer steil achteroverslaan, gevolgd door radiostilte. Joe was al weg toen de receptie met bisschopswijn begon. We wisselden geen woord met elkaar.

En daarvoor moest ik Humphs schallende stem verdragen, zijn verschrikkelijke manier van zoenen en zijn schrikbarende levensopvattingen. ('Ik bedoel, vrouwen hebben nu eenmaal kleinere hersenen, Effie, dat is een wetenschappelijk féit.') Tot ik tactvol afscheid van hem nam, op derde kerstdag. We waren toen drie weken samen, maar dat was al te lang.

We hebben het nooit gedaan, een feit waar ik mezelf vrij vaak aan herinner. Ik vond een lijst op internet, *10 excuses om geen seks te hoeven hebben*, en werkte die systematisch af, van 'Ik heb hoofdpijn' tot 'Je hond kijkt naar me', maar we waren een stel, wat genoeg was.

Natuurlijk heb ik er nu spijt van. Het was infantiel van me. Maar er zijn nog wel meer dingen waar ik spijt van heb, zoals dat ik geloofde dat Joe en ik ooit kleinkinderen zouden krijgen.

Het geluid van keelschrapen wekt me uit mijn gepeins en als ik opkijk, zie ik dat Temi me aandachtig opneemt.

'Dus Joe is niets bijzonders?' zegt ze. 'Effie, je had je gezicht daarnet moeten zien. Je merkte niet eens dat ik binnenkwam. En beweer nou niet dat je niet aan hem zat te denken.'

Temi weet niet alles van wat er tussen Joe en mij is gebeurd, maar ze weet wel dat ik nog niet over hem heen ben. (Dat hij vrijwel dagelijks op de website van de *Daily Mail* staat, helpt ook niet echt.)

'Het is uit met zijn vriendin, hè?' vervolgt ze, alsof ze mijn gedachten kan lezen. 'Het stond in de *Mail*. Hoe heette ze ook alweer?'

'Weet ik niet,' zeg ik vaag, alsof niet al haar gegevens in mijn geheugen gegrift staan. Lucy-Ann. Research-assistent bij de tv. Heel knap, met golvend bruin haar. Er zijn foto's van Joe en haar in Hyde Park, arm in arm.

'Ik zal het nog een keer vragen,' zegt Temi geduldig. 'Stel dat je hem ziet? Je moet een strategie hebben.'

'Nee hoor,' spreek ik haar tegen. 'Want ik ga hem niet zien. Ik ben maar tien minuten in het huis, maximaal, en ik kom niet eens in de búúrt van de gasten. Ik sluip door de wei achter het huis, door de struiken…'

'Dan word je gezien,' brengt Temi ertegen in, en ik schud mijn hoofd.

'De struiken lopen bijna tot aan de keukendeur. Weet je nog dat we daar verstoppertje speelden? Dus ik ga naar binnen, spring de trap op...'

'Zijn er dan geen mensen in de keuken? Cateraars of zo?'

'Niet de hele tijd. Ik verstop me achter een struik en wacht mijn kans af.'

'Hm,' zegt Temi sceptisch. Dan verandert haar gezichtsuitdrukking. 'Hé, wat gaan ze met de boomhut doen?'

'Niets,' zeg ik schouderophalend. 'De nieuwe bewoners krijgen hem.'

'Verdomme.' Temi schudt spijtig haar hoofd. 'Ik bedoel, het klinkt redelijk, maar verdomme. We wóónden daar zo ongeveer.'

Ondanks alles wat er is gebeurd, moet ik toegeven dat het een goede boomhut is, met een bovenverdieping, een touwladder en zelfs een trapeze. Op zomeravonden namen we dekens mee en dan gingen we op de planken liggen en keken naar de sterren. We droomden, luisterden naar muziek en maakten plannen voor ons leven.

Tot ons hart werd gebroken. Of misschien alleen het mijne.

'Nou en?' zeg ik bruusk. 'Het is maar een boomhut.'

'Effie...' Temi's ogen zoeken de mijne, opeens ernstig. 'Luister. Weet je dit echt zéker?' Ze gebaart naar mijn zwarte outfit.

'Natuurlijk.' Ik steek mijn kin naar voren. 'Waarom zou ik twijfelen?'

'Dit is je laatste afscheid van Greenoaks.' Ze krijgt een weemoedige blik in haar ogen. 'Zelfs ik was dol op dat huis, en ik woonde er niet eens. Je moet fatsoenlijk afscheid nemen, niet in het geniep.'

'Afscheid waarvan?' zeg ik, tegen wil en dank verbitterd. 'Het huis is niet meer hetzelfde... Ons gezin is niet meer hetzelfde...'

'Maar toch,' zegt ze, vastbesloten niet op te geven. 'Je moet even de tijd nemen als je er bent. Om samen te zijn met het huis. Het te voelen.' Ze legt een hand op haar hart. 'Anders krijg je later misschien spijt dat je er alleen maar doorheen bent gerend, snap je?'

Ze kijkt me bezorgd aan, mijn oudste, verstandigste vriendin, en ik krimp inwendig in elkaar omdat ze een geheim, weggestopt deel van me raakt. Mijn binnenste matroesjka, de allerkleinste. Die na al die tijd nog steeds beurs en gekwetst voelt.

Ik weet dat ze gelijk heeft, maar het zit zo: ik wil het niet 'voelen'. Ik ben het zat om 'het te voelen'. Mijn buitenste beschermlagen moeten dichtklikken, en snel ook. De ene pop na de andere. De ene laag na de andere. Klik, klik, dicht, dicht. Veilig binnenin.

'Het zal wel.' Ik trek mijn muts tot bijna over mijn ogen. 'Het is maar een huis. Het komt wel goed.'

6

Oké, het komt niet goed. Helemaal niet. Dit gaat totaal niet zoals ik het me had voorgesteld.

Wat ik me had voorgesteld: ik zou naar het huis sluipen, gedekt door de struiken, zo stil als een jaguar, zo geniepig als een vos. Ik zou geluidloos door de keuken zoeven en binnen drie minuten boven zijn. Vijf minuten later zou ik weer weg zijn. Het zou allemaal naadloos en moeiteloos gaan.

In plaats daarvan zit ik nu achter een rozenstruik in de voortuin, met de geur van modder en bladeren in mijn neus, naar de voordeur te kijken, waar goedgeklede gasten hun naam van een lijst laten strepen door de uitsmijter. De úitsmijter. Krista heeft een úitsmijter ingehuurd. Hoe pretentieus is dat? Dat had ik niet voor me gezien. Niets is zoals ik het voor me zag. En ik heb geen noodplan.

Ik weiger in paniek te raken; zover ben ik nog niet, al voel ik me wel een beetje gespannen. En ik ben nog ziedend van woede op degene die de struiken heeft gekapt en mijn hele plan heeft bedorven.

Het ging allemaal zo lekker. Ik kwam ongezien in Nutworth aan. Ik stapte uit de trein, glipte door de achterafstraatjes van het dorp en sloop door een laantje dat alleen door tractors wordt gebruikt. En oké, ja, ik was van plan op verboden terrein te komen, maar alleen op het boerenland van onze buurman, John Stanton. Hij is een oude man met een goed hart en ik voelde intuïtief aan dat hij het niet erg zou vinden. Soms weet je zoiets gewoon van je medemens.

Ik klom over een omheining. Mijn legging bleef achter het prikkeldraad haken en scheurde, maar oké. Ik haastte me langs de rand van Johns weiland, koeienvlaaien ontwijkend, tot ik bij de grens met ons terrein kwam en het torentje van Greenoaks zichtbaar was. Ik klauterde over weer een omheining naar ons weiland en keek in een reflex op naar de boomhut.

Toen voelde ik opeens een steek. Een diep verlangen om nog eens naar de boomhut te klimmen. Om op de gladde houten planken te liggen, door de open ramen naar de lucht te staren en gewoon... aan vroeger te denken.

Maar ik besloot er niet aan toe te geven. Als je naar elk steekje luistert, bereik je niets in het leven.

Ik sloop dus langs de heg, zonder acht te slaan op de nieuwsgierige blikken van schapen, naar de taxushaag die het begin van de tuin markeert. Tegen die tijd was ik opgewonden. Ik barstte van de energie. Ik was er klaar voor om door de struiken te galopperen, snel en lichtvoetig, alsof ik weer negen was.

En toen, toen ik door de haag kwam, kreeg ik de schrik van mijn leven. Alle struiken waren gekapt. Gekapt! De achterkant van Greenoaks was onbeschut en er was een afschuwelijk, gloednieuw terras aangelegd, compleet met een glanzende zwarte vuurkuil. Het zag er naakt en onbehaaglijk uit, en gewoon... verkéérd.

Mijn ontzetting ging zo diep dat de tranen me in de ogen sprongen. Hoe vaak had ik als kind niet in die struiken gespeeld? Ik was dol geweest op hun houtige, gronderige, bladerige omhelzing. Ze voelden altijd aan als welwillende, stokoude familieleden die altijd klaarstonden om je te beschutten, en nu waren ze meedogenloos omgehakt... door wie? Pap? Krista?

En, urgenter: waar moest ik me nu verstoppen? Ik kon me niet onzichtbaar maken op dat nieuwe, kale terras.

Vervolgens werd het nog erger. Toen ik vanachter een beuk naar het huis gluurde, zag ik twee mensen uit de keuken komen, zo te zien cateringpersoneel. De ene gooide een paar lege flessen in een plastic teil; de andere stak een sigaret op en leunde tegen de muur. De verschrikkelijke waarheid drong tot me door: de cateraars gebruikten het terras als werkruimte. Ze zouden continu in en uit lopen. Ze zouden me binnen de kortste keren zien.

Ik zat klem. In het nauw.

Ik bleef een paar minuten staan en dacht als een razende na. Vanaf de plek waar ik stond, ving ik een glimp op van wit canvas aan de zijkant van het huis. Ik begreep dat er een soort tent moest staan, of dat er een luifel vanaf de buitenmuur van de eetkamer was gespannen. Daar werd het feest gehouden. Die plek moest ik mijden.

Ik werkte me dus steels naar de andere kant van het huis. Telkens als er iemand van de catering naar buiten kwam, bleef ik stokstijf staan en probeerde op te gaan in het groen. Ik hield mijn adem in en dacht nog: zou ik door een onopvallend raam naar binnen kunnen klimmen? Maar ik wist al dat het hopeloos was. Die zijgevel van Greenoaks heeft bijna geen ramen. Het is de dode kant, een en al bemoste stenen en opslagruimten die niemand gebruikt.

Ik sloop langzaam, stil en stiekem door tot ik bij de oprit kwam. Toen begonnen mijn zenuwen echt op te spelen, want er waren gasten. Echte gasten. Mensen die ik kende, die met cadeautjes of bossen bloemen over het grind knerpten. In de verte zag ik een gast in een geel hesje auto's naar een veld dirigeren waar ze konden parkeren. Het was allemaal veel formeler dan ik me had voorgesteld. Veel georganiseerder.

Niemand zag me ademloos van de beukenhaag naar de sierbank naar de rozenborder sluipen, een meter of vijf van het huis, waar ik in elkaar gedoken bleef zitten. En daar zit ik nu nog, achter een rozenstruik, te proberen een plan te bedenken.

In de verte hoor ik geroezemoes van stemmen en de basdreun van muziek uit een installatie. Soms klinkt er een lach op. Iedereen heeft het duidelijk geweldig naar zijn zin op Krista's geweldige feest.

Intussen beginnen mijn benen te slapen. Ik verander behoedzaam van houding, haal mijn arm open aan een doorn en grimas. Twee vrouwen in glitterjurk lopen over de cirkelvormige oprit naar de voordeur. Ik herken ze niet; misschien zijn het vriendinnen van Krista. Ze zeggen wie ze zijn en de uitsmijter tuurt naar zijn lijst. Dan mompelt hij iets in zijn headset – zijn headset! – en laat ze door.

Ik bedoel, wie denkt Krista wel niet dat ze is? Victoria Beckham?

Ik kijk verbolgen naar de uitsmijter met zijn klembord, zijn brede schouders en indringende blik. Als hij er niet was, zou ik makkelijk naar binnen kunnen schieten, tussen de gasten door.

Zou ik hem kunnen afleiden?

In een actiefilm zou ik een handgranaat bij me hebben, die ik onopgemerkt over de grond zou laten rollen. Hij zou exploderen en de uitsmijter zou erheen rennen, met getrokken wapen, en tegen de tijd dat hij weer om zich heen keek, zou ik al veilig binnen zitten. Dat is wat ik nodig heb: een handgranaat. Maar dan zonder explosie. Misschien moet ik een beroep doen op een hoger wezen.

Lieve God, stuur me alstublieft een soort handgranaat...

Dan duikt zo ongeveer het tegendeel van een handgranaat in mijn gezichtsveld op, de zachtaardigste, beminnelijkste, minst explosieve mens op aarde: Bean.

Ze is niet in avondkleding, maar draagt een spijkerbroek, een T-shirt en Uggs, en ze sjouwt iets van steen mee dat duidelijk zwaar is, want ze hijgt van inspanning. Ze zet het neer om het zweet van haar voorhoofd te vegen, en nu zie ik dat het het vogelbadje uit de ommuurde tuin is. Ze pakt haar telefoon uit haar zak en tikt iets in, en nog geen seconde later zoemt mijn eigen telefoon dat ik een appje heb. Shit! Ze appt me!

Ik spring geschrokken op en gluur door de verstrengelde rozentakken naar Bean om te zien of ze het verraderlijke gezoem heeft gehoord, maar kennelijk is het overstemd door het feestgedruis. Nu hoef ik alleen nog maar te beslissen of ik zal antwoorden.

Wat wil ze eigenlijk van me? Moet ze niet naar een chic feest?

Maar ze zou een roddel of belangrijk nieuws kunnen hebben. Ik kan haar niet negeren. Met een beetje een onwezenlijk gevoel klik ik op haar bericht en lees het.

Hoi Effie, ik ben op Greenoaks. Ik neem het vogelbadje mee, dat je het maar weet. Ik vind het echt jammer dat je er niet bent. Moet ik nog iets voor je meenemen uit de tuin? Plantenbakken of zo? Zoals die terracotta pot met kruiden? Misschien kun je die nog eens gebruiken? Xxx

Enerzijds lijkt het me beter om me nu stil te houden, maar anderzijds wil ik niet dat Bean zich zorgen maakt omdat ik er eeuwig spijt van zou kunnen krijgen dat ik heb bedankt voor een vieze oude terracotta pot. Ik typ dus snel terug:

Nee, bedankt, ik zit wel goed qua potten. Veel plezier. Xxx.

'Hallo daar!' schalt een opgewekte stem, en door de rozenstruik zie ik de Martins van de oude pastorie over de oprit naar het huis lopen. Ze begroeten Bean, die een sprongetje maakt van schrik en knalrood wordt, en ik gniffel, veilig in mijn schuilplaats. Sinds het incident met de yogasculptuur durven we de Martins niet meer onder ogen te komen.

Vorig jaar gingen we een borrel drinken in de oude pastorie, en toen hebben Bean en ik er stiekem overal naar gezocht, maar het ding was nergens te bekennen. Niet eens in Janes slaapkamer, waar we ons haar borstelden. We besloten dus dat het in hun geheime sekskamer moest staan en kregen de slappe lach, en toen kwam Jane binnen, in haar leuke bloemetjesjurk, en zei vriendelijk 'Mag ik meelachen?', en toen bestierven we het.

'Hallo!' zegt Bean nu nerveus, en ze gebaart naar haar spijkerbroek en Uggs. 'Kijk maar niet, ik ben nog niet feestklaar.'

'Jij ziet er altijd beeldig uit,' zegt Jane vriendelijk, en ze geeft Bean een zoen. 'Komt Effie ook?'

'Ik… denk het niet,' zegt Bean na een korte stilte. 'Ze kon niet. Maar de rest van ons komt wel.'

'Een grote avond voor jullie allemaal,' zegt Andrew, om zich heen kijkend. 'Jullie hebben hier heel lang gewoond. Het valt niet mee om afscheid te nemen van zo'n huis.'

'Nee,' zegt Bean, die nog roder wordt. 'Dat valt zeker niet mee. Maar… nou ja, het is ook goed. In allerlei opzichten.'

Er valt een stilte en ik begrijp dat ze allemaal met hun mond vol tanden staan. De Martins zijn erg tactvol, ze zouden nooit partij kiezen, hatelijk doen of zeggen 'Wat heeft die vriendin van je pa in vredesnaam met die mooie keuken gedaan?', zoals Irene in de pub zei.

'Nou, tot straks dan!' zegt Jane. 'Mijn hemel, een portier!' voegt ze eraan toe, en ze lacht stralend naar de uitsmijter. 'Wat ontzettend deftig!'

De Martins geven de uitsmijter hun naam en worden binnengelaten, en ik blijf naar Bean kijken. Ik verwacht dat ze zich naar het feest zal spoeden, maar ze lijkt geen haast te hebben. Ze fronst haar voorhoofd, alsof ze een verontrustende gedachte krijgt, en dan strijkt ze het haar uit haar gezicht en begint weer te typen. Even later zoemt mijn telefoon.

Gaat het wel?? Je zit toch niet in je eentje thuis te kniezen, hè? Mimi vertelde dat je met haar wilde eten, maar dat ze niet kon. Ik weet dat ze hoopte dat je je zou bedenken over vanavond. Hoop dat je oké bent xxxxx

Bij het lezen van haar woorden voel ik me zowel ontroerd als beledigd. Dus dit is hoe ze me zien? Als een tragische, kniezende eenling? Ik zit niet in mijn eentje thuis, ik zit in mijn eentje achter een rozenstruik. Ik heb zin om Bean daarvan op de hoogte te stellen, maar ik krijg een beter idee en typ kordaat een nieuw bericht:

Ik heb toevallig een date. Dus maak je maar niet ongerust.

Ik verzend het bericht en voeg er dan achteloos aan toe:

Zeg dat maar op het feest. Tegen Krista. Of tegen Joe, als je hem ziet. Zeg maar tegen hem dat ik een date heb.

Vanachter de struik kan ik Beans gezicht zien. Ze lijkt zo oprecht opgetogen over mijn nieuws dat ik weer genegenheid voor haar voel opwellen. Ze typt gejaagd iets en even later komt het binnen.

Een date! Wat fantastisch. Daar had je niets over verteld. Details?

Details. Oké, kom op, Effie, details. Ik begin te typen en besluit dat het een leugentje om bestwil is, want ik wil alleen mijn zus geruststellen. Ze zal veel meer van het feest genieten als ze denkt dat ik een waanzinnige date heb.

82

Ja, ongelooflijk! Ik heb hem vandaag pas ontmoet, bij een evenement waar ik serveerster was. Hij vroeg naar de citroensorbet en van het een kwam het ander. Hij is een olympische sporter.

Terwijl ik op Verzenden klik, vraag ik me al af of 'olympische sporter' niet te ver gaat, en Beans reactie bevestigt dat.

WAT?? Welke sport?

Oeps. Ik weet niets van de Olympische Spelen. Springen? Gooien? Ik kan de vraag maar beter ontwijken.

Hij sport niet meer. Hij is nu zakenman. En filantroop.

Net als ik nog iets over zijn jacht wil toevoegen, roept Bean: 'Joe!' Ik laat van schrik mijn telefoon vallen en raap hem van de grond.

O god. Hij is gekomen.

Ik bedoel, ik wist wel dat hij zou kunnen komen. Uiteraard. Maar ik had nooit verwacht…

Oké, Effie, diep ademhalen. Ademen. Niets aan de hand. Hij kan me niet zien. Hij kijkt echt niet deze kant op. En ergens is het ook wel boeiend om hem zo te observeren, neutraal, van een afstandje, nu hij een beroemdheid is.

Hij komt in beeld en of ik wil of niet, ik neem hem gretig op tussen de takken door. Zijn haar is iets langer dan de vorige keer dat ik hem zag. Staan zijn ogen iets vermoeider? Zijn glimlach is nog net zo fascinerend.

Joe's glimlach heeft altijd iets gehad. Het is niet zomaar een uiting van blijdschap. Er zit iets wrangs in, wijsheid, een ironisch vermaak om de wereld.

Hoewel hij er vanavond iets wranger en minder vermaakt uitziet. Zijn donkere haar is achterover geborsteld en zijn gezicht is smaller dan de vorige keer dat ik hem zag, waardoor zijn jukbeenderen uitsteken. Hij draagt een bijzonder elegant smokingjasje, dat moet ik hem nageven.

Nu geeft hij Bean een zoen op haar wang en mijn eigen wang tintelt gek genoeg, alsof ik die zoen ook voel.

'Hallo, Bean,' zegt hij met zijn diepe, vertrouwde stem, en ongewild herinner ik me plots hoe we samen op het gras lagen, toen we een jaar of zeventien waren, met spikkels zonlicht op ons gezicht en het gevoel dat we zeeën van tijd hadden.

Er volgt een waterval aan herinneringen, en ik weet niet wat erger is: de herinneringen aan wat er fout ging of die aan wat er goed was. Die avond toen we voor het eerst naar elkaar toe schoven, op het eindexamenfeest. De verzaligde roes van die eerste, dromerige zomer. Toen het allemaal voorbestemd leek.

Pas nu ik heb geprobeerd er met andere mannen iets van te maken, besef ik hoe vanzelf het allemaal ging met Joe. Ook de seks. Ik kromp nooit in elkaar of zei 'Au! Sorry…' Ik hoefde geen sexy geluiden te maken om een vacuüm te vullen. Ik jokte niet en ik deed nooit alsof. Waarom zou ik tegen Joe jokken?

We ontdekten het allemaal samen. Hoe je student moet zijn. Hoe je een kater te boven komt. De namen van botten. Dat was voor Joe's tentamens, maar ik vond het ook belangrijk, dus overhoorde ik hem. Op een keer versierde ik zijn kamer met alle Latijnse namen op post-its, en 'tibia' hing nog maanden aan de muur boven zijn bed.

Toen gingen we de echte wereld in, met nieuwe uitdagingen. Werk. Collega's. Een flat in Londen huren, ergens in een buitenwijk. Een bed in elkaar zetten. Ik kon Joe een tijdje overhalen elk weekend op de Theems te gaan roeien. We konden er allebei weinig van, maar het was wel leuk.

We hoefden ons niet te verantwoorden. We wisten dat we aan

dezelfde kant stonden. Ja, we raakten gestrest en ja, we hadden weleens ruzie, maar op dezelfde manier als tijdens de discussies op school. Met respect. Nooit verbitterd of gemeen.

En op de een of andere manier was er altijd magie, hoe goed we elkaar ook leerden kennen. Het mysterie bleef. We konden in bed zwijgend naar elkaar liggen kijken, zonder iets te hoeven zeggen. Joe's ogen waren nooit saai. Joe was nooit saai.

Wat ik heb geleerd sinds ik ben gaan daten is: veel mannen zijn echt saai. En als ze niet saai zijn, maar superleuk en spannend, blijken ze stiekem nog vier vriendinnen te hebben...

Ik slaak een zucht, zoals zo vaak, knijp mijn ogen tot spleetjes en verjaag de gedachten uit mijn hoofd.

'Dus, het eind van een tijdperk,' zegt Joe tegen Bean op die ernstige, empathische toon waar de hele natie van is gaan houden. 'Hoe voelt dat?'

'O, prima!' zegt Bean opgewekt. 'Ik bedoel, het is beter zo. Dus.'

'Juist.' Joe knikt een paar keer en kijkt weemoedig. 'Ik ben altijd gek geweest op dit huis,' vervolgt hij. 'Ik bedoel, hoe vaak was ik hier wel niet als kind? Weet je nog, die feestjes met een kampvuur op de berg?'

Bean en hij kijken allebei werktuiglijk naar de met gras be- groeide heuvel die opzij van het huis opdoemt.

'Ja, die waren leuk,' zegt Bean na een korte stilte.

'En de boomhut.' Hij schudt zijn hoofd bij de herinnering. 'Ik geloof dat we ooit een zomer elke dag in die boomhut zaten. We sliepen er, alles. Het was als een tweede huis.'

Ik hoor het hijgend van verontwaardiging aan. De boomhut? Hoe kan hij zo achteloos over de boomhut praten? Heeft hij dan geen greintje gevoel?

Misschien is dat het. Ja. Ik heb de vergissing begaan verliefd te worden op een man zonder gevoel. Dát verklaart alles.

'We hebben erg geboft dat we hier zijn opgegroeid.' Beans glimlach is star en ik kan zelfs van deze afstand zien dat haar ogen beginnen te glanzen.

Joe lijkt het ook te zien, want hij zegt snel: 'Maar het is beter zo.'

'Precies. Beter zo!' zegt Bean nog opgewekter. 'Je moet door.'

'Natuurlijk,' zegt Joe, wiens stem opeens vriendelijk klinkt. Dan voegt hij er bijna achteloos aan toe: 'Is Effie er ook?'

'Nee, ze kon niet.' Bean zwijgt even en vervolgt dan gehaast: 'Ze heeft een date, toevallig. Met een olympische sporter. Ze gaf hem een citroensorbet en van het een kwam het ander.'

'Een olympische sporter?' Joe kijkt verbaasd op. 'Goh.'

Ja, denk ik stilletjes achter mijn rozenstruik. Dus. Pak aan, Joe.

'Hij is nu filantroop,' voegt Bean er ademloos aan toe. 'Zaken-man en filantroop.'

Ik kan haar wel zoenen.

'Een goede vangst, zo te horen,' zegt Joe, en nu heeft zijn stem opeens iets scherps. Of verbeeld ik het me?

'Maar goed, ik moet eens naar binnen.' Bean werpt zorgelijk een blik op haar horloge. 'Ik ben al laat. Jij komt toch ook naar het familiediner, hè?'

'Het lijkt er wel op,' zegt Joe met opgetrokken wenkbrauwen. 'Al weet ik niet waarom ik daarvoor in aanmerking kom.'

'O, tja, je bent toch zo ongeveer familie?' zegt Bean vaag terwijl ze rood aanloopt. 'Krista zal wel gedacht hebben...' Ze breekt opgelaten haar zin af.

Wat ze niet wil zeggen, is: *Krista heeft je uitgenodigd omdat je nu beroemd bent.* Maar dat is de zuivere waarheid. Krista kent geen schaamte. Ze zal willen opscheppen dat ze dikke maatjes met hem is. En Joe's wrange glimlach zegt me dat hij dat heel goed weet.

'Heel aardig van Krista,' zegt hij beleefd. 'Attent.'

'Tja. Ach.' Bean haalt nerveus een hand door haar haar. 'Ik moet nu echt gaan. Tot later! ... Ik sta op de lijst,' vervolgt ze op weg naar de voordeur tegen de uitsmijter. 'Bean Talbot.'

'Wat is dat?' De uitsmijter wijst met een worstvinger naar het vogelbadje, dat nog op de oprit staat. 'Is dat een cadeau voor de familie?'

'Nee,' zegt Bean geduldig. 'Ik bén de familie. Het is een vogelbadje.'

De uitsmijter kijkt alsof hij het woord 'vogelbadje' nog nooit heeft gehoord en het absoluut niet gelooft. Hij inspecteert het wantrouwig, en dan kijkt hij op om Joe ook wantrouwig te inspecteren... maar dan klaart zijn gezicht plotseling op.

'Wacht even. Jij bent die dokter. Van de tv.'

'Ja,' geeft Joe na een korte stilte toe. 'Klopt.'

'Mijn vriendin is bezeten van je!' De uitsmijter loopt opeens over van vriendelijke opwinding. 'Bezeten! We mogen allebei één iemand uitkiezen met wie we vreemd mogen gaan, en zij is van Harry Styles op jou overgeschakeld. En dat zou ze niet zomaar doen, want ze is wild van Harry Styles. Ik had iets van "Schatje, weet je dat zeker?" en zij had iets van "Die dokter is hót."'

Hij kijkt naar Joe alsof hij een gepaste reactie verwacht en ik bijt hard op mijn onderlip om het niet uit te schateren.

'Goh,' zegt Joe. 'Nou. Dank je. Dat is... een eer. Al moet ik zeggen dat ik de regel heb het niet te doen met vrouwen die een vriendje hebben dat me met één klap kan vermorzelen.'

'Ik geef het nu door.' De uitsmijter, die aan het appen is, luistert al niet meer. 'Hoor eens, dit mag eigenlijk niet, maar mag ik een selfie maken?'

Hij pakt Joe beet en lacht stralend naar zijn telefoonscherm, terwijl Joe beminnelijk voor zich uit glimlacht – hij negeert de uitsmijter niet echt, maar grijnst ook niet aanstellerig. Dan gaat Joe's telefoon en zegt hij zichtbaar opgelucht: 'Neem me niet kwalijk, deze moet ik aannemen.'

Hij loopt weg om zijn gesprek aan te nemen, Bean is het huis in gelopen en het is even stil. Ik ga voorzichtig verzitten, want ik heb kramp in mijn ene been. Dit begint bespottelijk te worden. Wat moet ik dóén? Hoe kom ik het huis in? Ik moet nog steeds een handgranaat hebben. Of een totaal ander plan, maar dat heb ik niet.

De gasten blijven binnendruppelen. Een heel gezin in avond-kleding wordt binnengelaten. Ik heb geen idee wie die mensen zijn. Ook vrienden van Krista, denk ik. Kenneth van de golf-club komt aan, met een vlinderstrikje met Schotse ruit, ziet de uitsmijter voor een gast aan en begint beleefd naar zijn naam te zoeken: 'Ik weet zéker dat we elkaar vaker hebben gezien...' De uitsmijter legt hem uit hoe het zit en stuurt hem naar binnen.

Dan drentelt Joe langs, nog steeds telefonerend, en ik verstijf.

'Hallo, mam,' zegt hij. 'Had je gebeld? Ja, ik ben er. O, oké. Nou, maak je geen zorgen, ik ben nog niet naar binnen, ik wacht wel op je.' Hij luistert even en zegt dan: 'Nee, doe niet zo mal. We gaan samen naar binnen. Tot over tien minuten.'

Hij loopt naar de zijkant van het huis en begint iets op zijn telefoon te lezen. Het is galant van hem dat hij op zijn moeder wacht, moet ik onwillig toegeven, maar ze hadden altijd al een hechte band. Joe's vader is overleden toen hij nog klein was en zijn zus Rachel is elf jaar ouder dan hij, dus toen Rachel ging studeren, bleef hij alleen met zijn moeder achter. Op de basisschool werd hij er soms mee geplaagd dat zijn moeder het hoofd was, maar dat liet hij bedaard over zich heen komen, bijna alsof het er niet toe deed. Hij bleef gericht op wat hij van het leven wilde. Hij zag het grotere plaatje lang voordat wij dat konden zien.

Ze moet nu wel supertrots op hem zijn, denk ik een tikje ver-bitterd. Het hele land houdt van haar kostelijke, getalenteerde zoon de dokter. Van uitsmijters tot en met de premier. Iedereen in het hele land houdt van Joe. Behalve ik.

Misschien moet je een sadistisch trekje hebben om een goede chirurg te kunnen zijn. Misschien kon hij me daardoor zo slecht behandelen en gewoon weglopen. Ik weet het niet. Hoeveel ik ook van Joe hield, ik ben nooit tot zijn kern doorgedrongen. Ik heb zijn binnenste matroesjka nooit bereikt. Hij hield altijd iets van zichzelf veilig achter slot en grendel.

Toen hij op King's College London werd aangenomen voor de studie geneeskunde, bijvoorbeeld, was iedereen stomverbaasd. Ik weet niet wat ik dacht dat hij wilde worden. Ik wist dat hij goede, sterke, gevoelige handen had, maar ik zag er de handen van een pianist in, niet die van een chirurg. Hij speelde jazzpiano in de schoolband en zei altijd dat hij de kost ging verdienen als barpianist. Het was een grap, maar ik geloofde hem op zijn woord.

Ik wist niet eens dat hij zich had aangemeld voor geneeskunde. Hij had het aan niemand verteld. Hij had het vaag gehad over natuurkunde in Birmingham, of misschien een tussenjaar om piano te leren spelen, of misschien lesgeven, net als zijn moeder... Maar het was allemaal een rookgordijn dat de waarheid verhulde, zijn vurige ambitie.

Nadat hij had verteld dat hij zijn plek had veroverd, gaf hij het aan me toe: hij had niet willen zeggen wat zijn doel was omdat hij bang was dat het zou mislukken. Hij was stiekem vrijwilligerswerk gaan doen in een plaatselijk ziekenhuis, soms tot in de kleine uurtjes. Hij had alles gedaan wat hij moest doen om voor de studie in aanmerking te komen, zonder het ook maar aan iemand te vertellen, behalve dan aan zijn moeder. Niet eens aan mij. Zijn kern wordt beschermd door iets wat harder moet zijn dan wolfraam.

Het verbaast me niet dat het hem goed afgaat. Hij heeft een

brein als een machine. En hij heeft iets arrogants over zich. Ik kan hem wel voor me zien in een operatiekamer, gedecideerd de bevelen gevend die alle anderen opvolgen, zonder ooit een woord te veel te zeggen.

En nu is hij ook nog eens beroemd. Het begon een maand of drie geleden. Joe was gevolgd in een documentaire over zijn ziekenhuis. Het was een vrij serieuze documentaire, die anders misschien maar door een kleine, specifieke groep mensen bekeken zou zijn, maar op de een of andere manier werd hij op ontbijt-tv uitgezonden en daar ging hij viraal.

Het interview in de documentaire verliep nogal kolderiek, om te beginnen. Joe werd geïnterviewd door een onnozele presentator, Sarah Wheatley, die het woord 'cardiovasculair' niet kon uitspreken en er telkens op een andere manier over struikelde. Ze giechelde bij elke verhaspeling, en hoewel Joe beleefd bleef, was het wel duidelijk dat hij niet onder de indruk was, zacht gezegd.

Hij zag er spectaculair uit. Dat is gewoon een feit. Hij droeg blauwe operatiekleding, zijn donkere ogen waren op hun indringendst en zijn handen bewogen expressief om zijn woorden te onderstrepen. Je kon zien dat Sarah Wheatley al voor hem viel terwijl ze hem interviewde. En toen kwam dat fameuze citaat. 'Je moet het zo zien,' zei hij, ernstig in de camera kijkend. 'We moeten van ons hart houden.'

Nou, Twitter ontplofte. *Ik wil wel van je hart houden!!!! Je mag mijn hart hebben, dokter Joe!! Die gast mag voor mijn hart zorgen wanneer hij maar wil!!!*

Er gingen memes van hem rond. De uitspraak dook overal op Instagram op. De premier gebruikte hem in een speech. Joe werd 'de Hartendokter' gedoopt door de roddelpers, waarin ook een reeks sensatiebeluste artikelen over zijn liefdesleven verscheen. Naar het schijnt kreeg hij zijn eigen tv-show aangeboden.

Maar als Mimi het bij het rechte eind heeft, ging hij in plaats daarvan van Twitter af. Waar ik niet van opkijk. Joe is compromisloos. Dat moet je wel zijn, denk ik, als chirurg. Hij zou niet geïnteresseerd zijn in kortstondige roem. Hij heeft altijd een spel van langere duur gespeeld. Zijn eigen spel.

Hij typt nu iets, met gefronst voorhoofd van concentratie. Ik kijk naar hem door de doornige takken en zie hem voor me in een operatiekamer. Hij overziet het leven van een ander menselijk wezen voor hem op de operatietafel. Besluit waar hij zijn scalpel moet zetten om die ander te redden. Hij zou het niet lichtvaardig doen. Ik vraag me af of hij wel íéts lichtvaardig zou doen.

Hij houdt even op met typen om zijn vingers te strekken en opeens ben ik gebiologeerd door die handen. Handen die over mijn lijf dwaalden, me streelden, me beminden. Ik weet hoeveel emotionele intelligentie er in die handen zit. Ik weet hoe hij doordachte, cerebrale voorzichtigheid in evenwicht brengt met roekeloos risico's nemen, allemaal zonder een spier te vertrekken.

Hij heeft me zo diep gekwetst dat ik bijna niet naar hem kan kijken, maar als ik ooit iemand met een scalpel nodig had om mijn leven te redden, zou ik me tot hem wenden. Meteen.

Een briesje strijkt over mijn gezicht en ik ril, niet van de kou, maar van spiervermoeidheid. Of misschien van de verbitterde gedachten. Ik begin een beetje wanhopig te worden hier, in elkaar gedoken op de veengrond zonder plan. Ik heb hulp nodig. Ik vroeg de goden om een handgranaat en ze stuurden me Bean, wat duidelijk hun idee van een grap was, maar nu...

Mijn blik valt weer op Joe, die zonder iets te merken op tien meter afstand op zijn telefoon staat te typen.

Is hij mijn handgranaat?

Bij het idee dat ik Joe om hulp zou vragen, krimp ik in elkaar. Het is vernederend. Het rijt oude wonden open. Het is het stomste wat ik kan doen. Maar het is ook het enige wat ik kan doen.

Ik trek langzaam mijn telefoon uit mijn zak. Ik scrol naar Joe's nummer. En ik stuur hem een appje. Het is heel kort en bondig. Er staat alleen maar:

Hoi.

7

Er trekt een schok door hem heen als hij mijn bericht leest. Letterlijk. Dat is…

Niets, zeg ik snel tegen mezelf. Ik neem het mezelf kwalijk dat ik het heb opgemerkt. Hoe Joe op mijn appje reageert, is niet relevant. Ik moet alleen weten of hij me wil helpen. Hoewel ik het eerlijk gezegd wel spannend vind om zo stiekem naar hem te kijken. Het voelt alsof ik hem bespioneer.

Nou ja, laten we eerlijk zijn. Ik bespioneer hem echt.

Hij kijkt nog steeds naar zijn scherm, met gefronst voorhoofd, alsof hij een lading ingewikkelde, niet noodzakelijkerwijs positieve gedachten verwerkt. Terwijl ik kijk, wrijft hij over zijn gezicht. Hij krimpt in elkaar. Hij lijkt iets te willen zeggen. Nu schudt hij zijn hoofd, bijna alsof hij een boze droom wil verjagen.

Het maakt me een beetje kriegel. Ben ik de boze droom waaraan hij wil ontsnappen? Was ik dan zo verschrikkelijk? Wie denkt hij wel dat hij is? Sint-Joe? Voor ik me kan bedenken, typ ik een nieuw bericht:

Voor iemand die voor harten zorgt, kun je heel nonchalant zijn. Je weet toch dat je het mijne hebt gebroken, hè?

Ik zie de schok op zijn gezicht als de woorden op zijn scherm verschijnen. Het geeft me voldoening. Zo. Ik heb hem gezegd waar het op staat.

Ik hoopte dat hij meteen zou antwoorden, maar hij lijkt perplex. Hij kijkt roerloos naar zijn telefoon. Ik heb hem duidelijk met stomheid geslagen, wat een tactische fout kan zijn geweest.

Ik ga niet terugkrabbelen, want het is waar. Hij heeft mijn hart echt gebroken. Dat weet hij ook, aan zijn gezicht te zien. Maar het is gek: terwijl ik naar hem kijk, besef ik dat de pijn niet meer zo hevig is als toen. Ik voel me niet meer zo geknakt. Ik heb het gevoel dat ik in elk geval een gesprek met hem kan voeren. En misschien kan ik dat gesprek in mijn voordeel laten werken. Ik typ energiek een nieuw bericht:

Maar goed, ik wil je geen verwijten maken. Ik wil je helpen.

Joe kijkt verbaasd op, wat de bedoeling ook was, dus schrijf ik snel een vervolg.

Je zult je al die jaren wel hebben afgevraagd hoe je het ooit goed kunt maken. Ik neem aan dat je er 's nachts zo over ligt te tobben dat je er niet van kunt slapen. Ik neem aan dat je hoopt dat ik je een manier aanbied om boete te doen. Ja toch??

Terwijl Joe het bericht leest, klaart zijn gezicht op. Zijn ene mondhoek trekt; hij lijkt tot leven te komen.

Het zien van die reactie herinnert me eraan hoe we elkaar aan het lachen maakten, wat me een steekje in mijn borst bezorgt. O god, hoefde ik me maar niet met Joe in te laten om mijn doel te bereiken. Het is niet goed voor mijn gezondheid. Maar ik heb geen keus.

Ik kijk met ingehouden adem hoe hij een antwoord typt, en even later krijg ik het binnen.

Je kunt mijn gedachten lezen.

Meent hij dat nou? Of doet hij sarcastisch? Het boeit me niet. Ik
tik mijn antwoord:

Super. Heb altijd al gedachten kunnen lezen. Trouwens,
je veter is los.

Het is niet waar, maar ik kon de verleiding niet weerstaan om hem
aan het schrikken te maken. Hij kijkt naar zijn schoenen, fronst
zijn wenkbrauwen en draait dan in een kringetje rond en kijkt
waakzaam om zich heen. Vervolgens tuurt hij naar de bovenramen
van het huis. Intussen moet ik op mijn onderlip bijten om niet
te giechelen.
  Ten slotte stuurt hij een bericht:

Waar zit je?

Ik reageer onmiddellijk:

Doet er niet toe. Je wilt me toch helpen? Nou, ik stel voor
dat we een pact sluiten. Als een van ons de ander het
woord 'rozenstruik' appt, laat de ander meteen alles uit
zijn handen vallen om te helpen.

Joe kijkt met grote ogen naar zijn telefoon. Dan typt hij bezorgd
kijkend een nieuw bericht:

Effie, heb je hulp nodig?

Dat werd tijd! Eindelijk de reactie die ik nodig had! Ik typ snel
twee woorden en verstuur ze.

Ja. Rozenstruik.

Hij reageert meteen:

Helder. We hebben een pact. Ik beloof het.

O. Duh. Ik had duidelijker moeten zijn.

Nee. ROZENSTRUIK. Kijk naar de rozenstruik.

Ik kijk zwaar ademend naar Joe, die zich omdraait. Hij werpt
omzichtig een blik op de uitsmijter, die nog bij de voordeur staat,
en kijkt dan naar de rij rozenstruiken langs de oprit. Hij laat zijn
blik erover glijden, turend, vragend, half argwanend, alsof hij erin
wordt geluisd…

Dan, wanneer hij me ziet, worden zijn ogen groot van verbazing. Ongeloof. En nog iets wat ik niet kan duiden. We kijken
elkaar even zwijgend aan, allebei bewegingloos. We hebben elkaar
in geen jaren zo lang in de ogen gekeken. Het voelt bijna alsof de
klik van vroeger er weer is, ook al zit er een rozenstruik tussen.
Ik voel een irrationeel verlangen om de hele avond vanuit mijn
veilige schuilplaats naar zijn vertrouwde gezicht te kijken.

Maar dat kan niet. En het is stom van me, want dit is niet de
Joe van vroeger, degene van wie ik hield en die ik begreep. Dit is
de nieuwe Joe, die sadistisch en ondoorgrondelijk is. Ze zien er
alleen maar hetzelfde uit. Ik ruk mijn blik dus los en typ:

Kom naar me toe.

Hij verroert geen vin; hij staat daar maar, irritant knap met de
avondzon in zijn rug. Dan reageert hij eindelijk. Níét door naar me
toe te komen, want zo is hij niet, maar door nog een appje te typen:

Ik had begrepen dat je een date had. Ik wil niet storen. Waar is je vrijer eigenlijk?

Ik kijk hem alleen maar strak aan terwijl mijn wangen rood worden. Verdomme, verdómme. Ik kan het nauwelijks opbrengen om te reageren, maar het moet. Ik typ dus onwillig:

'Date' was misschien wat veel gezegd.

Ik moet hem nageven dat hij niet lacht, al zie ik zijn mondhoeken trekken. Ik heb bijna zin om 'Laat ook maar' te zeggen, maar daar krijg ik mijn matroesjka's niet mee terug. Kom op, Effie, zeg ik streng tegen mezelf. Het boeit toch niet wat hij denkt?

Opeens schiet me een van Mimi's levenswijsheden te binnen, misschien doordat ik haar associeer met de geur van rozen. Als ons iets ontzettend gênants was overkomen op school leefde ze wel mee, tot op zekere hoogte, maar vervolgens zei ze altijd resoluut: 'Er is nog nooit iemand gestorven van schaamte.' Precies. Dus. Ga door.

Met alle waardigheid die ik bij elkaar kan schrapen typ ik het volgende bericht:

Kom hierheen. Doe alsof je naar de rozen kijkt.

Ik wacht vol spanning af, want ik weet niet hoe het verder moet als hij niet komt. Dan kijkt hij op en zie ik aan zijn trekkende mondhoeken dat hij het spelletje mee gaat spelen. Hij blijft nog even staan en zegt dan vriendelijk tegen de uitsmijter: 'Mooie rozen.'

'Hm,' zegt de uitsmijter, die uitdrukkingsloos naar mijn struik kijkt. 'Geen idee.'

'O, ze zijn heel bijzonder.' Joe slentert over het grind naar mijn verstopplek. 'Eens zien hoe ze gesnoeid zijn. Ja, heel goed...'

Hij blijft vlak voor mijn struik staan, zodat ik tegen zijn in zwarte broek gestoken knieën aankijk. Ik leg mijn hoofd in mijn nek en zie zijn gezicht op me neerkijken.

'Wat doe je daar?' vraagt hij zacht. 'Prachtige struik,' vervolgt hij luider naar de uitsmijter.

'Ik moet naar het feest,' fluister ik snel. 'Je moet me helpen.'

'Het is gebruikelijk om de deur te nemen,' zegt Joe met opgetrokken wenkbrauwen.

'Ja. Nou ja. Niemand weet dat ik hier ben, zelfs Bean niet.' Ik schuifel met mijn voet door de bladeren. 'Ik heb pap al weken niet meer gesproken. Ik stond eerst niet eens op de gastenlijst. Het is een puinhoop.'

Het blijft even stil, op de dreunende muziek in de verte en een plotselinge uitbarsting van gelach vanaf het feest na. Als ik ten slotte opkijk, staat Joe's gezicht ernstig.

'Wat rot voor je,' zegt hij, terwijl hij een tak pakt om een rozenbloesem te inspecteren. 'Ik wist dat de scheiding moeilijk was, maar ik had geen idee...'

'Al goed. Laat maar,' kap ik hem bot af. 'Maar ik moet naar binnen, tien minuutjes maar. Ik heb een missie, maar die stomme uitsmijter staat in de weg.'

'Wat heb je voor missie?'

'Gaat je niets aan,' snauw ik voordat ik me kan bedwingen, en ik zie zijn gezicht iets afstandelijker worden.

'Oké.'

'Wil je me nou helpen of niet?'

Ik weet dat ik kortaf klink, maar ik probeer te verbergen wat zijn nabijheid met me doet. Ik heb klamme handjes en mijn ogen gloeien een beetje. Misschien is de pijn minder stekend, maar ik ben er nog niet overheen.

Joe ziet er ook gespannen uit, al heb ik geen idee waarom. Hij heeft het uitgemaakt, niet ik. Hij kijkt waakzaam naar de uitsmijter, die nu afwezig naar de diepblauwe zomerhemel staart, en richt zijn blik weer op mij.

'Effie, dit is het officiële afscheid van je ouderlijk huis,' zegt hij streng. 'Jij zou erbij moeten zijn, als gast. Kun je niet als mijn partner meekomen?'

'Nee,' zeg ik, te snel, en hij grimast.

'Ik bedoelde niet…'

'Nee. Dat weet ik.' Ik wrijf onhandig over mijn neus. 'Maar goed, ik ben hier niet voor het feest. Ik ben hier voor mijn eigen ding.'

Joe knikt. 'Oké. Wat wil je dat ik doe?'

'Voor afleiding zorgen. Lok die gast op de een of andere manier bij die deur weg. Laat een handgranaat ontploffen.'

'Een handgranaat.' Hij krijgt pretlichtjes in zijn ogen.

'Zeg nou niet dat je geen handgranaat bij je hebt,' zeg ik met een uitgestreken gezicht. 'Dat zou me diep teleurstellen.'

Joe klopt op zijn zakken. 'Natuurlijk heb ik die bij me. Hij moet hier ergens zijn.'

'Mooi zo. Nou, misschien kun je hem gebruiken. En… dank je wel, Joe.' Ik vang zijn blik weer en besef dat dit de allerlaatste keer zou kunnen zijn dat ik hem zie. Ik wip het huis in en uit… en dan laat ik de buurt voorgoed achter me. Hij zal zijn leven leiden, als gevierde held… en ik het mijne. Hoe dat ook gaat uitpakken. 'Trouwens, gefeliciteerd met al je succes.'

'O, dat.' Joe lijkt het allemaal met een enkel handgebaar weg te wuiven – carrière, aanzien en roem – en dat is typisch Joe.

'Wie had dat kunnen denken?' Ik probeer luchtig te lachen, al weet ik niet of het me lukt.

'Inderdaad,' zegt Joe na een korte stilte. 'Wie had dat kunnen denken?'

Er valt weer een lange, vreemde stilte. We kijken zonder een vin te verroeren door een barrière van doornige takken naar elkaar.

Het is alsof we dit moment allebei eindeloos willen rekken.

'Alles goed, maat?' Ik schrik van de stem van de uitsmijter, die opeens lijkt te merken dat Joe nu al vijf minuten bij dezelfde rozenstruik staat.

'Prima!' roept Joe terug, en dan vervolgt hij zacht tegen mij: 'Oké. Daar ga ik.'

'Ontzettend bedankt,' fluister ik hem toe, en ik meen het echt. Hij hoefde me niet te helpen.

'Remmen los,' zegt hij met zijn 'gevechtspilotenstem'. 'We zijn allemaal voor de kerstdagen weer thuis.' Hij knipoogt naar me en draait zich dan om naar de uitsmijter.

'Wat zou je vriendin van een videoberichtje vinden? Maar dan moet jij het wel opnemen.'

'Maat!' De uitsmijter zet grote ogen op. 'Dat meen je niet.'

'Zullen we het hier doen?' Joe wenkt de uitsmijter weg van de deur, de oprit op. 'Beter licht, vat je? Nee, nog iets verder. Ja, dit is een geschikte plek. Oké, richt je telefoon op me, niet bewegen… Hoe heet je vriendin?'

Ik moet toegeven dat Joe een genie is. De uitsmijter is nu niet alleen bij de deur weg, hij gaat ook helemaal op in het filmen van Joe. Ik kom zo stilletjes mogelijk achter de rozenstruik vandaan. De kust is veilig. Ik loop op mijn tenen over het grind, ren het laatste stukje en duik ademloos door de voordeur de met eiken-hout gelambriseerde hal in, waar ik onmiddellijk de kerstboomnis in schiet.

Ik ben binnen. Ik ben binnen! Nu alleen nog de trap op…
Shit.

Ik verstijf bij het zien van Jane Martin, die aan de andere kant van de hal met een vrouw in een groene jurk staat te kletsen en naar de trapleuning gebaart. Wat hebben ze in de hal te zoeken? Ik dacht dat de gasten allemaal braaf in de feestruimte zouden blijven, niet dat ze door het hele huis zouden scharrelen.

En nu komen ze deze kant op. O god, ik ben erbij. Ze kunnen me nu elk moment ontdekken. In gedachten hoor ik Janes vrolijke begroeting al: 'O, Effie, je bent er tóch!'

Ik kan nog maar één ding doen. De deur van de jassenkast, een paar passen bij me vandaan, staat open. Het is een grote inbouwkast vol oude jassen en troep. Ik duik er zonder erbij na te denken in, trek de deur dicht, maak me klein achter een stokoude jas en doe mijn ogen dicht, als een kind dat verstoppertje speelt.

Zo blijf ik een paar seconden roerloos zitten, en dan doe ik mijn ogen weer open. Ik denk dat ik veilig ben. Ik bevrijd geluidloos mijn rechtervoet, die pijnlijk onder me bekneld zat. Ik begin te ontspannen, want dit is heel bekend terrein. Hoe vaak heb ik me niet in deze kast verstopt? De lucht alleen al voert me terug naar mijn kindertijd: de scherpe geur van natgeregende rubberlaarzen, waxjassen en oud hout met een zweempje van een chemische lijmlucht. Die lijm is uit de tijd dat Gus een modelbouwbevlieging had, en als ik in het donker om me heen tast, raakt mijn hand de oude lijmpot die hij gebruikte. Ongelooflijk dat die er nog is. Krista zal nog wel niet aan het uitruimen van deze kast toe zijn gekomen. De lijm, die minstens twintig jaar oud moet zijn, is helemaal uitgedroogd. Onbruikbare rommel voor ieder ander, maar ik zie meteen weer voor me hoe mijn broer als twaalfjarige aan de tafel ernstig stukjes hout aan elkaar lijmde om een jachtvliegtuig te bouwen. Als Mimi zei dat hij alles moest opruimen omdat het etenstijd was, protesteerde hij altijd zonder op te kijken: 'Maar Mimi, dit is een cruciaal stukje.' Dan lachte ze en zei: 'O. een cruciaal stukje. Ahá.'

Gek hoe herinneringen terugkomen, soms druppelsgewijs, soms in enorme golven.

Ik kijk op mijn horloge en voel een schok van ongeloof. Het is al halfacht. Ik had gedacht dat ik nu allang weer weg zou zijn, niet dat ik met een slapende voet in de jassenkast zou zitten. Ik steek behoedzaam mijn hoofd naar buiten, maar trek het snel terug als ik het verraderlijke kraken van vloerplanken aan de andere kant van de hal hoor. Als al die jaren verstoppertje spelen iets heeft opgeleverd, is het wel dat ik dit huis door en door ken. Ik weet het als er iemand nadert. En nu nadert er iemand.

Ik kruip weer in het donker van de kast en hoop maar dat wie het ook was door zal lopen, maar de voetstappen houden op. Het is zo te horen een vrouw op hakken. Nu draait ze zich om. Wat doet ze? Wie is ze? Er zit een kier tussen twee planken van de deur en ik kan de verleiding niet weerstaan om voorzichtig naar voren te leunen om naar buiten te gluren en te zien wie het is...

Nééééé! Gatver!

Het is Krista, en ze staat voor de spiegel aan haar corrigerende ondergoed te sjorren. Ik zie haar gezicht niet, maar ik zie wel de bedelarmband om haar pols en haar gemanicuurde nagels die de elastische tailleband op hun plaats trekken. Ze is duidelijk alleen en ze heeft haar jurk opgetild om eens lekker aan haar ondergoed te plukken – en vanaf de plek waar ik zit, kan ik het maar al te goed zien. Joepie. Sommige mensen die in een jassenkast kruipen krijgen Narnia, maar ik krijg het kruis van mijn stiefmoeder.

En ja, ik weet dat ze niet echt mijn stiefmoeder is, maar zo gedraagt ze zich wel. Alsof alles van haar is. Ook al het meubilair, al onze vrienden en pap.

Ik kijk zwijgend naar haar, ontzet maar gefascineerd. Haar nepbruin is streperig op haar buik, maar ze zal wel hebben gedacht dat geen mens het zou zien. Behalve pap dan, in het bubbelbad...

Nee. Nééééé. Niet #sexinyoursixties visualiseren. Of #viagrawerkt!, wat pap vorige maand op Instagram postte, met een foto erbij van Krista en hem in identieke witte donzige badjassen. (Ik bestierf het.)

Dan gaat haar telefoon en ik hou me muisstil terwijl zij met haar neuzelige stem opneemt.

'Hallo, Lace. Ik ben in de hal.' Ze luistert even en zegt dan zachter: 'Ja, ik ga het bij het eten aankondigen. Het zal wel opschudding veroorzaken. Oké, tot zo.'

Ze stopt haar telefoon weg en ik knipper verbaasd met mijn ogen. Wat gaat ze aankondigen? Hoezo, opschudding?

Ze stapt achteruit bij de spiegel vandaan, en nu kan ik haar gezicht zien. Ik moet even slikken. Ze ziet er schitterend uit, op haar eigen manier, een en al bronzer en flonkerende oogschaduw. Ze heeft altijd nepwimpers op, maar vanavond heeft ze echt uitgepakt. Het is alsof ze enorme, zwarte, gekrulde vleugels boven haar ogen heeft.

'Ik ben een mooie vrouw,' zegt ze tegen haar spiegelbeeld, en ik zie de bui al hangen. Zeg nou niet dat ik Krista's zelfbevestiging moet aanhoren. Ze steekt haar kin in de lucht en neemt zichzelf tevreden op. 'Ik ben een mooie, sterke, sexy vrouw. Ik verdien de beste dingen in het leven.'

Ja hoor. Ik rol met mijn ogen. Ze heeft in elk geval niet de beste zelfbruiner gekocht.

'Ik verdien het om bemind te worden,' zegt Krista met groeiende overtuiging tegen zichzelf. 'Ik verdien het dat de wereld me overlaadt met goedheid. Ik heb het haar van een twintigjarige.' Ze haalt zelfvoldaan haar vingers door haar blonde haar met highlights. 'Ik heb het lichaam van een twintigjarige.'

'Nee hoor,' zeg ik voordat ik er erg in heb, en ik sla mijn hand voor mijn mond.

Shit. Shít.

Krista verstijft en kijkt om zich heen. In een bliksemsnelle reflex schuifel ik achteruit. Achter in de kast ontbreekt een paneel, waardoor je zo ongeveer kunt verdwijnen in een groezelige loze ruimte als je wilt. Ik pers me snel door de opening, krijg de muffe lucht van de verborgen ruimte in mijn neusgaten, trek mijn voeten op en probeer roerloos en onzichtbaar te zijn.

Net op tijd, want Krista trekt de kastdeur al open.

'Wie is daar?' vraagt ze verontwaardigd, en ik hou vertwijfeld mijn adem in. Ik mag niet betrapt worden. Niet nu. Niet door Krista.

Ik zie haar tussen de kapotte planken door. Ze tuurt in de kast en schuift een paar jassen heen en weer, met achterdochtig tot spleetjes geknepen ogen. Maar haha, Krista, ik win, want ik kén dit huis. Ik heb me al een miljoen keer in deze ruimte geperst. En ik draag zwart. En gelukkig heeft niemand die kapotte lamp ooit vervangen.

'Ik word gek,' prevelt ze ten slotte in zichzelf, en ze sluit de kastdeur. 'O, hallo, Romilly,' vervolgt ze iets luider, boven het geluid van nieuwe naderende voetstappen uit. 'Heb je het naar je zin?'

'Zeker,' zegt Romilly op haar gebruikelijke kille toon.

Is Romilly hier nu ook al? Ik dacht dat feesten altijd in de keuken moesten eindigen, niet in de hal.

'En Gus!' jubelt Krista. 'Ik heb je nog amper gesproken, schat.'

Gus! Ik wurm me in een reflex naar voren. Ik heb hem al een eeuwigheid niet meer gezien.

'Hallo, Krista,' zegt Gus braaf. 'Mooie jurk.'

'Goh, dank je wel, Gus! Hij laat mijn glimmertje mooi uitkomen, dacht ik.'

'Absoluut. En hoe is het met Bambi?' vervolgt hij beleefd. 'Dat was ik vergeten te vragen.'

Ik weet dat Gus alleen maar naar Krista's hond informeert omdat pap ons daar ooit de les over heeft gelezen. We konden probéren Krista hartelijk te ontvangen, zei hij, en waarom konden we niet zo af en toe vragen hoe het met Bambi ging?

'Bambi maakt het uitstekend, dank je, Gus,' zegt Krista. 'Al is hij een beetje bang voor al die mensen.'

'Ik kan het hem niet kwalijk nemen,' zegt Gus. 'Ik ook.'

Ik druk mijn gezicht tegen de kier in de deur om een glimp van Gus op te vangen, maar in plaats daarvan krijg ik alleen Romilly van dichtbij te zien. Lekker is dat.

Al moet ik toegeven dat ze er goed uitziet. Romilly ziet er altijd goed uit, op die sportieve, verzorgde manier van haar. Ze draagt een heel sobere zwarte cocktailjurk die haar indrukwekkend gebruinde, gespierde armen flatteert. Ze heeft vrijwel geen makeup op. Ze heeft een steile blonde bob op kinlengte, met discrete highlights. Haar kaaklijn is krachtiger dan die van Gus en ik neem aan dat ze ook harder kan stompen dan hij.

Ze glimlacht vriendelijk naar Krista, maar ze houdt iets straks rond haar ogen en mond, wat typisch iets voor haar is. Ik heb zo langzamerhand een paar van Romilly's eigenaardigheden opgepikt. Als ze boos is, ziet ze er gespannen uit, maar als ze blij is, lijkt ze op de een of andere manier nóg gestrester. Haar lach werkt niet ontspannend, maar maakt je nerveus. Is het eigenlijk wel een lach? Is het niet gewoon een agressief geluid dat een beetje aan een lach doet denken?

Ik begrijp niet hoe Gus het met haar uithoudt. Hij is zo zachtaardig en makkelijk, en zij is een en al samengebalde stress. Op de een of andere manier heeft het daten tot samenwonen geleid, bij Romilly thuis, waar Gus altijd kookt, voor zover ik het kan nagaan, en het altijd te druk heeft om mij te zien omdat hij Molly en Gracie naar ballet moet brengen of zoiets.

Toen ze elkaar net kenden, raakte hij er niet over uitgepraat hoe fantastisch Romilly was, hoe sterk ze was, hoe gefocust op haar baan in de hr en hoe zwaar ze het had als alleenstaande moeder, maar die stortvloed aan complimenten lijkt een beetje opgedroogd. Als ik tegenwoordig naar haar vraag, krijgt zijn blik iets ontwijkends en trekt hij zich terug uit het gesprek. Volgens Bean heeft hij zich uit de hele relatie teruggetrokken, en ze zal wel gelijk hebben, maar hoe moet hij ooit bij Romilly wegkomen als hij de confrontatie niet wil aangaan? Het is net zo'n fles met een kindveilige dop die je eerst moet indrukken om hem los te krijgen. Gus klikt maar rond en rond, want hij kan het niet opbrengen een beetje kracht te zetten.

Ik hoor Krista weglopen, met tikkende hakken op de houten vloer. Ik draai mijn hoofd iets en zie Gus, en ik voel een steek in mijn hart, want mijn broer is geen spat veranderd. Hij zit op de onderste traptree, waar hij vroeger ook altijd ging zitten als hij wilde nadenken. Hij hangt tegen de leuning, laat gedachteloos zijn hand over een van de spijlen glijden, op en neer, en is duidelijk in zijn eigen wereldje.

Ik kan maar een stukje van zijn gezicht zien door de kier, maar ik zie dat hij die verre, afwezige blik in zijn ogen heeft waarmee hij zich op school altijd in de nesten werkte. Zijn leraren zeiden dat hij niet oplette, maar dat deed hij wel. Alleen lette hij op dingen die interessanter waren dan waar zij over drensden. Waarschijnlijk zit hij nu aan een paar regels computercode te denken.

Hij draait zijn hoofd en nu kan ik zijn hele gezicht zien. Ik schrik ervan. Hij ziet er niet gewoon afwezig uit, maar afgepeigerd. Zijn gezicht heeft iets sombers en op de een of andere manier lijkt hij ouder. Wanneer heb ik hem voor het laatst gezien? Nog maar een maand geleden. Hoe kan hij in een maand tijd zo verouderd zijn?

'Gus?' zegt Romilly bits. 'Gus, luister je wel?'

Ik luisterde ook niet, besef ik opeens. Ik had het te druk met naar Gus kijken.

'Sorry.' Gus kijkt schuldbewust op. 'Ik dacht dat je het tegen Krista had.'

'Krista is wég,' zegt Romilly, die vernietigend met haar ogen rolt, alsof hij niet goed snik is, en ik kijk vol woordeloze woede naar haar. Ik heb altijd al gedacht dat ze privé gemener was dan in het openbaar, en nu heb ik het bewijs.

Daarom is Gus zo verouderd. Het komt door Romilly. Ze is schadelijk voor zijn gezondheid. Hij móét bij haar weg.

'Ik vertelde je het goede nieuws,' vervolgt ze verongelijkt, en ik sla een hand voor mijn mond om niet te proesten. Dit is Romilly als ze góéd nieuws heeft? Hoe ziet ze er dan uit als het slecht is?

'O ja?' zegt Gus.

'We staan op de lijst!' zegt Romilly met een soort onderdrukte triomf. 'Ze heeft morgenochtend een gaatje voor ons! Annette Goddard,' verduidelijkt ze als ze Gus' niet-begrijpende gezicht ziet. 'Weet je nog? De allerbeste viooldocent voor kinderen, die Maya's moeder voor me geheim probeerde te houden? Nou, we zijn ertussen gekomen! Ik moet er morgenochtend wel heel vroeg heen,' vervolgt ze, en ze kijkt naar haar glas. 'Ik kan maar beter niet meer drinken.'

'Wat jammer,' zegt Gus teleurgesteld. 'We hebben een familie-brunch morgen. Ik had me op een lekker luie ochtend verheugd.'

Romilly neemt hem op alsof ze hem niet kan volgen.

'Het is Annette Goddard,' zegt ze. 'Als Molly en Gracie viool-les krijgen van Annette Goddard, hebben ze een voet tussen de deur! Dan worden ze opgemerkt! Gelukkig heb ik hun violen meegebracht, voor de zekerheid,' voegt ze eraan toe, en ze slaakt een zucht van verlichting. 'Want ik vertrouw er niet op dat Doug eraan denkt!'

Doug is Romilly's ex-man, en ik heb haar nog nooit iets aardigs over hem horen zeggen, echt nooit.

'De meisjes zijn pas vier en zes,' zegt Gus vriendelijk. 'Moeten ze al opgemerkt worden?'

Romilly begint te sidderen. Dat doet ze als mensen haar tegen-spreken; ik heb het vaker gezien. Ze spert haar neusvleugels open en begint te trillen, alsof haar hele lichaam reageert op het on-voorstelbare idee dat iemand – o mijn god – het níét met haar eens zou kunnen zijn.

'Natuurlijk moeten de meisjes opgemerkt worden,' repliceert ze. 'Wéét je niet hoe zwaar de competitie is? Moet ik je de statistieken voorlezen?'

Ik zie een huivering over Gus' gezicht trekken, al denk ik niet dat Romilly het ziet. 'Nee, je hoeft me de statistieken niet voor te lezen.'

'Weet je wel hoe moeilijk dit voor me is?' Romilly's stem slaat opeens over en ze brengt een hand naar haar beeldschone voorhoofd.

'Hé.' Gus legt een hand op haar arm. 'Het spijt me. Ik… ik reageerde gewoon verkeerd. Goed gedaan.'

Wacht eens even. Romilly onttrekt zich aan het familiefeest, maar Gus biedt zijn excuses aan? Hoe dan?

'Ik doe mijn best voor de meisjes,' zegt Romilly op een toon alsof het een enorme opoffering is. Ze maakt zich van Gus los en loopt naar de spiegel om haar lippenstift bij te werken. 'Snap je? Ik doe gewoon mijn best.'

Ze staat nu vlak bij mijn kier in de deur, ik zie haar van opzij en als ze bukt om het bandje van haar schoen te verschuiven, valt me opeens op dat ze adembenemende borsten heeft. Ik knipper verbaasd met mijn ogen en vraag me af hoe het mogelijk is dat het me nu pas opvalt. Misschien heb ik ze nooit vanuit deze hoek gezien? Of zou die jurk uitgesproken onthullend zijn? Hoe dan ook, ik heb er meer zicht op dan anders, en ze zijn spectaculair.

Hmpf. Natuurlijk heeft Romilly spectaculaire borsten. Het zou kunnen verklaren waarom Gus haar nog niet heeft gedumpt, maar hij moet verder kijken dan die borsten. Voorbíj de borsten. Ik zou kunnen proberen hem dat op de een of andere manier duidelijk te maken.

'Ha, Romilly!' Ik hoor Beans stem en dan zie ik haar naderen, nog steeds in haar spijkerbroek en Uggs. Natuurlijk.

'Bean!' Romilly neemt haar van top tot teen op. 'Ga je niet naar het feest?'

'Jawel,' zegt Bean ademloos, 'maar ik raakte in de tuin aan de praat met een paar oude vrienden. In zekere zin ben ik dus al op het feest, alleen niet in de goede kleren.'

'Maar natuurlijk.' Romilly glimlacht liefjes naar Bean. 'Nou, ik ga een alcoholvrij drankje zoeken. Tot later.'

Ze beent weg, met hakken als mitrailleurgeratel op de houten vloer, en Gus ademt uit alsof er iemand een bankschroef van zijn hoofd heeft gehaald.

'Hoi,' zegt hij tegen Bean. 'Hoe gaat het?'

'Och.' Ze haalt haar schouders op. 'Het is wat het is.' Ze zijgt naast hem op de onderste tree neer en zakt een beetje in.

'De cocktails zijn in elk geval lekker,' zegt hij, en hij heft zijn glas naar haar. 'Mijn strategie komt erop neer dat ik me toeterzat ga zuipen.'

'Heel verstandig.' Bean knikt.

'Jammer dat Effie er niet is,' vervolgt Gus, en zijn gezicht betrekt. 'Ik weet dat ze niet met Krista kan opschieten, maar...' Hij maakt een weids armgebaar. 'Straks valt het doek. We zouden er allemaal moeten zijn.'

Ik voel liefde voor Gus opwellen. Kon ik hem maar even snel een knuffel geven.

'Ja,' zegt Bean verdrietig. 'Ik heb mijn best gedaan om haar over te halen, maar ze heeft een date. Met een olympische sporter, schijnt het,' voegt ze er iets vrolijker aan toe. 'Schuine streep filantroop. Hij klinkt heel indrukwekkend. Fantastisch, toch?'

'O, echt?' Gus kijkt belangstellend op. 'Hoe heet hij?'

'Dat heeft ze niet gezegd.'

'Ik wil wedden dat het een roeier is. Of een wielrenner.' Gus googelt op zijn telefoon. 'Deze?' Hij draait zijn telefoon om Bean een foto te laten zien.

'O, ik hoop het!' zegt Bean enthousiast. 'Wat ziet hij er leuk uit!'

Ik onderdruk mijn opkomende schuldgevoel. Het is maar een leugentje om bestwil, en in liefde en oorlog-met-Krista is alles geoorloofd.

'Ik moet me omkleden,' onderbreekt Beans stem mijn gedachten. 'Ik ga eerst even zien of er nog spullen in de keuken zijn die Effie misschien wil hebben. Ze vond die puddingvormen altijd leuk, hè?'

'Puddingvormen?' Gus kijkt vaag. 'Weet niet.'

O mijn god, de puddingvormen! Ik was ze helemaal vergeten, maar nu wil ik opeens uit alle macht dat ze gered worden. Vooral de ananas. Daar maakten we gele pudding in. Ik was er gek op. Het is een herinnering aan gelukkige zondagmiddagen in de keuken, en het is precies zo'n doorleefd oud ding dat Krista weg zou doen.

Ik kijk gespannen door de kier naar Bean. Moet ik haar snel een appje sturen? Maar dat kan niet. Ik ben nu zogenaamd op date. Maar misschien kan ik dat erin verwerken?

Fantastische date met olympische sporter in luxueus Londens restaurant!! Hij voldoet aan al mijn wensen!! We klinken op elkaar met champagne!! Trouwens, wat me net te binnen schoot: laten we de puddingvormen houden.

Nee. Te doorzichtig.

'Ik geloof dat Effie de ananas wel leuk vond,' zegt Bean, die overeind komt, en ik slaak een zucht van verlichting. 'Oké, ik ga me omkleden. Ik zie je daar.'

'Ik kom zo.'

Bean loopt weg en Gus laat zich weer tegen de trapleuning

zakken. Hij appt iets en zegt dan opeens zacht: 'Shit.' Ik verstijf. Dat klonk niet goed.

We blijven allebei even muisstil zitten. Ik vind het ongelooflijk dat Gus me niet opmerkt. Voelt hij mijn aanwezigheid dan niet? Ik zit hier! Maar wat hem betreft zou ik net zo goed een spook kunnen zijn.

Gus kijkt als gehypnotiseerd naar het scherm van zijn telefoon en ik naar hem, of in elk geval het stukje van hem dat zichtbaar is. Ten slotte kiest hij een nummer en zegt zacht en gespannen: 'Hoi. Ik zag je appje net. Meen je het echt?'

Het blijft even stil en ik durf amper te ademen. Ik word verteerd door nieuwsgierigheid, maar voel me ook schuldig omdat ik een privégesprek afluister. Maar hij is tenslotte mijn broer. En ik zal het tegen niemand zeggen.

(Behalve dan tegen Bean. Ik zal het aan Bean vertellen.)

'Dacht het niet,' zegt Gus nog zachter. 'Nee, natuurlijk heb ik het aan niemand verteld. Als het in de publiciteit komt, is dat beslist niet... Nou, wat...' Opeens zucht hij en ik zie hem over zijn gezicht wrijven. 'Ik bedoel, áls er een aanklacht wordt ingediend...'

Onwillekeurig snak ik naar adem. Een aanklacht? Wat voor aanklacht?

Gus luistert lang naar wat er aan de andere kant van de lijn wordt gezegd.

'Oké, bedankt,' zegt hij uiteindelijk. 'Hoor eens, Josh, ik moet hangen. En ik kan ook alleen namens mezelf spreken... Ja. We praten morgen verder... Ja. Niet super, maar laten we hopen dat het niet het ergste scenario is.'

Hij verbreekt de verbinding en slaakt een diepe zucht. Ik blijf gespannen kijken. Wat voor ergste scenario? Wie is Josh? Zit Gus in de nesten?

Gus springt plotseling overeind, checkt zijn telefoon nog een keer, stopt hem in zijn zak en loopt met grote passen de hal in. Terwijl ik hem nakijk, voel ik me opeens verdrietig. Hier zit ik dan, in elkaar gedoken in het donker. Mijn plan lijkt me nu krankzinnig. Waarom verstop ik me hier als een dief? Dit is een verschrikkelijke manier om een feest te bezoeken. Ik kan niet meedoen aan cruciale gesprekken, ik maak me zorgen om mijn broer, ik heb pijn in mijn bovenbenen en ik kan die lekkere cocktails niet eens proeven.

Kan ik niet beter alsnog mijn verlies nemen, uit die kast komen, iets zoeken om aan te trekken en naar het feest gaan? Kunnen Krista en ik de strijdbijl niet beter begraven?

Pap en ik?

Bij die gedachte verkrampt mijn maag van de pijnlijke zenuwen. Ik ben er niet op voorbereid. Ik ben in het nadeel. Ik weet niet wat ik moet zeggen, hoe ik moet beginnen... Ik wrijf over mijn gezicht, overmand door frustratie. Waarom denk ik dit zelfs maar? Zo had deze avond niet moeten verlopen. Het was niet de bedoeling dat ik mijn broer en zus zou zien. Het was niet de bedoeling dat ik verontrustende gesprekken zou opvangen.

En dan hoor ik een diepe, vertrouwde stem door de kastdeur dreunen en verstijf.

O god. O gód.

Ik blijf als verlamd zitten. Daar komt pap door de hal aangelopen, met zijn onmiskenbare tred, lachend op die karakteristieke manier van hem.

Als hij in mijn gezichtsveld komt, voelt het alsof mijn keel wordt dichtgeknepen. Ik had niet verwacht hem vanavond te zien. Ik dacht dat hij ver weg zou zijn, te midden van zijn gasten, maar daar is hij, op een paar passen afstand, zich niet bewust van mijn blik.

'Hier is dat schilderij waar ik je over vertelde,' zegt hij tegen een mij onbekende man op leeftijd. 'Ik heb het drie maanden geleden gekocht. Dit schilderij heeft het huis voor ons verkocht, als je het mij vraagt!' Hij lacht bulderend en neemt een slok uit zijn glas.

Ik hoor amper wat pap zegt; ik heb het te druk met naar hem kijken. Hij draagt een smokingjasje met een dubbele rij knopen, zijn grijze haar glanst onder het lamplicht en hij lacht. Hij ziet eruit als het toonbeeld van een geslaagd man in zijn latere jaren.

'O, zeker,' zegt hij nu, in antwoord op de een of andere vraag. 'Ja, dit is de goede stap voor ons. Ik ben nog nooit zo gelukkig geweest. Nog nooit!' herhaalt hij met klem. 'Zo, Clive, je bent aan een borrel toe!' vervolgt hij. De beide mannen lopen weg en ik kijk ze met glazige ogen na.

Nog nooit zo gelukkig geweest.

Mijn trillende dijspieren houden het niet meer en ik zak in elkaar op de vloer van de kast. Tot mijn afgrijzen hangen er tranen in mijn wimpers, en ik knipper ze weg.

Ons gezin is uit elkaar gevallen, we raken ons ouderlijk huis kwijt en pap heeft al weken niet meer fatsoenlijk met zijn jongste dochter gepraat… maar hij is *nog nooit zo gelukkig geweest.*

Prima. Nou ja, we zullen wel ieder onze eigen definitie hebben van 'gelukkig'. Ik zou namelijk niet gelukkig kunnen zijn als ik gebrouilleerd was met een familielid, maar jij kennelijk wel, pap, want jij hebt de troost van Krista en haar pronte kont. Die ze aan corrigerend ondergoed te danken heeft, wist je dat wel, pap? Geen spieren maar ondergoed.

Ik voer een gesprek met mijn vader in mijn hoofd, dringt het tot me door. Ik begin gek te worden. Ik moet hier weg, en snel ook. Van mijn idee om naar het feest te gaan is niets meer over. Ik ga mijn dierbare matroesjka's halen en dan ben ik weg. Voorgoed.

Ik duw behoedzaam de deur open. Er is niemand meer in de hal. Er zit niemand meer op de trap. Ik hoor niets bewegen boven.

Oké, en…

Stárt.

Ik schiet bliksemsnel de kast uit, de hal door en de trap op, die ik met twee treden tegelijk neem, me ophijsend aan de leuning. Ik ben nu in mijn comfortzone. Ik weet welke treden het hardst kraken. Geen mens heeft me gehoord; geen mens heeft me gezien. Ik wíst wel dat het een eitje zou zijn.

Als ik bij mijn slaapkamer kom, voel ik de drang om er even naar binnen te gaan, ook al heb ik er geen spullen meer liggen. Ik wil het behang zien, aan de gordijnen voelen, door het raam kijken… Gewoon een paar laatste momenten in mijn kamer doorbrengen. Maar als ik bij de open deur kom, knipper ik geschrokken met mijn ogen. Het behang is weg. De gordijnen zijn weg. Ik kijk in een lege, witgeschilderde doos met een gelakte houten vloer die er vroeger niet was.

Ik voel me heel even ontredderd, maar dan klem ik mijn kiezen op elkaar en trek de deur resoluut dicht. Wat boeit het? Mijn leven in dit huis is hoe dan ook afgelopen. Tobben is zinloos. Snel door.

Ik loop op mijn tenen door de gang, snel maar waakzaam. Ik ben er bijna. Binnen drie minuten sta ik weer buiten. Ik sla de hoek om naar de rommelkamer, zie al voor me hoe ik mijn matroesjka's pak… en blijf als aan de grond genageld staan.

Wat is dit?

Ik kijk ongelovig naar de wegversperring. Het is een stapel verhuiskisten. Wie heeft die hier neergezet? Waarom hier? Ik steek aarzelend een hand uit… en trek hem weer terug. Als ik tegen die kisten ga duwen, zal dat geluid maken.

Durf ik het aan? Het is best een rumoerig feest… Ik hoor dreunende muziek door de vloer komen. Trouwens, ik heb toch geen keus? Ik moet die blokkade uit de weg zien te krijgen. Ik sla mijn armen om een van de bovenste kisten, til hem op en voel dat hij leeg is. Oké, ik kan dit. Ik hoef maar, laten we zeggen, vier kisten te verplaatsen, net genoeg om een pad naar de deur vrij te maken...

Dan schrik ik van een onmiskenbaar kraakgeluid. Ongelooflijk. Er komt iemand met snelle passen naar boven. Wat een onmogelijk huis is dit. Met een siddering van angst zet ik de kist scheef terug, ren door de gang en duik in een reflex het gastvrije heiligdom van Beans kamer in.

Vrijwel op hetzelfde moment besef ik dat ik het niet had moeten doen. Het is Bean zelf die de trap op komt, hoor ik nu aan de voetstappen, en ze zal hierheen gaan om zich om te kleden. Ik lijk wel gek.

Ik kijk lichtelijk krankzinnig om me heen, zoekend naar een schuilplaats. De gordijnen reiken niet tot de vloer. De kledingkast is te vol en trouwens, ze zal er iets uit willen pakken voor het feest. Kom op, Effie, denk na... In een vlaag van paniek spring ik in een van de twee houten Pieter Konijn-bedden, stapel snel zo veel mogelijk kussens op en trek het dekbed zorgvuldig over me heen. Ik heb ooit met verstoppertje gewonnen door me hier op die manier te verstoppen, maar dan onder een stapel knuffels. Die truc kan nog eens werken. Ik moet me gewoon stilhouden.

Bean komt de kamer in en ik knijp mijn ogen dicht. Mijn eigen, oppervlakkige ademhaling klinkt me in mijn cocon als een loeiende cv-ketel in de oren. Door de berg kussens heen hoor ik Bean gedempt door de kamer lopen. Een zwak gerinkel als ze iets op het glazen blad van haar toilettafel legt. De klik van een kastdeur die wordt geopend. Ze neuriet. Het is gelukt! Ze ziet me niet!

Ik blijf roerloos en gespannen liggen en spoor Bean met alles wat ik in me heb aan om op te schieten, om zich om te kleden, de kamer uit te lopen en mij verder te laten gaan met mijn missie...

Dan, zonder enige waarschuwing, regent het klappen op het dekbed. Ik word met iets geslagen. Iets hards.

'Smeerlap die je bent!' schreeuwt Bean opeens. 'Gore viezerik! Kom eruit! Ik heb de politie al gebeld! Mijn kamer uit!'

8

Ik ben zo geschrokken dat ik niet meteen kan reageren.

'Niet doen!' gil ik, maar Bean lijkt me niet te horen. Ze blijft me maar slaan met... met wat?

'Ik ruk je ballen eraf!' schreeuwt ze woest. 'Ik ruk je ballen eraf en ik voer ze aan je woestijnrat! Wegwezen, eikel!'

'Bean!' brul ik, en nu lukt het me eindelijk het dekbed van me af te gooien. 'Niet doen! Ik ben het! Effie!'

Bean houdt midden in een uithaal op. Ze hijgt, en nu zie ik dat ze me heeft geslagen met een roze geschilderde, met madeliefjes versierde kleerhanger. Typisch Bean.

'Effie?' roept ze verbijsterd uit.

'Sst! Je hebt me pijn gedaan!' roep ik verwijtend uit.

'Ik dacht dat je een indringer was!' repliceert ze net zo verwijtend. 'Effie, wat krijgen we nou? Wat kom je hier dóén? Je bent toch op date?'

Het blijft even stil tussen ons, afgezien van het gedreun en geroezemoes van het feest, doorspekt met een ver gekef, dat van Bambi afkomstig moet zijn. Hij wordt altijd in een kamer opgesloten en keft dan tot hij er weer uit mag.

'Effie?' dringt Bean aan.

Ik kan het bijna niet opbrengen om de waarheid te zeggen, maar er is geen ontkomen aan.

'Ik had die date verzonnen,' beken ik.

'Verzonnen?' herhaalt Bean beteuterd. 'En die olympische sporter dan?'

'Ook verzonnen.'

Bean laat zich zwaar op het bed zakken, alsof ik niet alleen haar avond, maar zelfs haar hele leven heb bedorven.

'Ik heb iedereen over hem verteld,' zegt ze. 'Echt íédereen.'

'Ik weet het. Ik heb je gehoord.'

'Je hebt me gehoord?'

'Toen je met Joe praatte. Ik zat achter een rozenstruik.'

Beans ogen puilen uit. 'O mijn god, Effie, je bent gestoord!'

'Jij vindt míj gestoord?' kaats ik ongelovig terug. 'Jij zei net tegen mij dat je mijn ballen eraf ging rukken om ze aan mijn woestijnrat te voeren! Waar kwam dat in vredesnaam vandaan?'

'O, dat,' zegt Bean zelfvoldaan. 'Dat komt van die woede-workshop die ik heb gevolgd. Daar heb ik veel aan gehad. Ik heb je de link gestuurd, weet je nog?'

Bean stuurt me altijd links voor nuttige workshops, dus ik weet het niet meer, maar ik knik.

'Hebben ze je daar geleerd je woede met een kleerhanger te uiten?'

'Ik was overstuur!' zegt Bean afwerend. 'Ik pakte gewoon maar iets. Sorry als ik je pijn heb gedaan,' voegt ze er dan pas aan toe.

'Al goed. Sorry als je dacht dat ik een bijlmoordenaar was die zich in je bed had verstopt.'

Bean steekt haar handen op alsof ze wil zeggen: *Geen probleem.* Dan kijkt ze nog eens goed naar me.

'Je hebt een muts op.' Ze kijkt perplex naar mijn zwarte ge-breide muts. 'Je weet toch dat het zomer is?'

'Die hoort bij mijn outfit.'

Eerlijk gezegd stik ik van de hitte door die muts. Gadegeslagen door Bean trek ik hem van mijn hoofd en hang hem om de hoek-stijl van het bed.

'Maar Effie, wat kom je hier dóén?' vraagt ze nog eens. 'Kom je naar het feest?' Ze gebaart in de richting van het lawaai.

'Nee,' zeg ik fel. 'Ik ben hier om mijn matroesjka's te halen en dan ben ik weer weg.'

'Je matroesjka's?' herhaalt Bean met gefronst voorhoofd.

'Ik heb ze een eeuwigheid geleden in de schoorsteen van de rommelkamer verstopt. Niemand weet dat ze er zijn. Als ik ze niet red, zijn ze voorgoed weg.'

'Ooo,' zegt Bean langgerekt. En dat is het fijne van zussen: ik hoef haar niet uit te leggen waarom ik mijn matroesjka's moet hebben. Ze weet het.

Ze weet ook waarom ik ze in de schoorsteen van de rommelkamer heb gestopt: er zit een handige richel op ongeveer vijftien centimeter hoogte, en daar verstopten we ons clandestiene snoep altijd. Een geheime nis waar zelfs de alwetende Mimi geen benul van leek te hebben. (Er kwam wel wat roet op het snoep, maar dat kon je gewoon afspoelen.)

'Maar wacht even, Effie...' Ik zie dat de raderen in Beans hoofd beginnen te malen. 'Waarom ben je uitgerekend vanavond gekomen, nu iedereen hier is? Je had geen slechtere avond kunnen uitkiezen! Het is waanzin!'

'Niet waar,' verdedig ik mezelf, want denkt ze soms dat ik het niet allemaal heb uitgedacht? 'Het is de beste avond! Iedereen wordt afgeleid door het feest. Dit was de enige keer dat ik naar binnen kon sluipen zónder gezien te worden. Dat was de theorie tenminste.' Ik rol met mijn ogen. 'In werkelijkheid ging het iets anders.'

'Je had mij kunnen vragen ze voor je te pakken.' Opeens ziet Bean er een beetje gekwetst uit. 'Je had me op zijn minst kunnen vertellen dat je zou komen in plaats van een date met een olympische sporter te verzinnen.'

'Weet ik,' zeg ik na een korte stilte. 'Sorry, maar ik was bang dat je tegen me zou zeggen dat ik naar het feest moest gaan.'

'Je zóú ook naar het feest moeten gaan,' pareert Bean onmiddellijk, en ik slaak een vertwijfelde zucht.

'Zie je wel? Trouwens, jij hebt ook niet bepaald haast om je daar te vertonen, hè?'

'Ik ben bezig,' zegt Bean met een schuldbewuste blik op haar horloge. 'Hoor eens, Effie, zo erg is het niet. Zou je niet toch gaan?' Ze zet een vleiend stemmetje op. 'Er zijn allemaal leuke mensen beneden. Je mag wel een jurk van me lenen...'

Ze loopt naar haar kast en zwaait de deur open. Mijn blik valt direct op een vertrouwd bedrukt stofje en ik snak naar adem. 'Is dat mijn Rixo-jurk?' vraag ik streng terwijl ik er met een beschuldigende vinger naar wijs.

'O!' zegt Bean geschrokken. 'Eh... zou het?' zegt ze verdacht vaag. 'Ja, dat zou best kunnen.'

'Ik wíst dat je hem had! Ik heb je tig keer naar die jurk gevraagd, maar jij zei steeds dat je hem niet kon vinden!'

'Juist,' zegt Bean ontwijkend. 'Nou, ik heb hem gevonden. Daar hangt hij.'

Ik knijp mijn ogen tot spleetjes en ze wendt snel haar blik af.

'Wilde je hem vanavond dragen?' vraag ik op de toon van een Stasi-verhoorder.

'Nee,' zegt Bean net iets te laat.

'Wel waar.'

'Nou, misschien.'

'Maar het is míjn jurk!'

'Nou, je had hem hier achtergelaten,' zegt Bean, alsof dat iets bewijst.

'Per ongeluk!' gil ik, en dan besef ik opeens dat ik op het punt sta iedereen op het feest te laten horen dat ik er ben. 'Per ongeluk,' herhaal ik zachter. 'Je zei dat je hem voor me zou zoeken, maar dat deed je maar niet, en nu weet ik waarom.' Ik sla mijn armen over elkaar om de ernst van de situatie te onderstrepen. 'Ik weet haarfijn waarom. Ik doorzie je hele plan.'

'Ik overwóóg alleen om hem aan te trekken,' zegt Bean met

rollende ogen. 'Maar als je zo bezitterig doet...'

'Ja,' zeg ik. 'Ik ben inderdaad bezitterig. Trek maar wat anders aan.'

'Mij best.' Bean laat haar hangers over de stang ratelen. 'Zie maar. Ik bedoel, kom op, zeg. Het is maar een jurk.'

Ik acht het beneden mijn waardigheid op die opmerking in te gaan. Er bestaat niet zoiets als 'maar een jurk'. Ik zie Bean haar zwarte mouwloze jurk pakken (leuk, maar inferieur) en erin stappen, waarna ze zich gehaast begint op te maken voor de spiegel van haar toilettafel, zonder even te gaan zitten.

'Zal ik je haar krullen?' bied ik aan, uit gewoonte.

'Nee, laat maar. Te veel moeite. Ik steek het wel op.' Ze kijkt naar zichzelf en grimast als ze een nieuw appje hoort binnenkomen. Ze leest het en rolt met haar ogen. 'Krista wil weten waar ik ben. Ik kom eraan!' zegt ze terwijl ze het typt, en dan stopt ze haar telefoon in haar avondtasje. 'Humph is er trouwens ook. Ik kwam hem in de tuin tegen.'

'Húmph?' Ik gaap haar verbaasd aan.

'Ja.' Bean giechelt. 'Krista is uitzinnig van blijdschap. Ze blijft hem maar voorstellen als "de hooggeboren heer Humph".'

'O mijn god.' Ik sla een hand voor mijn gezicht. 'Heeft hij zijn tweedpet op? Heeft hij zes labradors bij zich?'

'Nee, nee!' Bean draait zich om, en nu schatert ze het uit. 'Heb je Humph de laatste tijd niet meer gezien? Hij is totaal veranderd. Hij draagt een zwart overhemd onder zijn smokingjasje. Geen vlinderstrik. En hij heeft een baard. En hij doet aan transcendente meditatie.'

'Transcendente meditatie?' Ik knipper verbijsterd met mijn ogen. Humph lijkt me wel de laatste die aan transcendente meditatie zou doen, tenzij het op een paard kon, met een glas sloe gin erbij.

'En hij zegt tegen iedereen die het maar wil horen dat hij feminist is.'

'Wát?'

'Ja. Hij zegt het zonder met zijn ogen te knipperen. Hij schijnt iets met een voedingsdeskundige in Londen te hebben gehad die zijn leven heeft veranderd.'

'Is zij er ook?' vraag ik gretig.

'Nee, het is uit, maar hij mediteert nog steeds. Hij komt ook naar het familiediner.'

'Humph?!' roep ik verontwaardigd uit. 'Hij is geen familie!'

'O, weet ik, maar Krista heeft hem een paar maanden geleden in haar klauwen gekregen. Ze moet en zal de sociale ladder beklimmen. Je had haar moeten horen. "Bean, ken je de hooggeboren heer Humph? Is het geen charmeur?" Ik had iets van: Krista, we kennen Humph allemaal, en hij is een idioot.'

'Maar hoe kan ze in vredesnaam rechtvaardigen dat ze hem voor een familiediner heeft uitgenodigd?' Ik kijk Bean met grote ogen aan.

'Ze noemt hem een "huisvriend".' Bean rolt met haar ogen. 'Ongelooflijk, die schaamteloosheid van haar. Humph is een of andere zweverige gezondheidskliniek begonnen en Krista gaat er natuurlijk naartoe, dus nu zijn ze dikke maatjes.'

'Ieuw.' Ik trek een vies gezicht. Dan schiet me opeens het gesprek te binnen dat ik beneden heb opgevangen. 'Bean, moet je horen. Krista gaat tijdens het diner een mededeling doen die opschudding zal veroorzaken, schijnt het. Ik weet niet wat het is. Ik hoorde het haar tegen een zekere Lace zeggen.'

'Dat is haar zus, Lacey,' zegt Bean peinzend. 'O god, Effie, je denkt toch niet dat Krista en pap... Ze zullen toch niet gaan...'

Het dringt tot me door wat Bean bedoelt en ik zet grote ogen op. Opeens zie ik voor me hoe Krista heupwiegend naar het altaar loopt, in een loeistrakke witte jurk, gniffelend achter een voile, terwijl Bean en ik mismoedig achter haar aan sloffen en rozenblaadjes strooien. Het is een afgrijselijk visioen.

'Dat kan het niet zijn,' zeg ik ontzet. 'Nee toch?'

'Ik zal het wel horen,' zegt Bean, die opeens berustend klinkt. 'Ik app je wel. O, en Krista heeft Joe ook voor het diner uitgenodigd. Omdat hij beroemd... Sorry, ik bedoel... omdat hij een dierbare goede vriend is.' Ze snuift. 'In Joe's geval klopt het tenminste nog...' Ze draait zich snel naar me om, alsof ze opeens bang is dat ze me heeft gekwetst. 'Nou ja... dat wás hij.'

'Nog steeds,' zeg ik stoer. 'Joe is een goede vriend. Wat er ook tussen ons is gebeurd, dat blijft zo.'

'Hm.' Bean ziet eruit alsof ze nog iets wil zeggen, maar dan bedenkt ze zich. 'Nou, je mist wel wat,' vervolgt ze, en ze draait zich weer terug om haar mascara op te bergen. 'Het wordt duidelijk het diner van de eeuw. Wat ga jij nu doen? Je mag hier wel blijven, als je wilt. Ik breng je wel iets te drinken.'

'Nee, ik moet opschieten.' Ik spring overeind en geef mezelf in gedachten een standje omdat ik zo lang met Bean heb zitten kletsen. 'Kun je me helpen voordat je naar beneden gaat? Kun jij die kisten verschuiven? Ik durf het zelf niet te doen.'

'Ja hoor,' zegt Bean. Ze stopt haar telefoon in haar avondtasje en hangt de ketting over haar schouder. 'Maar dan moet ik echt naar beneden. Ga jij weg zodra je je poppetjes hebt?'

'Meteen,' zeg ik resoluut.

'Tja, dan neem ik nu maar afscheid.' Bean komt naar me toe en geeft me een knuffel. 'Ik zal je missen vanavond, Ofilant.'

'Ik jou ook.' Ik sla mijn armen om haar heen en hou haar stevig vast. 'Veel plezier. Of zoiets.'

'Beslist "of zoiets",' zegt ze wrang. 'Zal ik tegen Gus zeggen dat je hier bent geweest?'

'Doe maar niet,' zeg ik na enig nadenken. 'Hij zou zich kunnen verspreken. Wat alle anderen betreft, ben ik nog steeds op mijn waanzinnige date.'

'Oké. Trouwens, niet mijn badkamer gebruiken,' voegt ze eraan toe. 'Mocht je dat van plan zijn. De wc is defect.'

'Ik ben weer weg voordat ik naar de wc moet,' zeg ik, en ik rol met mijn ogen. 'Heb je me niet gehoord? Ik ben zo weer weg.'

We maken ons van elkaar los en glimlachen naar elkaar, en dan loopt Bean de kamer uit. Even later hoor ik gesleep en gebons op de gang, en dan kijkt Bean om het hoekje van de deur. 'De kust is vrij. Je kunt er nu langs. Succes. En laten we volgende week afspreken, goed?'

'Zeker weten. O!' voeg ik eraan toe, want opeens schiet me iets te binnen. 'Ik wil die ananaspuddingvorm inderdaad graag hebben.'

'Hè?' Bean kijkt me met grote ogen aan.

'Ik heb je gehoord. Ik zat in de jassenkast.'

Bean neemt me ongelovig op, schudt haar hoofd, werpt me een kushandje toe en verdwijnt.

Zodra ze weg is, bedenk ik dat ik haar helemaal niet over Gus' telefoontje heb verteld. Shit.

Nou ja, dat doe ik later wel. Nu moet ik in actie komen. Bij de deur kijk ik eerst naar links en naar rechts voordat ik muisstil de gang in loop, op mijn tenen. Ik sluip tussen de kisten door, met ingehouden adem... en ik ben er!

De rommelkamer is nog net zo sober gemeubileerd als altijd: een eenpersoonsbed, een nachtkastje met een geel formica blad uit de jaren vijftig, een defecte fietstrainer en een paar oude schilderijen die tegen de muur staan. De schouw wordt nooit gebruikt, maar is niet dichtgemaakt, en daar loop ik nu regelrecht naartoe. Ik buig naar voren, steek mijn hand in de ruwe, bakstenen schacht van de schoorsteen en tast naar de vertrouwde richel en de gladde buitenkant van mijn matroesjka's. Mijn dierbare, gebarsten, met viltstift bekladde poppetjes. Mijn lieve, gekoesterde vriendinnen. Hierna zal ik ze nooit meer uit het oog verliezen, neem ik me voor terwijl mijn hand naar boven glijdt. Mijn vingers voelen niets wat op een set matroesjka's lijkt. Ik haal mijn hand een paar keer door de schoorsteen en tast in het rond, met mijn ogen dicht zodat ik me beter kan concentreren. Ze moeten er zijn. Het moet. Ik bedoel, ze waren er toch?

Ze waren er.

Een beetje duizelig trek ik mijn hand terug, die nu zwart is van het roet, en haal een paar keer diep adem. Ik sta mijn brein niet eens toe rekening te houden met de mogelijkheid dat...

Niet doen. Kom op. Ik weet dat ze er zijn. Ik steek mijn hand nog een keer in de schoorsteen en dan vind ik ze. Ik hield mijn arm gewoon onder de verkeerde hoek of zo. Deze keer ga ik op mijn rug liggen en steek ik mijn arm zo ver omhoog dat hij langs de stenen schraapt. Ik maak mijn vingers zo lang mogelijk en tast ermee, verschuif ze, duw ermee, kras over de stenen, wanhopig zoekend naar íéts, een aanwijzing...

Niets.

Paniek welt in me op. Ik trek mijn hand uit de schoorsteen, wrijf over mijn gezicht en besef te laat dat dat nu ook vol roet moet zitten. Waar zíjn ze?

Ik kijk koortsachtig om me heen. Ik knip de zwakke plafond-hanglamp aan en kijk onder het bed, maar tegelijk denk ik: hoe kunnen ze onder het bed beland zijn? Ik kijk tussen de schilderijen. Ik maak de oude inbouwkast open, maar de witgeverfde planken zijn leeg, zoals altijd. Ik steek mijn hand nog een keer in de schoorsteen, al voel ik me een grote idioot, want ik wéét dat ze er niet zijn...

Tegen de tijd dat ik mijn manische zoektocht staak, adem ik zwaar. Ik kan mijn ontreddering niet voor me houden, ik moet erover praten. In een reflex pak ik mijn telefoon uit mijn zak en app radeloos aan Bean:

Ik kan ze niet vinden!!!!!!!!! ☹ ☹ ☹ ☹ ☹ ☹ ☹ ☹

Ze reageert vrijwel meteen, en haar verstandige reactie is als balsem voor mijn ziel.

> Geen paniek, Ofilant. Ze zijn vast nog ergens in het huis.
> Ze kunnen niet zomaar verdwijnen.

Even later voegt ze er nog iets aan toe.

> Ga maar naar huis als je wilt. Ik zal ze morgen zoeken en
> ze voor je bewaren. Nu ik erover nadenk, weet ik opeens
> bijna zeker dat ik ze ergens heb gezien.

O mijn god. Waar dan? Dan ga ik ze pakken. Mijn vingers vliegen over de toetsen:

> Waar????

Het lijkt een maand te duren voor ze antwoordt.

> Weet niet, ik herinner het me vaag. Staan ze niet op een
> plank of in een kast of zo? Waarschijnlijk heb je ze zelf
> verplaatst en ben je dat vergeten! Dus geen paniek!
> PS Er komt geen eind aan dit feest, nu gaat er een dj in de
> woonkamer draaien!!!!

Ze is zo kalm en nuchter dat ik me wel gedwongen zie haar theorie in overweging te nemen. Heb ik ze ergens anders opgeborgen?

Ik was best gestrest. Misschien had ik een geheugenstoornis. Misschien heb ik ze ergens anders opgeborgen en ben ik het vergeten. Ik doe mijn ogen dicht en denk ingespannen na. Mijn kamer? Nee, ik heb er nooit op durven vertrouwen dat Krista niet in mijn kamer zou snuffelen. Daar zou ik ze nooit hebben achtergelaten. Trouwens, mijn kamer is leeg.

De erker? Daar bewaarden we als kind veel van onze geheime schatten. Het lijkt aannemelijk. Misschien heb ik ze in het erkerbankje verstopt en het op de een of andere manier verdrongen…

O god, nu wil ik naar beneden rennen en in het erkerbankje kijken. Alleen kan dat niet, want er gaat een dj in die kamer draaien. Wat een onwezenlijke avond is dit.

Buiten klinkt gelach. Ik loop de rommelkamer uit en ga naar mijn lege slaapkamer, achter het geluid aan. Vanuit mijn raam kijk ik recht in de tuin… en daar zijn ze allemaal. Gasten zijn vanuit de feesttent het grasveld op gelopen en ik zie ze, in hun smokings en chique jurken. Daar is Bean… Gus… Pap… Krista… Joe… Mijn hart slaat over als ik zie dat Joe met een aantrekkelijke vrouw in een gebloemde jurk met spaghettibandjes praat en ik geef mijn hart een standje omdat het dat heeft opgemerkt.

Mijn telefoon zoemt. Het geluid klinkt hard in de lege kamer en ik schrik. Het is Temi, die zich even meldt via WhatsApp.

Heb je de poppetjes al gevonden? Je bent er al een eeuwigheid! Je zei dat je maar tien minuten nodig had!

Haar bericht herinnert me weer aan mijn taak, en ik typ:

Ze zijn weg!!!

Temi is al een antwoord aan het typen, en een ogenblik later krijg ik het binnen:

Shit!!! Wat nu???

Ik ga op de vensterbank zitten en antwoord:

127

Misschien heb ik ze in de erker verstopt, maar ik kan er nu niet naartoe. Ik moet dit stiekem uitzitten.

Een paar seconden later antwoordt ze:

Stiekem uitzitten? Effie, geef gewoon toe en ga naar het feest!!

Bij het lezen van Temi's woorden klem ik koppig mijn kaken op elkaar. Ik ga niet naar het feest. In geen miljoen jaar. Al moet ik toegeven dat ik me een beetje buitengesloten voel bij het zien van al die mensen buiten. En ik moet toegeven dat ik ook nieuwsgierig ben naar het diner van de eeuw. Ik zou het in elk geval wel willen zíén.

Ik kijk weer naar het feest, als een spook achter het raam. Pap staat op de bovenste tree naar het gazon als een dirigent met zijn glas te zwaaien, zoals hij vroeger ook altijd deed op verjaardagen. Gus praat met een gast die ik niet ken en Bean is... Waar is Bean?

Ik tuur door de ruit en net als ik me afvraag of ze in de tent is, zie ik haar opeens, alleen achter een taxushaag, op een beschut plekje waar verder niemand haar kan zien. Ik kan het haar niet kwalijk nemen dat ze is gevlucht.

Terwijl ik kijk, zie ik haar schouders opeens schokken, en ik grinnik waarderend. Ik wil wedden dat ze lacht omdat Krista weer eens iets zó verschrikkelijks heeft gezegd dat Bean zich wel moest verstoppen voor een moment van ingehouden vrolijkheid.

Maar dan draait ze zich om en grinnik ik niet meer... want ze is niet vrolijk. Ze huilt. Waarom huilt Bean? Ik kijk ontdaan toe terwijl zij bevend haar handen voor haar gezicht slaat, alsof ze zich niet kan bedwingen. Dan bet ze haar ogen met een tissue, werkt haar lipgloss bij, zet een vrolijke glimlach op en mengt zich weer in het feestgedruis. Niemand lijkt haar afwezigheid te hebben opgemerkt, behalve ik dan.

Ik probeer aangeslagen te bedenken waarom Bean stiekem zou kunnen huilen op een feest. Het afscheid van Greenoaks? Het zou net iets voor Bean zijn om haar echte gevoelens te verbergen en zich groot te houden. Of... is het iets anders? Iets ergers? O god. Wat is er met mijn grote zus aan de hand? En trouwens, wat is er met Gus aan de hand? En wat gaat Krista bij het diner aankondigen? Ik snak ernaar om het te horen.

Ik druk mijn voorhoofd tegen het koele glas, zie het beslaan door mijn adem en voel frustratie opkomen. Ik had hier als de bliksem naar binnen en weer naar buiten zullen gaan, alleen om mijn matroesjka's te pakken. Niet om verontrustende gesprekken op te vangen. Niet om me zorgen te maken om mijn zus. Niet om het jammer te vinden dat ik niet bij de anderen ben. Niet om me af te vragen wat er tijdens het diner gaat gebeuren.

Ik kan beter weggaan, zeg ik streng tegen mezelf. Ga maar gewoon, nu meteen. Laat Bean de matroesjka's zoeken. Sluip het huis uit, ren over de oprit, spring in de trein naar Londen, laat dit allemaal achter je. Ik ben al veel te lang gebleven, het is tijd om te gaan.

Maar op de een of andere manier... lukt het niet. Iets houdt me hier. Een kracht die sterker lijkt dan ikzelf. Ons gezin mag dan kapot zijn, uit elkaar gespat, maar het is wel mijn kapotte, uit elkaar gespatte gezin. En ik wil erbij zijn, geef ik nu eindelijk aan mezelf toe. Op het feest, ook al ben ik onzichtbaar. Straks valt het doek, inderdaad, ook al wordt er niet geapplaudisseerd. Ik kan niet zomaar weglopen.

Maar wat moet ik doen? Door de knieën gaan en tegen iedereen zeggen dat ik er ben? Bij de gedachte alleen al krimp ik in elkaar van afgrijzen. Ik zou Krista moeten vragen of ze heel misschien een bord bij kan zetten voor het diner. Ik zou door het stof moeten gaan.

Nee. Onder geen beding. Echt niet.

Maar wat dan?

Ik recht mijn rug, nog steeds kijkend naar de kleurige feestgangers, die lachen en praten zonder zich ervan bewust te zijn dat ze worden bekeken. En nu krijg ik een begin van een idee. Een gedurfd plan vormt zich in mijn hoofd. Ik bedoel, het is krankzinnig. Ik geef toe dat het krankzinnig is. Maar ja, deze hele avond is een beetje krankzinnig, dus wat maakt het uit?

9

Een plan moet altijd een doel hebben, en ik weet haarfijn wat het mijne is. In de eetkamer staat een wandtafel, een enorm bakbeest, waar altijd een kleed op ligt dat tot aan de vloer reikt. Je kunt onder dat kleed zitten, helemaal verstopt, en toch om het randje kijken. Als je voorzichtig bent. En dat ga ik doen. Ik wil Krista's aankondiging horen. Ik wil een oogje op Bean houden. Ik wil proberen erachter te komen wat er met Gus is. En ik wil op het feest zijn. Iedereen zien, ook al zien ze mij dan niet. En dan, zodra de woonkamer leeg is, ga ik in het erkerbankje naar mijn matroesjka's zoeken.

Ik heb dus een plan en het enige piepkleine probleempje is nog hoe ik in de eetkamer moet komen. Ik heb de hal al ongezien bereikt, en net als ik de woonkamer in sluip, als een inbreker, hoor ik Krista 'Hierheen' zeggen, gevolgd door het tikken van haar naderende hakken.

Shit! Ze komt hierheen. Ik haal die wandtafel nooit op tijd. In paniek duik ik op de dichtstbijzijnde, veiligste schuilplaats af: de ruimte achter de oude blauwe bank. Het beproefde meubelstuk heeft me door de jaren heen vaak verborgen; ik blijf hier gewoon wachten tot de kust vrij is. Goed plan. Een fractie van een seconde voordat Krista binnenkomt, duik ik achter de bank. Ik laat opgelucht mijn adem ontsnappen... en gil dan bijna van schrik.

Ik ben niet alleen. Er zit een jongetje naast me achter de bank. Hij is zo te zien een jaar of zes, hij draagt een mooi overhemd met een boordje en mijn komst lijkt hem totaal niet van de wijs te brengen.

'Hallo,' fluistert hij beleefd. 'Speel je ook mee?'

Ik ben even met stomheid geslagen. Wie is dit? Hij moet van een van de gasten zijn.

'Nee, eh… nee,' fluister ik terug. Ik breng een vinger naar mijn lippen en het jongetje knikt ten teken dat hij het begrijpt.

Hij wenkt me en fluistert in mijn oor: 'De fontein is buut vrij, als je toch mee wilt doen.'

Ik werp hem een gekwelde glimlach toe in de hoop over te brengen: *Nee dank je, en wil je alsjeblieft stil zijn?* Alleen snapt hij het niet, want hij vervolgt nog steeds fluisterend, met veel ademruis: 'Chloë moet zoeken. Dat is mijn zus. Ze heeft een korst op haar knie. Wie ben jij?'

Ik geef geen antwoord, maar gluur behoedzaam door een opening tussen de rugkussens van de bank. Krista is gevolgd door iemand met een dikke buik, de dj zo te zien, en het is wel duidelijk dat hij zijn ogen niet van haar af kan houden.

Ik kan het hem niet kwalijk nemen. Ze is spectaculair. Ik heb haar eerder niet goed gezien, op haar corrigerende ondergoed na, maar nu kan ik haar feestoutfit op mijn gemak in me opnemen. Haar decolleté wordt geëtaleerd in een diep uitgesneden, superstrakke paarse jurk, versierd met haar glimmertje, en aan haar voeten prijken glittersandalen met zulke hoge hakken dat ik niet eens kan geloven dat je erop kunt lopen. Alles aan haar lijkt trouwens de zwaartekracht te tarten, tot en met haar wimpers en verbazingwekkende blonde krulletjes. (Extensions. Kan niet anders.)

'Wat woon je hier leuk,' zegt de dj. 'Historisch, zeg maar. Heb je er veel aan gedaan?'

'O, wat ditjes en datjes,' zegt Krista achteloos. 'Je moet je stempel op een huis drukken.'

'Jij boft maar.' De dj kijkt nog steeds om zich heen. 'Wat zonde dat je het hebt verkocht.'

'Tja, het leven gaat door,' zegt ze schouderophalend. 'Ik kan niet eeuwig in zo'n muf oud huis blijven wonen.'

Muf oud huis? Ik voel me diep gekrenkt namens Greenoaks. Het is niet muf. Nou ja, op sommige plekjes wel. Maar daar kan het ook niets aan doen.

'Waar ga je naartoe?' vraagt de dj.

'Portugal, hoop ik,' antwoordt ze. 'Een beetje zon... Een nieuw leven... Dit allemaal vergeten.'

'Een lui leventje, hè?' Hij lacht.

'Lui?' repliceert Krista. 'Niet bepaald! Ik wil een restaurant openen. Met een Mexicaans thema. Als ik mijn wederhelft tenminste kan overhalen,' voegt ze er veelbetekenend aan toe.

Een Mexicaans restaurant? Daar wist ik niets van. Opeens krijg ik een surrealistisch visioen van pap in een poncho die fajita's serveert.

Nee. Gewoon nee.

'Wie ben jij?' herhaalt het jongetje met ademruis in mijn oor, en ik schrik. Dat moet ik er net bij hebben. Als ik geen antwoord geef, blijft hij zeuren, maar wat moet ik zeggen? Ik kan niet zeggen 'Ik ben Effie', maar ik wil ook niet dat hij zijn ouders vertelt over een in het zwart geklede onbekende die achter de bank verstopt zit.

'Ik ben een geest,' fluister ik terug voordat ik er goed over heb nagedacht.

'O!' Het jongetje zet grote ogen op en steekt een hand naar me uit. 'Maar ik kan je aanraken.'

'Ik ben het soort geest dat je kunt aanraken,' fluister ik zo overtuigend mogelijk. 'Alleen mensen met heel bijzondere hersenen kunnen zo'n geest zien. Ik wil wedden dat jij heel bijzondere hersenen hebt.'

'Ja,' zegt het jongetje na enig nadenken. 'Dat is wel zo.'

'Nou dan,' zeg ik knikkend.

'Wil hij dan geen restaurant beginnen, je wederhelft?' vraagt de dj.

'Je weet hoe mannen zijn,' zegt Krista met een knipoog. 'Maar ik krijg mijn zin wel.'

'Vast wel!' De dj lacht en vervolgt: 'Heb je misschien een glas water voor me?'

'Natuurlijk!' antwoordt Krista met een charmante glimlach. 'Kom maar mee…'

Goddank! Ze gaan weg!

'Je kunt beter weggaan,' fluister ik naar het jongetje. 'Hier vindt Chloë je zó. Ik weet een veel betere verstopplek, in de tuin. Achter het standbeeld van de mevrouw in de ommuurde tuin zit een opening in de heg. Als je je daar verstopt, kun je met gemak bij de fontein komen.'

Voor wat hoort wat, denk ik altijd maar, en hij heeft me tenslotte niet verraden. Hij heeft wel een verstoptip verdiend.

'Oké!' Het gezicht van de jongen klaart op en hij krabbelt overeind. 'Ik wist wel dat je een geest was,' voegt hij er achteloos aan toe. 'Ik heb het alleen niet gezegd.' Dan holt hij de kamer uit.

Ik ga meteen op mijn tenen staan, sluip de kamer in en werp een verlangende blik op de erkerbank, die schuilgaat onder de zwaar uitziende boxen en kabels van de dj. Kan ik de boxen er even snel af tillen om te kijken?

Nee. Te link. Ik haast me dus geluidloos naar de aangrenzende eetkamer, waar ik alleen even blijf staan om naar de tafel te kijken, die overdonderend is. Er ligt een loper van paars damast op, bedekt met glitterige tafelconfetti, en daarop staan vijf zilveren kaarshouders met paarse kaarsen erin. Er staan drie enorme vazen vol witte bloemen. Elk bord heeft zijn eigen waxinelichtje in een verzilverde houder, plus een eigen zout- en peperstelletje en een beeldje van... Ik kijk nog eens goed.

Is dat Marie Antoinette? En moet dat wattenbolletje een schááp voorstellen?

Oké, dat is bizar, maar ik heb geen tijd om erover na te denken. Ik zak door mijn knieën, kruip onder het kleed dat de wandtafel bedekt en verslap van opluchting. Gelukt!

Alleen ebt nog maar een paar seconden later mijn triomf weg door een verschrikkelijk nieuw besef: ik verga van de honger. Ik was niet van plan hier de hele avond te blijven, er is geen vooruitzicht op iets te eten en straks moet ik zien hoe mijn familie een complete geroosterde zwaan met kwartelgarnituur of zoiets verorbert. Waarom heb ik niets gegeten toen ik bij Bean in de kamer was? Ik ben een volslagen idioot.

Ik steek mijn hoofd naar buiten voor het geval er een losse Mars-reep of iets dergelijks op de vloer ligt en kijk een beetje troosteloos door de kamer. Wacht eens. Er staat een mand met broodjes op het dressoir. Ze zien er heerlijk uit, wit en zacht, half bedekt door een servet.

Nu ik ze heb gezien, ben ik erop gefixeerd. Al mijn maagsappen beginnen te stromen. Ik heb nog nooit zo naar iets gehunkerd als naar die broodjes nu. En als ik er geen krijg, merk ik logisch redenerend tegen mezelf op, zou ik flauw kunnen vallen van de honger. Ik zal in elkaar zakken en als een lijk vanonder de wandtafel tevoorschijn komen, en dan is mijn plan bedorven.

Die laatste gedachte geeft de doorslag. Ik kruip uit mijn schuilplaats, loop op mijn tenen naar het dressoir, pak behendig twee broodjes... en verstijf als ik snel naderende hoge hakken hoor. En een herkenbare lach. Het is Krista die weer terugkomt. Shit.

Ik heb geen tijd om me weer onder de wandtafel te verstoppen. Ik laat me met een enkele, vloeiende kniebuiging achter een eetkamerstoel zakken, omklem de rugleuning om mijn evenwicht niet te verliezen, hou mijn adem in en zeg een schietgebedje.

Krista komt binnen en beent met een stapeltje bedrukte menukaarten naar de tafel. Ze is maar een paar passen bij me vandaan. Ze is vlakbij. Ik zit in het volle zicht. Mijn gebogen knieën beginnen te trillen. Stel dat een van mijn gewrichten kraakt? Stel dat mijn telefoon zoemt?

Aan de muur tegenover me hangt een gigantische oude spiegel en ik word bijna misselijk bij het besef dat ik daar ook in te zien moet zijn. Gelukkig kijkt Krista deze ene keer eens niet hoe ze eruitziet. Ze gaat te zeer op in haar taak. Terwijl ze om de tafel loopt en in zichzelf neuriënd menukaarten neerlegt, kruip ik onopvallend de andere kant op, terug naar de wandtafel. Ze is klaar met het ronddelen van haar menukaarten en blijft staan. Ik verstijf.

Ik kijk gespannen door de spijlen van een rugleuning en probeer uit te vissen welke kant ze nu op zal lopen, maar tot mijn verbazing kijkt ze tersluiks om zich heen, alsof ze wil zien of ze wel echt alleen is. Dan stroopt ze tot mijn afgrijzen haar strakke jurk op, pakt de tailleband van haar corrigerende onderbroek en ademt kreunend uit.

Genade. Niet wéér dat corrigerende ondergoed van Krista. Waar heb ik dit aan verdiend? Ik durf mijn blik niet af te wenden, want ze zou opeens mijn kant op kunnen komen, dus moet ik het gruwelijke tafereel wel aanschouwen. Haar gezicht staat geconcentreerd, alsof ze een belangrijk besluit neemt... en dan begint ze de hele onderbroek af te pellen. Argh. Nee! Dit kan niet waar zijn. Dit is...

Dan zie ik dat ze nog een huidkleurige string aanheeft. Het had erger gekund. Het had stukken erger gekund.

Als ze haar buik met vegen zelfbruiner uit zijn stretchgevangenis bevrijdt, kreunt ze weer, zo te horen enorm opgelucht. Uit de moeite die het haar heeft gekost het ding uit te krijgen, blijkt wel dat die corrigerende broek een maat of twee te klein is. Geen wonder dat hij pijn doet. Daar staat ze dan, met de onderbroek in haar hand, hijgend van inspanning en met haar jurk nog om haar middel, als er opeens voetstappen naderen en de stem van de dj zegt: 'Krista?'

Krista verstijft van paniek. Er borrelt een lach in me op en ik prop wanhopig mijn vuist in mijn mond. Terwijl ik op mijn knokkels bijt om me koest te houden, stroopt Krista haar jurk weer af, kijkt koortsachtig om zich heen en mikt haar corrigerende onderbroek in een grote blauwe bloempot op het dressoir, net voordat de dj binnenkomt.

'O, hoi!' begroet ze hem met een stem die maar iets schriller klinkt dan anders. Ik moet wel bewondering hebben voor haar koelbloedigheid. (Trouwens – momentje van vrouwelijke solidariteit – ze ziet er prima uit. Die jurk heeft een degelijke constructie. Ze had dat ondergoed helemaal niet nodig.)

'Vraagje over de playlist?' zegt hij. 'Ik heb wat ideeën opgekrabbeld in de keuken, als je even wilt kijken…'

Krista's blik glijdt even naar de blauwe bloempot op het dressoir en dan weer terug.

'Maar natuurlijk.' Ze glimlacht opgewekt en loopt met hem mee de kamer uit.

Zodra ze weg is, kruip ik naar de wandtafel. Als ik weer veilig achter het kleed zit, blaas ik met bonzend hart uit. Dit is stressvol. Maar ik heb nu tenminste iets te eten. Ik zet mijn tanden in een broodje en begin energiek te kauwen.

'… natuurlijk druk, maar dan nog…'

'Ja. Is er wel íémand die pap nog spreekt?'

Ik hef mijn hoofd en spits mijn oren. Het klinkt alsof Gus en Bean de woonkamer in komen. Ik schuif naar de rand van het kleed en vraag me af of ik mijn hoofd eromheen durf te steken.

'Het is geen doen,' verzucht Bean. 'Het lukt me niet een fatsoenlijk gesprek met hem te voeren.'

'Mij ook niet,' zegt Gus. 'Telkens als ik hem mobiel bel, neemt Krista op. Ze lijkt zijn knechtje wel. Ze zegt wel dat hij terug zal bellen, maar dat doet hij natuurlijk nooit.'

'Dat heb ik nou ook!' roept Bean uit. 'Precies hetzelfde!'

'En Effie?'

'Die zegt dat ze zich niet eens kan herinneren wanneer ze hem voor het laatst heeft gesproken. Ze zegt dat ze het druk heeft.' Bean zucht weer. 'Maar dat is niet het hele verhaal, denk ik. Volgens mij is er nog spanning tussen die twee.'

Hun voetstappen stoppen en ik stel me voor dat Gus op de armleuning van een bank gaat zitten, zoals altijd.

'Het is een klotesituatie,' zegt hij somber. 'Het is echt jammer dat Effie er niet is. Iedereen vroeg naar haar.'

'Eh… ja,' zegt Bean met verstikte stem. 'Het is… jammer dat ze er niet is. Ik heb haar helemaal niet gezien. Al heel lang niet meer.'

Kan ze niet beter? Ze is een waardeloze leugenaar. Als Gus niet zo afwezig was, zou hij haar meteen doorzien.

'Trouwens, heb jij Effies matroesjka's gezien?' vervolgt Bean. 'Ze zocht ze.'

'Nee,' zegt Gus. 'Sorry.'

'Ik dacht dat ze in het erkerbankje konden liggen,' zegt Bean peinzend. 'Ik wacht tot de dj weg is en dan ga ik kijken.'

Nu lopen ze de eetkamer in, mijn kant op. Ik hou mijn hoofd schuin, zodat ik om het kleed heen kan kijken, en zie hun naderende voeten.

'Wauw,' zegt Gus, die bij de eettafel blijft staan.

'Ja,' zegt Bean. 'Dat is Krista's nieuwe hobby, tafelschikken. Het thema schijnt "Versailles" te zijn.'

'Waarom Versailles?' vraagt Gus verwonderd.

'Geen idee. Help je me even de kaarsen aan te steken? Dat heeft Krista me gevraagd.'

Ik hoor dat er twee lucifers worden afgestreken en dan wordt de verlichting in de kamer geleidelijk, in bijna onmerkbaar kleine stapjes, zachter en warmer.

'Op dit plaatskaartje staat "Lacey",' merkt Gus op. 'Wie is dat?'

'Dat weet je wel,' zegt Bean. 'De zus van Krista. Met dat rode haar? Je moet haar al gezien hebben.'

'O, die,' zegt Gus zonder enig enthousiasme. 'Hé, kijk, het menu. "Kreeftravioli met zuring, ossenhaas…"'

Ik voel me iets dapperder, kijk echt om de rand van het kleed en vang een glimp op van Gus die het menu voorleest terwijl Bean de laatste kaarsen aansteekt. 'Dat ziet er lekker uit!' jubelt hij. 'Hoe laat gaan we aan tafel?'

Ik wíst wel dat er kreeft zou zijn. Nu het over eten gaat, begint mijn maag te knorren, en ik druk mijn hand ertegen. Ik zal proberen wat kliekjes te pakken te krijgen voordat ik wegga.

'Straks, denk ik,' antwoordt Bean. 'De meeste gasten voor de cocktailparty zijn al weg. Ik heb afscheid van iedereen genomen. Ik ben het zo zat om afscheid te nemen,' voegt ze er sip aan toe.

'Ik ook. O, daarnet vroeg een vrouw me of het hier spookt,' zegt Gus verwonderd. 'Een van haar kinderen scheen hier een geest te hebben gezien.'

'Een geest?'

'Dat zei ze.'

'Bizar.'

Ze zwijgen en ik doe mijn best om te zien wat er gaande is, maar het lukt niet. Ik had een periscoop mee moeten brengen. Samen met die handgranaat. Dat weet ik dan voor de volgende keer.

'Hoe gaat het eigenlijk met je?' doorbreekt Bean de stilte. 'Los van dit alles? Je ziet er moe uit.'

'O… gewoon,' zegt Gus ontwijkend. 'De gebruikelijke ups en downs.'

'Iets in het bijzonder?'

Ik hou mijn adem in. Gaat hij nu over zijn gestreste telefoontje vertellen? Zal hij zijn hart uitstorten en krijg ik dan alles te horen?

'Nee,' zegt hij. 'Niets... nee.'

Wel waar! wil ik verontwaardigd uitroepen. *Dat waar je het aan de telefoon tegen Josh over had!*

'En met jou?' vraagt Gus, en Bean wendt haar blik af en doet alsof ze haar nagels inspecteert.

'O... eh... wel goed,' zegt ze, en ik grimas ontzet. *Wel goed?* Terwijl ze daarnet in de tuin moest huilen?

Ik had geen idee dat mijn broer en zus zo gesloten en huichelachtig waren. Ik ben geschokt en dat ga ik ze ook vertellen, ooit, als ik me niet meer voor ze onder een wandtafel verstop.

'Hoe gaat het met Romilly?' vraagt Bean beleefd.

'O... je weet wel,' zegt Gus vrijblijvend. 'Het is, eh... Heb jíj iemand op het oog?' verandert hij snel van onderwerp, alsof hij bang is dat Bean zal doorvragen.

'Ik...' Bean lijkt geen antwoord te kunnen geven. 'Het is niet... Het...'

Mijn hart loopt over van medeleven. O god, die arme Bean. Sinds dat hele ellendige gedoe met Hal heeft ze niet meer over haar liefdesleven kunnen praten.

'Dat zal best,' krabbelt Gus terug. 'Balen. Sorry. Ik wilde je niet...'

Ze lopen weer en ik steek gespannen mijn nek uit om een glimp op te vangen, om te zien of Bean van streek is. Als het me eindelijk lukt, wordt mijn medeleven verdrongen door verontwaardiging. Ze heeft mijn Rixo-jurk aan! Het lef! Ze moet zich hebben omgekleed zodra ze dacht dat ik weg was!

Er naderen weer voetstappen, en die stoppen nu.

'Champagne!' zegt Gus tegen iemand die ik niet kan zien. 'Lekker, dank je!'

Zo, champagne. Toe maar. En ik heb alleen maar een lullig broodje. Ik kijk een beetje wrokkig naar mijn broer en zus die met elkaar klinken en zet mijn grieven op een rijtje. Vooral tegen Bean, die niet alleen de vruchten van Krista's feest plukt, maar dat ook nog eens in míjn Rixo-jurk doet.

'Ik moet roken,' zegt Gus gespannen zodra de voetstappen verdwenen zijn.

'Gus!' roept Bean uit. 'Je rookt niet!'

'Alleen op familiereünies. Ik ga naar de tuin. Ga je mee?'

'Tja, ik blijf hier niet in mijn eentje!'

Ze lopen weg en ik verslap. Ik had niet door dat ik er zo verkrampt bij zat. Ik ben helemaal in elkaar gedrukt. Kan ik mijn tenen eigenlijk nog wel voelen?

Mijn aandacht wordt getrokken door de voetstappen van een man, snel en vastberaden.

Bekende voetstappen?

Nee, ik verbeeld het me.

Hoewel… toch niet. Joe komt de kamer in gebeend, met zijn telefoon aan zijn oor. Ofschoon het link is, kan ik de verleiding niet weerstaan om het kleed een stukje opzij te trekken zodat ik hem beter kan zien. Zijn haar glanst in het kaarslicht, zijn gezicht staat strak van concentratie en hij fronst een beetje.

Hij zou niet zo knap moeten zijn, denk ik zwartgallig terwijl ik naar hem kijk, terwijl hij het zelf niet eens beseft, en dan is hij óók nog eens arts. Het zou verboden moeten worden.

'Ja,' zegt hij. 'Nee, je zou me uitlachen.'

Voordat ik me kan bedwingen, vraag ik me jaloers af wie hem zou uitlachen. Dat mooie meisje naast hem op die foto in de *Daily Mail*? Dat meisje dat in een doodnormale rok met haar benen 'pronkte'?

Joe was de naamkaartjes op de tafel aan het checken, maar daar houdt hij nu mee op.

'Ja, nou ja, toch is ze er.' Hij aarzelt. 'Ik heb haar gezien. Ze had zich in een rozenstruik verstopt, dat geloof je toch niet? Nee. Geen idee.'

Ik kijk strak naar hem, niet in staat me te bewegen. Mijn hele hoofd tintelt. *In een rozenstruik verstopt.* Dat ben ik. Hij heeft het over mij.

'Tja, hoe dénk je dat ik reageerde?' Hij klinkt kortaf en in een reflex leun ik naar voren, want daar ben ik ook benieuwd naar. 'Wat ik voor haar voel? Ik... ik denk dat ik...' Hij laat een ondraaglijke stilte vallen en wrijft over zijn voorhoofd. 'In wezen nog hetzelfde.'

Ik wacht ademloos op een toelichting, maar hij luistert nog even en zegt dan: 'Ik moet hangen. Ja, ik zie je... Merci. Ik stel het op prijs.' Hij stopt zijn telefoon weg en ik tuur naar hem, zoekend naar aanwijzingen en met bonzend hart, tegen wil en dank.

Hetzelfde als wat? Als wát? Ik ga zo op in mijn poging het antwoord van zijn gezicht te lezen dat ik als hij wegloopt verder naar voren leun dan de bedoeling was, en dan verlies ik tot mijn ontzetting opeens mijn evenwicht. Ik val onelegant onder het kleed vandaan, slaak een gil, sla mijn hand voor mijn mond en kijk wanhopig op naar Joe, die perplex terugkijkt.

'Wat zullen we...'

'Sst!' fluister ik. 'Sst! Vergeet dat je me hebt gezien. Ik ben er niet.'

Mezelf vervloekend kruip ik snel weer terug onder het kleed en hang het recht. Als ik weer veilig verstopt zit, gluur ik naar buiten... en zie dat Joe nog steeds mijn kant op staat te kijken, met open mond. Nou vraag ik je. Straks verraadt hij me nog.

'Ga weg!' fluister ik, en ik gebaar dat hij moet vertrekken.

Hij draait zich om en zet een paar stappen, maar een seconde later zoemt mijn telefoon.

WTF?

Ik vertrek geen spier en antwoord meteen:

Niet op dat meisje achter het gordijn letten.

Ik weet dat hij de verwijzing naar *The Wizard of Oz* zal oppikken, want ooit, toen we nog kinderen waren, speelden we een spelletje met opdrachten als je verloor. De zijne was dat hij *The Wizard of Oz* twee keer van begin tot eind met me mee moest kijken. Wat hij braaf deed, en we citeerden er een tijdje uit tegen elkaar. En ja hoor, hij stuurt weer een appje.

Waarom verbergt de grote, machtige Effie zich onder een tafel?

Ik antwoord prompt:

Ik heb toch gezegd dat ik een missie heb.

Ik bijt op mijn onderlip en voeg er zo oprecht mogelijk aan toe:

Echt, vertel het aan niemand, alsjeblieft. Alsjeblieft?

Ik verzend het bericht en kijk even snel om het kleed heen. Joe staat met zijn rug naar me toe, maar alsof hij me voelt kijken, draait hij zich weer terug. Hij ziet me gluren en zijn mondhoeken trekken, maar zijn gezicht blijft ernstig. Hij brengt een vinger naar zijn lippen en knikt plechtig. We bewegen even geen van beiden. Zijn donkere, strakke blik is ondoorgrondelijk. Ik weet niet wat hij denkt, behalve dan dat hij aan mij dacht.

En dat hij nog iets voor me voelt.

Iets.

In wezen nog hetzelfde. Met een knoop in mijn maag overweeg ik wat hij allemaal voor me zou kunnen voelen. Hij moet weten dat ik hem heb gehoord. Zal ik er ooit achter komen wat hij bedoelde?

Het geluid van nieuwe voetstappen in de hal verbreekt de ban en ik kom knipperend met mijn ogen bij zinnen. Ik heb hem onder mijn huid laten kruipen. Wat stóm is. Waarom interesseert het me wat Joe Murran vindt? Wat boeit het of hij het over me had aan de telefoon? Wat dondert het wat hij voor me voelt?

Die boodschap moet ik aan hem overbrengen, en gelukkig heb ik best een expressief gezicht. We kijken nog steeds naar elkaar, en langzaam begin ik een onbuigzame vijandigheid uit te stralen. Ik zie hem enigszins verwonderd zijn voorhoofd fronsen om mijn veranderde gelaatsuitdrukking en geef mezelf in gedachten een high five. Dat zal hem leren.

Ik ben boos op mezelf omdat ik me afvroeg hoe Joe me ziet. Hij is mijn nieuwsgierigheid niet waard. En dat zal ik ook tegen hem zeggen als ik de kans krijg…

'Joe!'

We schrikken allebei van Krista's begroeting en ik duik haastig weer achter het kleed. Kom op, Effie, verman je. Ik moet stoppen met dat obsessieve gepieker over Joe, me op mijn missie focussen en een makkelijke zithouding zien te vinden. De avond is nog jong en ik moet nog een heel diner zien door te komen, godsamme.

10

Oké, mijn grootste probleem is de hond. Wat ik niet had voorzien. Lacey, de zus van Krista, heeft Bambi meegenomen naar de eetkamer, onder haar arm geklemd als een clutch. Hij lijkt vanavond zelfs nog meer op een clutch dan anders door zijn feestelijke glitterhalsband, die er snoezig uitziet, moet ik toegeven.

'Bambi komt bij mij zitten, hè, Bambi, schattebout?' zei ze toen ze binnen kwam deinen, maar zodra ze ging zitten, wurmde Bambi zich natuurlijk van haar schoot op de vloer. Hij heeft een paar rondjes door de eetkamer gemaakt en kwam toen op een argwaan wekkende manier aan de wandtafel snuffelen terwijl ik als een gek 'Opzouten, Bambi!' fluisterde. Ik had het zo druk met hem weg zien te krijgen dat ik me helemaal niet op de gang van zaken kon richten, maar gelukkig heeft iemand een stukje kreeftravioli of zoiets laten vallen, want hij is naar de andere kant van de kamer geschoten.

Mooi. Nu kan ik mijn familie eindelijk van dichtbij bekijken. Of in elk geval genoeg zien om te begrijpen wat er gebeurt. Als ik mijn hoofd een beetje draai en door een handig mottengat gluur dat ik in het kleed heb ontdekt, kan ik alle gezichten min of meer zien, al is het maar in de spiegel. (Behalve dat van Romilly, maar ik wil Romilly's gezicht niet zien, dus dat geeft niet.)

Tussen het verwensen van Bambi door heb ik als een spion van de geheime dienst geprobeerd het gesprek aan tafel te volgen, maar tot nog toe ben ik niets aan de weet gekomen. Ze vertellen elkaar alleen maar hoe lekker de cocktails waren. Behalve Romilly, die niet uitgepraat raakt over de vioollessen van haar dochters bij die überdocent, alsof dat iemand iets interesseert.

Mijn blik glijdt naar Krista's zus, Lacey. Ik zie haar voor het eerst en ze mag er zijn, met haar dansende roodbruine haar, strakke zeegroene jurk en blote, gebruinde schouders. Ik durf te zweren dat ze extra met haar kont wiebelde toen Joe beleefd haar stoel voor haar naar achteren schoof, en nu lijkt ze door hem gebiologeerd te zijn. Terwijl ik kijk, schenkt hij haar waterglas nog eens vol. 'Dank je wel, dokter Joe,' zegt ze met hese, zwoele stem, en ze brengt zonder zijn blik los te laten het glas naar haar lippen.

'Zeg maar gewoon Joe, hoor,' zegt Joe beleefd, en Lacey fladdert met haar wimpers naar hem.

'O, nee, dat kan ik niet! Voor mij zul je altijd dokter Joe blijven. Wist je dat ik nu al verliefd op je ben?' Ze lacht en schudt haar haar nog eens over haar schouder.

Ze is nog sexyer dan Krista, met fascinerende groene ogen. Ze is ook jonger, misschien halverwege de dertig. Maar nog altijd ouder dan Joe, vermeld ik er voor mezelf bij. (Niet op een krengerige manier. Gewoon voor de volledigheid.)

'Ik ben ontzettend eerlijk,' vervolgt ze tegen Joe. 'Ik móét gewoon zeggen hoe ik de dingen zie. Zo is Lacey.' Ze lacht stralend naar hem. 'En als het je niet bevalt, blijf je maar weg. Sorry, maar zo denk ik erover.'

'O,' antwoordt Joe lichtelijk perplex. 'Zit jij ook in de sportkleding?' vraagt hij dan beleefd.

'Nee, maar ik heb wel modellenwerk gedaan voor Krista's onderneming,' antwoordt Lacey. 'Ik ben slangenmens in mijn vrije tijd. Ze laat me op mijn handen lopen, dat soort dingen.'

'Een slángenmens?'

'Je zou haar moeten zien,' mengt Krista zich trots in het gesprek. 'Lacey kan haar dijen achter haar oren leggen, hè, Lace?'

'O ja, met gemak.' Lacey knikt zelfvoldaan en ik durf te zweren dat alle mannen iets gaan verzitten op hun stoel.

'Goed, mag ik even de aandacht?' zegt pap, die met een vork tegen de rand van zijn wijnglas tikt. 'Voordat we verdergaan, wil ik even zeggen hoe fantastisch het is dat we hier vanavond allemaal zijn. Ook jij, Lacey.' Hij glimlacht vriendelijk naar haar. 'En Joe, natuurlijk, en Humph, al weet ik niet waar hij gebleven is...'

'Dank je, Tony,' zegt Lacey charmant, en ze heft haar wijnglas naar hem. 'En bedankt voor het warme onthaal, iedereen.'

'Maar we zijn er niet allemaal, toch?' klinkt Beans beverige stem. 'Hoe zit het met Effie?'

Er valt een lange, geladen stilte om de tafel. Ik zie in de spiegel dat Gus grimast en een hand naar zijn voorhoofd brengt. Romilly draait haar hoofd en kijkt verbijsterd naar Bean. Joe is verstijfd, met zijn hand strak om zijn glas. Zijn donkere ogen zijn ondoorgrondelijk. Krista glimlacht ijzig, alsof niemand een woord heeft gezegd. Ik zie dat Lacey genietend en gefascineerd haar blik over het bewegingloze tafereel laat glijden.

Ik slik een paar keer. Ik gloei van top tot teen en opeens voelt mijn verstopplek claustrofobisch aan.

'Effie...' zegt pap uiteindelijk. Zijn stem klinkt luchtig, maar gespannen. 'Effie heeft haar keuze gemaakt met betrekking tot vanavond, en dat moeten we... respecteren.' Hij haalt diep adem en lijkt nog iets te willen zeggen, maar dan verbreekt een andere, donderende stem de spanning.

'Gegroet, allen! Sorry dat ik zo laat ben!'

Het is Humph, die met grote passen door de woonkamer beent. Joepie. Mijn hele wezen krimpt in elkaar. Het enige wat ik nodig had om deze avond nóg superleuker te maken, is weer een ex die op het toneel verschijnt. Helemaal als hij ook nog eens wenkbrauwen als rupsen heeft en lacht als...

147

Wacht even. Humph verschijnt in mijn beperkte gezichtsveld en ik knipper verbaasd met mijn ogen. Is dat Húmph? Ik weet niet wat ik zie. Bean had wel gezegd dat hij veranderd was, maar hij is zo goed als onherkenbaar. Zijn wenkbrauwen zijn getrimd. Zijn haar is bijna cool. Hij is slanker, hij heeft een baard en zijn zwarte smokingjasje is best wel... elegant.

Het idee dat 'Humph' en 'elegant' bij elkaar zouden passen, is ongelooflijk.

'Wij hebben elkaar nog niet gesproken,' hoor ik hem tegen Lacey zeggen terwijl hij zijn hand uitsteekt. 'Humphrey.'

'Dus jij bent de hooggeboren heer Humph!' jubelt Lacey verrukt. 'Heeft iedereen hier aan tafel een dure titel, of geldt dat alleen voor deze twee heerlijke mannen?' Ze vervolgt tegen Bean: 'Ik ben gek op aantrekkelijke mannen. Je weet wel. Echte knapperds. Zo is Lacey.' Ze lacht stralend en zwiept haar haar over haar schouder.

'Geef mij maar afstotelijk lelijke mannen,' zegt Bean met een uitgestreken gezicht, maar de ironie ontgaat Lacey volledig.

'Echt waar?' zegt ze met een opgewekte vaagheid, want ze heeft haar aandacht alweer op Humph gericht. 'En wat doe jij?' Opeens hapt ze opgewonden naar adem. 'Niet zeggen. Je bent de landjonker van het dorp.'

'Ik beoefen de geneeskunde,' zegt Humph vriendelijk, en ik frons verwonderd mijn voorhoofd. Geneeskunde? Humph heeft toch de landbouwhogeschool gedaan?

'Krijg nou wat!' zegt Lacey, die van Joe naar Humph kijkt. 'Twéé dokters in de zaal.'

'Niet echt,' zegt Joe, en hij neemt een grote slok wijn.

'Ik beoefen de alternatieve geneeskunde,' verduidelijkt Humph. Hij haalt een bruin flesje uit zijn zak en druppelt een kleurloze vloeistof in zijn waterglas.

'Wat is dat?' vraagt Lacey gretig.

'Een middel om de spijsvertering te bevorderen,' zegt Humph. 'Iedereen zou het moeten gebruiken.'

'Naar jouw onbevoegde mening,' merkt Joe op, en Humph slaakt een diepe, medelijdende zucht.

'Ik ben volledig bevoegd om dokter Herman Spinkens technieken voor inwendige harmonisatie toe te passen,' zegt hij soepel tegen Lacey. 'Ik kan je naar een website verwijzen. We hebben imposante getuigenissen.'

'En imposante prijzen,' zegt Joe. 'Of wacht, bedoel ik exorbitant?'

Humph werpt hem een boze blik toe en richt zich weer tot Lacey. 'Helaas begrijpt de gevestigde orde de theorieën van dokter Spinken nog niet. Wat dat betreft zijn Joe en ik het er al over eens dat we het nooit eens zullen worden. Maar mocht je interesse hebben, Lacey, ik heb een kliniek hier in de buurt. Kom vooral langs voor een startsessie voor de halve prijs.' Hij heeft al een kaartje gepakt en overhandigt het aan Lacey.

'"Humphrey Pelham-Taylor, genezer, Spinken Instituut,"' leest Lacey van het kaartje. 'Dat klinkt indrukwekkend!'

'Hoelang duurde die cursus, Humph?' zegt Joe effen. 'Een maand?'

Humph vertrekt geen spier.

'Nog een aanval van de gevestigde geneeskunde,' zegt hij meewarig. 'De duur van de cursus doet er niet toe. Het gaat niet om het stampen van feitjes, het gaat erom dat we onze geest openstellen voor wat we intuïtief al weten.'

'O, echt?' zegt Joe. 'Dus jij bent intuïtief bevoegd farmacoloog, Humph?'

Humph werpt Joe een dreigende blik toe en wendt zich weer tot Lacey. 'Als baby begrepen we intuïtief hoe we onze wervelkolom, onze inwendige organen en onze *rhu* in harmonie moesten brengen.'

'Wat is onze rhu?' vraagt Lacey gefascineerd.

'Rhu is een concept van Spinken,' zegt Humph, en Joe snuift in zijn wijn. 'Het is de energie van onze inwendige organen. Die produceert een transcendente, helende kracht. Gezondheidszorg begint en eindigt met de rhu.'

Hij klopt op zijn borst en Krista valt hem bij: 'Humph verricht wonderen, Lace. Die kruidendrank van mij? Die heb ik van Humph. Ik kikker er zó van op!' Ze knipoogt naar Humph, die blij teruglacht.

'Nou, ik ga er zeker naar kijken.' Lacey stopt het kaartje in haar tas. 'Ik bof maar. Nu ken ik niet alleen de Hartendokter, maar ook een Spinken-expert!'

'Ja, jij bent een echte beroemdheid geworden, hè?' zegt Humph hatelijk tegen Joe. 'Dat je nog tijd hebt voor je patiënten, tussen de interviews en de rode lopers door.'

Ik zie ergernis over Joe's gezicht trekken, maar hij hapt niet.

'Ja, we proberen je vriendinnen via de media te volgen, dokter Joe,' zegt Krista plagerig, 'maar het zijn er gewoon te veel. Je bent een echte casanova!'

'Niet echt,' zegt Joe. 'Die zogenaamde liefdes van me zijn meestal vrouwen die toevallig even naast me lopen op straat, als ik op weg ben naar mijn werk.'

'Ons hou je niet voor de mal,' zegt Krista met een veelbetekenend glimlachje. 'Ja, ruim maar af,' vervolgt ze tegen een wachtende ober.

De gesprekken vallen even stil terwijl de obers de borden van het voorgerecht afruimen en terugkomen met schalen vlees. Er wordt een soort geurige saus bij geserveerd, en ik weet niet wat er voor specerijen in zitten – kruidnagel? Nootmuskaat? – maar die geur voert me op slag terug naar Kerstmis. Kerstmis in dit huis. De gasten proeven, slaken verrukte kreten of zeggen zacht tegen elkaar hoe lekker het is, en het is bijna alsof wij daar om die tafel zitten, de Talbots, lachend en met feesthoedjes op. Mimi met haar schort nog om, want dat vergat ze altijd af te doen voordat ze aan tafel ging. Het werd een familiegrapje. We noemden schorten 'kerstjurken'. En er was dat jaar dat we Mimi verrasten met een schort met een opdruk van rode kerstslingers. Ze vond het zo mooi dat ze het jaren heeft gedragen.

Dat grapje zal nu wel niet meer bestaan, denk ik met een soort knagend verdriet. Ik weet in elk geval niet waar het gebleven is. Niet bij Mimi, want die praat nooit over vroeger. Hier ook niet. Alle grapjes, de familielegendes, ons eigen taaltje en de tradities die alleen wij begrepen. Zijn die verdeeld, net als de inboedel? Of zitten ze allemaal ergens in een doos?

Dan schiet me een andere jeugdherinnering te binnen. Ik heb me hier een keer op eerste kerstdag verstopt, onder deze zelfde wandtafel! Ik was het helemaal vergeten, maar nu komt het allemaal in een vloedgolf terug. Ik was een jaar of zeven en ik had ruzie met Bean gemaakt over de surprise in haar knalbonbon. (Moet ik nu de waarheid bekennen? Ja, ik had inderdaad haar jojo kapotgemaakt.) Ik gleed in tranen van mijn stoel en verstopte me hier, half beschaamd, half mokkend. En na een minuut of tien kwam pap bij me zitten.

Het was een magisch vader-dochtermomentje, hier onder de tafel, verstopt voor de anderen. Pap maakte me aan het lachen met zijn openingszet: 'Is Kerstmis niet verschríkkelijk? Heel slim van je dat je bent ontsnapt, Effie.' Daarna zong hij een aantal kerstliedjes, maar hij verhaspelde de woorden opzettelijk. En toen, toen ik niet meer bijkwam van het lachen, vroeg hij of ik de kerstpudding naar binnen wilde brengen nadat hij hem had geflambeerd.

Was dat achteraf gezien niet gevaarlijk? Mag een zevenjarige wel een brandende schaal dragen? Nou ja, ik heb het gedaan. Ik herinner me nog hoe ik voorzichtig de keuken uit liep, als gehypnotiseerd naar de blauwe vlammetjes kijkend, met het gevoel dat ik heel belangrijk was. Ik was in de wolken. Effie Talbot, vuurgodin.

Paps lach onderbreekt mijn gemijmer. Ik adem beverig uit en keer terug in het heden. Ik snap het echt niet meer. Hoe heeft het zover kunnen komen? Die eerste kerstdag verstopte ik me hier met mijn vader. Nu verstop ik me voor hem. Voor iedereen.

'Effie is natuurlijk ook een van Joe's vriendinnen geweest, in een ver verleden,' zegt Krista, en ik kijk verbaasd op. 'Straks komt zij ook nog in de *Daily Mail.*'

'Dat denk ik niet,' zegt Joe toonloos, en ik zet mijn stekels op, al weet ik niet goed waarom. Bedoelt hij dat ik niet aantrekkelijk genoeg ben om in de *Daily Mail* te komen? Ik zie hem een blik op mijn schuilplaats werpen en verstijf. Als hij het maar niet in zijn hoofd haalt om me te verraden.

'En, Humph, klopt het dat jij ook iets met Effie hebt gehad?' vraagt Lacey uitdagend. 'Populaire meid! Zo jammer dat ze er niet bij is. Jullie zouden om haar kunnen duelleren!'

'Met alle respect, Lacey,' zegt Humph afkeurend, 'maar het lijkt me niet erg feministisch om dat voor te stellen.'

'Ben je nu opeens feminist, Humph?' zegt Joe met een vreemde stem. 'Dat is... nieuw.'

'Alle Spinken-beoefenaars zijn feminist,' zegt Humph gepikeerd.

'Nou, toch denk ik dat jullie zouden duelleren als Effie hier was,' zegt Lacey schaamteloos. 'Is het te laat om haar hierheen te halen? Bel haar op, Krista!'

O mijn god. Ze gaat me nu toch niet bellen? Ik kijk in paniek naar beneden om te zien of mijn telefoon wel op stil staat, maar het volgende moment besef ik al dat ik niet bang hoef te zijn. Dat zou Krista nooit doen, in geen miljoen jaar.

'Dat zou niets uithalen,' zegt Krista resoluut. 'Ik heb haar gesmeekt om vanavond te komen, ja toch, Tony? Ik heb haar een e-mail gestuurd met de tekst: "Weet je, Effie, schat? Dit is het laatste feest op Greenoaks. Als je niet komt, krijg je er spijt van. Je hebt er alleen jezelf mee.""

Ik ben bijna ademloos van ontzetting. Dat heeft ze helemaal niet gezegd!

'Maar je weet hoe Effie is,' besluit Krista. 'Die doet haar eigen zinnetje. Jammer, maar het is niet anders.'

'Is zij dan het probleemkind van de familie?' vraagt Lacey geïnteresseerd.

'Ik zou haar niet echt een probleemkind noemen, maar…' begint pap met een ontspannen lach, en mijn hart verkrampt.

Maar…? Maar wát?

Hoe wilde hij die zin afmaken?

Plotseling snak ik ernaar om pap goed te zien. Ik steek mijn hoofd om de rand van het kleed, maar geen mens die het ziet. Iedereen kijkt afwachtend naar pap.

'Effie is koppig,' zegt hij ten slotte. 'En als je te koppig bent, kun je kansen laten lopen. Dan kun je uiteindelijk… in het nauw komen.'

Ik geloof mijn oren niet. Ik, koppig? Dat moet pap nodig zeggen! Wie heeft zijn been geblesseerd omdat hij die tien kilometer per se uit wilde lopen? Nou dan. En ik zít niet in het nauw, denk ik verontwaardigd terwijl ik onhandig mijn enkel verschuif.

Nou, oké dan. Misschien zit ik nú een beetje in het nauw. Maar daar gaat het niet om.

'Die arme Effie toch!' zegt Lacey. 'Je hebt koppig en je hebt onhandelbaar. Wie komt er nou niet naar een familiefeest, godbetert?'

Ze kijkt zoekend naar bijval om zich heen.

'Effie had wel willen komen,' zegt Bean, die kwaad naar Krista kijkt, 'als ze fatsoenlijk was uitgenodigd.'

'Er was iets misgegaan met haar uitnodiging,' zegt Krista bruusk, 'dus kreeg ze een driftbui. Het probleem met Effie is dat ze te emotioneel is. Het is een achtbaan bij haar. Een absolute dramaqueen.'

'Volgens míj is het probleem met Effie dat ze nooit echt volwassen is geworden,' bemoeit Romilly zich ermee, en ik kijk verontwaardigd naar haar zelfgenoegzame achterhoofd. Wie heeft Romilly iets gevraagd? 'Ze is nog steeds heel erg de jongste in het gezin.'

Ik voel dat mijn wangen beginnen te gloeien. Wat bedóélt ze daarmee?

'O, ik ken die types,' zegt Lacey, wijs knikkend.

'Ze kan het leven gewoon niet aan,' vervolgt Romilly. 'Sinds ze haar baan kwijt is, werkt ze als serveerster op oproepbasis. Ze lijkt haar zaakjes niet op orde te kunnen krijgen. En wat haar liefdesleven betreft...'

Nu tintelt mijn hele hoofd. Is dit hoe ze allemaal over me praten als ik er niet bij ben?

'Hou op! Jullie zijn niet eerlijk!' roept Bean overstuur. 'Effie heeft een paar prima uitzendbanen gehad. Het was niet haar schuld dat ze haar baan kwijtraakte. Ze zet alles op een rijtje en denkt na over haar volgende stap. Dat is juist verstandig. En zal ik jullie eens zeggen waar ze op dit moment is?' besluit ze triomfantelijk. 'Ze is op date met een olympische sporter!'

Terwijl ik hoor hoe mijn zus me verdedigt, springen de tranen me in de ogen. Wat hou ik toch veel van Bean. Ze mag mijn Rixojurk best aan. Ze mag hem houden.

'Een olympische sporter?' Krista lacht honend. 'Heeft Effie jou wijsgemaakt dat ze een date heeft met een olympische sporter? Ik bedoel, we zijn allemaal gek op Effie, maar een olympische spórter? Ik denk dat er iemand heeft gejokt. Die arme schat. Ze had gewoon kunnen zeggen dat ze haar haar moest wassen.'

Het blijft even stil. Dan zet Joe zijn glas met een klap op tafel.

'Ik geloof dat de man in kwestie wel degelijk een olympische sporter is,' zegt hij minzaam. 'Een goudenmedaillewinnaar, heb ik begrepen. Ja toch, Bean?'

Er valt een perplexe stilte om de tafel en ik zie Krista grote ogen opzetten van schrik.

'Een goudenmedaillewinnaar?' zegt Romilly, die klinkt alsof ze tegen wil en dank onder de indruk is.

'Ja,' zegt Bean, die op de een of andere manier in haar rol blijft. 'Ja, dat klopt. Een goudenmedaillewinnaar.'

'In de moderne vijfkamp, was het toch?' voegt Joe eraan toe. 'Of roeien, dat vergeet ik steeds. Maar ik weet wel dat hij tegenwoordig een succesvol zakenman en filantroop is.' Joe kijkt uitdrukkingsloos naar Krista. 'Een goede vangst.'

Humph leeft op. 'Dan moet hij wel een hoop geld hebben!' roept hij uit. 'Weet je, de Spinken-techniek is ideaal voor profsporters. Misschien kan Effie me aan hem voorstellen.'

'Als het niet bij deze ene date blijft,' zegt Lacey vals.

'Ik kan me niet voorstellen dat hij niet voor haar valt,' zegt Joe, nog steeds op die vlakke toon. 'Dus. Dat is Effies keus.'

Hij werpt me heel snel een blik toe en ik kijk terug, niet in staat me te bewegen, van mijn stuk gebracht. Ik weet dat hij Krista gewoon zit te stangen, dat hij het allemaal niet meent, maar... O god. Ik mag hem niet onder mijn huid laten kruipen. Niet weer.

'Hoe weet je dat allemaal?' vraagt Krista met een ziedende glimlach aan Joe.

'Effie en ik hebben de laatste tijd weer contact,' zegt Joe achteloos. 'Heeft ze dat niet verteld?'

'Weet je waar die gast woont?' vraagt Humph aan Bean. Hij hoopt duidelijk een beroemde sportman als cliënt binnen te halen.

'Nee,' zegt Bean, 'maar wat ik wél weet, is dat Effie op dit moment in een toprestaurant in Londen gefêteerd wordt, dus op Effie, waar ze ook is!'

Ze kijkt vastberaden om zich heen, alsof ze iedereen wil overtuigen, en heft dan haar glas, hoog en vol zelfvertrouwen... en als ze ervan nipt, ziet ze mij plotsklaps onder de wandtafel uit piepen. Haar gezicht vertrekt van schrik, ze verslikt zich en sproeit wijn over de hele tafel. Lacey snakt naar adem en roept: 'Bean! Gaat het?'

'Wat gebeurt er?' vraagt Gus geschrokken.

'Niets! Ik zag opeens... de bloemen!' zegt Bean in het wilde weg.

Iedereen kijkt niet-begrijpend naar de bloemen en Bean trekt een radeloos, ongelovig gezicht naar mij. Ik trek een verontschuldigend gezicht terug en duik weer onder het kleed.

'Jammer dat Effie ze niet kan zien, hè?' zegt Joe vriendelijk tegen Bean. 'Effie is gek op bloemen.' Hij knikt bijna onmerkbaar naar de wandtafel en ze kijkt hem met grote ogen aan.

'Ja,' zegt ze moeizaam. 'Heel jammer.'

'Maar goed, ik ben blij dat ze het naar haar zin heeft vanavond,' vervolgt Joe. 'Wat zou ze nu aan het doen zijn?'

'Ja, dat vraag ik me ook af,' zegt Bean met verstikte stem. 'Wie zal het zeggen?'

'Ze zal wel mensen kijken,' zegt Joe met een stalen gezicht, en Bean verslikt zich weer.

'Ja, dat zal wel.'

'Ze heeft vast een mooi uitzicht, waar ze ook is,' vervolgt Joe.

'Ja, ze heeft vast een uitstekend uitzicht,' perst Bean, die haar lachen amper kan inhouden, eruit. 'O, het toetje!' zegt ze dan opgelucht.

Joepie. Ik ben compleet uitgehongerd en nu moet ik zien hoe ze allemaal een toetje eten?

'Goed, mensen,' zegt Krista, die in haar handen klapt om de

aandacht te trekken, 'het leek me leuk om iets van vroeger te doen vanavond… dus hebben we een ouderwetse serveerwagen met lekkers! Kom maar door!' vervolgt ze met stemverheffing.

Het volgende moment hoor ik rollende wieltjes, gevolgd door zuchten, verrukte kreten en zelfs een applausje.

'Goh, dat is echt leuk,' zegt Romilly, die er zoals gewoonlijk in slaagt het totaal niet leuk te laten klinken. 'Dat is echt grappig. Ja. Leuk.'

'Hoe kunnen we kiezen?' zegt Bean verlangend. 'Ik wil alles! Moet je die pavlova zien!'

'Neem alles!' zegt Lacey. 'Ooh, chocolademousse.' Ze wendt zich tot Humph en zegt op vertrouwelijke toon: 'Ik ben gek op chocolade. Zo is Lacey.'

'Je bent een chocoholic,' zegt Humph met een glimlach, en Lacey hapt naar adem alsof ze het woord nog nooit heeft gehoord en Humph de nieuwe Oscar Wilde is.

'Precies!' Ze wijst triomfantelijk naar hem. 'Ik ben een chocoholic!'

'Als jullie maar wat soesjes voor mij overlaten,' zegt pap joviaal.

De wieltjes rollen mijn kant op en stoppen dan opeens, recht voor het kleed. Ik breng mijn gezicht dichter bij de opening en zie de blinkende metalen serveerwagen. Ik ruik taart, chocolade, aardbeien… Dit is een marteling.

'Mag ik even uitleg geven?' zegt een vrouwenstem boven mijn hoofd. 'Dit is een pavlova met kiwi en pistache… chocolademousse… soesjes… Een etage lager hebben we minicheesecakes in New Yorkse stijl… ananascarpaccio met citroengrassiroop… abrikozenparfait… en verse aardbeien, geserveerd met room. Mevrouw? Pavlova? En een beetje parfait erbij?'

Ik hoor het allemaal in een waas van honger-begeerte aan. Mijn maag lijkt samen te trekken, zo leeg is hij. En het eten staat daar. Recht voor me. Zal ik…

Nee.

Maar als ik nou heel voorzichtig doe?

'En een paar aardbeien?' zegt de serveerster. 'Natuurlijk.'

Ik steek behoedzaam een hand onder het kleed door en tast in de richting van de serveerwagen. Watertandend bereik ik de rand van de onderste etage en schuif mijn vingers naar de dichtstbijzijnde schaal…

Néééé!

Zonder enige waarschuwing rijdt de serveerwagen weg, en ik trek snel mijn hand terug. Au. Mijn hand geschaafd.

Ik leun chagrijnig achterover in het donker en bereid me voor op de geluiden waarmee mijn familie zich een weg schrokt door soesjes en pavlova terwijl ik stilletjes sterf van de honger. Ik heb nooit beseft hoe gulzig mijn familie is, denk ik wrokkig. Moet je ze nou horen, zoals ze allemaal een stuk of zes verschillende toetjes vragen en er dan 'O, en een paar aardbeien' aan toevoegen alsof dat het eten van een halve kilo room goedmaakt.

'Die chocolademousse!' kreunt Lacey. 'Hemels.'

Net als ik weer in mijn zak voel of ik niet toch een stukje kauwgom over het hoofd heb gezien, word ik opgeschrikt door gesnuffel. Bambi is weer op onderzoek uit.

'Bambi, ksst,' sis ik, maar hij besteedt er geen aandacht aan. Iets moet zijn belangstelling hebben gewekt, want hij begint aan het kleed te trekken. Hij jankt en krabt eraan. Dan blaft hij opeens op die luide, kefferige manier van hem.

'Niet doen!' fluister ik wanhopig. 'Koest!'

Maar hij gaat alleen maar harder keffen, en ik verstijf van angst. Hij kan nu elk moment het kleed opzijtrekken, als een soort Lassie, en dan is het afgelopen.

'Wat doet Bambi daar?' zegt Bean met een toneelstem. 'Hier, Bambi! Kom hier!'

'Ik ken Bambi nog helemaal niet,' zegt Joe ontspannen. Ik hoor hem zijn stoel naar achteren schuiven en naar de wandtafel lopen. 'Laat me eens goed naar je kijken? Wat een mooie halsband heb je om. Kom eens hier, jochie!'

Ik gluur om het kleed heen en zie dat hij Bambi, die tegenstribbelt, stevig bij zijn halsband pakt.

'Mooie hond!' roept hij uit, en dan vervolgt hij heel zacht tegen mij: 'Hoe gaat het met de missie?'

'Vreselijk,' fluister ik terug. 'En ik verga van de honger. Als je een stuk of vijf cheesecakejes en een portie chocolademousse voor me achterover zou kunnen drukken, zou ik heel blij zijn.'

Ik vang een flits op van Joe's gezicht. Hij lijkt het grappig te vinden.

'Ik doe mijn best,' zegt hij zacht, en dan richt hij zich op, nog steeds met Bambi's halsband in zijn hand. 'O, wil je eruit?' zegt hij op een toon alsof de hond iets tegen hem heeft gezegd. 'Goed plan! Mag dat?' vraagt hij achteloos aan Krista. 'Hij lijkt een beetje te flippen. Ik breng hem naar een rustig plekje.'

Tot mijn onmetelijke opluchting loopt hij de hele woonkamer door, zet Bambi in de hal en sluit de deur voor zijn neus. Ik zie hem terug naar de tafel lopen. Hij neemt een paar happen pavlova, zonder een woord te zeggen, met een verre blik in zijn ogen. Dan pakt hij opeens zijn telefoon, als in een opwelling, en zegt tegen Krista: 'Neem me niet kwalijk, maar ik moet dringend een bericht versturen. Het gaat om een belangrijk medisch noodgeval.'

'Een medisch noodgeval!' zegt Lacey hijgerig. 'O, dokter Joe! Waar gaat het over?'

'Ik ga even van tafel…' Joe wil opstaan, maar Krista duwt hem met een vleierig glimlachje terug op zijn stoel.

'Doe niet zo mal! We zijn hier allemaal onder ons. Verstuur je bericht maar, Joe.'

'Dank je.' Joe glimlacht vluchtig naar haar en begint te typen. Even later licht mijn telefoonscherm op met een bericht van hem.

Strek je benen. Straks krijg je nog trombose.

Ik probeer in een reflex mijn ene been te strekken, maar het kan niet, het is een bespottelijk idee, dus antwoord ik:

Nee, kan niet. Trouwens, Humph geneest me wel volgens de Spinken-methode.

Ik verstuur het bericht en zie Joe's mondhoeken trekken terwijl hij het leest.

'Alles goed?' vraagt Lacey, die ook naar hem kijkt, vol verwachting.

'De patiënt is een beetje koppig,' zegt Joe, die heel even mijn kant op kijkt. Bean ziet het, kijkt ongelovig naar zijn telefoon en werpt dan een blik op de wandtafel. Vervolgens pakt ze haar eigen telefoon.

'Sorry!' zegt ze op gekunstelde toon tegen Krista. 'Maar door Joe denk ik er opeens aan dat ik ook een bericht moet versturen. Het is een… eh… een loodgietersnoodgeval.' Ze typt snel en even later krijg ik haar bericht binnen.

Waar ben je mee BEZIG????

Ik antwoord meteen:

Me verstoppen. Rixo-jurk staat je goed, trouwens.

Ik zie Bean rood worden en onderdruk een giechel. Ze kijkt schuldbewust naar de jurk en vervolgens naar mij. Nou ja, straks verraadt ze me nog! Ik typ snel een vervolg.

Geen paniek, je ziet er echt beeldig uit. x

Dan krijg ik een geniale inval en maak een nieuwe groep aan, *Bean en Joe*, en stuur ze een gezamenlijk appje.

Raad eens?? Krista's corrigerende onderbroek zit in de blauwe pot op het dressoir. Ze heeft hem uitgetrokken. Ik heb het gezien.

Bean leest mijn bericht, probeert haar lachen in te houden en proest opeens hard. Even later maakt Joe een snuivend geluidje. Hij kijkt op van zijn telefoon, werpt een blik op Krista en de blauwe pot en richt zijn blik dan op Bean, die een radeloos snuif-geluid maakt.

'Wat een mooie blauwe pot staat daar,' zegt hij met een stalen gezicht. 'Vind je ook niet, Bean? Het was me nooit opgevallen, maar het is een kunstwerk.'

'O ja,' zegt Bean met een beverige stem, waar ik uit afleid dat ze op het punt staat de giechels te krijgen. 'Heel mooi.'

'Bijzonder.' Joe knikt. 'Zullen we hem eens van dichtbij bekijken? Krista, mogen we even?'

Krista kijkt hem even met gefronste wenkbrauwen aan, alsof ze zich afvraagt of ze betrapt is of niet. Dan roept ze opeens met schrille stem: 'Een toost!' Ze springt van haar stoel, met een wijn-glas in de aanslag. 'Op jou, Tony, mijn knappe held.'

'Zo is dat!' valt Lacey haar bij.

'Weet je, Tone heeft een fantastisch jaar achter de rug met zijn investeringen en alles,' zegt Krista pocherig. 'Hij zwémt in de winst.'

'Nou...' zegt pap verbaasd. 'Ik geloof niet...'

'Niet zo bescheiden! Je hebt hopen geld verdiend!' kapt Krista hem trots af, en ik zie Bean gepijnigd naar Gus kijken. Pap praat eigenlijk nooit over geld. Mimi ook niet. Dat doen ze gewoon niet.

'Tony!' zegt Lacey met een knipoog. 'Stiekemerd! Leg wat voor mij opzij, oké?'

'Achter aansluiten!' zegt Krista tegen Lacey. 'En nu ik toch sta.... We hebben een heel bijzondere mededeling voor jullie.' Ze lacht koket naar pap. 'Ja toch?'

De adem stokt in mijn keel. O mijn god. Nu komt het. Ik kijk naar Bean en opeens zou ik willen dat ze hier bij me zat, dat ik in haar hand kon knijpen zoals vroeger bij enge films. Ze kijkt vragend naar Gus, die zijn wenkbrauwen naar haar optrekt, waar hij duidelijk mee bedoelt: *Geen idee.*

'Tony en ik willen de volgende stap zetten.' Krista kijkt stralend naar pap. 'Dus gaan we dit najaar een verbintenisplechtigheid houden. In Portugal, waarschijnlijk. Jullie zijn allemaal uitgenodigd.'

Ik weet even niet wat ik ervan moet vinden. Een verbintenisplechtigheid. Het had erger gekund. Maar het had ook beter gekund.

'Gefeliciteerd!' roept Lacey uit. 'Tortelduifjes van me!' Ze lacht stralend naar pap, die charmant terugglimlacht.

'Krista's idee,' zegt hij, en ik voel de overweldigende drang om uit te roepen: 'Krista's idee? Dat meen je niet! Je maakt een grapje!'

Bean en Gus hebben nog niets gezegd, en Krista lijkt zich bewust te zijn van de beladen sfeer, want ze zet nog een tandje bij.

'En nu, kom op, tijd om lol te maken!' roept ze uit. 'Kan iemand muziek opzetten? Noem je dit een feest?'

'We kunnen zingen!' zegt pap enthousiast. 'We zijn er allemaal... Wat dachten jullie van "Auld Lang Syne"? Kom op, allemaal!' Hij kruist zijn armen en reikt naar Gus en Bean, die allebei schrikken. *'Should auld acquaintance be forgot...'* begint hij.

Alleen Lacey valt in, gevolgd door Humph, maar die bedenkt zich meteen weer. Pap zwaait een paar keer met zijn armen op de maat van zijn onzuivere, niet-overtuigende deuntje om Gus en Bean over te halen zijn handen te pakken, maar ze verroeren allebei geen vin. Bean lijkt zelfs verlamd van gêne.

'Ik geloof niet...' begint ze, en Lacey houdt op met zingen, slaat een hand voor haar mond en werpt Krista een veelzeggende blik toe.

'Misschien... later?' zegt Gus. Paps aarzelende gezang sterft langzaam weg. Hij schraapt zijn keel, laat zijn armen zakken en neemt een teug uit zijn glas terwijl alle anderen zwijgend naar hun dessertbord kijken.

O god. Dit is afgrijselijk. Het is om door de grond te zakken. Ik kan niet naar pap kijken; ik kan zelfs amper naar wie dan ook kijken. Ik ben kriebelig van schaamte, en ik zit niet eens aan die tafel.

'Maar goed,' zegt Bean uiteindelijk met de onoprechtste, wanhopigste stem die ik ooit heb gehoord. 'Gefeliciteerd met jullie, eh... verbintenis, pap en Krista. Sorry, dat had ik meteen moeten zeggen...'

'Ja, absoluut.' Gus kucht. 'Het is... eh. Fantastisch nieuws.'

'Super!' zegt Humph. 'Heerlijk land, Portugal.'

'Dansen!' dendert Krista door het gesprek heen als een onstuitbare monstertruck. 'Kom op, wat zitten we hier nog? Het is een feest, hoor! Muziek!'

Ze staat op, beent naar de woonkamer en roept: 'Joehoe! Waar is die playlist? We willen feesten!' Dan loopt ze terug naar de tafel en begint aan de stoelen te trekken. 'Allemaal! De dansvloer op! Nu! Dat dessert wacht wel.'

Ik bedoel, je moet haar vasthoudendheid bewonderen. In nog geen twee minuten heeft ze iedereen van zijn stoel gejaagd, de dj heeft zijn plek ingenomen, er flikkeren gekleurde lichten door de woonkamer en 'Dancing Queen' dreunt door het huis.

Er is niemand meer in de eetkamer. Ik ben alleen. Waag ik het erop?

Ik til behoedzaam het kleed op en laat het snel weer zakken als ik een salvo van naderende hoge hakken hoor. Ze komen dichterbij. Is het Krista? O god. O shit. Heeft ze me ontdekt?

Mijn angst piekt als het kleed plotseling wordt opgetild. Ik knipper met mijn ogen in het licht. Het spel is uit. Ik ben er gloeiend bij. Ik heb gefaald. Ik kruip vertwijfeld terug in het duister en probeer me onzichtbaar te maken... Er klinkt een plofje, er landt iets van stof op mijn gezicht en ik krimp in elkaar. Dan zakt het kleed weer. De hakken lopen weg. Ik heb geen flauw idee wat er gaande is.

In opperste verbijstering pluk ik het stukje textiel van mijn gezicht. Het is elastisch. Het is...

Ieuw! Gatver! Het is Krista's corrigerende onderbroek!

Ze moet hem achter het kleed hebben gegooid om hem te verstoppen. Ieuw. Ieuw. Hij lag op mijn gezícht. Ik gooi het ding huiverend weg, zo ver mogelijk van me af. Ik moet hier weg. Ik ben dit helse oord beu. Ik heb rugpijn en mijn benen voelen geplet aan. Maar hoe kan ik tevoorschijn kruipen als Krista elk moment binnen kan komen om corrigerend ondergoed te verstoppen?

Dan licht mijn telefoonscherm op met een nieuw bericht. Van Joe. Ik kijk even argwanend naar zijn naam... en klik dan op het bericht.

Het dessert wordt opgediend in de wijnkelder. Bean en ik staan voor je op de uitkijk. Je haalt het wel als je nu gaat. x

11

Naast de keuken zit een deur met daarachter een stenen trap die naar de kelder leidt. Toen ik nog klein was, was ik er doodsbang voor. Nu, terwijl ik behoedzaam de treden af loop naar de oude bakstenen vloer, ziet het er nog net zo uit als altijd: muf, schemerig, met lagen spinnenwebben in alle hoeken. Tegen de verste muur staan de wijnrekken, al zien ze er nu vrij leeg uit. Pap moet op de voorraden hebben ingeteerd met het oog op de verhuizing. Het enige licht is afkomstig van een gloeilamp die aan een snoer aan het plafond hangt en een zwakke gloed verspreidt. Eronder staat een omgekeerde verhuiskist waarover een theedoek is uitgespreid, en daarop staat een schaal met een verzameling van de heerlijkst ogende desserts die ik ooit heb gezien. Een minicheescake, een enorme klodder pavlova, een berg chocolademousse, vijf aardbeien en een paar plakken kaas en crackers.

Ik ben zo verrukt dat ik een lach niet kan onderdrukken. Wat een feestmaal! Er is bestek, een glas water en zelfs een servet. Dat moet Beans werk zijn.

Zonder aarzelen trek ik een stokoud metalen krukje bij en val aan. Ik val bijna in zwijm als ik de eerste hap chocolademousse in mijn mond schuif, en dan proef ik de pavlova, die net zo lekker is. Petje af voor Krista: dat cateringbedrijf is fenomenaal.

Net als ik mijn tanden in een aardbei zet, hoor ik de deur boven me opengaan. Ik spring geschrokken op, met de aardbei nog in mijn hand. O god. Zeg nou niet dat ik hier betrapt word terwijl ik dat luxe eten zit op te schrokken...

'Geen paniek,' klinkt Joe's stem. 'Ik ben het maar.'

Ik hoor zijn voetstappen op de stenen treden en dan staat hij voor me, onvoorstelbaar elegant in zijn smoking, met een fles champagne en twee glazen.

'Bean wilde je dit brengen, maar ze werd door Lacey onderschept,' zegt hij. 'Dus heb ik gezegd dat ik de honneurs wel zou waarnemen.'

'O,' zeg ik klungelig. 'Dank je wel. En bedankt dat je me niet hebt verraden daarbinnen,' voeg ik er onwillig aan toe terwijl hij behendig de champagne ontkurkt. 'En dat je mijn smoes over de olympische sporter hebt ondersteund.'

'Met alle plezier,' zegt Joe. Hij schenkt de glazen vol en overhandigt mij er een. Ik zie de belletjes naar boven bruisen en mijn maag verkrampt. Als hij zijn donkere ogen opslaat naar de mijne, haal ik adem, en dan bedenk ik me. Ik wil dingen weten die ik niet kan vragen.

'Wat is er?' vraagt Joe.

'Niets.' Ik slik. 'Ik dacht gewoon aan... nou ja. Verdergaan.'

'Ja. Natuurlijk.' Hij heft zijn glas naar me. 'Op verdergaan.'

'Op verdergaan,' zeg ik hem gehoorzaam na, al bezorgen de woorden me een steekje in mijn hart. 'Ik wil je niet ophouden,' zeg ik als ik een slokje heb genomen.

'O, ik heb geen haast.' Hij knikt naar de chocolademousse en gaat op een wijnvat zitten. 'Eet nog wat.'

'Dat zal ik doen,' zeg ik, al heb ik gek genoeg geen honger meer. Ik zie Joe's ogen even naar mijn hals glijden en ik kan wel raden waar hij aan denkt. De hanger met het bedeltje. De kleinste diamant van de wereld. Die voelde zo kostbaar toen hij hem aan me gaf. Een magische talisman die ons tijdens al onze maanden zonder elkaar zou beschermen.

Tja. Dus niet.

Opeens schalt er muziek door de lucht en we schrikken alle-bei. Ze moeten extra speakers hebben aangezet boven, want het bonk-bonk-bonk dreunt door tot in de kelder. Ik hoor een kreet in de verte en stel me voor dat Krista of Lacey de aandacht trekt op de dansvloer.

De beat van de muziek is aanstekelijk, zelfs gedempt door het plafond. Joe nipt van zijn champagne, maar blijft me aankijken, en ik neem een grote teug en probeer kalm en beheerst te blijven. Ik had me van alles voorgesteld bij deze avond, maar dat ik alleen met Joe Murran in een kelder zou zitten, met gekoelde champagne en de verleidelijke dreun van muziek, had ik niet kunnen dromen.

Er valt een lichtstraal op zijn gezicht, precies op zijn ene juk-been. Waarom moet hij zo knáp zijn?

'De laatste dans in dit huis,' zegt hij na een poosje, en hij heft zijn glas weer.

'Ja. Alleen dans ik niet. En jij ook niet.'

'Nee.'

Het wordt stil tussen ons en het dringt tot me door dat we alle-bei bijna onmerkbaar op het bonk-bonk-bonk bewegen. Mijn lijf draait heen en weer, een fractie van een graad maar, en het zijne ook. We zijn aan het bijna-dansen, als dat een ding is, en anders maken we er een ding van. We doen het welbewust. En syn-chroon. Onze lichamen waren altijd perfect op elkaar afgestemd. We liepen in hetzelfde tempo, we pasten volmaakt bij elkaar in bed, we gaapten tegelijk.

De muziek wordt luider en ik voel mijn lichaam reageren. Joe's woordeloze blik lijkt intenser, bijna hypnotiserend. Opeens herinner ik me hoe ik met hem danste op dat schoolfeest, toen we nog tieners waren, voordat we een stel werden. Het was de eerste keer dat ik zijn handen zo op me voelde. De eerste keer dat we elkaar zo aankeken.

En nu kijken we elkaar weer zo aan. Mijn ruggengraat tintelt en ik ben in een soort trance, zo ga ik op in onze chemie. Een buitenstaander zou waarschijnlijk twee mensen zien die roerloos zitten te zwijgen, maar als dit geen dansen is, is niets het. Al mijn cellen deinen op de maat met de zijne. Al mijn cellen smachten naar de zijne. Het gevoel van zijn huid, zijn handen, zijn mond... Ik voel me roezig. Ik verlang naar hem. Wanhopig. Al weet ik tegelijkertijd dat veel dingen die ik misschien wil géén verstandige keuze zijn.

Mensen stoppen met roken door sigaretten te associëren met eten dat ze vies vinden, toch? Dan kan ik Joe opgeven door hem met een gebroken hart te associëren. Wat makkelijk zou moeten zijn, want dat doe ik al.

Op de een of andere manier lukt het me mijn ogen los te wrikken van de zijne, de betovering te verbreken en een normale stem op te zetten.

'Goh, dat was een rare avond.'

'Mee eens.' Joe knikt.

'Een verbintenisplechtigheid.' Ik trek mijn neus op. 'Wat is dat eigenlijk?'

Joe haalt zijn schouders op. 'Ik denk dat je dan belooft om, je weet wel, samen te zijn. Bij elkaar te blijven.'

Hij zwijgt weer en ik voel warmte door me heen trekken, helemaal naar mijn wangen. Want dat is wat wij ook wilden, ooit.

'Maar goed.' Ik probeer op iets anders over te schakelen. 'Het is waar wat ze zeggen: wie luistert aan de wand, hoort zijn eigen schand.' Ik trek een wrang, komisch gezicht en Joe lacht.

'Wat had je dan verwacht?'

'Nou, ik hóópte natuurlijk dat ze allemaal zouden zeggen: "Is Effie niet briljant? Is ze niet geweldig? Is ze niet het beste lid van deze familie?" Geintje,' voeg ik er snel aan toe. 'Ik maak maar een grapje.'

'Je bent echt het beste lid van deze familie,' zegt Joe met een pokerface.

168

Ik weet dat hij ook een grapje maakt, maar toch voel ik een soort hunkering in mijn binnenste. Ik was vroeger zijn beste, in alle opzichten. En hij de mijne.

Maar goed. Het zal wel.

'Ik heb ooit de vergissing begaan naar wat onlinecommentaren op mij te kijken,' vervolgt Joe iets luchtiger. 'Dat zal wel het equivalent zijn van onder een tafel verstopt luistervinkje spelen. Ik kan het niet aanbevelen.'

'O god!' Ik sla een hand voor mijn mond. 'Maar iedereen is toch dol op jou?'

'Niet die gast die wilde dat ik mijn arrogante pik…' Hij zwijgt even. 'Ik weet niet meer waar ik hem moest stoppen. Het was geen opbouwende kritiek. Zulke dingen heeft jouw familie tenminste niet gezegd.'

Ongewild proest ik van het lachen. 'Dat relativeert het wel.'

Ik nip van mijn champagne en kijk naar Joe's gezicht, en opeens mis ik zijn wijsheid. We praatten altijd over alles. Hij is niet zoals Bean, hij wordt niet bang of overdreven beschermend. Hij luistert gewoon en zegt wat hij ervan vindt. Ik voel me nog beurs van wat ik over mezelf heb gehoord en ik wil zijn mening horen.

'Joe, vind jij dat ik nog steeds heel erg de jongste in het gezin ben?' flap ik er gegeneerd uit, en hij kijkt verbaasd op.

'Misschien,' zegt hij na enig nadenken. 'Al valt het niet mee om dat niet te zijn.'

'Bean doet veel te veel voor me,' zeg ik, opeens mismoedig. 'Ik laat haar gewoon begaan. Ze organiseert alles en ze regelt alles binnen de familie en ze maakt zich zorgen om me. Ze is een moederkloek. Ze bestelt zelfs vitaminepillen voor me.'

'Nou, bestel er dan ook wat voor haar.'

Het antwoord is zo typisch Joe dat ik wel moet lachen. Op de man af. Praktisch. Gevat.

'Jij hebt voor alles een oplossing, hè?'

'Niet voor alles.' Er flitst iets vreemds over zijn gezicht. 'Niet altijd.'

Er valt een rare stilte. Joe kijkt me recht aan en mijn keel wordt dichtgeknepen. Bedoelt hij... Wat bedoelt hij? Maar dan wendt hij zijn blik af en is het moment voorbij.

'Mijn zus Rachel komt soms met me lunchen in het ziekenhuis,' vervolgt hij iets luchtiger. 'En als ze me begroet, zegt ze altijd hetzelfde. "Die kleine Joe. Dokter!" En dan geeft ze een kneepje in mijn wang. Ik snap het dus wel. Eens de jongste, altijd de jongste.'

'Ze geeft geen kneepje in je wang!' Ik schiet in de lach.

'Nou ja, ze heeft het één keer gedaan,' geeft Joe toe. 'Het was een grapje, zei ze. Ik blijf het haar inpeperen. Mijn punt is dat je een rol krijgt toebedeeld en dat het moeilijk kan zijn om je ervan los te maken. De benjamin van het gezin. Het hoofd van de familie. Wat dan ook.'

'De nationale hartenbreker,' zeg ik, want ik kan het niet laten, en hij knikt, met ironisch opgetrokken wenkbrauwen.

'Ja, dat ben ik.'

Ik neem hem zwijgend op en leg zijn vertrouwde, echte gezicht over het gezicht dat soms in de media opduikt. Ik kan Joe, mijn Joe, nog steeds niet verenigen met 'dokter Joe, parel van de natie'.

'Sommige mensen worden in een rol geboren,' zegt Joe, alsof hij mijn gedachten kan lezen. 'Andere krijgen een rol opgedrongen. Wist je dat het helemaal de bedoeling niet was dat ik dat interview zou doen? Ik moest op het laatste moment invallen.'

'Maar het is toch... leuk?' vraag ik omzichtig. 'De roem? Al die mensen die van je houden?'

'Het was vreselijk in het begin,' zegt hij. 'Het voelde bespottelijk. Krankzinnig. Toen was het heel even interessant, een minuut of twintig.' Hij haalt zijn schouders op. 'Maar daarna werd het een obstakel voor wat ik echt wil.'

Nu moet ik vragen wat hij dan echt wil, maar iets weerhoudt me ervan. Trots, misschien. Vroeger wist ik wat Joe echt wilde, of dat dacht ik tenminste. Maar dat is allemaal voorbij, zeg ik woest tegen mezelf. Voorbíj.

'Het is uit met je vriendin,' zeg ik bijna bot, want plotseling wil ik weten waar we staan. 'Ik heb het in de krant gelezen. Sorry. Dat was vast moeilijk.'

'Dank je.' Hij knikt.

'Mag ik vragen waarom? Of is dat te persoonlijk?'

'Ik denk dat ik haar gewoon irriteerde,' zegt Joe na enig nadenken.

'Je irritéérde haar?'

'Dat denk ik.' Zijn stem is toonloos en ik gaap hem verbijsterd aan.

'Wat irriteerde haar dan? Dat je de dop niet op de tandpasta deed? De manier waarop je je thee slurpt? Je lijkt mij namelijk niet zo'n irritant mens. Ik bedoel, je irriteert míj,' voeg ik eraan toe, 'maar dat is iets anders. Dat is specifiek.'

Joe grinnikt naar me op die wrange manier die vroeger maakte dat mijn hart zich opkrulde. Nog steeds, eerlijk gezegd.

'Wat haar irriteerde?' zegt hij peinzend, alsof hij aan een filosofische verhandeling begint. 'Tja, ik denk vooral, al zou ze het nooit willen toegeven, mijn angsten. Mijn "onvermogen om als een fatsoenlijk mens te functioneren", zoals ze het ooit zo charmant formuleerde.' Hij zwijgt even en voegt er dan aan toe: 'Misschien die tandpasta ook. Wie zal het zeggen?'

Ik kijk hem verwonderd aan. Joe? Angsten? Waar heeft hij het over?

'Je wist het niet,' zegt hij als hij mijn gezicht ziet. 'Het ging een tijdje niet goed met me. Nog steeds niet, denk ik,' vult hij aan. 'Maar ik heb het onder controle.'

Ik ben er sprakeloos van. Als je me had gevraagd Joe Murran te beschrijven, had ik het zó kunnen opdreunen. Egoïstisch. Knap. Getalenteerd. Sadistisch. Ondoorgrondelijk.

Maar ángstig? Daar had ik nooit aan gedacht.

'Wat naar voor je,' zeg ik uiteindelijk. 'Ik had er geen idee van, Joe. Geen idee.'

'Het geeft niet. Die dingen gebeuren.'

Ik probeer het beeld van Joe dat ik mezelf al die tijd heb voorgehouden te rijmen met de nieuwe versie tegenover me. *Angsten.* Ik dacht dat hij van wolfraam was. Wat is er gebeurd?

De muziek dreunt nog door het plafond van onze bedompte ruimte. Alle jaren dat Joe en ik elkaar hebben gekend, lijken als een film door mijn hoofd te spelen. Al die uren dat we samen speelden, praatten, lachten, vrijden... Ik zou hem zo langzamerhand toch moeten kennen. Ik zou de geheime, kwetsbare hoekjes van zijn ziel moeten kennen. Toch? Al hield hij altijd wel iets van zichzelf verborgen, herinner ik me. Alsof hij dat aan niemand kon toevertrouwen, niet eens aan mij.

'Heb je iemand?' vraagt Joe, alsof hij het niet meer over zichzelf wil hebben. 'Je was met een zekere Dominic.'

'O, Dominic.' Ik krimp in elkaar bij de herinnering dat ik Joe heb verteld hoe perfect Dominic wel niet was. 'Nee. Hij was... Nou ja. Nee. Niemand.'

We nippen allebei weer van onze champagne. De muziek blijft dreunen. Dan verbreekt Joe de stilte.

'Je zei dat je hier op Greenoaks was voor een missie, Effie.' Hij krijgt lachrimpeltjes rond zijn ogen. 'Kan ik je ondersteuning bieden?'

'Nee,' zeg ik afwerender dan ik bedoelde. 'Dank je.'

Joe mag me dan geholpen hebben, en hij mag veel kwetsbaarder zijn dan ik besefte, maar dat wil nog niet zeggen dat het weer goed is tussen ons, of dat ik eraan toe ben hem in vertrouwen te nemen.

Hij lijkt uit het veld geslagen door mijn afwijzing, maar dan haalt hij weer adem.

'Effie…'

Hij zwijgt langer dan natuurlijk lijkt. Zo lang zelfs dat ik hem aanstaar.

'Wat?' zeg ik uiteindelijk. 'Wat is er?'

'Ik wil… Ik moet iets zeggen…' Hij breekt zijn zin weer af en blaast hoorbaar uit, alsof hij met iets worstelt.

'Nou?' zeg ik argwanend.

Er valt weer een immense stilte en als Joe dan eindelijk opkijkt, lijkt zijn hele gezicht anders. Hij ziet er onbuigzaam en vastbesloten uit, maar ook geïntimideerd, als iemand die op het punt staat een berg te beklimmen.

'Je had gelijk,' zegt hij snel, alsof hij het gezegd wil hebben voor hij zich kan bedenken. 'Wat je me appte, eerder. Ik heb me inderdaad afgevraagd hoe ik het goed kan maken. Al die tijd, sinds die avond. Ik weet dat ik je diep heb gekwetst, ik weet dat ik je hart heb gebroken, ik denk er elke dag aan. En ik ben…' Hij wrijft over zijn voorhoofd. 'Ten einde raad.'

Ik voel een withete flits van zenuwen. Adrenaline giert door mijn aderen. Die paar keer dat we elkaar hebben gezien sinds de breuk zijn we behoedzaam en beleefd geweest. We hebben het er nooit over gehad.

Maar nu wel. We krabben de korst van dat stukje van onze relatie dat nooit echt is geheeld. Ik zet me al schrap voor de pijn, maar ik voel me ook vreemd opgetogen, want dit moment heb ik me een triljoen keer voorgesteld.

'Het was een grapje,' zeg ik. 'Dat bericht.'

'Dat weet ik wel. Maar ik maak geen grapje.' Hij haalt weer diep adem. 'Effie, luister, het…'

'Niet doen!' kap ik hem bijna woest af, en ik zie de schrik op zijn gezicht. 'Alsjeblieft,' vervolg ik kalmer, al beeft mijn stem nog steeds. 'Zeg nou niet dat het je spijt, Joe. Dat heb je al een miljoen keer gezegd. Ik weet dat het je spijt. Dat wil ik niet horen. Ik wil horen waaróm. Waarom? Vond je me niet meer leuk? Was er een ander?' Ik kijk naar zijn gezicht, zo vertrouwd en toch zo raadselachtig, en voel me opeens wanhopig. 'Waaróm?'

We zeggen allebei heel lang niets. Ik kijk in Joe's donkere ogen, zoals ik vroeger eindeloos in bed deed. In een poging hun diepte te peilen. Ze te dwingen prijs te geven wat het ook maar is dat hij beschermt. Gaat hij me in zijn diepste zelf toelaten? Eindelijk?

'Het was...' begint Joe aarzelend met zachte stem. 'Er is veel wat je niet weet.'

Mijn hart begint te bonzen en ik denk al als een razende na. Wat weet ik niet? Wat voor geheim heeft hij voor me verzwegen? Een andere vrouw? Een andere... man?

'Nou, vertel dan,' zeg ik moeizaam, bijna fluisterend. 'Zeg op, Joe.'

'Hallo daar!' Ik schrik zo van Beans vrolijke begroeting dat de champagne over de rand van mijn glas klotst. Ik kijk verdwaasd op en zie haar de keldertrap af komen.

Joe's gezicht klapt op slag dicht en hij schuift iets bij me vandaan. 'Bean,' zegt hij. 'Hoi. We waren net...'

'Ja,' zeg ik stompzinnig. Ik voel me alsof ik amper kan praten, alsof ik uit een droom ben gesleurd.

'Hoe zijn de toetjes?' vervolgt Bean, zich totaal niet bewust van de spanning. 'Was dat geen verschrikkelijk etentje? Effie, ik bestierf het zowat. O, blijf nou, Joe,' vervolgt ze als Joe gaat staan.

'Ik laat jullie maar alleen,' zegt hij geforceerd. 'Effie, we... we hebben het er nog wel over. Ben je er morgen?'

'Weet ik niet.'

'O. Tja.' Joe wrijft in zijn nek. 'Ik kom hierheen voor de brunch.'

'Fijn.' Mijn stem doet het amper. 'Nou. Misschien tot dan.'

'Tot ziens, Joe,' zegt Bean opgewekt. 'Fijn dat je er was. We stellen het allemaal zeer op prijs.'

Hij loopt de trap op en ik kijk hem met een onwezenlijk gevoel na. Wat wilde hij zeggen? Wat? Halverwege de treden blijft hij staan, draait zich om en kijkt me recht aan.

'Succes met je missie, Effie. Het was leuk om...'

Hij aarzelt en ik vul in gedachten aan: het was leuk om te niet-dansen. Het was leuk om je aanwezigheid door mijn huid te voelen branden. Het was leuk om zo naar je te verlangen dat ik geen lucht meer kreeg, maar mezelf er tegelijkertijd om te vervloeken. Het was leuk om het gevoel te hebben dat ik je misschien, heel misschien, bijna begreep.

'Leuk om herinneringen op te halen,' besluit Joe ten slotte.

'Ja.' Ik probeer ongedwongen te klinken. 'Leuk.'

Hij steekt zijn hand op bij wijze van afscheidsgroet en verdwijnt door de deur, en ik stort innerlijk in elkaar. Ik trek dit niet. Ik moet een nieuw vriendje hebben. Een nieuw hoofd.

'Ik kan niet lang blijven,' zegt Bean, en ze stopt wat cheesecake in haar mond. 'Ik heb gezegd dat ik water wilde drinken, maar ik moet zo terug, anders lijkt het verdacht... Gaat het wel?' Ze kijkt aandachtig naar me. 'Je ziet zo bleek.'

'Niets aan de hand.' Ik kom bij zinnen en neem een slok champagne. 'Ik voel me prima.'

'Waarom zit je hier in vredesnaam dan nog? Ik dacht dat je al uren weg zou zijn. Ik heb toch gezegd dat ik je matroesjka's zou zoeken? Ik denk dat ze in het erkerbankje zitten.'

'Ja.' Ik glimlach beverig naar haar en neem een hap cheesecake om mezelf op te peppen. 'Ik denk dat ik uiteindelijk toch niet weg kon blijven.'

'Nou, ik ben blij dat je er bent. Al was het niet de prettigste plek om bij het diner te zijn.' Opeens lacht ze snuivend.

'Nee. En het was ook niet zo prettig om iedereen aan tafel over me te horen praten.' Ik grimas bij de herinnering. 'Nog bedankt dat je voor me bent opgekomen daar.'

'O, Effie.' Bean krimpt in elkaar. 'Had je dat gesprek maar niet gehoord. Niemand bedoelde er iets mee.'

'Toch wel,' zeg ik droog. 'Maar het geeft niet, het zal wel goed voor me zijn. Bean, bedankt voor dit allemaal.' Ik knik naar de toetjes, overweldigd door schuldgevoel. 'Je doet te veel voor me. Veel te veel.'

'Doe niet zo gek!' zegt Bean verbaasd. 'Trouwens, het was Joe's idee.' Ze gebaart naar de schaal. 'Hij is zo attent. En hij zei dat hij zou proberen een specialist voor de knie van mijn buurman te vinden. Weet je nog, George en zijn knie? Ik heb je erover verteld.'

'Eh… ja,' zeg ik, al weet ik er niets meer van.

'Nou, Joe zei "Laat het maar aan mij over" en hij vroeg mijn telefoonnummer. Dat had hij niet hoeven doen. Je zou niet zeggen dat hij nu zo'n beroemdheid is, hè? Hij is heel gewoon gebleven. Ik bedoel, hij hoefde helemaal niet naar dit feest te komen, laat staan dat hij zo zijn best zou doen. En hij heeft het váák over je,' voegt ze er met opgetrokken wenkbrauwen aan toe.

'Hoe bedoel je?' vraag ik, verstijvend.

'Gewoon, zoals ik het zeg. Hij denkt aan je. Hij geeft om je.'

'Dat is zuiver uit beleefdheid.'

'Hm,' zegt Bean sardonisch. 'Tja, je weet hoe ik erover denk…'

'Bean, ik heb je zien huilen,' onderbreek ik haar in een radeloze poging van onderwerp te veranderen. 'Vanuit het raam, tijdens de borrel. Je had je voor iedereen verstopt. En je huilde. Wat scheelt eraan?'

Er trekt een schok over Beans gezicht, ze wendt haar blik af en ik word bang. Ik heb een zenuw geraakt. Wat is er? Maar dan kijkt ze me alweer aan, eerlijk en open.

'O, dát,' zegt ze. Het is duidelijk dat ze haar best doet om relaxed te klinken. 'Dat was gewoon... iets op het werk. Een probleempje. Het overviel me opeens. Het is niets.'

'Iets op het werk?' herhaal ik sceptisch. 'Wat dan?'

'Niets,' wimpelt ze me af. 'Ik vertel het nog wel een keer. Het is saai.'

Ze heeft me bijna overtuigd, maar ik blijf wantrouwig. Bean heeft nooit 'iets op het werk'. Zij is geen ontzettende dramaqueen, zoals ik, en ze lijkt nooit ruzie met iemand te hebben, te klagen of ontslagen te worden wegens huilen boven de soep.

Maar ze is duidelijk niet van plan me te vertellen wat er echt aan de hand is. Ik zal het juiste moment moeten afwachten. Ik zal het nu over een andere boeg moeten gooien.

'Oké, er is nog iets,' zeg ik dus. 'Heb je Gus vandaag nog gesproken?'

'Gus? Ja, vrij uitgebreid. We hebben een tijdje gepraat.'

'Heeft hij iets over problemen gezegd?'

'Problemen?' Bean gaapt me aan. 'Hoe bedoel je, problemen?'

Ik kijk in een reflex naar de keldertrap, al ben ik er vrij zeker van dat Gus zich hier niet zal laten zien.

'Toen ik in de hal verstopt zat,' zeg ik zachtjes, 'hoorde ik hem aan de telefoon met een zekere Josh praten. Weet jij wie dat is?'

'Nooit van gehoord.'

'Nou, Gus klonk supergestrest en hij had het over...' Ik vervolg fluisterend: 'Een aanklacht.'

'Een aanklacht?' herhaalt Bean ontdaan. 'Wat voor aanklacht? Voor iets strafbaars, bedoel je?'

'Ik denk het.' Ik haal hulpeloos mijn schouders op. 'Wat zijn er verder voor aanklachten?'

'Een áánklacht?' zegt Bean nog eens ongelovig.

'Dat zei hij. Hij had het over "het ergste scenario". En hij praatte heel zacht, alsof hij niet wilde dat iemand het zou horen.'

'Je bent wel aan het spioneren vanavond, hè?' Bean lijkt nog steeds in shock. 'Zei hij verder nog iets?'

'Nee. Of wacht, hij zei iets over in de publiciteit komen.'

'In de publiciteit?' zegt Bean vol afgrijzen. 'Wat is er in hemelsnaam gaande?'

'Ik weet het niet, maar we moeten met hem praten. Dringend. Waar is hij nu, aan het dansen?'

'Nee, Romilly en hij zijn al naar bed. Ze sleepte hem gewoon mee. Ze wauwelde iets over morgen vroeg beginnen.'

'Laat me raden.' Ik rol met mijn ogen. 'De beroemde viooldocent. Daar heb ik haar ook over horen zeveren. Ze kan het nergens anders over hebben. Als je daar les neemt, schijn je op Oxford én Harvard terecht te komen en ook nog eens een Nobelprijs te winnen. Allemaal tegelijk.'

Bean lacht, maar kijkt ook gekweld. 'O god, ze is verschrikkelijk. Wist je dat Gus bij haar weg wil? Daar hebben we het wel over gehad, eerder, in de tuin. We hebben een goed gesprek gevoerd. Hij is het zat.'

'Eindelijk!' roep ik uit. 'Maar waarom is hij niet maanden geleden al vertrokken? Al die tijd die hij aan haar heeft verprutst! En wij moesten al die tijd maar proberen beleefd tegen haar te blijven!'

'Ik denk dat hij haar niet wil kwetsen,' verzucht Bean, 'maar hoe langer ze bij elkaar blijven, hoe erger het wordt...'

'Hij hoeft niet bang te zijn dat hij haar kwetst. Als Romilly al van hem houdt, is het alleen om wat hij voor haar kan doen, niet om wie hij is,' zeg ik genadeloos. 'Ze vindt het gewoon leuk om hem te commanderen.'

'Wat ziet hij in haar, denk je?' vraagt Bean, en we denken er allebei over na.

'Haar lichaam,' zeg ik uiteindelijk. 'Sorry, maar het is waar. En ze doet fanatiek aan pilates. Ze zal wel heel goed in bed zijn. Sterke buikspieren en zo.'

'Als hij van haar houdt, is hij misschien vergeten hoe liefde hoort te zijn,' zegt Bean een beetje verdrietig. 'Dat kan, denk ik. Je neemt genoegen met zo'n afschuwelijke, ondermijnende versie en op een dag vallen de schellen je van de ogen en denk je: o, wacht eens? Nu snap ik het! Zó hoort liefde te zijn.'

'Op je sterfbed, als het te laat is,' vul ik somber aan.

'Nee!' protesteert Bean, en ik steek mijn armen uit om haar te knuffelen, want ze is gewoon zo'n goeierd.

'Dus wat gaan we met Gus doen?' keer ik terug naar het onderwerp. 'We kunnen het er niet bij laten zitten.'

'Ik vind dat we hem aan de tand moeten voelen,' zegt Bean vastberaden. 'Ik moet nu eerst mijn gezicht weer laten zien op het feest, en dan maken we daarna een plan. Jij kunt op mijn kamer slapen. Geen mens merkt dat je er bent.'

'Merci. O, en ik moet naar de wc,' voeg ik er schaapachtig aan toe.

'Nou, als je de mijne maar niet gebruikt,' zegt Bean prompt. 'Die is...'

'Defect. Ik weet het. Maar wat ik me afvroeg, als ik even naar de garderobe ga, wil jij dan op de uitkijk staan?'

'Ja, goed. Maar schiet op!'

We nemen de trap naar boven en lopen op onze tenen door de gang van het achterhuis. De muziek dreunt hier nog harder. Ik haast me de garderobe in, maak van de gelegenheid gebruik om in de spiegel te kijken en trek een chagrijnig gezicht, want terwijl alle anderen zich hebben opgedoft en er piekfijn uitzien, geldt voor mij zo ongeveer het tegendeel. Mijn haar is stoffig en mijn gezicht is bleek met roetvegen. Ik had wel wat blusher op kunnen doen, stel ik vast bij het zien van mijn fletse huid. En lippenstift. Als ik had geweten dat ik Joe zou zien...

Nee. Ophouden met die gedachten, nu meteen. Ik had géén blusher en lippenstift opgedaan voor Joe. Dus.

179

Ik glip waakzaam de garderobe uit en zie Bean toegewijd de wacht houden. Door de openstaande deur van de woonkamer komt muziek naar buiten, ik vang een glimp op van discoverlichting en zilverkleurige heliumballonnen en snak er opeens naar het hele feest te zien.

'Ik wil even snel kijken,' zeg ik zacht tegen Bean. 'Kun jij in de deuropening gaan staan? Als er iemand naar buiten wil, moet je hem afleiden.'

Bean rolt met haar ogen, maar gaat braaf in de deuropening staan, en ik verschuil me achter haar en gluur over haar schouder. Niet dat iemand ons ziet. De enigen die nog dansen zijn Krista, Lacey en pap en terwijl ik kijk, zakt mijn mond open. Ik heb ze nog nooit zien dansen. Krista bespringt pap bijna en haar handen glijden over zijn lichaam. Het is gênant.

'Ze is net een inktvis,' fluister ik naar Bean.

'Ze is wel véél,' beaamt Bean berustend.

Ik weet niet of het door de champagne komt of doordat het gesprek met Joe me van streek heeft gemaakt, maar terwijl ik kijk, vullen mijn ogen zich met tranen. Ik herinner me alle keren dat pap met Mimi in die kamer danste. Ze schuifelden in het rond, niet demonstratief, maar vol genegenheid, naar elkaar glimlachend.

We hebben ook een keer een echt Schotse Burns Night gehouden met het hele gezin. We droegen allemaal een kilt, we probeerden op zijn Schots te volksdansen en pap las gedichten van Burns voor met het beroerdste Schotse accent dat je je maar kunt indenken, tot we allemaal over de grond rolden van het lachen. Nog maanden daarna hoefde hij maar naar me te kijken en te zeggen 'Heb je zin in haggis vanavond, Effie, wichtje?' om me de slappe lach te bezorgen. En we zongen 'Auld Lang Syne', natuurlijk. Uitbundig en vrolijk, waarbij we onze armen synchroon op en neer bewogen.

Dat hadden we allemaal. We hadden onze eigen grapjes en

spelletjes, liefde en lol. En nu hebben we Krista en haar zus in loeistrakke jurken die met pap dansen alsof ze allemaal in een muziekvideo zitten.

'Weet je nog, die Burns Night?' vraag ik met verstikte stem aan Bean. 'Weet je nog, Mimi met dat geruite lint in haar haar? Pap die de haggis toesprak?'

'Natuurlijk.' Bean knikt, maar zij schiet niet vol. Ze is kalmer dan ik. Bean is altijd kalmer dan ik.

Ik zucht en kijk naar het erkerbankje, dat nog vol kabels ligt, en opeens word ik ernaartoe getrokken. Het is alsof ik mijn matroesjka's in het bankje zíé liggen. Ze roepen me. Alleen kan ik er nu niets aan doen.

Ik wijs naar boven en Bean knikt. We nemen geluidloos de trap naar haar slaapkamer, Bean sluit de deur achter ons en we laten ons op haar bed vallen.

'O mijn god!' roep ik uit. 'Wat wás dat? *Dancing with the Dad*?'

'Sst!' zegt Bean. 'Romilly en Gus slapen hiertegenover, weet je nog?'

Oeps. Dat was me ontschoten. Ik wrijf over mijn gezicht in een poging het beeld van Krista en pap van mijn netvlies te krijgen en richt me dan op de taak die voor ons ligt.

'Dus, hoe krijgen we Gus te spreken? We moeten hem bij Romilly weg zien te krijgen.'

'Ik moet terug naar het feest,' zegt Bean.

'Doe niet zo gek,' wuif ik haar bezwaar weg. 'Pap vermaakt zich uitstekend met Krista en Lacey. Ze hebben zo ongeveer een triootje op de dansvloer. Die merken echt niet of je er bent of niet. Laten we Gus appen.'

'Heb ik al gedaan,' zegt Bean. 'Hij reageert niet op appjes of sms'jes.'

'Shit.' Ik denk even na. 'Nou, je moet hem zijn kamer uit zien te krijgen. Zeg maar dat het een familiekwestie is.'

Ik ga bij de deur staan om te luisteren terwijl Bean naar Gus' kamer loopt en aanklopt.

'Hoi!' hoor ik haar uitroepen als de deur opengaat. 'Romilly! Gave pyjama! Eh, kan ik Gus even spreken? Familiekwestie.'

'Hij zit in bad,' antwoordt Romilly. 'Kan het ook tot morgen wachten?'

'Nou...'

'Ik moet namelijk naar bed,' vervolgt Romilly op die ernstige, pompeuze manier van haar. 'Molly en Gracie hebben een heel belangrijke vioolles morgen, van een bijzondere docent. Ze is ontzettend exclusief...'

'Ja, ik heb over de viooldocent gehoord,' kapt Bean haar snel af. 'Ongelooflijk! Maar als je tegen Gus kunt zeggen dat we hem dringend moeten spreken...'

'Wé?' vraagt Romilly bijdehand, en ik verstar.

'Ik bedoel... ik,' verbetert Bean. 'Ik moet Gus spreken. Alleen ik. Over een familiekwestie. Dringend.'

'Ik zal het doorgeven,' zegt Romilly, en dan gaat de deur dicht. Terwijl Bean naar me toe loopt, maakt ze gebaren, en als onze deur veilig achter ons dicht is gevallen, slaakt ze een gefrustreerd gilletje.

'Wat is het toch een trut!'

'Wedden dat ze niets tegen Gus zegt?' voorspel ik. 'Ze zal zeggen dat ze het vergeten is.'

'Waarom kijkt hij niet op zijn telefoon?' kreunt Bean terwijl ze naar haar scherm kijkt. 'Hij is niet te bereiken!'

'Toch wel,' zeg ik een beetje triomfantelijk, want voor het eerst in mijn leven voelt het alsof ik een superkracht heb. 'Ik klim naar Gus' badkamer. Ik weet hoe ik van jouw zolder naar de zijne kan komen.' Ik wijs naar het luik boven onze hoofden. 'Eitje.'

Ik heb het luik al opengetrokken en laat de oude houten ladder naar beneden zakken. We klauterden als kind allemaal over de zolders van Greenoaks, maar niemand leerde ze zo goed kennen als ik. Er zitten overal in huis knieschotten en luiken, en op regenachtige dagen ging ik op verkenning uit: ik kroop over stoffige vlieringen, balanceerde op balken en maakte overal waar maar plek was geheime hutten. Ik ken elke verborgen nis; ik kan elke route uitzetten.

'Maar wat wil je dan doen?' gaat Bean ertegenin. 'Je kunt niet met hem praten terwijl hij in bad zit met Romilly in de kamer ernaast. En als we proberen hier te praten, loopt ze achter hem aan.'

'Ik zeg tegen hem dat hij naar de Bar moet komen,' stel ik voor. 'Daar vindt niemand ons.'

De Bar is de grootste zolderruimte van allemaal, met een rond raampje dat een grijzig licht doorlaat. Er staat een oude ladekast waar we vroeger onze clandestiene flessen in opborgen, en het was altijd onze geheime ontmoetingsplek.

'De Bar!' Beans ogen lichten op. 'Natuurlijk! Ik ben er al jaren niet meer geweest. We zouden er sowieso een afscheidsborrel moeten drinken. Omwille van vroeger.'

'Ga jij de drank halen,' zeg ik, al halverwege de ladder. 'Dan haal ik Gus. Ik zie je daar.'

Oké, die zolders zijn kleiner dan ik me herinner. Of ik ben groter. Of ouder. Of zoiets.

Ik herinner me dat ik me als kind behendig van balk naar balk slingerde, dat ik me moeiteloos langs boilers werkte en losse planken zonder probleem ontweek. Ik kroop niet puffend over de vloer, werkte me niet steunend door smalle openingen en vloekte niet als ik achter een spijker bleef haken. Als ik eindelijk bij Gus' luik aankom, heb ik pijn in mijn rug en spelen mijn longen op door al het stof.

Maar toch. Ik heb het gehaald.

Ik ga op mijn hurken zitten, veeg een spinnenweb van mijn gezicht en kijk naar het vierkante luik voor me. Alle zolderluiken kunnen van beide kanten open; het was een veiligheidsmaatregel waar Mimi op stond toen ze in de gaten kreeg dat we hier speelden. Gus' badkamer is recht onder me. Ik kan via dat luik in een nanoseconde bij hem komen. Ik heb het vaak genoeg gedaan.

Alleen heb ik nu opeens mijn bedenkingen. Het was allemaal heel leuk en aardig toen we nog kinderen waren, dat rondkruipen en elkaar aan het schrikken maken, maar we zijn nu volwassen. Stel dat Romilly er ook is? Stel dat ze allebei naakt zijn? Dat ze aan het vrijen zijn?

Ik hou mijn oor bij het luik, maar hoor niets. Ik zet het op een kier, besluit ik, en gluur er even door. Om te zien hoe het daar is.

Ik laat het luik een paar centimeter zakken, gluur door de opening en probeer wijs te worden uit de ruimte onder me. Daar is de badkuip, vol water, maar Gus ligt er niet in. (Goddank. Ik heb niet echt zin om mijn broer te bespioneren als hij zit te poedelen. Dank je feestelijk.)

Ik strek mijn nek en zie hem op het deksel van de wc zitten, met al zijn kleren aan. Net als ik hem wil roepen, zie ik zijn gezicht. Hij ziet er ellendig uit. Nee, erger, radeloos. Wit weggetrokken van schrik.

Mijn blik valt op iets in zijn hand. Een plastic staafje. Wacht eens. Is dat...

O god. Néé.

Mijn hart begint te bonzen. Het kan niet waar zijn. Het mág niet.

Gus staat op en loopt mijn kant op, en nu kan ik het staafje goed zien. Het is onmiskenbaar een zwangerschapstest en de uitslag is positief. Ik kijk naar de twee streepjes, laat de betekenis ten volle tot me doordringen en voel me opeens loodzwaar. Hoe moet Gus zich dan wel niet voelen? Hij stond op het punt te ontsnappen. Hij had zijn kans. Jij stomme, stomme broer van me, foeter ik in stilte.

'Gus!' We schrikken allebei van Romilly's stem vanachter de badkamerdeur. 'Ben je klaar?'

'Bijna!' antwoordt Gus met verstikte stem. Hij werpt nog een blik op de zwangerschapstest en gooit hem in de prullenbak.

Oké, dit is niet het ideale moment, maar ik moet snel zijn, voordat hij Romilly de badkamer in laat. Ik gun hem drie seconden om zijn gedachten op een rijtje te zetten, zet het luik verder open, steek mijn hoofd erdoor en fluister zo luid als ik durf: 'Gus!'

Gus kijkt met een ruk op, ziet me en krijgt grote ogen van verbazing.

'Wat moet dat... Effie? Wat krijgen we nou?'

'Sst!' Ik hou een vinger bij mijn lippen. 'We moeten praten. Het is belangrijk. Kom naar de Bar, oké?'

'De Bar?' Hij gaapt me aan. 'Nu?'

'Ja! Nu!'

'Gus, ik moet echt mijn gezicht doen,' zegt Romilly bits vanachter de badkamerdeur. 'En we moeten vrijen. Ik voel me erg gespannen. Dat had ik al gezegd, Gus. Ik moet minstens om de dag een orgasme hebben, en het is nu tweeënzeventig uur geleden. Ik zou het echt heel fijn vinden als je naar me wilde luisteren.'

Ik zet mijn tanden zo hard in mijn onderlip dat ik hem er bijna af bijt. Gus kijkt me aan en wendt dan snel zijn blik af.

'Doe je ding,' zeg ik met rollende ogen, 'maar doe het snel en kom dan naar de Bar. Bean brengt de drank mee. Zorg dat je er bent.'

12

Zodra ik door de ingang van de Bar kruip, word ik overspoeld door weemoed. Hoeveel uur heb ik hier wel niet doorgebracht? De ruimte is bijna manshoog. Er staat een morsige oude bank op de planken, er liggen tot op de draad versleten tapijten en er is een bar, gemaakt van een oude boekenplank. Op de bar staat een neonbord met het woord COCKTAILS, dat Gus ooit voor zijn verjaardag heeft gekregen. Ik knip het aan en tot mijn verrukking geeft het nog licht. Nu alleen nog iets te drinken. Waar blijft Bean?

Ik pak mijn telefoon om haar te appen, maar hoor een vertrouwde stem uitroepen: 'Godsamme!'

'Gaat het wel?' Ik haast me naar het openstaande luik en tuur langs de ladder naar beneden, de logeerkamer in. Daar staat Bean, jonglerend met een fles en drie glazen.

'Hoe moet ik dat naar boven krijgen?' zegt ze geagiteerd. 'Hoe déden we dat vroeger?'

'Kweenie. We deden het gewoon. Kom, geef maar aan mij. Snel, voordat iemand je ziet!'

Binnen de kortste keren zijn Bean en de drank veilig op zolder. Ze kijkt verwonderd om zich heen.

'Ik was hier al jaren niet meer geweest,' zegt ze, porrend in een mottig kussen. 'Het is wel armoedig, hè?'

'Het is niet armoedig!' neem ik het voor de Bar op. 'Het heeft karakter.'

'Nou, ik zal het niet missen.'

'Nou, ik wel.'

'Effie, jij mist álles,' zegt Bean, wrevelig maar vol genegenheid. 'Elke baksteen, elk spinnenweb, elk momentje dat we hier ooit hebben doorgebracht.'

'Het waren mooie momenten,' zeg ik opstandig. 'Natuurlijk zal ik ze missen.'

Net als Bean drie glazen witte wijn inschenkt, duikt Gus bovenaan de ladder op en kijkt verbijsterd om zich heen.

'Moet je zien!'

'Ja, hè?' zegt Bean. 'Ik ben hier ik-weet-niet-hoelang niet geweest. Tien jaar? Kom, pak een glas. We moeten praten.' Gus hijst zich op, klapt het luik dicht, pakt een glas wijn en gaat op de bank zitten.

'Proost.' Hij heft zijn glas, neemt een slokje en wendt zich tot mij. 'Wat doe jij hier? Ik dacht dat je niet zou komen. Je had toch een date met een olympische sporter?'

'Dat was een smoes,' beken ik. 'Ik ben hier de hele tijd al. Maar onofficieel. Je mag het tegen niemand zeggen. Alleen Bean en jij weten ervan. En Joe.'

'Weet Joe ervan?'

'Ze zat tijdens het diner onder de wandtafel en ze heeft alles gehoord,' zegt Bean, en Gus verslikt zich in zijn wijn.

'Wát?'

'Het was heel onderhoudend,' zeg ik.

'Maar waaróm?' zegt Gus ongelovig. 'Waarom ben je niet gewoon naar het feest gekomen?'

'Omdat ik niet naar het feest wilde,' zeg ik geduldig. 'Ik kwam alleen mijn matroesjka's halen. Ik zou alleen even snel naar binnen wippen en dan weer weggaan, maar uiteindelijk ben ik gebleven.'

'Dus dáárom vroeg je naar die matroesjka's,' zegt Gus tegen Bean. 'Had je me niet even kunnen waarschuwen? Ik kreeg bijna een hartverzakking toen Effie haar hoofd de badkamer in stak!'

'Het was de enige manier om je te bereiken,' zeg ik afwerend. 'Je checkte je telefoon niet!'

'Nou, wees maar blij dat ik niet in bad zat. Of iets nog veel ergers deed.' Hij trekt een verschrikkelijk, komisch gezicht. 'En, heb je je poppetjes al gevonden?'

'Nee. Heb jij ze gezien, Gus?' Ik moet het wel vragen, al weet ik dat Bean dat al heeft gedaan. 'Je weet toch nog wel hoe ze eruitzien?'

'Natuurlijk,' zegt Gus. 'Wie kent Effies matroesjka's nou niet? Maar ik heb ze niet gezien. Al jaren niet meer. Ze liggen trouwens niet in het erkerbankje. Ik heb even gekeken voordat ik naar boven ging. Ik heb de dj zijn spullen eraf laten halen. Het bankje was leeg.'

'Echt?' Ik kijk hem ontzet aan. 'Weet je dat zeker?'

'Heel zeker. Sorry, Effs. Maar ik wil wedden dat ze nog ergens zijn.'

'Dat zei ik ook al,' valt Bean hem bij. 'Ik weet zeker dat ik ze ergens heb gezien.'

Maar waar dan, denk ik wanhopig. Wáár?

'Toch bedankt, Gus,' zeg ik, en hij knikt terug. Ik zie geen greintje achterdocht op zijn gezicht; volgens mij heeft hij er geen idee van dat ik hem met die zwangerschapstest heb gezien. Het beeld staat echter in mijn geest gegrift en ik zie de spanning onder zijn relaxte voorkomen.

'Nou, laten we fatsoenlijk toosten. Waarop?' Gus heft zijn glas.

'Op een nieuw begin,' stelt Bean voor, en opeens voel ik de verschrikkelijke angst dat ze er iets aan toe zal voegen over een breuk tussen Gus en Romilly en hoe heerlijk dat zal zijn, dus doe ik snel een duit in het zakje.

'Op eerlijk zijn tegen je broers en zussen.'

'O,' zegt Gus niet-begrijpend. 'Wie is er dan niet eerlijk?'

'Tja, dat hangt ervan af hoe je de volgende vraag beantwoordt.'

Ik knijp mijn ogen tot spleetjes en kijk hem strak aan. 'Wat is er aan de hand, Gus? Ik hoorde je beneden iets over een aanklacht zeggen, dus als je de bak in draait, kun je dat beter nu vertellen.'

'De bak?' Gus lacht gechoqueerd. 'Doe niet zo raar.'

'Wat is het dan voor aanklacht?' vraagt Bean angstig. 'En hoezo kom je in de publiciteit?'

'Dat kom ik helemaal niet!' zegt Gus geërgerd. 'Hou op! Weet je niet dat je geen luistervinkje moet spelen, Effie?' Hij kijkt met gefronst voorhoofd naar mij. 'Die aanklacht heeft niets met mij te maken. Niet rechtstreeks,' voegt hij eraan toe.

'Hoe zit het dan?' dring ik aan. 'Want je klonk behoorlijk gestrest.'

Gus neemt een grote slok wijn en blaast hoorbaar uit.

'Oké,' zegt hij dan, van mij naar Bean kijkend. 'Dit blijft onder ons, maar Romilly is van pesten beschuldigd door iemand van haar personeel en het ziet ernaar uit dat het voor de rechter gaat komen. Ik had het erover met een maat van me die advocaat is. Maar jullie weten er niets van, oké?'

Romilly? Pésten? Nee! Niet die lieve, mooie Romilly.

Ik kijk naar Bean en wend snel mijn blik af.

'O… nee!' roept Bean uit in een weinig overtuigende poging tot medeleven. 'Die arme Romilly. Dat is… eh…'

'Vreselijk,' pers ik eruit. 'Ze heeft het vast niet gedaan.'

'Hm,' zegt Gus. 'Tja.'

Er valt een lange, ongemakkelijke stilte waarin alles wat we niet hardop kunnen zeggen geluidloos in de lucht tussen ons in lijkt te dansen.

'Maar goed,' zegt Gus uiteindelijk, 'daar ging het over.' Hij heft ironisch zijn glas. 'Op betere tijden.' Hij slaat zijn wijn achterover en vervolgt dan iets ernstiger: 'Trouwens, ik ben blij dat jullie me hierheen hebben gesleept. Het lijkt me niet meer dan gepast dat we samen een afscheidsdrankje doen.'

'Pap heeft nooit betere tijden gehad dan nu,' zeg ik ontstemd.

'Heb je hem met Krista zien dansen?'

'Wat een spektakel.' Gus wendt zijn blik hemelwaarts.

'Ik denk steeds terug aan die Burns Night van ons,' zeg ik tegen Gus, weer met een steek van verlangen naar vroeger. 'We deden volksdansen, weet je nog? En de haggis? En de gedichten?'

'Dat was leuk.' Gus knikt weemoedig. 'Dat accent van pap.' Hij grinnikt. 'Wel lekkere whisky. Het lijkt nu een heel ander leven.'

'Precies.' Ik slik. 'Een ander leven. Dat we nooit meer terugkrijgen.'

Ik was eigenlijk niet van plan over pap te beginnen, of over de scheiding en al die dingen, maar mijn verdriet borrelt de hele avond al op, en nu we hier zijn, onder ons, alleen wij drietjes, kan ik het niet meer tegenhouden. 'Ik hoorde pap eerder vanavond zeggen dat hij nog nooit zo gelukkig was geweest.' Ik kijk gekweld van Gus naar Bean. 'Waarschijnlijk popelt hij om dit huis achter zich te laten. Waarschijnlijk baalde hij de hele tijd al terwijl hij deed alsof hij het leuk vond om een gezin te zijn met Mimi en ons. Je weet wel. Ons hele leven al.'

'Effie!' zegt Bean vermanend. 'Zeg dat nou niet. Dat pap nu gelukkig is, wil niet zeggen dat hij dat vroeger niet was. En we zijn nog steeds een gezin. Je moet niet zo praten.' Ze kijkt smekend naar Gus. 'Zeg jij er ook eens iets van.'

'Weet je nog dat Humphs moeder ons ooit een selfmade gezin noemde?' vervolg ik zonder me iets van Bean aan te trekken.

'Dat mens is een ontiegelijke snob,' zegt Gus, en hij rolt met zijn ogen.

'Nou, hoe dan ook, ze had het mis, want we zijn niet selfmade. We zijn self-verwoest.'

'Verwoest?' Gus trekt zijn wenkbrauwen op. 'Goh, wat ben je weer onderkoeld, Effie.'

'Voel jij je dan niet kapot?'

'Ik voel me om allerlei redenen kapot,' zegt Gus, die zich nog eens inschenkt en een grote slok neemt.

'We zijn een gezin dat niet eens "Auld Lang Syne" kan zingen,' zeg ik. 'Ik heb nog nooit zoiets pijnlijks gezien. Het was afschuwelijk.'

'O god.' Bean krimpt in elkaar. 'Daar schaam ik me voor. Arme pap. Maar op de een of andere manier voelde het niet goed. Jij was er niet bij, Effie... Ik weet niet...'

'Het was bizar,' verkondigt Gus. 'Het voelde niet spontaan. Pap is zijn gevoel voor timing kwijt. Hij deed maar alsof.'

'Precies. Dat hele etentje was een farce.' Ik kijk somber om me heen. 'Zie het nou maar onder ogen, we zijn onszelf niet meer.'

'We moeten gewoon positief blijven!' zegt Bean, die me gepijnigd aankijkt. 'Ik weet dat het momenteel... lastig is. Maar we kunnen het goedmaken, we zúllen het goedmaken.'

'Bean, wees toch niet altijd zo'n ellendige optimíst!' barst ik plotseling uit. 'Geef het nou gewoon toe: het wordt nooit meer hetzelfde. We zullen Mimi en pap nooit meer zien dansen... We zullen hier nooit meer Kerstmis vieren.' Ik heb een brok in mijn keel. 'We zullen nooit meer een kampvuur aansteken op de berg. Of... weet ik het. Hints spelen met het hele gezin. Iedereen zegt "Je bent tenminste volwassen", maar nu ik hier weer ben, voel ik me niet volwassen. Ik voel me...'

Opeens biggelen de tranen over mijn wangen. Ik veeg ze weg en een paar seconden zegt niemand iets. We bewegen niet eens.

'Ik weet wat je bedoelt, Effs,' zegt Gus ten slotte, en Bean en ik kijken hem allebei verbaasd aan. 'Ik heb het er ook een tijdje moeilijk mee gehad. Nadat ze uit elkaar waren. En je kunt er niets van zeggen. Je bent volwassen. Zet je eroverheen. Je schaamt je er bijna voor dat je je rot voelt.' Hij neemt nog een slok. 'Zal ik jou eens wat zeggen? Ik had bijna liever gehad dat ze het hadden gedaan toen we nog klein waren. Dan had pap tenminste niet tegen me opgeschept over zijn libido en van me verwacht dat ik hem een high five zou geven.'

'Ieuw!' Ik trek een vies gezicht.

'Nééé!' zegt Bean vol afgrijzen.

'Toch wel,' zegt Gus met een wrange grimas. 'Ik bedoel, tof voor hem en alles, maar ik hoef het niet te weten.'

'Je gaat er anders door naar het huwelijk kijken,' zegt Bean na een korte stilte. 'En naar relaties. En alles.' Het komt zo zelden voor dat ze niet onophoudelijk positief is dat ik een blik haar kant op werp. Ik voel bijna een nieuw soort respect voor haar.

'Mee eens.' Gus knikt. 'Soms denk ik: tjeezus, als het pap en Mimi niet eens lukt om er iets van te maken, heb ik toch geen enkele hoop op een goed huwelijk?'

'Precies!' zeg ik gretig, blij dat mijn broer en zus het eindelijk met me eens zijn. 'Ze waren het perfecte gelukkige stel en toen, baf, gingen ze opeens uit elkaar.'

'Ze waren niet het perfecte gelukkige stel,' spreekt Bean me bijna vinnig tegen. 'En het was niet opeens. Ofilant, je moet eens ophouden alles door een roze bril te zien. Pap en Mimi waren een gecompliceerd stel en ze hadden problemen, zoals alle echtparen. Ze liepen er alleen niet zo mee te koop. Maar ik heb gezien hoe het zat toen ik hier woonde. Weet je nog, een paar jaar geleden, toen mijn huis werd opgeknapt? Ik heb hier een halfjaar in mijn uppie bij ze gezeten, en het was niet allemaal rozengeur en maneschijn. Het was moeilijk.'

'Wat was moeilijk?' Ik gaap Bean aan, want hier heeft ze het nooit eerder over gehad.

'Het was gewoon…' Ze kijkt opgelaten. 'De sfeer.'

'Bean…' Ik slik iets weg, want ik sta op het punt me op glad ijs te wagen. 'Denk je dat pap een verhouding had? Zijn ze daarom gescheiden?'

Volgens de officiële lezing besloten pap en Mimi eerst uit elkaar te gaan, en pas daarna, ruim daarna, leerde pap Krista in een bar kennen. Toch heb ik altijd wel vermoed dat die lezing niet helemaal klopt, en in mijn somberste momenten kan ik me afvragen: bedroog pap Mimi de hele tijd al? Niet alleen met Krista, maar ook met andere vrouwen?

'Nee,' zegt Bean na enig nadenken. 'In elk geval niet dat ik weet. Maar ik denk wel dat ze een toneelstukje opvoerden als we naar huis kwamen en dat de problemen er al langer waren dan wij beseften.'

'Zal ik jullie eens iets zeggen?' zegt Gus, die opkijkt. 'En ik heb het pas vanavond gehoord: Krista loerde op pap.'

'Wat?' Ik gaap hem aan. 'Hoe bedoel je, "ze loerde op hem"?'

'Dat klinkt sinister,' zegt Bean met een nerveus lachje.

'Ik bedoel, ze stelde vragen over hem,' zegt Gus. 'En ze heeft gelogen over hun eerste ontmoeting. Het verhaal is dat hun blikken elkaar vonden toen ze in de bar van het Holyhead Arms Hotel zaten en dat pap haar een drankje aanbood en dat ze geen idee had wie hij was, toch? Nou, gelul. Hij was er al een paar keer iets komen drinken en ze had hem wel gezien, maar ze hield zich gedeisd. Eerst hoorde ze de barkeeper over hem uit. Tóén ging ze pas achter pap aan.'

'Van wie heb je dat gehoord?' vraagt Bean streng.

'Mike Woodson.'

'Die kan het weten,' zeg ik. Mike Woodson woont in Nutworth, naast de kerk. Hij is jaren geleden met vervroegd pensioen gegaan, en zijn grote hobby is het bezoeken van alle cafés en hotelbars in de omgeving.

'Hij schoot me aan tijdens de cocktails en waarschuwde me voor haar. Hij denkt dat pap dit jaar een fortuin heeft binnengehaald en hij vermoedt dat het Krista daarom te doen is. Om Mike woordelijk te citeren: "Zorg dat die nieuwe vriendin er niet met de poen vandoor gaat."'

'Echt waar?' Bean kijkt Gus met grote ogen aan.

'Ik wíst het wel.' Ik kijk om me heen, opeens alert, alsof ik een detective ben. 'Ik wist het gewoon. En wisten jullie dat Krista een restaurant wil beginnen in Portugal? Stel dat ze hem kaal wil plukken? Ze heeft hem al een knol van een diamant afgetroggeld. Wat is dat ding waard? Heeft iemand wel ooit gecheckt of ze een strafblad heeft?'

'Effie!' roept Bean met een ongelovig lachje uit. 'Een strafblad?'

'Denk na! Geen wonder dat ze niet wil dat we met hem praten! Het past allemaal in het plan! Ik vind dat een van ons het met pap moet bespreken. Ik niet, natuurlijk,' voeg ik eraan toe.

'Wat moeten we dan zeggen?' Bean kijkt me ontzet aan. 'Als we met ongefundeerde beschuldigingen gaan strooien, kunnen we enorm veel schade aanrichten. We hebben al problemen genoeg. We moeten ons gezin helen, geen nieuwe wonden slaan!'

Ik rol met mijn ogen, want ik had kunnen weten dat Bean zo zou reageren.

'Gus?' Ik kijk naar mijn broer.

'Ik zeg niets,' zegt Gus gedecideerd. 'Bean heeft gelijk, we hebben het allemaal van horen zeggen. Een restaurant openen in Portugal is niet bepaald een misdrijf, hoor.'

'En Krista wil een verbintenisplechtigheid houden,' merkt Bean op. 'Waarom zou ze er dan vandoor gaan?'

Ik word weer overmand door frustratie: dat mijn broer en zus ouder zijn dan ik, wil nog niet zeggen dat ze ook wijzer zijn.

'Stel dat Krista al paps geld uitgeeft en hem in een poncho voor ober laat spelen in haar restaurant?' gooi ik ze voor de voeten.

'Een poncho?' Gus kijkt me verbluft aan.

'En dat ze hem dan de bons geeft en hij berooid en ellendig in Portugal achterblijft? Wat zeggen jullie dán?'

'Dan zeg ik: "Effie, je had gelijk,"' zegt Bean geduldig.

'Ik zeg: "Hij zal zich nu wel sombrero voelen,"' zegt Gus.

'Haha,' zeg ik. 'Ik kom niet meer bij.'

'Maar dat gebeurt niet,' vervolgt Bean, die naar de wijnfles reikt en een krat omstoot. 'Ik geloof echt dat pap wel voor zichzelf kan zorgen...'

'Krista, schat, volgens mij heb je muizen!' klinkt Laceys stem onder ons. We verstijven alle drie en wisselen verontruste blikken.

'Heb je er dan een gezien?' antwoordt Krista's stem van veraf.

'Nee, maar ik hoorde wel een hard geschuifel. Misschien zijn het ratten.'

'Ratten!' Krista's stem komt dichterbij, evenals het getik van hakken. 'Dat moeten we er net nog bij hebben hier.'

'Tja, het is jouw probleem toch niet meer?'

Het getik houdt abrupt op en ik hoor Krista zeggen: 'Weet je, Lacey, je hebt gelijk. Het zal me een rotzorg wezen. Die ratten zoeken het maar lekker uit.'

'Is dit die kroonluchter waar je het over had?' vraagt Lacey. 'Eerder vier mille, zou ik zeggen.'

'Echt?'

'O ja, zeker weten. Vier, vierenhalf. En die spiegel twee.'

'Twee!' Zo te horen is Krista onder de indruk.

Bean en Gus kijken elkaar met grote ogen aan en plotseling brandt het in mijn borst. Ik had pap beloofd dat ik nooit zou onthullen wat er was gebeurd, die vreselijke dag, maar nu kan ik het niet meer voor me houden.

'Ik zou er nog geen vijf pond voor overhebben,' zegt Krista. 'Zo zie je maar.' Er klinkt getrippel op de planken onder ons, gevolgd door Bambi's karakteristieke gekef. 'Hallo, jochie,' kirt Krista. 'Hallo, schatje van me... Hé, Lace. Kom mee, een wodka-tonic maken.'

'Goed plan,' zegt Lacey goedkeurend, en ze lopen weg.

We blijven allemaal even doodstil zitten en laten dan allemaal onze adem ontsnappen.

'O mijn gód,' hijgt Bean. 'Wat wás dat?'

'Dat had ik toch gezegd?' zeg ik, zo geagiteerd dat mijn stem ervan beeft. 'Het gaat haar alleen om het geld! En zal ik je nog eens iets zeggen?' Ik vervolg zachter: 'Ik heb haar betrapt toen ze foto's van de inboedel maakte, een tijd geleden, maar toen ik het aan pap vertelde, sprong hij voor haar in de bres. Hij zei dat ik het niet aan jullie mocht vertellen, want dan zou ik jullie tegen haar opzetten, dus heb ik mijn mond gehouden, maar nu...' Ik breek mijn zin af. 'Zie je nou?'

'Ik had geen idee!' zegt Bean ontdaan.

'Tja. Zo is het gegaan.' Ik slik. Mijn gezicht gloeit. Het was best stressvol om dat geheim al die tijd te bewaren, besef ik nu.

Ik zie de radertjes in Beans hoofd draaien en dan barst ze opeens uit, met een verwarde denkrimpel in haar voorhoofd: 'Oké, nu weet ik weer wat ik wilde vragen. Heeft Krista je echt een e-mail gestuurd waarin stond "Effie, schat, je moet naar het feest komen, anders krijg je er spijt van?"'

'Natuurlijk niet!' Ik rol met mijn ogen. 'Dat was ook gelogen van haar.'

'Dat dacht ik al! Maar ik zag dat pap haar geloofde!' Bean kijkt me ontsteld aan. 'Effie, dit is echt erg. Hij moet het weten. Ik ga het hem vertellen.'

'Bean, niet doen!' Ik pak haar bij de arm. 'Niet doen. Je doet alles voor me. Jij bemiddelt altijd. Jij neemt altijd de emotionele last op je schouders. En je hebt al genoeg op je bord met je...' Ik aarzel. '... je werkproblemen. Ik regel het zelf wel.'

'Ik moet gaan,' zegt Gus spijtig, en hij zet zijn glas neer. 'Maar dit was fantastisch. Echt.'

'Je mag nog niet weg!' roep ik uit. 'Hoe moet dat met Krista en de inboedel en alles?'

'Oké dan,' zegt Gus. 'Als iemand Krista en Lacey een kroonluchter naar buiten ziet sjouwen, appt die de anderen het codewoord 'pegel'. Ik herhaal: pegel. Zullen we anders morgen weer bij elkaar komen?' Hij steekt een hand naar ons op en trekt het luik open.

'Gus, wacht,' zegt Bean opeens vol vuur. 'Voordat je weggaat.' Ze pakt een van zijn handen en een van de mijne en brengt ze bij elkaar. 'We zijn niet kapot. Dat zijn we níét.'

We kijken elkaar even zwijgend aan boven onze verstrengelde handen. Mijn broer. Mijn zus. Die vertrouwde, dierbare gezichten. Nu volwassen... maar in mijn hoofd nooit. Voor altijd kinderen, voor altijd rondstommelend op zolder, ons afvragend hoe we iets van het leven moeten maken.

'Tja, nou ja,' verbreekt Gus de ban uiteindelijk. 'Welterusten allemaal. Ik zie jullie morgen weer, dat wordt ook weer een leuk bloedbad. Heerlijk toch, die familiereünies?'

13

Bedtijd in Beans kamer is als teruggaan in de tijd. We moesten altijd een kamer delen als er logés waren, en dan kibbelden we over alles. Hoe laat het licht uit moest. Wie er 'te hard' met zijn dekbed ritselde. Wie er 'ontzettend irritant' was. (Dat zal ik wel geweest zijn, eerlijk gezegd.)

Maar nu doen we heel volwassen, beleefd en beschaafd. Bean vindt zelfs een nog ingepakte tandenborstel voor me in een toilettasje van een vliegmaatschappij, en een monstertje vochtinbrengende crème. Ik drentel in een oude pyjama van haar door de kamer en strijk liefdevol met mijn hand over haar Pieter Konijn-meubeltjes. De twee houten bedden met de handgeschilderde konijnen op het hoofdbord. De kledingkast met de ranken. De toilettafel met de snoezige handgrepen in de vorm van wortels op de laden.

'Waar komt dat ameublement eigenlijk vandaan?' zeg ik terwijl ik de glazen vitrinekast openmaak om naar Beans keramiekverzameling op de met bladeren versierde planken te kijken. 'Het is waanzinnig.'

'Er zat hier een meubelmaker die op bestelling werkte,' zegt ze terwijl ze haar haar borstelt. 'Hij is overleden. Het schijnt mams idee te zijn geweest om wortels op de laden van de toilettafel te zetten.'

'Dat heb ik nooit geweten,' zeg ik na een korte stilte. Ik krijg weer dat rare gevoel dat ik er niet bij hoor, dat me altijd overvalt als er over Alison wordt gepraat. (Ik kan haar in mijn gedachten niet 'mam' noemen.)

'Wil je iets te lezen of zo?' vraagt Bean beleefd.

'Nee, ik ben bekaf. Laten we maar gaan slapen.'

We stappen allebei in bed, Bean doet het licht uit en ik tuur het donker in. Ik had echt niet verwacht dat ik nog een nacht onder dit dak zou doorbrengen. Het is onwezenlijk.

Zonder erbij na te denken reik ik naar mijn matroesjka's om mezelf te sussen... en dan herinner ik me weer dat ze weg zijn. Het bezorgt me een akelig gevoel, en ik weet niet eens waar ik ze moet zoeken.

Stel dat ik ze niet...

Nee. Dat mag ik niet denken. Ik vind ze echt wel. Ik moet gewoon volhouden.

Om mezelf af te leiden noem ik in gedachten de leden van ons gezin op, ook iets wat ik als kind deed. Ik wenste ze welterusten, alsof ik mezelf ervan wilde verzekeren dat het goed was met iedereen. Pap... Gus... Bean... Dan kom ik bij Mimi aan en kan een diepe zucht niet bedwingen.

'Gaat het?' klinkt Beans stem in het donker.

'Ik denk gewoon aan... dingen.'

'Hm.' Bean blijft even stil en zegt dan vriendelijk: 'Ofilant, je blijft maar zeggen dat ons gezin kapot is, maar moet je ons zien. Ik ben hier. Jij bent hier. Gus is hier.'

'Weet ik.' Ik staar door het donker omhoog. 'Maar het is niet hetzelfde, hè? We praten niet meer zoals vroeger. Pap doet raar en onecht. En nu kunnen we niet eens meer op Greenoaks bij elkaar komen. We gaan allemaal gewoon... uit elkaar drijven.'

'Welnee,' zegt Bean vastberaden. 'We blijven wel bij elkaar komen, alleen ergens anders.'

'Krista wil niet met ons bij elkaar komen. Ze wil pap afslepen naar Portugal.'

'Nou, als hij daarheen wil en als hij daar gelukkig is, moeten we dat respecteren,' zegt Bean. 'Misschien wordt het voor ons allemaal een leuk nieuw hoofdstuk in ons leven. We kunnen ze daar opzoeken. Lekker naar het strand!'

'Misschien,' zeg ik, maar bij het idee dat ik met Krista naar het strand moet, ga ik bijna over mijn nek.

Het blijft weer even stil, en dan haalt Bean diep adem.

'Effie, ik heb erover gelezen,' zegt ze. 'Weet je dat het een vorm van rouw is? Dat is normaal voor volwassen kinderen van gescheiden ouders. Het schijnt heel vaak voor te komen dat mensen op latere leeftijd nog gaan scheiden. Ik heb zelfs... een praatgroep gevonden,' voegt ze er aarzelend aan toe. 'Daar zouden we naartoe kunnen gaan, misschien.'

Een praatgroep, schamper ik in gedachten. In een kerkzaaltje met goedkope koekjes. Dat klinkt superleuk.

'Misschien,' zeg ik weer. Ik probeer niet al te ontmoedigend te klinken.

'Volgens mij heeft het jou het hardst geraakt,' klinkt Beans zachte stem weer. 'Misschien komt het doordat je de jongste bent. Of doordat je mam nooit hebt gekend. Jij ziet Mimi als je echte moeder.'

'Ik mis Mimi,' zeg ik. Als ik haar naam uitspreek, schiet er opeens een brok in mijn keel. Wij zijn hier allemaal, maar zij niet.

'Ik weet het. Het is vreemd.'

'Het voelt zo leeg zonder haar.' Ik knipper mijn tranen weg bij de herinnering aan Mimi in de tuin, neuriënd in de keuken, tekenend, lachend, altijd bezig met iets om het leven leuker te maken. 'Zij was het hart van ons gezin. Zij was het hart van alles. En ik zou gewoon willen...'

'Ofilant, niet doen,' onderbreekt Bean me, en opeens klinkt ze zorgelijk. 'Je hebt niets te willen.'

'Wát?' Ik richt me lichtelijk geschokt op mijn ene elleboog op.

'Je blijft maar zeggen dat je zou willen dat pap en Mimi niet

waren gescheiden, maar het is nu eenmaal zo. En het huis is verkocht. We kunnen niet terug naar hoe het was.'

'Weet ik,' zeg ik geërgerd. 'Dat wéét ik wel.'

'Maar je praat alsof het nog zou kunnen. Alsof we terug kunnen
in de tijd en het op magische wijze kunnen voorkomen.'

Ik doe mijn mond open om haar tegen te spreken, maar bedenk
me. Want nu ze het zegt… Misschien ga ik in gedachten inderdaad telkens terug naar die dag toen de bom barstte en probeer ik
de uitkomst te veranderen.

'Je moet je er gewoon bij neerleggen,' zegt Bean mistroostig.
'Ik weet dat het moeilijk is. Toen Hal me dumpte, wilde ik alleen maar Hal. Ik snakte zo naar hem dat ik dacht dat de kosmos
hem wel aan me terug móést geven. Het moest gewoon.' Haar
stem beeft. 'Maar het gebeurde niet. Ik kon hem niet krijgen. Ik
moest iets anders zoeken. Ik moest op een andere manier gelukkig
worden. Want wat moet ik anders doen, mijn hele leven blijven
janken?' Ze gaat rechtop in bed zitten en een straal maanlicht laat
haar ogen schitteren. 'Wil jíj je hele leven blijven janken?'

Ik doe er het zwijgen toe, want ze heeft gelijk. Zo had ik het
nog niet bekeken. En weer word ik overspoeld door liefde voor
Bean, die zo stoïcijns blijft, terwijl ze zulke beroerde kaarten heeft
gekregen in het leven.

'Bean, ik hoorde je eerder met Gus praten,' zeg ik aarzelend.
'Hoe gaat het met… dingen? Ik bedoel… liefdesdingen?'

'Nou,' zegt Bean na een lange stilte, 'toevallig is er wel iemand.'

'O mijn god, Bean!' zeg ik enthousiast. 'Wat goed! Waarom heb
je me dat niet vertéld?'

'Sorry. Ik was het wel van plan, maar na wat er met Hal is
gebeurd, wilde ik de kat uit de boom kijken.'

'Natuurlijk,' zeg ik vol begrip. 'En… hoe gaat het?'

'Het is allemaal een beetje onzeker.' Bean klinkt gespannen; ze
heeft haar gezicht afgewend. 'Het is… gecompliceerd.'

Wat een domper. Ik wil niet dat het 'gecompliceerd' is voor Bean, ik wil dat het 'blij en simpel' is.

'Is hij...' Ik slik nerveus. 'Is hij getrouwd?'

'Nee, hij is niet getrouwd, maar...' Ze slikt. 'Hé, kunnen we erover ophouden? Ik wil er niet over praten. Ik wil gewoon...' Haar stem trilt vervaarlijk. 'Ik wil...'

Tot mijn ontzetting hoor ik haar snikken. Ze huilt. Ik heb haar aan het huilen gemaakt. Dit is waar ze om huilde in de tuin.

'Bean!' zeg ik. Ik spring uit bed en sla een arm om haar heen. 'O god, sorry, ik wilde je niet...'

'Al goed.' Er volgt nog een enorme snik, en dan siddert ze en veegt de tranen van haar wangen. 'Het gaat wel weer. Ga terug naar bed. Het is ontzettend laat en ik heb die rottige brunch morgen.'

'Maar...'

'We hebben het er nog weleens over. Misschien.'

'God, we zijn echt sterren op relatiegebied, hè?' zeg ik om haar op te vrolijken, terwijl ik weer in bed kruip. 'We zouden een zelfhulppodcast moeten beginnen.'

'Ja,' zegt Bean beverig. 'We zijn liefdeskampioenen. Al heb jij je filantropische olympische sporter nog.'

'O, had ik dat nog niet verteld?' zeg ik droog. 'Hij heeft me de bons gegeven.'

Bean lacht verstikt. 'O, wat jammer.'

'Ja, hij zei dat ik niet zo aanwezig was in de relatie. Hij zei dat hij een beter contact had met zijn werpspies,' voeg ik eraan toe, en Bean lacht weer. 'Hij zei dat ik zijn polsstok niet omhoog kreeg. Dat vond hij wel een horde.'

'Ik moet slapen,' zegt Bean. 'Ik meen het. Maak me niet meer aan het lachen.'

'Klop klop,' zeg ik prompt.

'Hou op!'

'Er was eens een bisschop in Londen...'

'Effie!'

Nog steeds glimlachend kijk ik weer omhoog in het donker. En terwijl ik Beans ademhaling trager hoor worden, probeer ik te raden wat 'gecompliceerd' zou kunnen betekenen. Misschien heeft hij een ex-vrouw. Misschien woont hij in het buitenland. Misschien zit hij in de gevangenis voor een misdaad die hij niet heeft begaan...

'Effie?' verstoort Beans aarzelende stem mijn gedachten. 'Ik moet nog iets zeggen voor ik in slaap val. Ik... ik denk niet dat ik je een dienst heb bewezen. En het spijt me.'

'Hè?' zeg ik verbaasd. 'Waar heb je het over?'

'Ik heb altijd mijn best gedaan om je voor dingen af te schermen,' vervolgt ze. 'Wij allemaal. Toen je klein was, vertelden we je leugentjes om bestwil. De Kerstman. De tandenfee. Die keer dat Gus een winkeldiefstal had gepleegd.'

'Gus? Een winkeldiefstal?' herhaal ik verbouwereerd.

'Het was voor een weddenschap,' zegt Bean een beetje korzelig. 'Hij kreeg huisarrest, een lang, ernstig gesprek, hij heeft het nooit meer gedaan, blabla. Maar we vertelden het niet aan jou, want je zou het niet hebben begrepen. Hoe dan ook...' Ze zwijgt even. 'Waar het om gaat, is dat ik die neiging om jou te willen beschermen nooit ben kwijtgeraakt, denk ik.'

'Je hoeft me niet meer te beschermen,' zeg ik meteen. 'Ik ben volwassen.'

'Precies. Maar het is moeilijk om ermee op te houden. Daar komt nog bij dat Mimi en jij een fantastische band hebben. Die heb ik nooit willen bederven.'

'Waar wil je naartoe?' vraag ik onzeker.

'Er zijn... dingen die ik je niet heb verteld,' zegt ze, en opeens krijg ik het benauwd.

'Wat voor dingen?' stamel ik.

'Over Mimi. En pap.'

'Wat is er dan met Mimi en pap?' vraag ik met een klein stemmetje.

'Ik hou van ze allebei,' zegt Bean na een korte stilte. 'Maar toen ik hier woonde, was het niet echt leuk. Mimi kon maar weinig hebben. Ze was heel kritisch. Bijna… gemeen.'

'Gemeen?' herhaal ik perplex. 'Geméén? Maar Mimi is altijd zo aardig voor iedereen! Iedereen zegt het: "Wat is Mimi toch aardig."'

'Dat weet ik wel, maar als het om pap ging, was ze niet zo aardig.' Bean zucht. 'Ik kon het eerst ook niet geloven. Ze leek het omgekeerde van een blinde vlek te hebben. Een felle, vergrotende schijnwerper waarmee ze pap overal in huis volgde, en niets van wat ze zag stond haar aan. Ze had overal iets op aan te merken. Zijn manier van eten, hoe hij ging zitten, hoe hij zijn thee dronk… Het was nooit goed.'

'Ze plaagden elkaar altijd,' zeg ik onzeker.

'Misschien begon het als plagen, maar het werd…' Bean zucht. '… katten. Het was alsof Mimi niet meer wilde dat pap nog langer pap was. Ze wilde dat hij anders werd. Of verdween. Pap reageerde door helemaal stil en stuurs te worden. Hij negeerde Mimi, wat haar tot razernij dreef. Mij ook. Ik dacht: geef haar nou eens ántwoord, verdomme!'

'Stil?' Ik weet weer niet wat ik hoor. 'Stuurs? Páp?'

'Ja. Het is onvoorstelbaar. En ik hoorde ze tegen elkaar tekeergaan aan het eind van de tuin, waar ik ze niet kon horen, dachten ze. Dan waren ze… Laten we het erop houden dat ze niet op hun best waren. Geen van beiden.' Bean zucht. 'Ik heb het je nooit verteld omdat het zo akelig was, maar nu vind ik dat ik het toch had moeten zeggen. Dan was je niet zo van de kaart geweest toen ze uit elkaar gingen.'

Ik laat Beans verhaal even zwijgend op me inwerken. Hoe ik het ook probeer, ik kan het niet voor me zien. Mimi is een en al warmte, troost en koestering, niet kritisch en kattig. En pap is een en al charme en charisma. Hoe zou hij stuurs kunnen zijn?

'Pap is niet perfect,' zegt Bean alsof ze mijn gedachten kan lezen, 'en Mimi ook niet, en ze waren niet altijd in de zevende hemel met elkaar. Ze gedroegen zich vast alleen maar zo omdat ze... ongelukkig waren.'

Het woord 'ongelukkig' drukt als een steen op mijn hart.

'Dus, wat, waren ze altijd al ongelukkig?' kaats ik terug. 'Hebben ze nooit van elkaar gehouden?' Ik krijg een akelig gevoel vanbinnen, want had ik het niet al gezegd? Dat onze hele kindertijd een schijn-vertoning was?

'Nee!' zegt Bean snel. 'Dat geloof ik niet. Ik denk dat het pas de laatste tijd lastig werd, maar dat ze het niet wilden toegeven.' Ze zucht. 'Misschien hadden ze openhartiger tegen ons moeten zijn. Dan was jij ze niet op zo'n voetstuk blijven zetten.'

'Ik zette ze niet op een voetstuk!' protesteer ik, en Bean lacht.

'O, Effie, natuurlijk wel. Het is aandoenlijk, maar het maakt het wel zwaarder voor je. Jij denkt dat we de hemel hadden en dat die toen, pats, aan gruzelementen viel, maar zo was het niet. Het was de hemel niet. Maar het zijn ook geen gruzelementen,' voegt ze er na een korte stilte aan toe. 'Het is gewoon... moei-lijk.'

'Dat is heel zacht uitgedrukt,' zeg ik, in het donker starend.

'Ik snap het wel, Ofilant,' zegt Bean meelevend. 'Echt. Ik mis Mimi's aanwezigheid hier en Gus ook. Het overviel me echt op paps laatste verjaardag. Krista had de boom al opgetuigd, weet je nog?'

'Já,' zeg ik uit de grond van mijn hart, want hoe zou ik het niet meer kunnen weten? We kwamen allemaal opdraven voor de boomoptuigdag, maar de boom hing al vol gloednieuwe ver-sieringen die Krista had besteld en die wij moesten bewonderen.

'Toen kwam ze met die dure chocoladetaart met krullen, weet

„je nog?' vervolgt Bean. 'En ik dacht de hele tijd: maar Mimi bakte altijd een worteltaart voor hem. Het is iets heel kleins, maar ik zat er echt mee.'

'Echt?' vraag ik dankbaar, en ik draai me haar kant op. 'Weet je, daar knap ik van op. Het besef dat ik niet de enige ben.'

'Je bent niet de enige,' zegt Bean. 'Echt niet.'

'Trouwens, die chocoladecake was góór.'

'Ránzig,' valt Bean me met kracht bij.

'Afgrijselijk.'

'Waar koop je zoiets? Het was de beroerdste kwaliteit chocolade. Het was net plastic.'

'Ja, maar op Instagram zie je niet hoe iets smaakt, hè?'

'Natuurlijk!' roept Bean uit. 'Dáárom had ze hem gekocht. Om op te scheppen op Instagram.'

'Bean, je zit Krista af te kraken,' jubel ik, want opeens dringt het tot me door.

Ik hoor Bean bijna nooit iemand zwartmaken, zelfs Krista niet, dus ik kan een glimlach niet onderdrukken. Dit moeten we vaker doen. Veel vaker. (Alleen noem ik het dan geen 'afkraken', maar 'delen'. Dát kan onze praatgroep zijn. Ik zorg wel voor de koekjes.)

'O god,' zegt Bean aangeslagen. 'Effie, het spijt me dat ik zo…'

'Diplomatiek was,' vul ik aan.

'Afwachtend,' verbetert ze me. 'Ik wilde Krista het voordeel van de twijfel gunnen. Het gesprek gaande houden. Ik dacht: tja, pap heeft voor haar gekozen, dat moet ik respecteren. Maar na wat jij me hebt verteld, vertrouw ik haar voor geen meter meer.'

'Ik heb haar nóóit vertrouwd,' zeg ik zwartgallig, gewoon om duidelijk te maken dat ik meer mensenkennis heb dan zij.

Beans ademhaling wordt dieper en ik merk dat ze wegzakt, maar ik kan nog niet slapen. Ik ben te opgefokt. Ik staar met wijd open ogen het duister in terwijl ik probeer deze hele bizarre, onverwachte avond te verwerken. Ik kwam hier voor mijn matroesjka's.

Die waren mijn enige prioriteit. Meer wilde ik niet van dit huis. Maar ik heb ze niet gevonden, en in plaats daarvan ben ik verstrikt geraakt in de beslommeringen van mijn familie.

In gedachten laat ik de familieleden de revue passeren. Ze hebben allemaal geheimen. Voor elkaar of voor de buitenwereld. Mimi en pap... Krista en pap... Gus en Romilly... Bean... Iedereen houdt wel iets voor iemand verborgen.

En dan is Joe er natuurlijk ook nog. Ik voel een pijnscheut als de herinneringen aan de afgelopen avond bovenkomen: Joe's gezicht toen hij me achter de rozenstruik ontdekte; hoe Joe naar me keek in de kelder. Hij wilde net een verklaring geven, ik weet het zeker. Me iets vertellen. Maar wat? Wát?

Ik slaak nog een diepe zucht, draai me op mijn zij en druk mijn hoofd in het kussen, opeens overweldigend moe. Ik kan er nu niet over nadenken.

Ik moet me weer op mijn doel richten, neem ik me slaperig voor. Het eerste wat ik morgen ga doen, is mijn poppetjes zoeken. Ze móéten ergens zijn. Op een zolder? In de boomhut misschien? Ik moet gewoon goed nadenken...

Nou ja. Ik heb in elk geval wat cheesecake gegeten.

14

De volgende ochtend word ik wakker met een vreemd, onbestemd gevoel. Ik blijf even stil liggen om erover na te denken... en dan weet ik het. Ik denk dat het lichtheid is. Ik voel me lichter. Zachter. Kalmer.

Het is prettig. Het is een opluchting.

Het leven heeft een tijdje akelig aangevoeld, geef ik aan mezelf toe, kijkend naar Beans plafond. Misschien heeft Bean gelijk en heeft de scheiding mij inderdaad harder geraakt dan Gus en haar. En misschien heeft pap ook gelijk en zat ik in het nauw. Opgesloten in een grauwe troosteloosheid. Maar misschien begint daar nu eindelijk verandering in te komen? Een klein beetje maar?

Ik weet niet hoe ik mijn gevoelens anders moet verklaren. Concreet is er niets veranderd sinds gisteravond. Alle problemen die ik toen had, heb ik nu nog. Alleen lijken ze op de een of andere manier... anders. Hanteerbaarder. Meer in proportie.

Zelfs als de intense stortvloed aan echtscheidingsherinneringen me overvalt, zoals elke ochtend, als een gruwelijke hoofdfilm die begint met die verschrikkelijke mededeling met Kerstmis, doet het niet zo'n pijn meer. Het voelt alsof ik er met een ironisch, bijna afstandelijk verdriet naar kijk.

Ik heb ook niet dat gebruikelijke, stekende 'stel dat'-gevoel. Bean had gelijk: ik kan de klok niet terugzetten. Ik kan het niet allemaal wegwensen.

Het is wat het is, daar moet ik mee zien te leven. Het komt

wel goed. Het komt echt goed. Ik haal diep adem en voel hoe mijn hele lichaam zich oplaadt. Ik moet gewoon mezelf zijn: Effie Talbot. Of misschien een nieuwe, verbeterde Effie Talbot. Geen kind meer dat om haar ouders huilt. Misschien moet ik me niet meer opstellen als de jongste in het gezin, maar als degene die in actie komt. Die verantwoordelijkheid neemt.

Mijn blik glijdt naar Bean, die nog als een bult onder haar dekbed ligt te slapen, en in een opwelling pak ik mijn telefoon. Ik ga vitaminen voor haar bestellen. Zo. Ik kom nu al in actie.

Ik klik een gezondheidswebwinkel aan en word meteen overdonderd door de keuze. Welke vitaminen hebben mensen eigenlijk nodig? Wat is 'gechelateerd'? Wat is het verschil tussen magnesiumcitraat en magnesiumtauraat?

Ik vraag het wel aan Bean.

Nee, wacht, doe niet zo stom, ik kan het niet aan Bean vragen.

Ik scrol nog wat door en besluit een supplement te kiezen dat Super Skin Radiance heet. Een superstralende huid is toch nooit verkeerd? Ik betaal mijn aankoop in een warme gloed van voldoening en kijk om me heen om te zien wat ik nog meer voor Bean kan doen. Misschien kan ik een beetje opruimen. Op de vloer staat een koffertje dat Bean moet hebben meegebracht voor het weekend en er zijn wat kleren uit gevallen. Die kan ik opruimen.

Ik glip stilletjes uit bed en begin de kleren op te vouwen. Ik leg ze in haar kast, besluit ik, maar net als ik er op mijn tenen naartoe wil lopen, struikel ik over de open koffer en smak op haar bed.

'Au!' roep ik. Bean draait zich om, nog half slapend.

'Sorry,' fluister ik. 'Ik wilde je niet wakker maken. Ga maar weer slapen.'

'Wat dóé je?' vraagt ze slaperig.

'Jou helpen. Opruimen.'

'Hou daar dan mee op,' zegt ze nijdig. Ze draait zich om en trekt het dekbed over zich heen.

Oké, misschien moet ik het opruimen even uitstellen. Ik keer terug naar mijn oorspronkelijke plan voor deze ochtend: mijn matroesjka's zoeken. Ik reik naar mijn kleren, deins achteruit en besluit wat schone kleren van Bean te lenen. Terwijl ik in haar kast zoek, waarbij ik de hangers maar een heel klein beetje laat kletteren, doet ze haar ogen open en kijkt me kwaad aan.

'Wat doe je?'

'Ik ga mijn poppetjes zoeken,' fluister ik terwijl ik me in een van haar spijkerbroeken hijs. 'Sst. Ga maar weer slapen.'

'En als je pap of Krista dan tegenkomt? Of Lacey? Die slaapt in de torenkamer, trouwens.'

'Ja, dat dacht ik al.' Ik knik. 'En ik kom niemand tegen. Ik ga de zolders op. Misschien heb ik ze daar verstopt en ben ik dat vergeten.'

'Oké, nou, succes.' Bean draait zich om en ik trek de ladder naar beneden. 'Laat je niet betrappen.'

Ik, me laten betrappen? Nooit. Ik klim met een veerkrachtig, vastberaden gevoel de ladder op. Ik doorzoek de zolders een voor een, kijk in koffers, in donkere hoekjes en onder oude kapotte stoelen. En al die tijd denk ik aan Joe. Ik kan er niets aan doen.

Gisteravond was een openbaring. Ik heb altijd geweten dat Joe iets van zichzelf weggestopt hield, beschermd tegen kritische blikken van buitenstaanders, maar ik had me nooit gerealiseerd dat hij angstig was diep vanbinnen. Ik sta nog steeds een beetje paf van dat nieuws.

Hoeveel versies van hem zijn er, vraag ik me onwillekeurig af. Hoeveel poppetjes zitten er verstopt in de Hartendokter? Wat verbergt hij nog? En wát wilde hij me gisteravond vertellen?

Zo langzamerhand beginnen mijn armen en benen pijn te doen van al het kruipen en klimmen. Mijn stuiterende enthousiasme begint te zakken. Ik schop een berg oude medicijnverpakkingen opzij, klim over een dwarsbalk en veeg een spinnenweb van mijn hoofd.

Ik ben er inmiddels vrij zeker van dat mijn matroesjka's niet ergens op een zolder liggen, maar ik voel me een beetje bijgelovig. Ik zal ze toch allemaal checken, voor je-weet-maar-nooit. Alleen moet ik nu voorzichtig zijn, want ik ben bij de zolder boven paps kamer.

De kamer van pap en Krista, moet ik zeggen. Alleen kan ik dat nog niet helemaal bevatten. De kamer van pap en Krista… Pap en Krista die in Portugal een Mexicaans restaurant gaan beginnen. Het voelt allemaal niet echt.

Ik loop behoedzaam de stoffige ruimte in en blijf dan stokstijf staan. Het luik naar hun kamer is open en ik aarzel nerveus. Zijn ze in de kamer? Ik sluip erheen. De kamer eronder lijkt leeg en stil. Ik ga even snel zoeken nu het nog kan…

'Au!' Voor ik het goed en wel besef, ben ik over een metalen buis gestruikeld die uit het niets voor mijn voeten leek op te duiken. (Of misschien lette ik niet op.) Ik stort machteloos naar voren, zowel hijgend van schrik als vreemd kalm. Dit was het dus. Hier eindigt mijn leven. Ik val door de opening, buitel drie meter naar beneden en breek mijn nek, en ik zal nóóit weten wat Joe me wilde vertellen…

'Goddank!' Het is me net op tijd gelukt de rand van de opening te pakken. Ik probeer vaste grond onder mijn voeten te krijgen, maar ik zit vast. Mijn veter is ergens achter blijven haken. Ik zit in elkaar gedoken vlak boven het open luik, met alleen een houten ladder om mijn val te breken. Ik omklem de rand alsof mijn leven ervan afhangt en probeer mijn voet te bevrijden, maar dan hoor ik stemmen en ik verstijf.

Pap. Krista. Shit.

'Daar zijn we dan,' zegt pap, die Krista de kamer in loodst. Ze dragen allebei zijdeachtige peignoirs en houden glazen vast met iets erin wat op champagne met jus lijkt. Ontbijten ze daar elke dag mee? Of zijn ze gewoon nog niet uitgefeest?

Hoe dan ook, ik moet hier weg. Dringend. Maar voordat ik

een vin kan verroeren, kijkt pap blozend naar Krista en zegt: 'Ik ben Julio, een rijke Colombiaanse drugsbaron.' Hij trekt zijn wenkbrauwen een paar keer op. 'Het is me een genoegen u te ontmoeten, knappe dame.'

Ik bevries van ijzig afgrijzen. Waarom noemt pap zichzelf Julio? En wat is dat voor verschrikkelijk accent?

'Julio!' Krista glimlacht onnozel naar hem. 'Wat enig om je te ontmoeten! Ik ben Greta. Vertel eens hoe rijk je bent?' voegt ze er hijgerig aan toe. 'Ik ben gek op rijke mannen.'

O mijn god. Ik zit klem boven mijn vader en zijn vriendin die het een of andere dubieuze rollenspel gaan spelen. Wat een nachtmerrie. Ik móét hier weg. Ik trek nog eens uit alle macht maar geluidloos met mijn voet, maar ik zit echt vast.

'Ik heb vele duizenden geld op de bank,' zegt pap met een sexy bravoure.

'Duizenden maar?' Krista fladdert met haar wimpers naar hem.

'Ik heb... zeshonderd miljard pond op de bank,' verbetert pap snel.

'Tony!' zegt Krista, die uit haar rol valt. 'Dat is te veel! Het is niet geloofwaardig! Zelfs Jeff Bezos heeft geen zeshonderd miljard! Het moet geloofwáárdig zijn!'

Nou vraag ik je. Ze doet wel moeilijk, die Krista. Wat is er mis met zeshonderd miljard pond?

'Ik heb 2,4 miljard pond op de bank,' zegt pap omzichtig. 'En ik heb een jacht!'

'Een jacht!' Krista heeft haar hijgerige stemmetje weer opgezet. 'En wat een heerlijke champagne, Julio. We mogen niet drinken in het klooster.'

Het klóóster? Maakt ze een grapje?

O god, ik mag niet lachen...

'Krista!' klinkt Laceys neuzelige stem van veraf. 'Modecrisis! Kun je even komen, schat?'

212

Pap en Krista schrikken en ik bedank Lacey in stilte.

'Kolere!' zegt Krista, nu weer met haar normale stem, en ze stapt bij pap weg. 'Het is spitsuur hier! Ik kom al!' roept ze terug, en dan maakt ze nog een laatste verleidelijke kronkelbeweging naar pap. 'Hou die sfeer vast, Tone. Ik bedoel, Julio.'

Ik hoop hartgrondig dat ze allebei de kamer uit zullen lopen, maar tot mijn teleurstelling blijft pap treuzelen, recht onder me. Mijn arm- en beenspieren trillen nu, maar het lukt me geen geluid te maken. Ik adem maar af en toe een beetje.

Terwijl ik wanhopige pogingen blijf doen om mijn voet te bevrijden, kijk ik naar beneden en zie dat paps haar dunner begint te worden. Hij lijkt niet op Julio de drugsbaron, en zelfs niet op Tony Talbot, de joviale gastheer. Hij ziet er moe uit. Het boek dat ik voor hem heb gemaakt, *Een jongen uit Layton-on-Sea*, staat op de schoorsteenmantel, en bij die aanblik word ik overspoeld door weemoed. Ik herinner me paps blije gezicht toen hij het zag. Op dat moment had ik het gevoel dat ik pap echt kende. Dat ik hem echt snapte.

De lucht lijkt te zinderen van de herinneringen terwijl ik stilletjes worstel om mijn voet los te krijgen. Ik ben alleen met pap. Wanneer ben ik voor het laatst alleen met pap in een kamer geweest?

En hoewel ik geen zweverig type ben, denk ik onwillekeurig: voelt pap niet aan dat ik hier ben? Voelt hij me niet als een soort krankzinnige engel boven zijn hoofd hangen?

Ik ben het, Effie, roep ik in gedachten. Je dochter! Ik ben hier! Recht boven je!

Bijna alsof hij me kan horen, houdt pap zijn hoofd schuin, en ik kijk als gebiologeerd naar hem. Hij pakt langzaam zijn telefoon uit de zak van zijn peignoir, aarzelt en klikt zijn contactenlijst aan. Hij tikt op een naam, en mijn hart slaat een slag over als ik zie welke. *Effie.* O mijn god.

Opeens prikken mijn ogen. Ik had niet echt verwacht...

Pap typt *Lieve Effie* en houdt dan op. Met koortsachtig bonzend hart blijf ik kijken, wachtend tot hij verder zal gaan. Wat wil hij schrijven? Iets nietszeggends en onpersoonlijks? Of iets wezenlijks? Over dingen die ertoe doen?

Terwijl ik zijn vingers boven het scherm zie weifelen, welt er een radeloze hoop in me op. Wil hij nu eindelijk het gesprek beginnen waar ik al die tijd al naar hunker? Gaan we eindelijk práten?

De tranen staan me in de ogen, en mijn paniek laait op als ik besef dat ik ze niet kan tegenhouden als ze vallen. O god. Pap zal de druppels zien... dan kijkt hij op... Je mag níét huilen, Effie, zeg ik streng tegen mezelf. Waag het niet.

Maar het is al te laat. Als in slow motion voel ik een traan vallen en zie ik hem op het kleed neerkomen... net op het moment dat paps telefoon schettert. Het geluid lijkt hem terug naar de werkelijkheid te roepen en de betovering is verbroken. Hij sluit het scherm zonder het bericht te bewaren. Dan neemt hij het gesprek aan, als een heel ander mens. Tony Talbot is weer terug.

'Hallo daar! Goh, dank je wel! Ja, wij vonden het een schitterend afscheid van het oude huis...'

Hij beent de kamer uit en ik laat mijn ingehouden adem ontsnappen. Ik geef zo'n harde ruk met mijn voet dat mijn veter knapt, zodat ik achterover kukel en met een bons op de veilige zoldervloer neerkom. Ik blijf even liggen, want ik voel me een beetje verdoofd.

Dan check ik mijn telefoon, maar er is niets van pap. Geen sms, geen e-mail, geen appje.

Ik bedoel, laat maar. Nou en. Het was stom van me om te denken... Wat dácht ik eigenlijk? Dat hij zou schrijven: *Effie, lieverd, we missen je allemaal, was je maar hier?* Waarschijnlijk schreef hij weer iets over het doorsturen van mijn post. Daar staan we nu.

Ik sta uiteindelijk op, een beetje wankel na mijn sportieve prestatie. Ik voel me uitgewrongen. En opeens wil ik bij iemand zijn die wél met me praat over dingen die ertoe doen. Mijn zus, die ongelukkig is en misschien mijn hulp nodig heeft, al heeft ze het zelf niet door. Ik ga Bean zoeken.

'Ga mee wandelen,' zeg ik als ik Beans kamer weer in klauter. 'Het is nog vroeg. Het kan nog geen brunchtijd zijn.'

Ik ga hier geen gesprek voeren. Dit krakende huis is zo lek als een mandje. Hier kun je geen geheimen vertellen zonder bang te hoeven zijn dat iemand je hoort.

'Wandelen?' Bean kijkt verdwaasd naar me vanonder haar dekbed.

'Ik wil afscheid nemen van de tuin,' improviseer ik. 'Je moet voor me op de uitkijk staan. Dan word je ook meteen wakker. Kom op!'

Het kost me een halfuur om Bean uit bed en in de kleren te praten, maar dan zijn we eindelijk buiten. Er was niemand in de buurt, dus we konden ongezien de trap af en de voordeur uit komen. We lopen naar het eind van de tuin – Bean bedaard over het gras, ik van struik naar struik rennend – en stappen door het hek het lagergelegen weiland in, waar ik opgelucht ademhaal. Als we met gelijke tred door het hoge gras lopen, begin ik op te fleuren. Het is een warme dag; de lucht is blauw en wazig. Er tjirpen al sprinkhanen om ons heen en er schemeren veldbloemen tussen de grashalmen.

'Bean,' zeg ik uiteindelijk. 'Ik weet dat je denkt dat ik je niet kan helpen, maar dat kan ik wel.'

'Waar heb je het over?' vraagt Bean verbaasd. 'Helpen, waarmee?'

'Ik zag je huilen gisteren.' Ik leg zacht een hand op haar arm. 'Twee keer. En ik weet dat je hebt gezegd dat je er niet over wilt praten…'

'Omdat ik dat niet wil,' kapt Bean me af. 'Ik weet dat je wilt helpen, maar dat kun je niet. Dus. Dank je wel, Effie, maar laten we erover ophouden. Zullen we gaan zitten?'

Ik laat me ontmoedigd in het hoge gras zakken en snuif de zomergeuren rondom me op. Ik kijk gedachteloos naar een lieveheersbeestje dat over een graspriet loopt, eraf valt en het vanaf de andere kant opnieuw probeert. Misschien moet ik daar inspiratie uit putten. Een andere invalshoek proberen.

'Maar Bean, misschien lucht het op om er met iemand over te praten,' opper ik.

'Nee,' zegt ze, strak naar boven kijkend.

'Maar dat weet je pas als je het probeert.'

'Ik weet het nu al.'

Nou ja! En dan zeggen ze dat ík koppig ben?

'Oké,' zeg ik. 'Nou, mocht je je bedenken, dan ben ik er voor je.' Ik sla mijn armen om mijn knieën en kijk uit over het weiland. Ik zie een zwerm vogels opstijgen, allemaal perfect synchroon, als een goed functionerende familie die géén triljard geheimen heeft.

'Hé, wil je nog een fantastisch nieuwtje horen? Alleen zou ik het niet mogen weten.'

'Vertel maar.'

'Romilly is zwanger.'

'Wát?' Er trekt zo'n schok door Bean heen dat ze bijna van de grond komt. 'Is ze... Hoe weet je dat? Heeft ze je dat verteld?'

'Maak je een grapje?' Ik rol met mijn ogen. 'Denk je dat Romilly en ik meisjesgesprekken voeren? Nee, ik zag het door het luik, gisteravond. Gus vond de test in de prullenbak in hun badkamer. Hij keek...'

Ik breek mijn zin af, want de uitdrukking op Gus' gezicht zal me altijd bijblijven, maar ik heb er geen woorden voor. Het was te privé, te pijnlijk. Ik had het niet mogen zien.

'Geschokt,' vat ik het uiteindelijk samen. 'Hij zag er geschokt

uit. Ik weet niet of hij Romilly al heeft verteld dat hij het weet.'
Ik kijk naar Bean, benieuwd wat ze zal zeggen, maar ze lijkt geen
woord te kunnen uitbrengen. 'Ik bedoel, ze komen er wel uit,'
vervolg ik geruststellend. 'Maak je geen zorgen, Bean.'

'Heeft hij...' Ze slikt en likt langs haar droge lippen. 'Was er...
meer dan één test?'

'Meer dan één?' herhaal ik niet-begrijpend. 'Ik denk het niet. Ik
kon in de prullenbak kijken en die was verder leeg. Hoezo, denk je
dat Romilly tien tests zou doen? Misschien heb je wel gelijk ook.'
Ik lach. 'God, dat zou echt iets voor haar zijn...'

'Die was van mij,' onderbreekt Bean me.

De horizon lijkt even te deinen en ik reik naar de grond, want...
Bean?

Bean?

'Ik heb hun badkamer gisteren gebruikt,' zegt ze met een klein
stemmetje, en ze blijft strak voor zich uit kijken. 'Mijn wc is...
je weet wel...'

'Defect,' vul ik op de automatische piloot aan.

'Precies. Ik heb het staafje gewoon weggegooid. Ik was zo overstuur, ik dacht er niet bij na... Ik dacht helemaal niet na... Wat
een idioot ben ik ook, ik had het ingepakt in de keuken moeten
weggooien...' Ze grijpt vol zelfverwijt naar haar hoofd en ik kom
tot leven.

'Bean, hou op! Wat je met die test hebt gedaan is niet... Bean...
O mijn god.' Ik sla mijn armen om haar heen en knijp hard. Bean!
Een kindje! Ik weet niet hoe... of wie... Maar doet dat ertoe?
Maakt het iets uit?

Toevallig maakt het wel iets uit, eigenlijk.

'Hoe?' Ik kijk op. 'Ik bedoel, wie? Is het van die nieuwe man
over wie je me vertelde?'

'J-ja.' Beans stem trilt en ze lijkt niet uit haar woorden te
kunnen komen. 'Hij is... hij is...' Ze steekt een hand in haar

zak, trekt haar telefoon eruit en zoekt een foto op van een vriendelijk uitziende gast. Donkere krullen, warme bruine ogen, een waterdicht jack. Zonder een woord scrolt ze door foto's waarop ze stralend met hem in cafés zit en bij de rivier staat. Tijdens een wandeling. Een stel.

'Hij ziet er... fantastisch uit?' zeg ik aarzelend, want ik weet niet hoe dit verhaal verdergaat.

'Dat is hij ook. Hij is...' Bean slikt. 'Maar we zijn nog maar een paar weken samen, en nu dit. Ik weet het pas sinds gisteren. Ik was totaal in shock.'

'Moest je daarom huilen in de tuin?' vraag ik, en ze knikt. 'O, Bean.' Ik omklem radeloos haar arm. 'Wat je ook besluit...'

'O, ik ga het kind krijgen,' zegt ze vastberaden. 'Ik krijg het. Maar...' Ze kijkt naar haar telefoon.

'Weet hij het al?' vraag ik angstig.

'Ja. Ik was zo in paniek dat ik geen seconde kon wachten, dus heb ik hem gebeld...' Haar stem begeeft het weer.

'Wat zei hij?' vraag ik, klaar om die gast af te tuigen als hij het verkeerde heeft gezegd.

'Hij was eerlijk.' Bean veegt haar neus af. 'Hij neemt er de tijd voor. Hij is niet zoals Hal. Hij heeft gezegd dat hij me zal steunen, wat er ook gebeurt, maar dat hij wil nadenken over... Wat we ook doen, hij wil er voor honderd procent voor gaan. Hij heeft al een kind,' voegt ze eraan toe. 'Dus hij is al... Maar hij is niet getrouwd,' vult ze snel aan. 'Hij is gescheiden. Hij maakt me aan het lachen en... hij kan koken,' vertelt ze in het wilde weg. 'Hij is architect. Hij tekent!' Ze scrolt door naar een schets van een boom. 'Deze heeft hij gemaakt. En deze... en deze...'

'Ongelooflijk,' zeg ik, al kijk ik niet naar de tekeningen, maar naar de liefde die opbloeit in haar ogen.

'Maar een kind is...' Ze lijkt niet in staat die zin af te maken. 'Het is gewoon... Het was niet de bedoeling...'

Ze zwijgt en we blijven een tijdje stil zitten terwijl de bries het hoge gras laat deinen.

'Misschien toch wel,' zeg ik zacht.

Een Bean-baby. Ik kan me niets waardevollers voor de wereld voorstellen dan een Bean-baby'tje. Dan schiet me iets te binnen.

'Maar je hebt champagne gedronken! En wijn…'

'Ik heb niet gedronken,' zegt Bean met rollende ogen. 'Ik deed maar alsof. Ik wilde niet dat iemand zou zeggen: "Goh, Bean, je drinkt niet, waarom is dat?"'

'Nou, ik ben erin getrapt,' zeg ik vol ontzag. 'Je bent veel gluiperiger dan je lijkt.'

'Sorry dat ik zo geheimzinnig deed, maar ik kon het nog niet hardop zeggen.' Ze glimlacht lief naar me. 'Maar ik voel me wel beter nu ik het je heb verteld, Effie. Echt. Dus, bedankt daarvoor.'

'Goed zo.' Ik geef haar een snelle, impulsieve knuffel. 'En als ik iets voor je kan doen, wat dan ook…'

Zwangerschapsvitaminen, denk ik al. Ik ga er meteen achteraan.

'Jij bent de enige op de wereld aan wie ik het heb verteld,' zegt Bean. 'Geen mens weet ervan, behalve…'

'Behalve Gus,' herinner ik me opeens. 'Die denkt dat het van hem is.'

'O gód.'

We kijken elkaar ontzet aan en ik voel dat we precies hetzelfde denken.

'Hij zal toch geen aanzoek doen of een andere stommiteit uithalen?' zegt Bean, die bleek is geworden. 'Ik moet het hem vertellen. Nu meteen.'

'Ik doe het wel,' zeg ik snel.

'Nee, ik doe het wel,' zegt Bean, die al overeind wil komen, maar ik leg mijn handen op haar schouders om haar tegen te houden.

'Bean, laat dat. Ik doe dit wel. Ik neem dit op me. Jij moet weer gaan zitten en lekker uitrusten. Maak je geen zorgen om Gus, maar alleen om jezelf en…' Ik werp een blik op haar buik, overmand door liefde. Beans kleine nieuwe matroesjka heeft zich daar genesteld en opeens wil ik die uit alle macht beschermen. En Bean ook.

'Nou… goed dan.' Bean zakt weer in het gras.

'Onze familie verandert.' Het dringt tot me door hoe waar het is en ik zwijg even. 'Op allerlei manieren, maar dit is de belangrijkste.' Ik gebaar naar haar buik. 'Dus. Laat mij het overnemen.'

'Dank je wel, Effie.' Bean glimlacht dankbaar naar me. 'Ik voel me eigenlijk best moe vanochtend. Misschien loop ik met jou mee terug en ga ik een dutje doen.'

'Hoe heet hij eigenlijk?' zeg ik met een knikje naar haar telefoon als we door het weiland teruglopen.

'Adam,' zegt ze met tederheid in haar stem.

'Leuk.' Ik glimlach.

Wees geen klootzak tegen mijn zus, Adam, laat ik hem nu al in stilte weten. *Of ik maak je kapot.*

We lopen behoedzaam langs de zijkant van de oprit terug naar het huis. De cateraars zijn alweer terug en er wordt een brunchtafel op het gazon gezet, met een wit tafellaken erop en tussen palen gespannen snoeren vaantjes.

'Kosten noch moeite worden gespaard,' prevel ik, met mijn ogen rollend. 'Wat wordt er geserveerd bij die brunch, gebraden gans?'

'God mag het weten,' zegt Bean. 'Wacht! Er komt iemand aan.'

Ik duik snel achter een boom en Bean verstijft en doet alsof ze naar haar telefoon kijkt. Er komt een ober uit het huis, die koers zet naar de plek waar het cateringbusje staat.

'Morgen!' zegt Bean opgewekt, en hij knikt terug zonder zijn pas in te houden. Als hij op veilige afstand is, lopen we op onze tenen verder over het grind. Dan begint Bean opeens een beetje hysterisch te giechelen.

'Dit weekend,' zegt ze op gedempte toon. 'Het is krankzinnig. Het is het krankzinnigste feest ooit.'

'Mee eens.'

'Ongelooflijk dat je je zo lang verborgen hebt kunnen houden,' vervolgt ze. 'Heb je geen zin om tevoorschijn te springen en "Gefopt!" te roepen?'

'Nee,' zeg ik.

'Ook niet een heel klein beetje?'

Ik probeer me voor te stellen hoe Krista zou kijken als ik zwaaiend met een paar pompons onder de brunchtafel vandaan sprong en gilde: 'Daar ben ik!'

Ik bedoel, het zou best grappig zijn. Tot de verwijten en het bloedbad begonnen.

'Kijk daar… Gus!' zegt Bean opeens, en ze wijst.

Hij komt het huis uit, met een verdwaasde blik in zijn ogen en een vioolkistje in elke hand.

'Gus! Kom hier!' roept Bean verwoed wenkend, maar hij schudt zijn hoofd.

'Ik moet weg,' roept hij terug. 'Vioolcrisis. Romilly is ze vergeten.' Hij houdt de viooltjes hoog op, als om het te bewijzen.

'Is ze de violen vergeten?' Bean kijkt me aan en ik voel een lachstuip opkomen. 'Na al dat gedoe is ze de viólen vergeten?'

'Het is niet grappig,' zegt Gus, die zich aangevallen voelt. 'Ze is hysterisch. Ik heb met haar afgesproken bij de les, in Clapham, en dan probeer ik op tijd terug te zijn voor de brunch. Ik moet nu meteen weg.'

'Zeg dat ik hem bij de auto tref,' zeg ik zacht tegen Bean. 'Zeg dat ik nieuws voor hem heb. En ga dan relaxen.' Ik geef een kneepje in haar schouder. 'Reláx, Bean.'

Bean loopt naar Gus toe en ik sluip achter de heg langs de oprit naar het veldje dat gisteravond als parkeerterrein fungeerde. Ik duik tussen de paar auto's die er nog staan door tot ik bij Gus' Vauxhall ben. Hij is niet afgesloten, dus schuif ik op de passagiersstoel en zak onderuit tot ik vrijwel onzichtbaar ben.

Als Gus zijn eigen portier openmaakt, lijkt hij afwezig, zelfs voor zijn doen.

'Hoi,' zegt hij. 'Bean zei dat je me iets belangrijks moest vertellen.'

'Romilly is niet zwanger,' zeg ik, en ik zie zijn gezicht een keer of vijf van kleur verschieten.

'Hoe... Hoe weet je...' Hij slikt. 'Wacht even.' Hij checkt zijn telefoon en grimast. 'Ze is de bladmuziek ook vergeten. Ik ben zo terug.'

Ik wacht ongeduldig tot hij terugkomt, instapt en twee schattige muziektasjes op de achterbank zet.

'Ik snap het niet, Effie,' zegt hij verdwaasd. 'Hoe kun jij nou weten... Hoe kun je zelfs maar...'

'Ik zag je door het luik in de badkamer zitten,' zeg ik snel om door zijn verwarring heen te breken. 'Je had een positieve test gevonden, maar die was niet van Romilly, maar van Bean.'

'Wat?' zegt Gus geschrokken. 'Van Bean?'

'Ja. Dat is weer iets heel anders. Waar het nu om gaat, is dat je niet zag wat je dacht te zien. Het is níét Romilly's kind. Het is níét jouw kind. En dat betekent...' Ik kan de zin niet afmaken, want wat ik wil zeggen is: *Je bent vrij.*

We zwijgen allebei even. Dan merk ik dat Gus' schouders schokken. Zijn gezicht is nat.

'Gus!' zeg ik ontsteld.

'Ik ben zo'n idioot geweest.' Hij drukt zijn vuisten tegen zijn gezicht. 'Zo'n ongelooflijke... Ik ben maar blijven hangen in een relatie die ik niet echt wil, uit... Ik weet het niet. Lamlendigheid. Uitstelgedrag. Ontkenning.'

'Nou, dat is goed!' zeg ik bemoedigend. 'Nu weet je hoe je je voelt! Nu kun je er iets aan doen.'

'Ja. Goddank. Ik kan het nog steeds niet geloven.' Hij lijkt nog in shock. 'Effie, je weet niet wat voor nacht ik heb gehad…'

'Ik kan me er wel iets bij voorstellen,' zeg ik droog.

'Maar wacht eens. Wacht even.' Hij lijkt bijna niet uit zijn woorden te kunnen komen. 'Wacht. Stel dat het níét Beans test was? Stel dat Romilly op de een of andere manier ook zwanger is? Stel dat ze allebei zwanger zijn?'

Ik voel zijn paniek. Hij heeft een glimp van zijn vrijheid opgevangen. Een moment van zelfinzicht. Stel dat de smeedijzeren poort nu toch in het slot klettert?

'Zoek het uit,' stel ik voor. 'Bel haar op.'

'Oké.' Zonder zich te bedenken belt Gus Romilly. 'Hoi,' zegt hij. 'Ja, in de auto. Hoor eens, wat ik me afvroeg… Ben je zwanger?'

Ik sputter ongelovig. Ik had verwacht dat hij er iets geleidelijker naartoe zou werken. Ik hoor een woordenvloed aan de andere kant en dan ontspant Gus' gezicht opeens. Hij kijkt als een kind dat buiten mag spelen.

'Juist!' zegt hij met een blik op mij. 'Dat is dus heel zeker. Je bent niet zwanger.'

Ik juich geluidloos en geef een stomp in de lucht. Dan geef ik Gus een high five, waarop hij me onverhoeds omhelst, met de telefoon nog aan zijn oor geklemd.

'Weet ik niet,' zegt hij. 'Ik kreeg opeens zo'n raar gevoel… Hoe dan ook, goed om te weten dat je er zo zeker van bent.'

Hij maakt zich van me los, steekt zijn duimen naar me op en doet dan geluidloos een overwinningsdansje met zijn armen. Ik doe mee en imiteer zijn extatische bewegingen, en we stralen allebei opgetogen van opluchting. Al die tijd praat Romilly door, en nu levert Gus weer een bijdrage aan het gesprek.

'Ik weet dat we het er nooit over hebben gehad, maar ik heb het er nu over. Nee, dit is níét mijn bizarre manier om een aanzoek te doen.' Hij trekt een vies gezicht naar mij en ik kijk net zo vol afschuw terug. 'Maar inderdaad… misschien moeten we praten. Ja, ik heb de muziektasjes gevonden,' vervolgt hij geduldig. 'En ja, ik ben onderweg.'

Dan stopt hij eindelijk de telefoon weg en zucht. Hij ziet er uitgewrongen uit.

'Ik ben nog nooit zo dicht bij de rand van de afgrond geweest,' zegt hij uiteindelijk. 'En ik ben een idioot, verdomme.'

'Kom, we gaan die violen afgeven,' zeg ik. 'En dan kun je het uitmaken. Ik blijf bij je.'

Om te zorgen dat je je niet laat ompraten, denk ik erbij.

'Ja. Ik moet het uitmaken.' Gus start de auto. 'Het voelt alsof ik wakker ben geschrokken uit een nachtmerrie,' vervolgt hij als we langzaam over het gras rijden. 'Ik ben net zo'n kikker in een pan met water. Je merkt niet dat het steeds warmer wordt, zo geleidelijk gaat het.' Hij rijdt de dorpsweg in, met gefronst voorhoofd. 'Ik zou je niet kunnen zeggen wanneer het precies fout begon te gaan. Je wordt wakker en je beseft dat je niet meer gelukkig bent, maar ongelukkig. Maar je denkt dat het aan jou ligt. Je redeneert het weg. Je dompelt je onder in je werk en denkt dat het vanzelf een keer beter wordt. Het is gestoord.'

'Was Romilly gelukkig?' vraag ik nieuwsgierig. 'Is ze gelukkig?'

'Dat weet ik nooit,' zegt Gus eerlijk, en ik moet er wel om lachen, al is het half uit wanhoop.

'Gus, vind je niet dat je dat zou moeten weten?'

'Misschien.' Hij denkt even na. 'Ik weet het wel als ze blij is, maar dat is niet hetzelfde als gelukkig. Ze heeft ongelooflijk veel energie, en daar dreven we allebei een tijdje op. Het was intens. Het was duizelingwekkend. Inspirerend. Maar toen…' Hij schudt zijn hoofd. 'Ze is niet makkelijk.'

'Hield je van haar?'

'Of ik van haar híéld?' zegt Gus verbijsterd, en dat geeft me mijn antwoord al. Hij zet de richtingwijzer aan, neemt de afslag naar de snelweg… en fronst zijn voorhoofd. 'Hé, die gast achter ons knippert naar me. Hangt een van onze portieren open?'

'Ik dacht het niet.' Ik draai me om en kijk naar de achterportieren. 'Zou je dan geen melding op je dashboard krijgen?'

'Raar.' Gus tuurt in zijn achteruitkijkspiegel. 'Hij doet het nog steeds. Hij probeert ook iets te zeggen.'

'En die mensen zwaaien naar ons,' zeg ik als een auto ons passeert. 'Wat is er aan de hand? Lekken we? Moeten we stoppen?'

'We zijn bijna op de snelweg,' zegt Gus onzeker. 'Ik zoek wel een parkeerhaven. Ook dat nog,' verzucht hij dan. 'We zullen wel veel te laat komen.'

'Gus, je bewijst Romilly een enorme gunst,' zeg ik vermanend. 'Als we een beetje laat zijn, nou, jammer dan. Maar goed, misschien is het niets.'

Maar zodra we op de snelweg zijn, begint een hele auto vol mensen op de andere rijstrook woest naar ons te gebaren. Ik maak mijn gordel los, klauter naar de achterbank en ga uit het raam hangen. Het hele gezin lijkt met open mond naar ons te kijken vanuit hun stationcar.

'Wat is er?' roep ik, en het achterraam van de stationcar zakt naar beneden.

'Het dak!' roept een lichaamloze stem. 'Violen!'

Ik ben even versteend. Violen? Violen?

Dan zak ik terug op de bank. 'Gus,' zeg ik beverig. 'Zou het kunnen dat je de violen op het dak van de auto hebt laten liggen?'

'Wat?' zegt hij geschrokken. 'Shit. Nee! Ik… Shit. Nee toch?'

'Je was er niet helemaal bij,' merk ik op.

'Maar ik kan toch niet… Kut!' Hij kijkt me met grote ogen aan. 'Nee!'

'Daarom zwaait iedereen!'

'O god.' Hij zwijgt even en werpt dan een blik over zijn schouder. 'Oké, snel, Effie. Je moet ze pakken.'

'Wát?'

'Klim gewoon op het dak en pak ze,' zegt hij korzelig. 'Simpel.'

Simpel?

'Klim zelf maar op het dak om ze te pakken,' kaats ik kwaad terug. Dan, bijna tegen mijn wil, ga ik weer uit het raam hangen. Ik hijs me op, steunend op de raamstijl, en vang een glimp op van een vioolkist. Dan zoeft er een Mercedes langs. Ik gil en duik terug de auto in.

'Ik ga voor geen goud dat dak op,' zeg ik, nog nahijgend. 'Je moet stoppen.'

'Dat kan niet! Als ik stop, vliegen ze eraf!'

Voordat ik er iets aan kan doen, proest ik van het lachen.

'Het is niet leuk!' roept Gus verhit uit.

'Weet ik toch.' Ik sla een hand voor mijn mond. 'Sorry. Het is heel erg. Het is een verschrikkelijke toestand. Wat nu?'

'Oké. Ik moet geleidelijk aan stoppen,' zegt hij, gespannen voor zich uit turend. 'Stukje bij beetje vaart minderen. Ja. Ik zou het moeten kunnen berekenen. Als i de impuls is en m de massa...'

'Gus, we zitten hier niet in een wiskundige vergelijking,' barst ik uit, al moet ik toegeven dat het sprekend een wiskundige vergelijking is. Ik zie het zelfs voor me op het examenformulier: *Gus en Effie rijden in een auto met twee violen op het dak (zie schema).*

'Ik probeer er gewoon goed over na te denken!' snauwt hij driftig terug.

'Nou, je bent vergeten dat we op de snelweg zitten! We kunnen niet stukje bij beetje vaart minderen.'

'Shit.' Gus trekt een grimas. 'Dit is... Oké. Even nadenken. Misschien kan ik er bij de volgende afslag af. Heel voorzichtig. Voordat er iets mee gebeurt.'

'Maar hoelang blijven ze nog op het dak liggen?' vraag ik. Een ogenblik later wordt mijn vraag beantwoord door een klap waar we allebei van schrikken.

'Shit! Daar ging een viool!'

'Remmen!'

Gus zet de knipperlichten aan en rijdt de vluchtstrook op, en intussen klinkt er nog een klap. Ik spring de auto uit en zie iets zwarts op de weg liggen, al meters achter ons. Terwijl ik kijk, wordt het onder een vrachtwagenwiel vermorzeld, en ik krimp in elkaar.

'Eén viool naar de knoppen!' roep ik.

'Dit kan niet waar zijn,' zegt Gus verwilderd terwijl hij uitstapt. 'Dit kan gewoon niet. Hoe kan ik ze op de auto hebben laten liggen? Hoe dan?' Op hetzelfde moment zoemt zijn telefoon. Hij kijkt ernaar en grimast. 'Dat is Romilly. Ze zegt dat ik wel bij de les mag blijven om te luisteren, als ik wil.'

'Het wordt vast melodieus,' zeg ik, en ik verbijt mijn lachen.

'O gód.' Een gigantische, brullende lach ontsnapt Gus, als de ontlading van maanden ondraaglijke spanning, en hij drukt zijn handen tegen zijn slapen. 'O gód.'

Terwijl we daar staan, stopt er een auto op de vluchtstrook. Er stapt een oude vrouw uit, gevolgd door een tienerjongen.

'We hebben alles gezien!' zegt de vrouw. 'Wat erg!' Ze klopt troostend op Gus' schokkende schouder. 'Gelukkig heeft mijn kleinzoon een paar stukken kunnen redden.'

'Het was even stil op de weg,' zegt de jongen. 'Ik heb zo veel mogelijk opgeraapt.' Hij reikt Gus een bundel verpulverd hout en opgekrulde snaren aan, en Gus kijkt er sprakeloos naar.

'Dank je wel,' perst hij er ten slotte uit. 'Heel behulpzaam van je.'

'Misschien kan hij nog gerepareerd worden?' oppert de oude dame ernstig. Ze plukt aan een van de snaren en weet er een naargeestig *ploink* aan te ontlokken. 'De geleerden zijn zo knap tegenwoordig.'

'Misschien.' Gus lijkt weer op springen te staan. 'Nou... we regelen het wel. Heel erg bedankt voor de hulp.'

De vrouw en haar kleinzoon rijden weg en wij laten ons op het gras zakken. Gus dumpt de verzameling houtsnippers en snaren in de berm en kijkt naar de lucht.

'Nou, daar zitten we dan,' zegt hij. 'Het zal nu wel echt uit zijn.'

'Ik denk het ook.' Ik klop op zijn schouder, net als de oude dame voor me. 'Doe het dan nu maar. Bel op.'

15

Een halfuur later rijden we de oprit van Greenoaks weer in. Gus parkeert de auto en we zuchten allebei.

'Het had erger gekund,' zeg ik na een korte stilte. 'Stel je voor dat we waren doorgereden naar Clapham. Dan had ze misschien echt je kop eraf gerukt en aan de wolven gevoerd, in plaats van er alleen maar mee te dreigen.'

'Ik moet een borrel. Of twee.' Gus kijkt me een beetje manisch aan. 'Effs, zorg dat ik dat nooit meer doe, oké? Nooit.'

Ik weet niet of hij 'een verschrikkelijke relatie beginnen' of 'wegrijden met twee violen op het dak van de auto' bedoelt, maar ik knik en zeg: 'Doe ik. Nooit meer.'

'Het voelt alsof ik uit de gevangenis ben ontsnapt,' zegt hij gloedvol. 'Ik voel me... licht. Het leven lacht me weer toe. De zon schijnt!' vervolgt hij, alsof hij het nu pas merkt. 'Kijk dan! Het is een prachtige dag.' Er trekt een glimlach over zijn gezicht en dat heb ik zo lang niet gezien dat ik hem in een opwelling een knuffel geef.

'Ja,' zeg ik. 'Schitterend.'

'Ik heb het op zo'n bespottelijke manier ontkend,' zegt hij langzaam. 'Het afgelopen halfjaar heb ik het overal druk mee gehad, behalve met het emotionele gedoe. Het voordeel is wel dat het uitstekend gaat met mijn werk,' voegt hij eraan toe, en ik zie zijn oude gevoel voor humor in zijn ogen twinkelen. 'Dus. De zonzij.'

Als we uitstappen, kijk ik in een reflex om me heen om te zien of er niemand kijkt, en Gus schudt ongelovig zijn hoofd.

'Je verstopt je toch niet nog steeds voor iedereen, hè? Kom mee brunchen.'

'Nee, dank je feestelijk,' zeg ik. 'Trouwens, ik heb het druk. Ik ga in de boomhut naar mijn matroesjka's zoeken.'

'Oké.' Hij knikt. 'Maar niet zomaar verdwijnen, hè, Ofilant? Zeg je nog even gedag voordat je weggaat?'

'Natuurlijk.' Ik knik en geef een kneepje in zijn arm. 'Veel plezier bij de brunch.'

Ik kijk nog eens om me heen om te zien of de kust veilig is en loop dan behoedzaam naar de rand van het veldje. Ik duik van auto naar auto om verborgen te blijven, al staan er niet veel auto's meer op het gras. Achter me hoor ik Gus de herkenningsmelodie van *Mission Impossible* zingen. Haha. Hilarisch.

Als ik door de heg in het grote weiland uitkom, voel ik me opeens bevrijd, net als Gus. Nu kan ik eindelijk lange passen nemen. Mijn armen strekken zonder bang te zijn dat ik word gezien.

Het is een mooie dag, met een wolkeloos blauwe hemel, en onder het lopen denk ik terug aan alle keren dat ik over dit gras naar de boomhut rende. Als klein kind, vol verwachting, ernaar snakkend om de touwladder op te klimmen en aan de trapeze te hangen. Later, met Temi, giechelend, met kleden en clandestiene flessen wijn.

En dan is er natuurlijk ook nog die donkere, pijnlijke schaduw die zich over alles uitstrekt.

Ik neem de ladder met gemak, dankzij mijn motorisch geheugen. Op het houten platform blijf ik even staan om naar het uitzicht te kijken. Opeens ben ik blij dat ik nog een laatste keer ben teruggegaan naar deze vertrouwde plek. Tevreden kijk ik om me heen en snuif de zomerlucht op. Net als ik naar het hoogste niveau wil klimmen, hoor ik iets kraken boven me. Ik verstar en kijk onzeker naar boven. Is daar iemand? In dat geval moet het

Bean zijn, dat kan niet anders. Niemand anders zou hiernaartoe komen.

'Hallo?' roep ik aarzelend. 'Bean?'

'Effie?' klinkt Joe's stem, en ik voel me week worden. Joe?

Hij klautert de ladder af in een chique broek en een linnen overhemd, een combi die 'brunchoutfit' schreeuwt.

We zeggen allebei even niets.

'Hoi,' zeg ik uiteindelijk zo bedaard mogelijk. 'Ik wilde net...'

'Natuurlijk.' Joe lijkt net zo van zijn stuk gebracht als ik. 'Sorry. Ik wil je niet in de weg zitten.' Hij aarzelt en vervolgt dan: 'Toevallig zat ik je een brief te schrijven. Of dat probeerde ik. Maar ik heb hem nog niet af. Ik ben eigenlijk nog maar amper begonnen.'

'Een brief?' Ik slik. 'Waarover?'

'Over... alles,' zegt Joe langzaam, alsof hij zijn woorden met zorg kiest. 'Ik heb veel te zeggen. Nu ik heb besloten het te zeggen. Maar ik weet niet goed waar ik moet beginnen.'

Hij klinkt alsof hij er echt mee zit, en ik voel ergernis opwellen. *Dat is toch niet zo moeilijk?* wil ik zeggen. *Begin gewoon ergens. Maakt niet uit waar.*

Maar dat komt misschien te hard over.

'Ik ben er nu,' zeg ik in plaats daarvan. 'Dus je hoeft het niet meer op te schrijven. Als je nu eens begint met waar je die avond was? Bij een andere vrouw?'

Er trekt iets over Joe's gezicht wat op oprechte ontzetting lijkt.

'O mijn god. Denk je dat?' Hij zwijgt even, met een ernstig gezicht, en kijkt dan op. 'Oké, Effie, ik zal je de waarheid vertellen. Ik was die hele avond in Nutworth.'

'Wát?' Ik gaap hem aan.

'Ik stond in een zijstraat geparkeerd. Toen mam belde om te vragen waar ik bleef, was ik vlakbij. Met mijn handen om het stuur van mijn auto. Ik was...' Hij sluit zijn ogen even. 'Verlamd.'

'Verlamd?' herhaal ik wezenloos.

'Ik kon me niet bewegen. Ik kon mam niet vertellen waar ik was, laat staan jou.'

'Maar... waarom?' Ik gaap hem verbouwereerd aan... en dan hap ik naar adem. 'Wacht even. Heeft het iets te maken met wat je me gisteravond vertelde? Over je angsten?' Hij knikt en ik word overspoeld door ongerustheid, want opeens – te laat – begin ik het te begrijpen. 'Joe, wat is er gebeurd terwijl ik weg was? Wat heb je voor me verzwegen? Wat weet ik niet?' Ik klap mijn mond dicht, hijgend, en opeens wil ik dit verhaal per se in elkaar passen. Alle stukjes. Want het sloeg meteen al nergens op. Het sloeg gewoon nergens op.

'Terwijl jij in Amerika zat, gebeurde er iets op mijn werk,' zegt Joe, en ik zie even pijn opflakkeren, diep in zijn ogen. 'Het was niet leuk. Ik heb een tijdje gedacht dat ik mijn baan kwijt zou raken. Dat ik een beroepsverbod zou krijgen. Dat ik misschien zelfs aangeklaagd zou worden.'

'Aangeklaagd?' herhaal ik vol afschuw. 'Maar... maar wat...'

'Er was een incident in het ziekenhuis,' zegt Joe op vlakke toon, alsof hij het al vaker heeft verteld. 'Ik ontdekte dat een specialist...' Hij aarzelt. '... gebruikte.'

'Wat gebruikte?' vraag ik onnozel, en dan valt het muntje. 'O. Op zo'n manier.'

'Hij injecteerde zichzelf met drugs,' verduidelijkt Joe. 'Voordat hij moest opereren. Ik vond het natuurlijk zorgwekkend, dus sprak ik hem erop aan. Onder vier ogen.'

'Wat zei hij?' vraag ik nerveus, en Joe grimast.

'In mijn gezicht zei hij dat hij heel blij en opgelucht was dat ik hem had betrapt. Hij ging een borrel met me drinken. Zei dat ik een verantwoordelijk jongmens was, gaf me een schouderklopje.' Het blijft lang stil. 'En toen, twee weken later, luisde hij me erin. Hij meldde dat ik een patiënt de verkeerde medicijnen had voorgeschreven. Hij vervalste de gegevens voordat ik de kans kreeg me te verweren. Hij spoorde de familie van de patiënt aan een aanklacht in te dienen. Hij liet het woord "nalatigheid" vallen.' Joe's stem wordt gespannen. 'Hij probeerde me kapot te maken.'

Ik kijk hem verbijsterd aan. Mijn hele lichaam is in shock. Heeft iemand dat Joe willen aandoen?

'Ik was machteloos,' vervolgt Joe na een korte stilte. 'En ik raakte in een paniekspiraal. Ik kon niet meer logisch denken. Ik was al kapot van al het werken en studeren, en mijn brein klapte gewoon dicht.'

'Waarom heb je me niets verteld?' vraag ik met verstikte stem.

'Omdat ik het aan niemand kon vertellen.' Zijn donkere ogen kijken recht in de mijne. 'Ik kon het niet, Effie. Ik kon het aan geen mens vertellen. Het was te groot. Te catastrofaal.'

'Zelfs niet aan je moeder?'

'Juist niet aan mijn moeder.' Hij grimast weer. 'Zij had me geholpen toegelaten te worden. Ik kon haar gewoon niet vertellen dat ik het allemaal kwijt zou raken. Bij vlagen dacht ik dat ik het land uit moest. Ik googelde al waar ik naartoe kon. Costa Rica leek me wel geschikt.'

'Costa Rica?' Er ontsnapt een rare halve lach uit mijn keel, al wil ik eigenlijk huilen bij het idee dat Joe in zijn eentje plekken zat te googelen om als een verschoppeling te leven.

'Ik weet het. Ik was volslagen in de war. Ik… ik kon niet logisch meer denken.' Hij schudt zijn hoofd alsof hij zich van oude gedachten wil bevrijden en kijkt dan op. 'En toen, terwijl dat in volle gang was, kwam jij terug uit San Francisco. Je was gelukkig. Je leven liep lekker. Ik kon het niet over mijn hart verkrijgen jou te vertellen wat een puinhoop mijn eigen leven was. "Hoi, ken je me nog, je vriendje de dokter? Nou, gek verhaal, maar…" Daarom zat ik in Nutworth met mijn handen om het stuur geklemd, verlamd van paniek.'

233

'Maar ik had je geholpen!' roep ik uit, geagiteerd hijgend. 'Ik had je geholpen. Ik had alles willen doen…'

'Natuurlijk.' Hij kijkt met een soort ironische tederheid naar me. 'Dat wist ik toen ook wel. Ik wist dat je je voor honderd procent zou inzetten om me te steunen, en dat trok ik niet. Stel dat ik voor de rechtbank moest komen? Stel dat ik in de kranten terechtkwam en mijn schande op jou afstraalde? Ik had het gevoel dat ik je niet verdiende. Ik voelde me… bezoedeld.'

'Bezoedeld?' herhaal ik verbijsterd, en Joe krimpt in elkaar.

'Ik was er heel slecht aan toe. Vrij lang.'

'Maar… wacht,' zeg ik stompzinnig, want opeens dringt het tot me door. 'Je hebt je baan nog. Je bent dokter Joe! Wat is er gebeurd?'

'Ik heb geluk gehad,' zegt Joe droog. 'De specialist werd weer betrapt met een spuit in zijn arm, nu door een paar verpleegkundigen. Ze waren met zijn tweeën, dus die kon hij niet zo makkelijk in diskrediet brengen, en zo kwam het allemaal uit. Na een hoop besprekingen werd mijn naam gezuiverd, maar ik was een wrak. Ik kon niet ontspannen, kon niet slapen… Gelukkig zag een collega wat er aan de hand was en die zorgde dat ik hulp zocht. En nu…' Hij gebaart naar zichzelf. 'Zo goed als nieuw. Bijna. Ik denk zelfs dat de hele ervaring me heeft geholpen toen dat tv-gedoe begon,' voegt hij eraan toe. 'Ik kon het relativeren. Ik kon ermee omgaan.'

Geen wonder dat Joe een wrak was. Ik voel me al een wrak terwijl ik het aanhoor, en het is mij niet eens overkomen. Ik zak op de houten vloer in een poging het allemaal te verwerken, en Joe volgt mijn voorbeeld.

Ik zou van alles kunnen vragen, maar ik wil maar één ding echt weten.

'Waarom heb je het me niet eerder verteld?' vraag ik. Ik probeer niet zo overstuur te klinken als ik me voel. 'Het is vier jaar geleden, Joe. Waarom heb je het me nooit verteld?'

'Je hebt gelijk.' Joe knijpt zijn ogen even dicht. 'Ik had het moeten vertellen, maar ik voelde me zo'n rotzak. Zo'n ontzettende rotzak. Ik wist dat het onvergeeflijk was wat ik jou had aangedaan. En hoe normaler ik me in mijn hoofd ging voelen, hoe meer ik me ging schamen voor de manier waarop ik jou had behandeld. Ik wilde niet dat je zou denken dat ik je om vergiffenis vroeg. Of dat ik probeerde me weer in je leven te dringen. Ik wilde niet klinken alsof ik... alsof ik om medeleven vroeg.'

Om medeleven vroeg? Na zo'n beproeving? Alleen Joe Murran kan zo bikkelhard voor zichzelf zijn. Het is het geheim van zijn succes, maar ook van zijn problemen.

'Dat had ik allemaal niet gedacht.' Ik kijk naar zijn gezicht, en opeens wil ik hem lang en stevig knuffelen. 'Dat weet je wel.'

'Het probleem was dat hoe langer ik ermee wachtte, hoe moeilijker het werd.' Hij haalt zijn schouders op. 'Als je er iets aan hebt: ik heb het mam ook pas een maand geleden verteld.'

'Een máánd geleden?' Ik zet grote ogen op. 'Je móéder?'

'Ja.' Hij knikt beschaamd. 'Ze was ontzet. Echt ontzet. Van streek. Toen zei ze, bijna meteen: "Joe, je moet het aan Effie vertellen." Ik was eigenlijk naar het feest gekomen in de hoop dat jij er zou zijn. In de hoop dat ik de kans zou krijgen om... dingen recht te zetten. Vier jaar te laat.'

In gedachten keer ik terug naar die afschuwelijke ontmoeting, vier jaar geleden, in het café. Joe kon me amper aankijken. Hij klonk als een robot. Maar in plaats van me af te vragen of er meer achter zat, slikte ik zijn verhaal voor zoete koek. Ik maakte hem verwijten, maar ik had het moeten weten. Ik had het moeten wéten.

'Joe, ik voel me vreselijk,' zeg ik, overspoeld door berouw. 'Ik heb heel akelige dingen tegen je gezegd.'

'Ik neem je niets kwalijk,' zegt Joe meteen. 'Je voelde je in de steek gelaten. Het was begrijpelijk.'

Zijn blik flitst weer naar mijn sleutelbeentje en ik herinner me mijn hatelijke afscheidswoorden tegen hem. *Nou, gelukkig was het maar de kleinste diamant van de wereld die je me had gegeven. Ik vond het niet zo heel erg om hem weg te gooien.*

Nu denk ik terug aan het verdriet in zijn ogen toen ik dat zei. Waarom heb ik dat destijds niet gezien? Waarom had ik het niet dóór?

'Jammer dat je het me niet hebt verteld, Joe.' Ik glimlach, maar er hangen tranen in mijn wimpers. 'Ik begrijp waarom je het niet hebt verteld, maar ik vind het echt heel jammer dat je het niet hebt gedaan. Anders waren we misschien...' Ik slik. 'Dan waren we misschien niet...'

Ons leven zou er totaal anders hebben uitgezien, wil ik zeggen, maar dat klinkt een beetje te dramaqueen. Ook al is het volgens mij waar.

'Ik weet het, maar ik ben heel lang mezelf niet geweest, en tegen de tijd dat ik weer normaal was, had jij een ander. Je was gelukkig. Wat had ik moeten doen, dat kapotmaken? Had ik je moeten opbellen en zeggen: "Weet je nog dat ik je hart heb gebroken? Nou, raad eens, ik kan het nu allemaal uitleggen." Het was te laat. Ik mocht niet van je verwachten dat je me zou vergeven.' Joe kijkt me even aan, een beetje triest. 'Misschien loop je je kans soms net mis in het leven.'

'Ik was niet gelukkig,' zeg ik met een klein stemmetje. 'Echt niet.'

· Joe zwijgt even, alsof hij mijn woorden laat bezinken.

'Zo zag je er wel uit. Je had iets met die Dominic. En daarvoor was je met...' Hij aarzelt, alsof hij het ongelooflijk vindt dat hij die naam in de mond neemt. 'Humph.'

'Hou op over Humph.' Ik sla gegeneerd een hand voor mijn gezicht. 'Alsjeblieft, hou erover op. Daar schaam ik me zo ontzettend voor.'

'Ik geef toe dat het een verrassing was. Zelfs mam, die vierkant achter je stond, twijfelde even toen ze jou met Humph de kerk in zag komen.' Hij zwijgt even. 'Met die bijzondere bontmuts op. Je noemde hem "lieveling".'

Ik gluur tussen mijn vingers door en zie hem opeens proesten.

'Humph, líéveling,' bauwt hij me na. 'Humph, je bent hilárisch.'

'Niet doen,' zeg ik, tegen wil en dank giechelend.

'Ik vond het toen natuurlijk niet zo grappig,' zegt Joe, 'maar nu is het om je te bescheuren.'

Ik glimlach bijna verlegen naar hem. Kunnen we nog samen lachen? Als we dat kunnen, voelt het als een wondertje.

'Het spijt me dat ik me zo heb misdragen in de kerk.' Ik schud spijtig mijn hoofd. 'Het was allemaal toneelspel. Ik wilde je laten zien wat je miste.' Ik zwijg even en voeg er dan schutterig aan toe: 'Humph en ik zijn nooit...'

'Echt niet?' vraagt Joe, na weer een korte stilte.

'Nee.'

Op de een of andere manier wil ik dat hij het weet, maar ik kan niet zien of het enig verschil maakt, want Joe's gezicht is gesloten en zijn ogen zijn donker van de gedachten die ik niet kan lezen. De sfeer wordt te geladen en ik wend me af.

'Gek dat we nu hier zitten,' zeg ik terwijl ik met mijn voet over het hout schuifel. 'De plek waar het uit is gegaan.'

Het blijft stil, en ik kijk naar de dansende stofjes in een bundel zonlicht. Dan zegt Joe zacht: 'Zo zie ik het niet. Voor mij is dit de plek waar het is begonnen.'

Zijn woorden overrompelen me. Jarenlang heb ik deze boomhut alleen maar gezien als een decor voor verdriet, vernedering en huilbuien, maar nu maak ik een sprong naar een tijd daarvoor. Een zonbespikkelde, eindeloze middag. Twee tieners die elkaar voor het eerst verkennen. Als ik mijn ogen dichtdoe, voel ik de kriebelige plaid nog. De ruwe houten vloer. Joe's lichaam op het mijne, harder, zelfverzekerder en dwingender dan ik het ooit had meegemaakt. Gewaarwordingen die zowel nieuw als tijdloos leken. Pijn en extase.

Ik was het vergeten. Nee, ik was het niet vergeten, niet echt. Ik had ervoor gekozen er niet aan terug te denken. Maar nu... Langzaam draai ik mijn gezicht terug naar Joe. Mijn hoofd tintelt. De lucht zindert; ik voel het. Er ontstaat een broeierige sfeer tussen ons. En mijn lichaam komt ook nog eens tot leven. Ik raak vervuld van een sterke, kloppende begeerte.

Is het gewoon een nostalgisch verlangen naar wat we toen hadden?

Nee, dat is het niet. Het is een hunkering voor nu. Nu meteen. Het verlangen zijn lichaam terug te winnen, deze plek, deze man.

Ik kom rusteloos overeind, en Joe volgt mijn voorbeeld. Ik kijk langs hem heen, door het raam, naar het uitzicht dat al zo was voordat wij zelfs maar geboren waren. Dan keer ik hem langzaam mijn gezicht weer toe.

'Misschien krijg je soms een tweede kans in het leven,' zeg ik hees. 'Misschien kun je terug. Helemaal terug naar... hoe het in het begin was.'

Er trekt iets over Joe's gezicht. Zijn ogen zijn nu strak op de mijne gericht, donker en indringend, alsof hij een vraag stelt. De vraag die ik in stilte ook stel.

'Ik herinner me elk moment van die dag,' zegt hij. Zijn diepe, gruizige stem werkt hypnotiserend op me. 'Jij niet? We zoenden hier, op deze plek. En we wilden het allebei heel graag, maar we durfden niet goed, weet je nog? We zagen er bijna van af, tot jij uiteindelijk zei: "Gaat het vandaag gebeuren?" En ik zei: "Nou?" Want ik wilde je niet...' Hij breekt zwaar ademend zijn zin af. 'En jij zei: "Ja." En toen...'

Hij zet een stap naar voren, maar zijn ogen laten de mijne niet los.

'Om te beginnen deed je de luiken dicht,' zeg ik met moeite, en Joe knikt.

'Goed dat je dat nog weet. Ja.'

Hij loopt ongehaast naar het raam. Hij sluit en vergrendelt de luiken stevig, en dan loopt hij terug. Ik wacht sidderend af.

'Gaat het vandaag gebeuren?' vraagt hij zacht, en ik voel een withete verwachting opwellen. Bovengekomen herinneringen overspoelen me en vermengen zich met nieuwe fantasieën.

'Nou?' vraag ik, want zo is het scenario.

'Nou?' kaatst hij de vraag terug, en ik zie op de valreep een oprechte onzekerheid op zijn gezicht. Hij wil het zeker weten; hij wil het goed doen.

De afgelopen vier jaar kon ik alleen maar arrogantie en sadisme op Joe's gezicht zien, maar nu is het alsof er een gordijn is weggetrokken en ik alles kan zien wat hij echt in zich heeft. De meevoelende, attente, gevoelige Joe van wie ik zoveel hield, is nooit weggeweest.

'Ja,' zeg ik met verstikte stem. 'Ja.'

Een hartenklop lang staan we bewegingloos tegenover elkaar, bijna alsof we elkaar taxeren, de kwelling te rekken. Dan voel ik zijn warme mond plotseling op de mijne, en ik heb mijn handen in zijn haar en de lucht is zwaar van onze gejaagde, koortsachtige ademhaling. Niet zo snel, denk ik verdwaasd. Ik bedoel, juist wel. Het tegendeel. Sneller. O god... Hij drukt me al tegen de houten wand van de boomhut en het hele geval gaat heen en weer en mijn spijkerbroek ligt op de vloer en nou ja, we zetten er vaart achter.

We hebben dan ook een paar jaar in te halen.

16

Erna kan ik geen woord uitbrengen. Mijn zintuigen voelen geëlektrocuteerd. Mijn huid voelt beurs. We zakken samen naar de houten vloer en Joe slaat zijn arm om me heen. Ik vlij me tegen zijn borst en we kijken naar het plafond, net als toen, al die jaren geleden. Er vallen hier en daar piepkleine zonnestraaltjes door de kieren in het hout, en ik knipper met mijn ogen.

'Dat was…' Joe lijkt net zo van de kaart als ik. Hij ademt uit op een plotselinge, ongelovige lach. 'Daar zal wel heel lang naartoe gewerkt zijn.'

'Vier jaar.'

'Vier jaar is lang om seksuele spanning op te potten.'

'Wat is de remedie, dokter?' vraag ik onschuldig, en hij lacht weer.

'O god. De remedie is dat je geen idioot moet zijn.' Hij draait zijn hoofd en duwt zijn gezicht in mijn hals. 'Ik had je alles moeten vertellen. Ik had het je moeten vertéllen.'

'Ik heb je gemist,' zeg ik, en het lijkt erg zacht uitgedrukt.

Joe zucht en strekt zijn armen omhoog alsof hij een lichtbundel wil vangen. 'Ik jou ook.'

'Ik had er voor je kunnen zijn.' Ik voel een zwaar verdriet op me drukken. 'Ik vind het verschrikkelijk dat ik er niet voor je was. Dat je dat helemaal alleen moest doormaken.'

'Tja, dat geldt net zo goed voor mij. Ik had er ook voor jou kunnen zijn toen je ouders uit elkaar gingen. Dat moet…' Joe draait zijn hoofd en kijkt me aandachtig aan. 'Hoe ga je daarmee om?'

'Beter dan eerst,' zeg ik langzaam. 'Ik begin het grotere geheel te zien. Ik begréép het niet, snap je? Pap en Mimi leken zo'n perfect stel. Maar gisteravond heeft Bean me een paar dingen over ze verteld die ik niet wist. En nu zie ik het niet meer zo zwart-wit. Ik denk… Misschien hadden ze toch niet zo'n perfecte relatie. Misschien kwam het toch niet als een donderslag bij heldere hemel.'

'Vast niet,' zegt Joe. 'Er gaat altijd iets aan vooraf.' Hij denkt even na en vervolgt dan: 'Dus. Waarom ben je niet op het feest?' Zijn simpele, rechtstreekse vraag overvalt me en ik kan niet meteen antwoorden.

'Mijn vader en ik praten niet met elkaar. Het gaat echt heel slecht tussen ons. Je hebt geen idee hoe Krista is.'

'Ik heb er gisteren een indruk van gekregen,' zegt Joe. 'Maar je vader en jij… Dat is triest. Jullie waren dikke maatjes.'

'Ja.' Ik adem beverig uit. 'Het is echt triest. Ik denk… Het rommelt soms binnen families.'

'Klopt.' Joe knikt. 'Hoewel jullie tenminste niet met elkaar op de vuist gaan.'

Ik weet dat hij me wil opvrolijken en glimlach dankbaar naar hem.

'Ik meen het!' zegt hij. 'Ik heb families in tranen uit ziekenhuiskamers zien komen omdat hun lieve omaatje ziek is. Ze lopen arm in arm en troosten elkaar, en je denkt dat je nog nooit zo'n hechte familie hebt gezien. Zelfs ik, cynisch geworden medicus, pink een traantje weg. Dan, een halve minuut later, zijn ze op de gang aan het knokken. Een categorie die vaak over het hoofd wordt gezien in de medische wetenschap is "patiënten met letsel dat is veroorzaakt door een familietwist in de wachtkamer". Prijs je gelukkig dat er niemand naar de Spoedeisende Hulp is gebracht.'

'Nóg niet,' zeg ik, en hij lacht.

'Nog niet.'

'Krista jaagt mijn vader de Spoedeisende Hulp nog op als hij niet uitkijkt,' prevel ik met rollende ogen. 'Met een overdosis seksspelletjes.'

'Seksspelletjes?' Joe trekt zijn wenkbrauwen op.

'Ik zat vanochtend klem en toen zag ik pap en haar een rollenspel doen. Zo gaat dat als je je familie bespioneert. Je ziet de vreselijkste dingen. Krista speelde een non.'

'Een nón?' Joe schatert het uit. 'Nou, ze heeft wel fantasie, dat moet ik haar nageven.'

'Joe, Mike Woodson denkt dat ze van plan is om er met paps geld vandoor te gaan,' zeg ik, nu weer ernstig, want opeens wil ik weten hoe hij erover denkt. 'Dit is geen grapje. Hij heeft Gus op het feest gewaarschuwd.'

'Op grond waarvan?' zegt Joe verbluft.

'Naar het schijnt heeft Krista pap met zorg als prooi geselecteerd. Ze stelde eerst allemaal vragen over hem en toen sloeg ze toe. Ze heeft hem al een diamant ontfutseld, en nu wil ze samen met hem een restaurant openen. In Portugal. Ik ben bang dat ze zijn geld gaat verbrassen en dat ze hem dan dumpt.' Ik kijk hem verontrust aan. 'Wat denk jij?'

'Hm.' Joe denkt er even over na. 'Laat je vader zich wel kaalplukken? Is hij daar niet te uitgekookt voor?'

'Ik weet het niet.' Ik probeer het objectief te bekijken. 'Misschien wel, denk ik, met genoeg vleierij. Hij is nogal ijdel.'

'Tja, het is zijn leven,' zegt Joe. 'Maar misschien kan iemand het tactvol met hem bespreken?'

'Misschien.' Ik voel mijn gezicht verstrakken. 'Misschien kan iemand dat wel. Maar ik niet.'

'Hm,' zegt Joe vrijblijvend, en dan kijkt hij op zijn horloge. 'Heb je honger?'

'Ontzettend,' beken ik. 'Ik heb niet ontbeten.'

'Laten we dan een ontbijtje voor je gaan zoeken.' Hij geeft me een zoen. 'Je moet wel op krachten blijven.'

'Is dat een belofte?' Ik knipoog naar hem en hij lacht.

Joe trekt zijn broek en linnen overhemd aan, en ik Beans T-shirt en spijkerbroek, waarna ik snel de boomhut doorzoek. Ik klauter naar boven en kijk in alle hoeken en gaatjes, maar ik vind geen matroesjka's. Alleen wat oude snoeppapiertjes en veel herinneringen.

'Nou, vaarwel, boomhut,' zeg ik als we voor de laatste keer afdalen.

'Ik vind dat we waardig afscheid hebben genomen.' Joe knikt.

'Niet slecht.' Ik glimlach naar hem. 'En mag ik zeggen hoe goed u eruitziet, dokter Joe?'

'Goh, dank je.' Joe zet een zonnebril op, waardoor hij er op slag nog aantrekkelijker uitziet. 'Wat zijn je plannen nu?' vervolgt hij terwijl we door het hoge gras lopen. 'Ga je naar de brunch?'

'Naar de brúnch?' Ik gaap hem aan.

'Ja, naar de brunch.' Hij haalt zijn schouders op alsof hij het over de eenvoudigste zaak van de wereld heeft. 'Waarom niet? Hapje eten, glaasje drinken, je familie begroeten...'

Heeft hij dan niets gehoord van alles wat ik heb gezegd, de hele tijd?

'Omdat ik niet op het feest ben, weet je nog? Ik ben geen gast, weet je nog?'

'Weet ik,' zegt Joe langzaam, alsof hij zijn woorden op een goudschaaltje weegt. 'Maar ik dacht gewoon, je bent er nu. Iedereen is er. Dit is je laatste kans om... Ik weet niet. Allemaal samen op Greenoaks te zijn. Het is nu of nooit.' Hij kijkt even onderzoekend naar mijn gezicht. 'Ik weet niet wat er is voorgevallen tussen je vader en jou. Ik ken de hele geschiedenis niet en het zal nu wel heel akelig voelen...'

'Mijn vader en ik communiceren alleen nog via korte e-mails,' zeg ik met mijn blik op de grond gericht. 'Alleen over praktische dingen. Het is deprimerend.'

'Het is ongelooflijk. Je vader en jij waren altijd...' Hij schudt zijn hoofd. 'Maar dan nog. Je maakt deel uit van die familie, Effie. En ik vind het naar om te zien dat jij je verstopt als een soort buitenstaander. Het is ook jouw huis. Ook jóúw huis,' herhaalt hij met klem. 'En zal ik jou eens zeggen hoe ik erover denk? Ik vind dat jij met opgeheven hoofd die voordeur door zou moeten kunnen lopen. Fier en sterk. Hier is Effie Talbot.'

'Hier is Effie Talbot,' herhaal ik langzaam, want ik vind het goed klinken.

'Hier is Effie Talbot.' Hij blijft staan en kijkt me indringend aan, alsof hij me wil bezielen. 'Je kunt nog meedoen. Je kunt hier nog deel van uitmaken. En als je dat niet doet, heb je misschien de rest van...'

'Sst!' kap ik hem geschrokken af. 'Kijk! Daar is Lacey!'

Er komt iemand met adembenemend rood haar in een licht-roze jurk het weiland in. Ze zwaait, en ik verstijf en wend mijn gezicht af.

'Loop de andere kant op,' zeg ik geagiteerd. 'Snel!'

'Waarheen?'

'Weet ik niet, maar we moeten vluchten. Ze mag me niet zien.'

'Ze heeft je al gezien,' merkt Joe op.

We kijken allebei naar Lacey, die blijft staan om een foto van het landschap te maken. Ze roept iets en Joe zwaait vrolijk terug.

'Niet naar haar zwaaien!' zeg ik zacht.

'Ik kan haar moeilijk negeren.' Joe lacht opeens snuivend en ik kijk hem verbolgen aan.

'Vind je dit grappig?'

'Effie, je kunt je niet eeuwig blijven verstoppen,' zegt Joe geduldig. 'Waarom zie je dit niet als een kans om tevoorschijn te komen?'

'Niet zó,' zeg ik vertwijfeld. Dan schiet me opeens iets te binnen. 'Wacht eens. Lacey weet niet hoe ik eruitzie. Oké, dit zou kunnen lukken. Ik ben niet Effie, ik ben iemand anders. Duidelijk?' Ik kijk hem gespannen aan. 'Duidelijk?'

'Effie...' verzucht Joe. 'Dit is bespottelijk.'

'Niet waar! Lacey mag niet naar Krista rennen om te zeggen dat ik hier ben. Dat zou gewoon...' Ik huiver. 'Ik kán het niet. Ik ben een vriendin van je. Oké? We maken een ochtendwandeling. We kletsen. Zie maar. We zeggen hallo en jij stelt me voor als... Kate. Dan ga ik weg.' Ik zwijg amechtig. 'Alsjeblieft. Joe? Alsjeblieft?'

Joe neemt me even ongelovig op en zucht. 'Goed dan.' Hij reikt me zijn zonnebril aan. 'Zet deze maar op, anders verraden je Talbot-ogen je.'

'Verraad me niet,' zeg ik zacht terwijl we naar Lacey lopen.

'Nee!' zegt Joe. Dan vervolgt hij met stemverheffing: 'Lacey! Is het geen heerlijke ochtend?'

'Zalig! Ik maak een paar opnamen voor Insta. En wie hebben we híér?' zegt ze zo suggestief als het maar kan terwijl ze haar blik snel over mijn saaie jeans en T-shirt laat glijden.

'Ik zal Kate even aan je voorstellen,' zegt Joe gehoorzaam. 'Een vriendin van me. Kate, dit is Lacey.'

'Hoi,' zeg ik. Ik steek een hand op ter begroeting en probeer mijn gezicht afgewend te houden. 'Ik moest maar eens gaan...'

'Kate, leuk je te zien!' Lacey steekt haar hand naar me uit. Shit. Ik kan er niet omheen. Ik loop behoedzaam naar haar toe en schud haar slanke hand zo kort mogelijk.

'Een vriendín, dokter Joe?' Lacey trekt veelbetekenend haar wenkbrauwen op.

Nou ja, zeg. Die kan ook maar aan één ding denken.

'Collega, toevallig,' zeg ik kortaf. 'Ik ben ook arts. Ik was in de buurt, dus ben ik even langsgewipt om een update over een patiënt te geven.'

Ha. Briljante improvisatie, al zeg ik het zelf.

'Heel attent van je, Kate,' zegt Lacey op een toon die ik niet goed kan duiden. 'Heel attent om even langs te wippen. En hoe gaat het met de patiënt?' Ze snakt opeens theatraal naar adem. 'Zeg nou niet dat die dood is.'

Ik voel me plaatsvervangend aangevallen. Joe is een uitstekende arts. Natuurlijk is zijn patiënt niet dood.

'Nee, het gaat een stuk beter met de patiënt, dank je,' zeg ik minzaam. 'Maar goed, we zijn wel zo'n beetje klaar, dus ik ga maar weer eens. Leuk je gezien te hebben, Tracey.' Ik verbaster haar naam opzettelijk, ook een meesterzet, en draai me om.

Voordat ik weg kan lopen, zegt Joe opeens: 'O, Kate, dat was ik nog vergeten. Wat waren de waarden van de patiënt vanochtend?'

Ik draai me ontzet terug en zie dat Joe me met een neutraal, onschuldig gezicht aankijkt. Vindt hij dit léúk?

'De waarden waren naar behoren,' zeg ik na een korte stilte. 'In grote trekken. Dus dat is gunstig. Maar goed, ik moet gaan…'

'Naar behoren?' Hij trekt zijn wenkbrauwen op en ik vervloek hem in stilte.

'Naar behoren,' herhaal ik knikkend. Dan krijg ik een inval en voeg eraan toe: 'Ik heb ze je trouwens gestuurd. Je zult ze al wel hebben. Kijk maar op je telefoon.'

'Ik moet je berichtje gemist hebben.' Hij knippert met zijn ogen naar me, met een stalen gezicht. 'Wat stond erin? In grote trekken.'

Ik vermóórd hem.

'Nou…' Ik slik. 'De waarden van de patiënt waren vanochtend…' Ik noem lukraak een getal. 'Vijfendertig en stabiel. Terwijl ze vannacht meer een eenentwintig, tweeëntwintig was.'

'Zo laag,' zegt Joe ernstig.

'Ja. We waren natuurlijk ongerust, maar toen leefde ze op. Dus.'

'Jeej!' juicht Lacey, die ons gesprek met pientere, gretige ogen heeft gevolgd. 'Wat betekent dat voor een leek?'

'Kate?' Joe houdt zijn hoofd schuin. 'Wil jij het uitleggen?'

Oké, hij vraagt erom.

'Het betekent dat de patiënt in leven blijft,' zeg ik op vlakke toon, en Lacey vouwt haar handen. 'Haar leven is gered. Haar kleinkinderen zullen weer met haar in het park wandelen. Ze zal de stralen zonlicht op haar gezicht voelen. En meer kunnen we ons niet wensen, want dáárom zijn we arts geworden. Dáárom.' Ik kijk heroïsch in de verte. 'Voor dat leven. Voor dat zonlicht.'

Ik kijk naar Joe, die glimlachend doet alsof hij applaudisseert.

'O, ik vind jullie medici fantastisch!' zegt Lacey dweperig. 'Jullie zouden een medaille moeten krijgen!'

'Kate zou in elk geval iets moeten krijgen,' zegt Joe sardonisch. 'Zal ik je even naar het hek brengen, Kate?'

'Graag. Tot ziens,' zeg ik tegen Lacey, en ik loop met grote passen weg door het hoge gras. 'Nou, bedankt,' zeg ik zodra ik zeker weet dat Lacey ons niet meer kan horen. 'Ik vind het enig om medische gegevens uit mijn mouw te schudden, hoe wist je dat?'

'O, ik had zo'n gevoel… Mooie toespraak, trouwens,' zegt Joe met trekkende mondhoeken. 'Je zou een carrièreswitch moeten overwegen.'

'Misschien wel.'

Zijn opkrullende mondhoeken herinneren me opeens aan die keer dat ik me in een witte jas, een stethoscoop en weinig anders had gehuld bij wijze van verjaardagssurprise. Het was zo pijnlijk om aan ons verleden te denken dat ik de leuke momenten had weggestopt, maar nu komen de goede herinneringen weer terug, als zenuwen die tintelend tot leven komen.

We lopen zwijgend naar het hek dat toegang geeft tot de tuin, waar ik in een reflex in de laurierstruik duik en angstig om me heen kijk.

'Nou, wat ga je doen?' vraagt Joe.

Ik kijk even zwijgend langs hem heen naar mijn dierbare Greenoaks. Naar het markante torentje. Het glas-in-loodraam. Het 'lelijke' metselwerk dat niemand mooi vindt, behalve ik. Nu of nooit, zei Joe, en hij had gelijk. Greenoaks gaat uit mijn leven verdwijnen. Voorgoed. En ik weet niet of ik dat al onder ogen had gezien. Niet zoals ik het nu onder ogen zie.

'Ik wil afscheid nemen van Greenoaks,' zeg ik zonder erbij na te denken. 'Dat wil ik. Naar binnen gaan als iedereen aan de brunch zit en rondlopen en gewoon... afscheid nemen.'

Ik zal intussen naar mijn matroesjka's zoeken, maar op de een of andere manier is mijn hart nu op iets anders gericht. Misschien vind ik mijn matroesjka's nog eens in een doos. Dat zal met Greenoaks nooit gebeuren. Temi had gelijk: ik moet er de tijd voor nemen. Samen zijn met het huis. Het voelen.

'Goed idee.' Joe kijkt me meelevend aan. 'Wil je gezelschap? Kan ik iets doen?'

'Ik hoef geen gezelschap, dank je.' Ik geef een kneepje in zijn hand. 'Maar misschien kun je helpen door naar de brunch te gaan? Je kunt iedereen afleiden buiten. Dan heb ik wat meer tijd.'

'Komt goed.' Hij zoent me. 'Doe ik.'

17

Ik ga op mijn eigen manier afscheid nemen, op mijn eigen voorwaarden. Ik cirkel vastberaden om de oprit heen en snuif de vertrouwde geuren van planten, hout en aarde op. Ik ga door die voordeur lopen, met geheven hoofd, fier en sterk, precies zoals Joe zei.

Ik ben nu op een meter of vijf van het huis, recht tegenover de voordeur. Ik voel me als een turner die zich voorbereidt op een moeilijke sprong. Diep inademen... Op je tenen... Ga.

Lichtvoetig maar kordaat loop ik voor de laatste keer naar de voordeur van het huis uit mijn jeugd. Ik moet dit moment in me opnemen. Ik moet de details in mijn geheugen prenten. Hoe het licht door de ramen wordt gereflecteerd. Hoe de wind door de bomen beweegt. Hoe...

Wacht even.

Er gaat zo'n gigantisch gelach op aan de brunchtafel dat ik onwillekeurig blijf staan. Die vervloekte familie van me. Waarom moeten ze altijd in mijn hoofd kruipen? Waar lachen ze om? Waarom hebben ze het zo naar hun zin?

Ik luister naar het geluid van kwetterende stemmen en af en toe getinkel van bestek op serviesgoed, en word overmand door nieuwsgierigheid. Ik wil de brunchtafel zien, besef ik. En de brunchoutfits. En het bruncheten. En wie er naast wie zit. En eigenlijk... alles.

Ik neem even heel snel een kijkje, en dán loop ik door de voordeur, fier en sterk. Ja.

Ik sluip om het huis, maak me klein en kruip door de rozenstruiken tot ik de tafel kan zien. Die ziet er prachtig uit, een en al wit en zilver, en de vaantjes wapperen in de bries, bijna alsof er iemand buiten gaat trouwen. Ik dacht altijd dat ik mijn trouwreceptie hier zou houden, bedenk ik, en ik voel verdriet opkomen. Als ik ooit een trouwreceptie zou krijgen.

Maar goed. Doorgaan.

Ik kruip nog dichterbij en laat mijn blik over de gasten glijden. Krista draagt een bedrukte zijden jurk met een diep decolleté waarin haar gebruinde tieten als een museumstuk op een sokkel worden geëtaleerd. Lacey heeft die lichtroze jurk aan. Bean draagt een bloemetjesjurk met spaghettibandjes en een strooien hoed met een brede rand om haar gezicht te beschermen, en ze glimlacht, maar ziet er gespannen uit. Humph heeft een cool zwartlinnen pak aan dat zijn ex-vriendin de voedingsdeskundige wel voor hem zal hebben uitgezocht. Gus ziet er jolig uit en ik vraag me af hoeveel hij al heeft gedronken. Joe's gezicht gaat schuil achter zijn zonnebril en hij lijkt spa rood te drinken. Pap zit aan het hoofd van de tafel, goedgekleed en innemend als altijd, met een van zijn ondoorgrondelijke glimlachjes op zijn gezicht.

Terwijl ik kijk, komt de zon achter een wolk vandaan, en ik weet niet of het door het felle licht komt, maar opeens lijken het me allemaal Russische poppetjes, rond de tafel opgesteld. Ze verbergen allemaal hun binnenste lagen. Ze beschermen allemaal hun geheimen, of het nu achter een stralende glimlach, een zonnebril of een strooien hoed is. Of gewoon met leugens.

'Heerlijke brunch,' zegt Bean beleefd tegen Krista. 'Het was een enig feest. Zo… eh… relaxed.'

'Goh, dank je, Bean,' zegt Krista, die charmant kuiltjes in haar wangen lacht. 'Ik wilde gewoon op een feestelijke manier afscheid nemen van het huis. Je weet hoe dol ik altijd op dat goeie ouwe huis ben geweest.'

'O,' zegt Bean na een lange stilte, en ze neemt een grote slok uit haar waterglas.

'Weet je, ik geef niets om geld,' zegt Lacey op vertrouwelijke toon tegen Humph. 'Het kan me gewoon niet boeien. Ik heb geen idee wat dingen kosten. Het is het laatste wat ertoe doet!' Ze steekt haar handen op en haar armbanden schitteren in de zon.

'Dat is een heel verfrissende instelling,' zegt Humph, en hij glimlacht naar haar.

'Tja, dat zou ik niet weten,' zegt Lacey bescheiden. 'Zo is Lacey gewoon.' Ze wendt zich tot Joe en zuigt provocerend op een gestreept kartonnen rietje. 'Wat is dokter Joe stil. Heeft iemand anders de lieftallige Kate vanochtend gezien?'

Kate...? O god, ze heeft het over mij!

'Kate?' Bean kijkt als door een wesp gestoken op. 'Wie is dat? Wie is Kate?'

'Een vriendin,' zegt Joe onaangedaan.

'O, wel iets meer dan een vriendin, lijkt me!' roept Lacey uit. 'Ze was helemaal hierheen gekomen om over een patiënt te praten. In het weekend! En je had moeten zien hoe ze naar hem keek. Ze kon haar ogen niet van je afhouden, dokter Joe, ik zeg het maar zoals het is.'

Ik kijk verontwaardigd naar Lacey. Ze kletst! Ik gedroeg me volstrekt professioneel. Volstrékt.

'Je had haar voor de brunch moeten vragen!' zegt Krista. 'Al je vrienden en vriendinnen zijn hier welkom, dat weet je, dokter Joe.'

'Ik heb het wel voorgesteld,' zegt Joe na een korte stilte, 'maar ze wilde zich niet opdringen.'

Bean wordt helemaal rood en opgewonden. 'Dus jij en die Kate...'

'Collega's.' Joe neemt een slokje water.

'Niet alleen maar collega's, als je het mij vraagt,' zegt Lacey.

'Nee?' zegt Bean sip. Haar teleurstelling omwille van mij is zo aandoenlijk dat ik erom moet giechelen, maar ik wil haar ook vertellen hoe het zit. Durf ik haar een appje te sturen om te zeggen dat ik Kate ben?

Nee. Nu niet. Dan verraadt ze me maar.

'O, Bean, je had ze moeten zíén,' zegt Lacey. 'Ik moest mijn blik afwenden!'

'Is dat niet onprofessioneel, Joe, flirten met een collega?' zegt Bean wrevelig. 'Is dat niet onethisch?'

'Het was gewoon een gesprekje over een patiënt,' zegt Joe laconiek.

'Kom op, dokter Joe.' Lacey lacht en werpt Joe een flirterige blik toe. 'Geef nou maar toe dat het vonkte tussen die Kate en jou.'

Joe kijkt even naar haar alsof hij over zijn antwoord nadenkt. Dan knikt hij. 'Ik moet toegeven dat ze aantrekkelijk is.'

'Ik wist het wel!' kraait Lacey.

'Mooi, zelfs,' vervolgt Joe. 'Nu ik erover nadenk, moet ik toegeven dat ze de mooiste vrouw is die ik ken.' Hij kijkt Lacey koeltjes aan. 'Met afstand.'

Mijn gezicht begint te gloeien. Ik weet dat hij Lacey zit te stangen, maar toch.

'Wauw!' zegt Humph met een lach. 'Die wil ik weleens zien!'

'De mooiste vrouw die je kent!' roept Lacey gepikeerd uit.

'Nu móéten we haar gewoon zien,' mengt Krista zich in het gesprek. 'Lace, je had helemaal niet gezegd dat het zo'n stuk was!'

'Ik heb blijkbaar niet goed genoeg naar haar gekeken.' Lacy schudt haar weelderige geföhnde lokken over haar schouder en hoewel haar stralende glimlach nog goed vastzit, zie ik dat ze beledigd is. 'Schoonheid is écht subjectief, hè?' Ze lacht tinkelend. 'Want ik zou die Kate van jou een beetje een grijze muis hebben genoemd. Maar ieder het zijne!' Ze werpt Joe een valse glimlach toe. 'Ik let niet zo op uiterlijk, eigenlijk. Het boeit me totaal niet!'

Zo is Lacey. Voor mij gaat het erom hoe iemand vanbinnen is. Snap je?' Ze wendt zich tot Humph alsof ze bevestiging zoekt. 'Het hart. De ziel. De persoon.'

'Dan zal ik wel oppervlakkig zijn,' zegt Joe schouderophalend, en ik bijt op mijn lip om niet in schaterlachen uit te barsten.

Mijn benen doen al pijn van het in elkaar gedoken in de struiken zitten en ik verander mijn houding iets. Ik moet ophouden met dat geloer. Ik moet als een sterke, fiere vrouw afscheid van het huis gaan nemen, maar ik ben in de ban. Ik kan me niet losrukken van de toneelvoorstelling van mijn familie aan de brunch.

'Ja, jammer genoeg zijn Romilly en ik uit elkaar,' vertelt Gus nu aan Joe. 'Het was gewoon op. Wat natuurlijk heel triest is.'

'Heel triest,' stemt Joe omzichtig in.

'Heel… heel… héél triest.' Gus werpt Joe een korte, gelukzalige glimlach toe en slaat dan berouwvol een hand voor zijn mond. 'Sorry. Het was niet mijn bedoeling om te glimlachen. Dat was ongepast. Want het is heel triest.' Hij proest het uit en probeert zijn gezicht weer in de plooi te trekken. 'Echt heel triest.'

O mijn god, Gus is dronken. Niet dat ik het hem kwalijk neem.

'Wat jammer nou,' zegt Joe met trillende mondhoeken. 'Het klinkt ontzettend… triest.'

'Dat is het ook.' Gus neemt een teug wijn. 'Het maakt me heel verdrietig dat ik haar nooit meer "Gus, wat ben je toch een debiel" zal horen zeggen.'

'Dat moet een groot verlies zijn,' zegt Joe ernstig.

'Inderdaad. Ik weet niet hoe ik het moet dragen.' Gus reikt naar de wijnfles en knikt naar Joe's glas. 'Zin om mijn verdriet te verdrinken?'

'Het is natuurlijk geen geheim waarom Effie er dit weekend niet bij is.'

Bij het horen van mijn naam kijk ik snel naar de andere kant van de tafel. Humph komt op dreef tegen Lacey, die vol bewondering zo dicht naar hem overbuigt dat haar rode haar over zijn schouder golft.

'Hoe dat zo?' vraagt Lacey, en dan hapt ze naar adem. 'Wacht! Ik kan het al raden. Ze ontloopt je!'

'Ze is altijd al verliefd op me geweest, de stumper,' zegt Humph, en ik voel verontwaardiging oplaaien. Is dít wat hij zegt als ik er niet bij ben?

'Maar natuurlijk.' Lacey knikt begripvol.

'Toen ik haar de bons had gegeven, was ze er kapot van. Ze smeekte me er nog eens over na te denken, bestookte me met brieven…' Humph krijgt een verre blik in zijn ogen, alsof hij in beslag wordt genomen door herinneringen. 'Ik voelde met haar mee, als empathisch menselijk wezen, maar zal ik jou eens zeggen wat ik echt geloof, Lacey?'

'Wat dan?' spoort Lacey hem aan, vol verwachting, en Humph glimlacht wijs en nobel naar haar, alsof hij de dalai lama is.

'Liefde laat zich niet dwingen. Zo simpel als wat. Liefde laat zich niet dwingen.'

'O, wat diep.' Lacey knippert vol bewondering met haar ogen naar hem.

'Nee, dat is het niet!' komt Bean schamper tussenbeide. 'En Humph, je verzint het maar. Effie was niet verliefd op je!'

'Met alle respect, Bean…' Humph werpt haar een meewarige blik toe. 'Ik denk niet dat Effie jou alles toevertrouwt.'

'Toch wel.' Bean kijkt hem kwaad aan. 'En ik weet zeker dat ze niet verliefd op je was.'

'Als jij dat graag wilt geloven…'

Hij trekt een gezicht naar Lacey, die geamuseerd op haar onderlipt bijt en zegt: 'O jee. Arme Effie. Pijnlijk,' voegt ze eraan toe, en ze trekt haar neus op.

'Waag het niet om "arme Effie" te zeggen!' pareert Bean woest. 'Je weet er niets van! Het idee dat ze uitgerekend Humph zou willen ontlopen! Het is bespottelijk!'

Ik moet toegeven, stel ik in stilte vast, dat ik Humph waarschijnlijk onder alle omstandigheden zou proberen te ontlopen. Alleen niet omdat ik hopeloos verliefd op hem ben.

'Nou, waarom is ze hier dan niet?' kaatst Lacey terug. Er vonkt iets boosaardigs in haar ogen. 'Wie komt er nou niet naar haar eigen familiefeest?'

'Ze had een date,' zegt Bean prompt. 'Ze had een date met een sporter!'

'Ze had hem mee kunnen brengen!' troeft Lacey haar af. 'Het is bizar, als je het mij vraagt. Iedereen is hier, behalve Effie! Zeg nou niet dat daar geen gigantische reden voor is. En we weten allemaal wat die is. Of eigenlijk, wíe dat is.' Ze wijst naar Humph alsof ze zojuist haar zaak voor de rechtbank heeft bewezen en hij heft waarderend zijn glas.

'Waar hebben jullie het over?' vraagt pap, die opeens opkijkt, en iedereen schrikt. Tot mijn verbazing constateer ik dat ik hem nu pas voor het eerst iets hoor zeggen. Hij heeft de hele tijd totaal afgezonderd van de anderen aan het hoofdeind van de tafel naar zijn telefoon zitten turen, maar nu kijkt hij voor het eerst op en doet mee; hij zet zijn zonnebril zelfs af.

Hij is iets gaan verzitten en ik kan zijn gezicht niet goed zien vanaf de plek waar ik zit, dus kruip ik een stukje verder achter de struiken tot ik hem in beeld krijg.

'Waar hebben jullie het over?' vraagt hij weer, en hij schenkt zijn wijnglas vol.

'Effie,' zegt Bean met een vernietigende blik op Humph.

'O, Effie.' Paps gezicht vertrekt even en hij neemt een grote slok wijn. Als hij zijn glas weer neerzet, zie ik dat zijn hand licht beeft en besef ik opeens dat hij ook heeft gedronken. 'Die lieve kleine Effie,' zegt hij weemoedig. 'Ik zie haar nog met haar roze elfenvleugels over dat gras rennen. Weet je nog?'

'Die elfenvleugels!' Beans gezicht wordt zacht. 'God, ja. Hoelang heeft ze geweigerd ze af te doen? Een jaar?'

'Weet je nog dat je ze per ongeluk in de wasmachine had gestopt, Bean?' mengt Gus zich in het gesprek. 'Dat we toen nieuwe moesten bestellen en een volle dag moesten doen alsof we niet meer wisten waar ze waren?'

'O god!' Bean krijgt een lachbui. 'Ze bleef er maar naar vragen. "Vleugels? Waar zijn de vleugels?"'

'En wij maar zeggen: "O, Effie, wees maar niet bang, ze duiken vast wel weer op."'

Ik hoor het met vuurrode wangen aan. Ik zou mijn familie niet moeten afluisteren. Het is verkeerd. Het is achterbaks. Ik moet hier weg. Nu.

Maar op de een of andere manier kan ik niet weggaan.

Iedereen houdt het hoofd schuin en luistert beleefd naar de familieherinneringen, en als pap aanstalten maakt om nog iets te zeggen, valt er een soort verwachtingsvolle stilte.

'Weet je nog, Effies circusverjaardagsfeestje? Haar gezicht!'

'Dat was geweldig.' Bean knikt. 'Het beste feestje ooit.'

'Wat een gelukkige tijden.' Pap neemt nog een grote teug wijn. 'Heel gelukkige tijden. De gelukkigste tijd van mijn leven, misschien wel.'

Hè?

Wat zei pap daar? Ik kijk als gebiologeerd naar zijn nietsvermoedende gezicht. *De gelukkigste tijd van zijn leven?*

Ik voel mijn verfrommelde, platgeslagen hart langzaam weer uitzetten.

'Bean, je had gelijk,' zegt pap opeens tegen Bean. 'Effie zou hier ook moeten zijn. Ze zal vast haar redenen wel hebben gehad om te weigeren te komen, en ik weet hoe koppig ze is, maar...' Hij breekt zijn zin af en zijn gezicht betrekt. 'Ik vind het echt jammer dat ze zich niet heeft bedacht. We hadden hier vandaag allemaal moeten zijn.'

'Ze is een versmade vrouw, Tony,' zegt Lacey veelbetekenend. 'Niets vastbesloteners dan een versmade vrouw.'

'Nog één keer, het heeft niets met Humph te maken!' barst Bean getergd uit. 'Ze is er niet omdat ze niet was uitgenodigd, verdomme!'

'Natuurlijk was ze wel uitgenodigd,' zegt pap perplex. 'Doe niet zo mal, Bean.'

'Goed, er was inderdaad een misverstandje, zoals ik al zei,' mengt Krista zich soepel in het gesprek. 'Ik heb haar uitnodiging later verstuurd, Tony, dat heb ik tegen je gezegd. Gewoon een vergissing, maar zij nam er aanstoot aan. Maar ze was hier daarvoor ook al weken niet meer geweest, dus… geen verrassing!' Ze lacht blaffend. 'Kan ik iemand bijschenken?'

'Die uitnodiging kwam niet alleen te laat!' zegt Bean, die rood is geworden. 'Het was een passief-agressieve anti-uitnodiging. Ze voelde zich ongewenst. Pap, heb je die zogenaamde uitnodiging van Effie dan niet gezíén?'

'Ik…' Pap werpt onzeker een blik op Krista. 'Tja, Krista is zo lief geweest om dat allemaal op zich te nemen…'

'Je hebt die uitnodiging dus niet gezien!' roept Bean ongelovig uit. 'Je hebt niets gecheckt. Je hebt geen idee wat er allemaal binnen je eigen familie speelt! We kunnen je niet te pakken krijgen, pap! We krijgen je niet te spreken! Geen wonder dat Effie niet is gekomen! Ik was zelf ook bijna weggebleven! En Krista?' Ze draait zich bliksemsnel naar haar om. 'Jij bent een liegbeest, want je hébt Effie die e-mail waar je het gisteren over had helemaal niet gestuurd. Je hebt haar helemaal niet gesmeekt om te komen. Dat is gelul!'

Het is alsof er een collectieve zucht opgaat, en Lacey slaat een hand voor haar mond, alsof ze naar een stierengevecht kijkt.

'Misschien heb ik een e-mail getypt maar niet verzonden,' repliceert Krista afgemeten. 'Mijn fout. Maar kom op! Al dat gedoe om niets! Ik heb Effie een vriendelijke, persoonlijke uitnodiging gestuurd. Als ze hier had willen zijn, was ze er wel geweest. Ze heeft er zelf voor gekozen om weg te blijven. Het was haar eigen keus.' Krista steekt strijdlustig haar kin in de lucht.

'Zeg je nou dat ze zich ongewenst voelde?' Pap gaapt Bean aan alsof hij het in Keulen hoort donderen.

'Ja!'

Er valt een stilte. Pap lijkt helemaal ondersteboven en ik kijk ongelovig naar hem, tussen de bladeren door. Hoe dacht hij dán dat ik me zou voelen? Wat denkt hij zélf dat hier al die tijd al gaande is? Beseft hij dan niet hoe gekwetst ik me voel?

Ik mompel mijn woorden hardop en mijn hart gaat steeds sneller kloppen van gerechtvaardigde verontwaardiging. En opeens zie ik mezelf zitten en word ik overspoeld door schaamte. Wat is er met me gebeurd? Waar ben ik mee bezig? Ik zit achter een struik verstopt in mezelf te praten, mijn grieven krampachtig vasthoudend. Terwijl ik beter... Wat zou ik beter kunnen doen?

Ze aanpakken, zegt een stemmetje in mijn hoofd. *Zeggen waar het op staat.* Ik ga hier net zo slecht mee om als Gus met Romilly, dringt het tot me door, en mijn schaamte laait weer op. Het probleem vermijden in plaats van er iets aan te doen. Gus verstopte zich achter zijn werk; ik verstop me achter een struik. Maar het komt op hetzelfde neer. Je kunt iets niet oplossen als je je ervoor verschuilt.

Misschien begrijp ik paps drijfveren niet. En misschien begrijpt hij de mijne niet. Maar we komen er nooit uit als we geen gesprek beginnen. Ook al is het lastig. Ook al is het pijnlijk. Ook al moet ik de eerste stap zetten.

Maar... wat kan ik doen? Waar moet ik beginnen? Moet ik gewoon rechtop gaan staan?

Het idee maakt me doodsbang. Misschien wacht ik nog heel even. Ik wil ook dolgraag horen hoe dit gesprek verdergaat.

'Bean, waarom heb je dat niet eerder gezegd?' vraagt pap. 'Waarom heb je me dat niet verteld?'

'Dat heb ik geprobeerd!' barst ze uit. 'Zodra Effie me over die uitnodiging vertelde, heb ik je gebeld. Ik heb je voicemail ingesproken… Ik heb alles geprobeerd! Maar ik kwam er niet door! Ik heb de afgelopen week heel vaak geprobeerd je te bellen, maar Krista nam telkens op en scheepte me af.'

'Hij had het druk!' slaat Krista afwerend terug. 'Tony, je had tegen me gezegd dat je het te druk had om met de kinderen te praten! Ik heb gedaan wat je zei.'

'Ik kon je op het feest niet eens te pakken krijgen. Gus ook niet.' Bean schudt ongelovig haar hoofd. 'Het is alsof je ons mijdt. En Effie had gezegd: "Begin er niet over." Maar het moest besproken worden.' Bean zwijgt, haalt diep adem en vervolgt iets rustiger: 'Effie was niet koppig, pap, ze was gekwetst.'

Mijn brein probeert onmiddellijk die opmerking te toetsen. Als ik heel eerlijk ben, was ik best koppig, maar ik voelde me ook gekwetst. En ik denk dat het nu eindelijk, eindelijk dan toch, tot pap doordringt. Ik zie het aan zijn gezicht. Ik zie dat hij het verwerkt. Hij heeft een verre blik in zijn ogen en zijn gezicht trekt alsof hij het beseft. Maakt hij het rekensommetje nu pas? Op welke planeet heeft hij gezeten?

Hij knippert met zijn ogen en komt weer terug in de werkelijkheid, met een afgetobd gezicht.

'Heeft er iemand contact met Effie?' vraagt hij. 'Weet iemand waar ze nu is?'

Zonder erbij na te denken richt ik me half op en duik dan panisch weer weg.

'Nu?' herhaalt Bean overdonderd. 'Je bedoelt… op dit moment?'

'Ja,' zegt pap. 'Weet iemand dat?'

Er trekt een vreemde huivering door het gezelschap. Bean kijkt met grote ogen naar Joe, en dan naar Gus, die ook naar Joe kijkt, die zijn keel schraapt en naar het huis knikt, onder het mom dat hij zijn stoel verschuift.

Nou vraag ik je. Wat een vertoning. Denken ze echt dat ze subtiel zijn?

'Ik weet het niet zéker,' zegt Bean met een gekunstelde stem.

'Gus? Weet jij waar Effie is?'

'Ik... eh...' Gus wrijft over zijn gezicht. 'Moeilijk te zeggen. Ze zou overal kunnen zijn. In theorie.'

'Precies.' Bean knikt. 'Dat maakt het zo lastig. Om... het te zeggen. Waar ze is.' Ze reikt naar haar glas en neemt een grote slok.

'Weet je, ik had haar vanochtend bijna een berichtje gestuurd, maar... ik heb geen idee waarom ik het uiteindelijk niet heb gedaan.' Pap haalt diep adem en kijkt gekweld om zich heen. 'Wanneer houden we allemaal eens op met fouten maken?'

Iedereen aan tafel lijkt met stomheid geslagen door die retorische vraag, behalve Lacey, die opgewekt zegt: 'Jij maakt vast geen fouten, Tony! Zo'n topzakenman als jij!'

Pap kijkt haar wezenloos aan en tast naar zijn telefoon. Even later gonst het in mijn zak. Ik trek onhandig mijn telefoon tevoorschijn en hoewel ik weet wie het is, krijg ik een brok in mijn keel als ik het zie staan. *Pap.* Daar, op mijn scherm. *Pap.* Eindelijk.

Mijn duim beweegt al om het gesprek aan te nemen... maar dan trek ik hem nerveus terug. Nee. Geen stomme dingen doen. Ik kan zijn gesprek niet hier aannemen, vanachter de rozenstruik, want dan horen ze me allemaal. Maar ik kan het gesprek ook niet níét aannemen. Wat nu?

Ik duik in elkaar, verstijfd, en kijk radeloos naar mijn erop los gonzende telefoon. Dan weet ik opeens haarfijn wat ik moet doen.

Hijgend en met brandende beenspieren schuif ik achteruit, weg van de brunch, in de richting van het huis.

'Ze neemt niet op,' hoor ik pap zeggen terwijl ik me opricht en snel naar de achterdeur begin te sluipen.

Ik neem nog niet op, maar je zult heel binnenkort van me horen. En niet door de telefoon. Oog in oog.

Terwijl ik de hangers over de stang van Beans kledingkast laat ratelen, voel ik me zenuwachtig, bijna angstig. Ik wil bruggen slaan naar pap. Dat wil ik echt. Er zijn nog dingen in ons verleden die ik niet begrijp; er zijn nog dingen die een verzoening onmogelijk lijken te maken. Maar goed, ik dacht dat een verzoening met Joe ook onmogelijk was. Misschien is niets onmogelijk.

Als ik er maar goed uitzie. Dat is cruciaal. Krista en Lacey zijn nog beneden met hun nepwimpers en onberispelijke outfits, en ik sta niet toe dat ze medelijdende blikken op me werpen.

Het heeft me maar een paar seconden gekost om via de achterdeur de trap op te glippen, en nu haast ik me. Ik wil zo snel mogelijk terug naar de brunch. Nog sneller.

Ik vind eindelijk de jurk die ik zocht, die flatteuze blauwe met een printje en een sjerp om de taille, hijs me erin en tut me snel een beetje op. Mijn haar is een ramp, maar ik kan het opsteken met zo'n glitterspeld van Bean.

Ik smeer nog wat bronzer op, spreek mezelf moed in, kijk in de spiegel, draai me om en huppel de kamer bijna uit. Ik vlieg de trap af, en vanaf de overloop halverwege zie ik de brunchtafel door de openslaande deuren van het balkon op de tussenverdieping. En hoewel ik haast heb, moet ik wel blijven staan om het schouwspel in me op te nemen. Het zou er niet idyllischer uit kunnen zien: een familie in een zonnige tuin rond een prachtige tafel. De vaantjes fladderen in de bries. De glazen en schalen flonkeren in de zon. Iedereen ziet er goedgekleed en aantrekkelijk uit, en pap zit als een aristocratische patriarch aan het hoofd van de tafel.

Bij het idee dat ik ze allemaal ga verrassen, begint mijn hart te bonzen van de zenuwen. Hoe ga ik het doen? Ik loop regelrecht naar pap toe. En dan zeg ik... Wat?

Pap, ik ben het.

Nee, dat is stom. Hij weet dat ik het ben.

Pap, het is te lang geleden.

Maar dat klinkt alsof ik hem meteen verwijten begin te maken. O god, misschien moet ik maar improviseren...

Ik schrik van een plotseling applaus en zie dat Humph een soort yoga-achtige houding heeft aangenomen op het gras. Hij draagt leren teenslippers bij zijn linnen pak, zie ik nu, en hij lijkt niet lekker te liggen, zo dubbelgevouwen met zijn gebogen benen boven zijn gezicht.

O, ik móét weten wat er gaande is. Voor ik het goed en wel besef, duw ik de balkondeuren open en ontstaat er een nieuw plan. Ik blijf hier gewoon staan tot er iemand omhoogkijkt en me ziet, en dan zeg ik achteloos 'O, hallo, allemaal!' en zie hun monden openvallen van verbazing.

Humphs stem zweeft omhoog op de zomerlucht, tussen zijn dijen vandaan.

'Mijn inwendige organen worden in harmonie gebracht terwijl jullie kijken,' roept hij hijgend. 'Ik voel mijn rhu stromen, ik voel het gewoon. De rhu vloeit door mijn lichaam en heelt alle onvolkomenheden die ze onderweg tegenkomt.'

'Zei hij nou "Ik voel mijn poep stromen"?' vraagt pap verbijsterd aan Joe, en Joe verslikt zich in zijn spa.

'Zijn rhu,' zegt hij. Het kost hem zichtbaar moeite om zijn lachen in te houden. 'Rhu, zei hij. Dat schijnt een Spinken-concept te zijn.'

'Ongelooflijk!' zegt Lacey applaudisserend. 'Je zou slangenmens moeten worden, Humph. Je bent een natuurtalent.'

'Lace, laat je spagaat eens zien,' roept Krista terwijl Humph zichzelf uit de knoop haalt. 'Jullie moeten Laceys spagaat zien!'

Maar Lacey trekt haar neus op. 'Niet in deze jurk, schat.'

Niemand heeft me nog gezien, dus stap ik naar voren, naar de rand van het balkon, en leun over de oude houten balustrade om het gesprek te volgen. Mijn jurk wordt opgetild door de bries. Nu móéten ze me toch wel zien? Net als ik overweeg te roepen, wordt mijn aandacht afgeleid door Beans schrille stem.

'Wat?' zegt ze tegen Krista, duidelijk van streek. 'Wát zei je daar?'

Ze ziet er onthutst uit en mijn maag verkrampt van schrik. Wat is er gebeurd?

'Bean?' zegt pap, maar ze hoort hem niet.

'Ze hebben mijn meubels verkocht,' zegt ze half snikkend tegen Gus. 'Zomaar verkocht, zonder iets tegen mij te zeggen. Mijn Pieter Konijn-ameublement. Het gaat naar de kopers, samen met het huis.'

Ik weet niet wat ik hoor. Wat hebben ze gedaan? Wát?

'Dat kun je niet maken,' zegt Gus tegen pap, die er niets van lijkt te begrijpen. 'Heb je Beans ameublement verkocht?'

Pap, die zich geen raad lijkt te weten, slikt en zegt dan: 'Krista?'

'De kopers wilden wat dingen uit het huis overnemen die ze leuk vonden,' zegt Krista afwerend. 'Ik heb het allemaal geregeld met de makelaars. Je hebt me nooit verteld dat dat ameublement bijzonder was.'

'Waarom mocht Krísta daar in vredesnaam over beslissen?' barst Bean uit.

'Ik hielp je vader gewoon,' snauwt Krista. 'Hij heeft veel op zijn bord gehad de laatste tijd. Dat zouden jullie kinderen eens moeten beseffen, in plaats van hem lastig te vallen over wat aftandse oude meubelstukken.'

'Mimi had het wel geweten.' Bean kijkt met gekwelde, vurige

263

ogen naar pap. 'Mimi had dat nooit laten gebeuren. Ik wilde dat ameublement in mijn huis zetten. In de logeerkamer. Ik wilde het voor…' Ze breekt abrupt haar zin af, wordt rood en slaat haar ogen neer.

Voor haar kindje, besef ik plotseling met een pijnlijke steek. Misschien wilde ze het ameublement eerst voor zichzelf hebben, maar nu wil ze het voor haar kindje. En terwijl ik gespannen naar haar kijk, lijkt ze de grens van haar verdraagzaamheid te bereiken.

'Weet je wat?' zegt ze terwijl ze haar stoel opeens naar achteren schuift. 'Effie had gelijk. Ze had de hele tijd al gelijk, maar ik wilde niet luisteren. Deze familie is afgelopen. We zijn kapot.'

'Nou nou, Bean,' zegt pap beduusd. 'We lossen dit wel op, dat beloof ik.'

Maar Bean lijkt hem niet eens te horen.

'Ik heb er alles aan gedaan,' zegt ze beverig. 'Ik heb geprobeerd een band te smeden, ik heb geprobeerd te vergeven, ik heb boeken gelezen en naar podcasts geluisterd. Ik ben naar dit rottige feest gekomen en ik heb een rotknot in mijn haar gemaakt die pijn doet aan mijn hoofd en ik ben er helemaal klaar mee. Ik heb het gehád.' Ze zet met rukkerige bewegingen haar hoed af en begint spelden uit haar haar te trekken terwijl ze hortend blijft praten. 'Effie had gelijk! Dit gezin is stuk. Aan gruzelementen. Er is een bom ontploft en we kunnen nooit meer gelijmd worden. Nooit meer. We zijn net een gebroken bord. Zoals dit bord hier.' Ze pakt het dichtstbijzijnde bord, eentje van wit porselein met verguldsel langs de rand.

Ik ben zo van mijn stuk gebracht door Beans uitbarsting dat ik me aan de balustrade moet vastklampen. Dit kan niet waar zijn. Bean was juist zo optimistisch. Zo vergevingsgezind. Als Bean het al opgeeft…

'Dat bord is niet stuk,' zegt Krista, die naar Bean kijkt alsof ze gek is.

'O nee?' roept Bean met schrille stem. 'Sorry.' Terwijl iedereen sprakeloos toekijkt, gooit ze het bord op de terrastegels aan stukken. Er wordt collectief naar adem gehapt en Lacey slaakt een gil. 'Oeps,' zegt Bean tegen Krista. 'Ik hoop maar dat je dat niet ook wilde verkopen. Misschien kun je het afboeken als slijtage. Oeps,' vervolgt ze, en ze pakt het volgende bord en smijt dat ook kapot op de tegels. 'Nog meer slijtage. Zo zonde als mensen dingen bederven die je dierbaar zijn, hè, Krista?'

Ze pakt een derde bord en Krista gaat staan, briesend.

'Waag het niet dat bord te breken,' zegt ze dreigend. Ik zie haar borst zwoegen onder haar zijden jurk. 'Waag het niet.'

'Waarom niet?' Bean lacht op een rare manier. 'Jij hebt al genoeg verpest! Je hebt Mimi's keuken overgeschilderd, je hebt ons huis geruïneerd, je hebt je drankje over Effie heen gegooid... en dan durf je je beklag te doen over bórden?'

Krista neemt haar met een kille blik op. 'Dat is het bord van je vader.'

'O ja?' zegt Bean hysterisch. 'Nou, jij kunt het weten. Je had hem al in het vizier voordat je hem zelfs maar had gesproken, hè, Krista? Je stelde vragen over hem, was benieuwd wat het huis waard was. Is dit bord nog iets waard? Misschien vermaakt hij het wel aan mij in zijn testament! Nou, pap?' Ze draait zich om en slingert het bord naar de zonnewijzer op het gras. Een scherf porselein ketst af en raakt Humph.

'Au!' roept hij. 'Mijn voet bloedt!'

Bean verstijft en een ademloos moment lang verroert niemand een vin.

'Nou, dat spijt me,' zegt Bean dan, hijgend. 'Echt. Maar weet je, Humph? Jouw voet is maar nevenschade. Net als mijn ameublement. En Mimi's keuken. En alles waar we van hielden.' Tranen biggelen over haar rode wangen. 'Het is allemaal kapot. Effie had gelijk.' Ze zakt op haar stoel en snikt. 'Het is allemaal kapot.'

Ik kan er niet meer tegen. Ik verdraag het niet. Ik verdraag het niet om mijn lieve, lijdzame, hoopvolle, goedbedoelende zus te zien snikken.

'Bean!' Ik kom uit mijn gebiologeerde toestand en leun wanhopig over de balustrade. Ik voel de tranen achter mijn eigen ogen prikken. 'Bean, niet huilen, alsjeblieft! Het komt wel goed!'

'Effie?' Bean heft haar ongelovige, betraande gezicht naar me op.

'Het komt wel goed!' Ik leun nog verder over de rand. Kon ik haar handen maar pakken. 'Ik zweer het! We verzinnen er wel iets op. We...'

Ik hoor iets kraken... en dan bezwijkt de houten balustrade plotseling onder mijn gewicht en versplintert. Voor de tweede keer die dag denk ik dat mijn laatste uurtje heeft geslagen.

Ik kan niet eens meer gillen. Voordat ik er iets aan kan doen, stort ik naar beneden, ademloos, verdoofd van schrik, niet in staat te denken...

Boem.

'Au!'

'Shit.'

Op de een of andere manier vangt Joe me op, en we vallen samen op de grond. We rollen nog een paar keer om voordat we tot stilstand komen. Ik kijk in zijn gezicht, ademend als een zuigermotor, en probeer te bevatten wat er zojuist is gebeurd. Dan laat hij me langzaam, geleidelijk los.

Hij ziet wit. En ik voel me een beetje wit.

'Dank je wel.' Ik slik. 'Dank je wel dat je... Dank je.'

Mijn hoofd tolt. Ik moet overgeven. Moet ik overgeven? Nee, misschien niet. Ik haal diep adem, stoot een rare, beverige lach uit en kijk naar mijn armen en benen.

'Geen schrammetje,' zeg ik. 'Geen krasje. Je bent goed.'

'Kun je alles nog bewegen?' vraagt Joe streng.

'Eh…' Ik wiebel wat met mijn armen en benen. 'Ja. En jij?'

'Ja.' Joe grinnikt naar me. 'Dank je. Goed, nu lángzaam overeind komen, en zeg het als je ergens pijn voelt.'

Ik ga gehoorzaam staan en schud voorzichtig mijn armen en benen uit. 'Ik mankeer niets. Mijn enkel is een beetje verstuikt, maar verder heb ik niets.'

'Gelukkig.' Hij zucht. 'Gelukkig maar. Misschien moet die balustrade gerepareerd worden.'

Al die tijd hebben de anderen in een doodse stilte naar ons gekeken, maar dan herkent Lacey me plotseling en wijst naar me.

'Kate!'

'Effie,' verbetert Gus haar. 'Dat is Effie.'

'Effie?' Lacey knijpt wantrouwig haar ogen tot spleetjes. 'Is dat Effie? Ik wist wel dat je niet echt arts was! Ik wist wel dat je maar wat bazelde!'

'Kate?' Bean kijkt met grote ogen naar me en ik zie alles in haar hoofd op zijn plaats vallen. 'O, goddank! Jíj bent Kate! Dat is dan weer een zorg minder. Dus jullie…' Haar ogen schieten heen en weer tussen Joe en mij. 'Zijn jullie…'

'Je hoeft me de les niet meer te lezen over ongepaste relaties op het werk, Bean,' zegt Joe. Hij pakt mijn hand en kust mijn vingertoppen. 'Hoe voel je je?' vraagt hij aan mij.

'Een beetje beverig,' geef ik toe. 'Maar… nou ja. Het gaat wel. Bean, hoe is het met jóú?' vraag ik gespannen.

'Niet zo goed,' zegt Bean. 'Maar ik overleef het wel.'

'Neem een slokje water.' Joe schenkt een glas water voor me in en kijkt naar me terwijl ik het opdrink. 'En doe kalm aan.'

'Moet je die tortelduifjes zien,' zegt Lacey hatelijk. 'Zo, dus je bent toch naar het feest gekomen, Effie. Kon je niet wegblijven? Je zult wel met rode oortjes hebben geluisterd!'

'O, zeker.' Ik werp een vernietigende blik op Humph, die snel zijn gezicht afwendt.

'Ja, leuk dat je even binnen komt vallen, Effie.' Gus schatert om zijn eigen grap. 'Vat je hem? Binnenvallen.'

Krista heeft nog niets gezegd en als ik haar aankijk, voel ik de oude vijandigheid tussen ons knetteren, maar ik trek het me niet aan. Ik zal me volwassen opstellen. Bedaard loop ik naar haar toe, knerpend over de scherven, met mijn meest-waardige gezicht.

'Dank je wel voor je vriendelijke uitnodiging, Krista,' zeg ik vormelijk. 'Bij nader inzien kan ik er toch op ingaan.'

'Nou, je bent van harte welkom, Effie,' zegt Krista met een strakke mond. 'Dat was je altijd al.'

'Dank je,' zeg ik om het af te maken. 'Heel attent van je.'

'Het genoegen is geheel aan mijn kant,' zegt Krista, die haar armen over elkaar slaat.

En nu is alleen pap er nog. Eindelijk, pap. Ik heb nog niet eens naar hem gekeken. Ik was er nog niet aan toegekomen. Maar nu...

Ik draai me naar hem om en schrik als ik zie hoe bleek hij is.

'Ik dacht dat je het niet zou overleven,' zegt hij. 'Ik dacht... O god...' Hij brengt een paar klanken voort, als een roestig speeldoosje, en ademt dan hoorbaar uit. 'Maar je bent er nog. Je bent er nog. Dat is het belangrijkste.'

'Pap...' Ik slik iets weg.

'O, Effie.' Zijn ogen vinden de mijne en het zijn de ogen die ik me herinner uit mijn jeugd. De warme, twinkelende ogen van mijn vader.

'Pap...' probeer ik nog eens, maar ik weet niet hoe het verder moet. Waar moet ik beginnen? 'Pap...'

'Ahum. Neem me niet kwalijk.' We kijken allebei op als we een man zijn keel horen schrapen.

In een waas draai ik mijn hoofd en zie een kalende man in pak met een koffertje op het terras staan, die ons opgelaten aankijkt. 'Neem me niet kwalijk dat ik dit... eh... familiemoment verstoor.' Hij zet een paar stappen naar voren, waarbij hij de serviesscherven met zorg ontwijkt. 'Ik ben Edwin Fullerton van Makelaardij Blakes. Ik kom hier namens de Van Beurens.'

'De wíé?' Gus fronst zijn voorhoofd.

'De Van Beurens. De kopers van dit pand.' Hij gebaart naar het huis en we kijken elkaar allemaal ongemakkelijk aan.

De kopers heten dus de Van Beurens. Ik heb de naam nog niet eerder gehoord, besef ik, en ik vind er meteen een sinistere klank aan zitten. Geen wonder dat ze al onze spullen uit het huis hebben ingepikt.

'Wat willen ze?' vraagt pap.

'Ze willen duidelijkheid over de ruimte voor hun verhuiswagens op de oprit. Zou ik het mogen opmeten?' Hij schraapt zijn keel weer. 'Hoewel, zeg het alstublieft als het nu niet schikt.'

Ik zie dat hij zijn best doet om niet naar de kapotte borden te kijken, of naar Humphs bloedende voet, of naar Beans betraande gezicht. Uiteindelijk kijkt hij maar naar de lucht, alsof de wolken hem opeens enorm boeien.

'Natuurlijk. Ga uw gang. We waren net...' Pap zwijgt even, alsof hij niet goed weet hoe hij het spektakel moet beschrijven. '... aan het brunchen,' besluit hij.

'Juist.' Edwin knikt tactvol. 'Er zijn ook nog een paar andere zaken die ik wil checken, als u een momentje voor me hebt, meneer Talbot? Hoewel dit, zoals ik al zei, misschien geen handig... eh...' Hij schuifelt met zijn voeten. 'Ik had wel een bericht ingesproken op uw mobiele telefoon.'

'Wie niet?' zegt Bean joviaal. 'Onze vader was de afgelopen week spectaculair onbereikbaar. Dus. Dat was te verwachten.'

Ik werp een blik op haar, lichtelijk in verwarring gebracht. Ze klinkt niet als Bean. Ze klinkt cynisch. Haar gezicht ziet er strak en afgemat uit, alsof haar verwachtingen van het leven zo diep zijn gezonken dat ze de moed maar helemaal wil opgeven.

Edwins blik schiet nerveus van Bean naar pap.

'Het is echt geen probleem,' zegt hij.

'Misschien niet voor een makelaar,' zegt Bean toegeeflijk. 'Voor zijn kinderen is het wel een beetje een dingetje. Vanwege stiefmoeders die dierbare bezittingen verkopen en dergelijke. Maar het is niet anders. Zo is onze familie, of je het nu leuk vindt of niet. Trouwens,' vervolgt ze vriendelijk, 'waren de Van Beurens van plan deze borden te kopen?' Ze pakt een ongeschonden bord en houdt het naar hem op. 'Want er zouden er een paar een ietsepietsie gebarsten kunnen zijn. Sorry daarvoor.' Ze gebaart naar het tapijt van scherven. 'Slijtage.'

Edwin Fullerton kijkt sprakeloos naar de aan gruzelementen gevallen borden en dan weer naar Bean, alsof hij zich afvraagt of ze een grapje maakt.

'Dat zou ik in de koopovereenkomst moeten nakijken,' zegt hij uiteindelijk.

'Nou, laat het ons vooral weten,' zegt Bean. 'We zouden het namelijk heel erg vinden om de Van Beurens teleur te stellen. Dat zou onze ergste nachtmerrie zijn.' Ze knippert met haar ogen naar hem. 'Létterlijk onze ergste nachtmerrie.'

'Juist.' Edwin Fullerton lijkt geen woorden te kunnen vinden. 'Tja. Zeg dat wel.'

'Ik zal…' Pap lijkt zich te herpakken. 'Ik zal u voorgaan naar mijn werkkamer.'

'Onze ergste nachtmerrie!' roept Bean de weglopende mannen na. 'We willen alleen maar dat de Van Beurens tevreden zijn!'

Ik wissel een blik met Joe en zie dat hij ook verbaasd is over Beans compleet nieuwe persoonlijkheid. Wat is er met haar gebéúrd?

'Ik kan beter even meegaan,' zegt Krista tegen Lacey. 'Even zien waar het over gaat. Neem nog wat wijn of wat je maar wilt, schat. Jij ook, Humph.'

Ze loopt weg zonder de rest van ons een blik waardig te keuren en ik haal diep adem, maar Humph is me voor.

'Ik bloed eigenlijk best hevig,' zegt hij tobberig. 'Ik moet naar de Spoedeisende Hulp, maar ik heb mijn auto niet bij me. Mijn vader heeft me hier afgezet. Kan iemand me brengen?'

'De Spoedeisende Hulp?' Joe stoot een ongelovige lach uit. 'Wat, naar een ziekenhuis met... hoe noem je het... "de gevestigde geneeskunde"?'

'Kun je je dinges niet gewoon in harmonie brengen?' oppert Gus, die zich nog een glas wijn inschenkt. 'Je inwendige huppel-depupjes. Je rhu lost het wel voor je op, Humph. Vertrouw op je rhu.'

'Leuk hoor,' zegt Humph nijdig. 'Maar je weet niet waar je het over hebt, dus lijkt het me beter als je je mond houdt.'

'Ik dacht dat de rhu alles kon genezen met transcendente krachten?' zegt Joe. 'Gezondheidszorg begint en eindigt met de rhu, toch?'

'Er. Zijn. Uitzonderingen,' zegt Humph, die elk woord uit-spuugt.

'O, uitzonderingen.' Joe grinnikt naar Humph en lijkt dan toe te geven. 'Tja, als iemand die een andere route naar een medische bevoegdheid heeft genomen, raad ik je beslist aan naar de Spoed-eisende Hulp te gaan en ernaar te laten kijken. Het ziet er lelijk uit. Vakterm.'

'Ik heb een taxi besteld,' zegt Lacey praktisch, en ze komt van haar stoel. 'Ik ga wel met je mee, Humph. Ik zal het koortszweet van je voorhoofd betten. Niet alleen maar je overtuigingen bela-chelijk maken, zoals sommige anderen hier.' Ze schudt haar haar naar achteren en richt zich rechtstreeks tot Joe. 'Mensen geloven in penicilline, toch? Waarom zouden ze dan niet in de rhu mogen geloven?'

Joe kijkt haar perplex aan. 'Omdat...' Hij wrijft over zijn ge-zicht. 'Oké, daar heb ik niet van terug.'

'Zie je wel!' zegt Lacey triomfantelijk, alsof ze in de roos heeft geschoten. 'Humph, schat van me, kom maar met mij mee. Ik zal bij je blijven, zorgen dat het goed komt met je. En misschien kun je me daarna je praktijk laten zien.' Ze fladdert verleidelijk met haar wimpers. 'Ik wil dolgraag meer over je werk horen.'

Vast wel. En over zijn landhuis. En zijn adellijke titel. Al kan ze maar beter geen al te hoge verwachtingen koesteren met betrekking tot zijn immense rijkdom, dat weet ik zelfs.

Ze steekt een arm uit waar hij op mag leunen en ze lopen samen weg, zij vastberaden, met grote passen, hij hinkend naast haar.

'O,' zegt hij opeens. Zijn ouderwetse beleefdheid komt terug en hij draait zich om. 'Wil je je vader en Krista alsjeblieft bedanken voor het kostelijke feest en zeggen dat het me spijt dat ik niet persoonlijk afscheid kon nemen? Ik schrijf nog een bedankbrief, uiteraard.'

'Natuurlijk. En sterkte,' voeg ik eraan toe, want ik krijg opeens medelijden met hem. Ik zou mijn geluk niet graag laten afhangen van de rhu, of van Lacey.

We zien ze naar de oprit strompelen en dan, als ze uit het zicht zijn, halen we allemaal opgelucht adem en kijken elkaar aan.

'Ik wist wel dat er iemand naar het ziekenhuis zou moeten,' zegt Joe. 'Ik wil niet "had ik het niet gezegd" zeggen, maar ik had het gezegd.'

'Een brunch is pas compleet als er iemand naar het ziekenhuis moet,' zeg ik een tikje hysterisch. 'Dat is algemeen bekend. O god...' Ik kijk naar de scherven op het terras en het gazon en barst in een enigszins pijnlijk lachen uit. 'Moet je het hier zien! Die makelaar leek helemaal te flippen.'

'Hij is nú de Van Beurens aan het bellen,' zegt Gus. 'Hij zegt: "Snel! Trek erin voordat ze alles slopen! Ze zijn allemaal geschift!"'

'O god, je hebt gelijk. Zijn gezícht!' Ik schater het weer uit. 'Joe, weet je zeker dat je iets met me te maken wilt hebben? Want ik moet je waarschuwen, ik kom uit een dubieuze familie.'

'O, ik ben wel aan jullie gewend.' Joe glimlacht naar me en kijkt dan vragend van Bean naar mij.

Ik kijk ook naar Bean en voel iets wringen vanbinnen. Ze zit met haar blote voeten opgetrokken op haar stoel en haar armen om haar knieën geslagen in het niets te staren, zonder naar ons te luisteren.

'Bean, gaat het wel?' vraag ik ongerust. 'Je lijkt nogal... gestrest.'

'Ik ben niet gestrest,' spreekt ze me prompt tegen.

'Bean.' Ik bijt op mijn onderlip. 'Wees eerlijk.'

'Echt niet.' Ze kijkt me aan. 'Ik ben helemaal niets. Het boeit me niet meer. Ik ben eroverheen. Het huis kan me gestolen worden... de familie... alles. Het is heel bevrijdend, eigenlijk!' Ze lacht op een rare, onherkenbare manier.

Ik kijk bezorgd naar Joe, die zijn wenkbrauwen fronst.

'Bean, luister,' probeer ik het nog eens. 'Ik zal met pap over je meubels praten...'

'Doe geen moeite.'

'Maar...'

'Zie maar!' kapt Bean me gedecideerd af. 'Ik bedoel, echt, zie maar. Ik voel me net een elastiekje waar te vaak te hard aan is getrokken, en weet je? De rek is eruit. Ik geef het op. Ik ga naar de pub, chips eten.' Ze zet haar voeten op de grond, schuift haar stoel naar achteren, doet haar sandalen aan en pakt haar tas. 'De hele voorraad chips.'

'De pub!' jubelt Gus. Hij drinkt zijn glas leeg en gaat staan, zo wankel dat hij zijn stoel moet pakken. 'De pub. Briljant idee. We hadden meteen naar de pub moeten gaan. Waarom hebben we dat niet gedaan?' Hij maakt een weids gebaar, alsof hij een lezing voor duizenden mensen houdt. 'Het is altijd een vergissing om niet naar de pub te gaan, en toch leren we het nooit. We leren het nóóit.'

'Kom op dan,' zegt Bean. 'We gaan. Ik geef het eerste rondje.'

'Wil je met ze meegaan om op ze te passen?' vraag ik op gedempte toon aan Joe. 'Bean is in een vreemde stemming en Gus is ladderzat.'

'Natuurlijk,' fluistert hij terug. 'Maar jij dan? Ga jij niet mee?'

'Ik kom straks wel. Ik moet nog… iets doen.'

'Oké.' Hij knikt en geeft een kneepje in mijn arm. 'Komt in orde.'

'Effie…' Bean komt naar me toe en omhelst me opeens onverwacht. 'Ik moet even sorry zeggen. Je had gelijk. Je had op alle fronten gelijk. Jij zag het allemaal heel scherp en ik maakte mezelf maar wat wijs.' Ze schudt haar hoofd. 'We zijn geen familie meer. Het is kapot. Stuk. Voorbij.'

'Bean, zeg dat nou niet.' Ik kijk haar ontredderd aan.

'Je hebt het zelf gezegd,' pareert ze, en ze lacht weer zo raar. 'En het is waar!'

Ze geeft me nog een knuffel en loopt dan weg. In het voorbijgaan pakt ze Gus' arm en ik kijk ze na, totaal verward. Ik weet dat ik het heb gezegd. Ik weet dat ik het geloofde, maar als Bean het zegt, voelt het op de een of andere manier verkeerd. Ik wil haar beetpakken en zeggen: *We zijn niet kapot! Het is nog niet te laat! We zijn nog te repareren!*

Maar is dat wel zo?

Mijn blik glijdt langzaam naar het huis, dat zwijgend in de middagzon staat. Er is maar één manier om daarachter te komen.

18

Ik stel me weer voor Greenoaks op, als een turner die klaar is voor de tweede ronde, met het vaste voornemen me deze keer door niets te laten afleiden.

Lichtvoetig maar kordaat loop ik voor de laatste keer naar de vertrouwde voordeur van het huis uit mijn jeugd. Ik moet dit moment in me opnemen. Ik moet de details in mijn geheugen prenten. Het ingewikkelde (níét lelijke) metselwerk. De karakteristieke schoorstenen. Het glas in lood. De manier waarop…

Wacht even, wat krijgen we nou?

Humph?

Dit geloof je toch niet. Humph komt door de deur naar buiten en staat nu op het stoepje, tegen de deurpost leunend alsof hij anders omvalt. Uitgerekend Humph. Ik dacht dat hij nu wel in het ziekenhuis zou zijn. Of zich door Lacey zou laten verleiden. Of allebei.

'Hallo,' zegt hij smekend als ik dichterbij kom. 'Lacey pakt haar spullen even en dan gaan we naar het ziekenhuis.'

'Oké. Nou, ik hoop dat ze goed voor je zorgen. Bean wilde je geen pijn doen,' voeg ik er met een beetje wroeging aan toe. 'Het was een ongelukje.'

'O, dat weet ik wel,' zegt Humph. 'Bean doet geen vlieg kwaad. Ze leek een beetje…' Hij krijgt een denkrimpel in zijn voorhoofd. 'Getergd?'

'Ja,' zeg ik. 'Gewoon… je weet wel. Alles.'

'Ik neem het haar niet kwalijk.' Humph knikt met zo te zien oprecht medeleven.

'Weet jij of die makelaar nog bij mijn vader is?'

'Nee, hij is een paar minuten geleden naar buiten gekomen,' zegt Humph, die vaag naar de linkerkant van het huis wijst. 'Ik weet niet waar hij naartoe ging.'

'Oké, bedankt.' Ik glimlach beleefd en wil langs hem heen het huis in lopen.

'Wacht even,' zegt hij. 'Mag ik je iets vragen? Effie, hoelang stond je al op dat balkon voordat je viel?'

Ik kijk hem verwonderd aan, want ik weet niet waarom hij het vraagt. Dan zie ik de schaapachtige uitdrukking op zijn gezicht en snap ik het.

'Vraag je je af of ik je heb horen zeggen dat ik altijd smoorverliefd op je ben geweest en dat ik je heb bestookt met liefdesbrieven?' Ik kijk hem indringend aan.

Humph wordt zo rood als een biet en opeens lijkt hij een stuk meer op die klungel met wie ik iets heb gehad dan op een gladde Spinken-beoefenaar.

'Ik weet wel dat je nooit verliefd op me bent geweest,' mompelt hij met gebogen hoofd. 'Het spijt me.'

'Al goed,' zeg ik.

'Ik voel me zelf ook een beetje getergd,' zegt hij triest. 'Ik ben bang dat mijn ouders uit elkaar gaan.' Hij heft zijn hoofd en kijkt me aan. 'Het gaat er verschrikkelijk aan toe bij ons thuis.'

'Echt?' Ik grimas. 'Het heerst.'

'Tja.' Er is niets meer over van zijn pompeuze façade. Ik herken de zorgelijke, angstige uitdrukking in zijn ogen en word overspoeld door medeleven. Genegenheid, zelfs.

'Weet je?' zeg ik in een opwelling. 'Het komt wel goed. Met jou ook. Als je ooit wilt praten, bel je maar. Als vrienden.'

'Dank je,' zegt Humph. 'Ik meen het.'

'Er komen ups en downs, maar hou vol, want je slaat je er wel doorheen. Het lukt je wel.'

Ik zeg woorden die ik niet herken. Woorden die ik nooit eerder heb gedacht.

Heb ik me er ook doorheen geslagen? Eindelijk?

'Blij dat te horen.' Humph lijkt aan mijn lippen te hangen. 'Het is inspirerend. Jij bent altijd zo verstandig, Effie.'

Voordat ik me kan inhouden, schater ik het uit.

'Verstandig? Ik? Verstándig? Heb je bij het etentje niet geluisterd naar de Effie Puinhoop Show?'

'Maar daar was jij niet bij!' roept Humph verbaasd uit. 'Hoe weet je dat?'

'Ik zat onder de wandtafel,' leg ik uit. 'Ik heb alles gehoord.'

'O.' Humph wrijft over zijn neus en ik zie dat hij zijn ideeën bijstelt. 'Op die manier. Nou, als je er iets aan hebt, ik vond dat ze je belasterden. Ik heb je altijd een heel verstandig iemand gevonden. Daarom bewonderde ik je.'

'Humph, je bewónderde me niet,' zeg ik met rollende ogen.

'Jawel,' houdt hij vol. 'Altijd al.' Er trekt een vreemde flakkering over zijn gezicht voordat hij eraan toevoegt: 'Zo, ben je nu weer met Joe?'

'Ja.' Ik kan een blije glimlach niet onderdrukken. 'Ik ben weer met Joe.'

'Hm.' Hij knikt een paar keer. 'Ik bedoel... ja. Logisch. Absoluut.'

'En jij bent... met Lacey?' vraag ik omzichtig.

'O, ik kan Lacey niet betalen,' geeft hij ruiterlijk toe. 'Daar komt ze snel genoeg achter, maar ik hoop dat ze me eerst naar het ziekenhuis brengt.'

Ik was vergeten dat Humph heel geestig kan zijn en zelfspot heeft. Ik heb hem de afgelopen jaren heel negatief afgeschilderd in mijn gedachten, maar dat beeld klopte niet echt. Misschien deed ik het om me niet zo rot te voelen over de manier waarop ik hem heb behandeld.

'Het spijt me,' flap ik eruit.

'Wat spijt je?'

'Humph, ik heb je afschuwelijk behandeld. Destijds.'

'Het spijt mij ook,' zegt hij schouderophalend. 'Ik besef nu dat ik een beroerde zoener was. Ik ben nu beter.'

Ik moet wel weer lachen. Hij grinnikt terug en ik besluit dat ik echt een keer een drankje met hem moet gaan doen.

'Nou, tot ziens,' zeg ik, en ik raak een beetje onhandig zijn arm even aan.

'Tot ziens.' Hij kijkt naar het huis. 'Mooie tijden.'

Ik knik. 'Mooie tijden.'

Het blijft even stil... en dan steek ik mijn kin resoluut naar voren en loop Greenoaks in. Hier komt Effie Talbot.

Ik loop door de stille hal, op van de zenuwen. Ik weet niet wat ik tegen pap ga zeggen. Mijn gedachten gieren rond en rond in mijn hoofd, als Formule 1-raceauto's.

Dan gaat de deur van paps werkkamer open. Hij ziet me en we verstijven allebei.

'Effie,' zegt hij dan, net zo waakzaam als ik me voel.

'Pap,' antwoord ik met verstikte stem. 'Ik dacht... Misschien moeten we praten?'

'Kom erin.' Hij knikt naar zijn werkkamer alsof ik kom solliciteren en ik loop met een onwezenlijk gevoel naar binnen. Het is nog de kamer die ik me herinner: zijn oude bureau, zijn computerschermen, zijn schaakbord met de stukken erop bij de haard. Pap en ik schaakten vroeger, herinner ik me met een pijnlijke steek. Toen Bean en Gus al studeerden en ik als enige nog thuis woonde. Als ik mijn huiswerk af had, ging ik hierheen. Pap dronk een gin-tonic. We deden een paar zetten en gingen de volgende keer weer verder.

Ik kijk op en zie dat pap me berouwvol opneemt.

'Ik dacht dat je niet naar het feest zou komen,' zegt hij. 'Maar ik ben heel blij dat je je hebt bedacht, Effie. Ook al was je entree aan de dramatische kant. Kom alsjeblieft nooit meer uit de lucht vallen, schat, anders moet ík naar het ziekenhuis, met een hart-verzakking.'

Hij klinkt alsof hij me aan het lachen wil maken en ik probeer te glimlachen, maar het lukt niet echt. Er hangt te veel pijn in de lucht. Of ben ik de enige die het voelt?

'Pap…' Ik zwijg en mogelijke beginzinnen vullen mijn hoofd. *Ik was zo van streek… Ik voelde me zo buitengesloten… Waarom reageerde je niet op mijn berichtjes?* Maar in plaats daarvan flap ik eruit: 'Pap, we maken ons ongerust om je.'

'Ongerust?' Pap gaapt me aan alsof hij er niets van begrijpt. 'Ongerust?'

'Wij allemaal. Gus, Bean, ik…' Ik zet een stap naar voren en opeens wil ik dringend mijn angsten uitspreken. 'Pap, hoe goed ken je Krista eigenlijk? Wat is haar achtergrond? Want ze heeft een verborgen agenda, echt waar. Ze was stiekem de inboedel aan het taxeren met Lacey. We hebben haar gehoord. En wist je dat ze je heeft nagetrokken voordat jullie elkaar leerden kennen? Dat heeft Mike Woodson aan Gus verteld.'

'Mike Woodson?' Pap lijkt versteld te staan. 'Heeft Mike Woodson het over míj gehad?'

'Iedereen maakt zich zorgen!' Opeens buitelen de woorden over elkaar heen. 'De mensen willen je gewoon beschermen!'

'Nou, daar zit ik echt niet op te wachten,' begint pap gepikeerd, maar ik laat me niet meer door hem afschepen.

'Luister nou, alsjeblieft,' zeg ik vurig. 'Alsjeblíéft. Krista hoorde mensen over jou uit in de Holyhead Arms, maar vervolgens deed ze alsof ze je bij toeval tegenkwam. Ze loog, pap! Ze is op je geld uit! Ze heeft al een joekel van een diamant. Je hebt Mimi nooit een joekel van een diamant gegeven. En ze wil al je geld in een restaurant in Portugal steken en wij hebben het gevoel… We zijn zo bezorgd…' Ik hoor het spervuur van Krista's hakken naderen en breek mijn zin af.

O god. Mijn hart begint te bonzen. Heeft ze me gehoord? Wat heeft ze precies gehoord? Ergens zou ik ook blij zijn als ze me had gehoord. Dit moet een keer naar buiten komen, op wat voor manier dan ook.

Krista zeilt de kamer in, met Bambi in haar kielzog, en haar ijzige blik zegt me genoeg: ze heeft het gehoord.

'Je kunt er maar niet over ophouden, hè?' zegt ze minachtend. 'Ik weet dat je denkt dat ik een goudzoeker ben. Wat een bak! Er is geen goud in dit huis.' Ze stapt op me af en kijkt me recht aan met die harde blik, zonder met haar ogen te knipperen. 'Ik ben geen goudzoeker. Ik heb een bedrijf. Ik verdien mijn eigen geld. Dit is verdomme geen diamant… Waar zie je me voor aan, een idioot?' Ze houdt haar glimmer zo agressief onder mijn neus dat ik achteruitdeins. 'Het is zirkoon. Als ik geld aan iets duurs wil uitgeven, koop ik wel aandelen in een Nasdaq-fonds. Ja toch, Bambi?' voegt ze eraan toe, en Bambi keft.

Zirkoon?

Ik kijk wezenloos naar de steen, die er nog op los flonkert op haar gebruinde huid.

'Is het geen diamant? Ik weet zeker dat pap en jij zeiden…'

'Misschien hebben we gezegd dat het een diamant was,' onderbreekt Krista me ongeduldig. 'Wat maakt het uit? We lachten erom. Ik zei tegen je vader "Je kinderen denken dat ik een goudzoeker ben", en daar lachten we om. Maar jij bleef je erin vastbijten, hè? Telkens als hij een beetje lol wil maken, staan jullie, zijn kinderen, weer klaar om er een domper op te zetten. Jij helemaal, juffertje Effie.' Ze wijst priemend naar me. 'Jezus! Gek word ik ervan. O, en als je dan toch zo'n grote mond hebt, is het misschien handig om te weten dat mijn zus Lacey jullie allemaal een díénst bewijst. Haar ex is antiquair. Ze weet dus wel iets en ze heeft haar netwerk. Je vader heeft geld nodig. Dáár zou je je druk om moeten maken, niet om dat sneue glimmertje van mij.'

'Geld nodig?' herhaal ik niet-begrijpend.

'Krista!' zegt pap gekweld.

Krista draait zich woest om naar pap. 'Het is tijd dat ze het horen,' zegt ze. 'Vertel het haar, Tone.'

'Effie...' Pap wrijft in het nauw gedreven over zijn voorhoofd. 'Ik denk echt dat je het bij het verkeerde eind hebt.'

'Hoe bedoel je, geld nodig?' Ik kijk hem strak aan.

'Dat is overdreven,' zegt pap, en zijn handen omklemmen zijn bureau. 'Maar... ik heb financiële problemen. En die hebben me een tijdje in beslag genomen.'

'Waarom heb je dat niet gezégd?' Ik kijk hem ontsteld aan.

'Ik wilde je niet ongerust maken, lieverd,' zegt pap, en Krista maakt haar ongenoegen luid kenbaar.

'God sta me bij! Jij altijd met je "de kinderen ongerust maken". Ze zijn volwassen! Laat ze maar ongerust zijn! Ze zouden ongerust moeten zijn! En als ik nog één woord over die rotkeuken hoor...'

Ze klinkt alsof ze op springen staat en ik draai me ziedend naar haar om. Waar haalt ze het lef vandaan om over de keuken te beginnen?

'Mimi's keuken was een kunstwerk.' Mijn stem beeft van woede. 'Het was een sprookjesachtige plek. Wij waren niet de enigen die er dol op waren. Iedereen in het dorp was er ook dol op. En als je dat niet begrijpt...'

'Het was een handicap!' kapt Krista me honend af. 'Alle makelaars zeiden hetzelfde. Geweldig huis. Nou ja... raar, lelijk huis.' Ze haalt haar schouders op. 'Maar verkoopbaar, nét. Als je maar iets aan die foeilelijke keuken doet. Fris hem op. Verf hem. Weg met die eekhoorns en ratten en zooi.'

Ik kijk haar aan, met mijn ogen knipperend van schok, sprakeloos. Eekhoorns en ratten en zooi?

'Er waren geen tekeningen van ratten,' zeg ik als ik mijn stem terug heb. 'Er waren geen ratten.'

'Ik vond het allemaal net ratten,' pareert Krista onaangedaan. 'Dus ik zeg: "Oké. Ik doe het zelf wel." Ik ben heel handig met een verfroller. Maar je vader begon te jammeren over Mimi en alle dierbare herinneringen en dat de kinderen hem zouden vermoorden, dus zei ik: "Geef mij de schuld maar. Zeg maar dat het mijn idee was. Het boeit me niet wat je kinderen van me vinden." Dan kom jij langs, de keuken ziet er piekfijn uit en zal ik jou eens wat zeggen? Er zijn al veel meer bezichtigingen geweest. Maar krijg ik een bedankje? Nee, natuurlijk niet. Ik wist wel dat je zou flippen,' voegt ze eraan toe, en ze laat haar blik over me heen glijden. 'Ik zei al: "Effie zal hysterisch worden." En ja, hoor. We konden erop wachten.'

Mijn gezicht gloeit. Het is nooit in me opgekomen... Ik wist het niet.

'Waarom heb je dat niet gezégd, pap?' Ik draai me overstuur naar hem om. 'Je had het moeten zéggen. Je had kunnen uitleggen wat de makelaars hadden gezegd, het met ons kunnen bespreken. We hadden het wel begrepen...'

'Denk je dat je vader nog niet genoeg voor zijn kiezen heeft?' Krista kijkt me kwaad aan. 'Hij stond stijf van de stress. Denk je dat hij tijd had om jullie op te bellen om kastjes te bespreken? Ik zei tegen hem: "Niet met de kinderen overleggen, Tone. We doen het gewoon. Klus geklaard, einde verhaal."'

'Stress, hoezo?' zeg ik niet-begrijpend, en Krista springt uit haar vel.

'Wat denk je zelf? Dat had ik al gezegd! Géld. Er is geen goud in dit huis, zoals ik al zei.'

'Maar ik begrijp het niet,' zeg ik. Het voelt alsof ik gek begin te worden. 'Tijdens het eten zei je dat het een fantastisch jaar was geweest voor paps investeringen! Je zei dat hij zwom in het geld!' Het dringt met een schok tot me door dat ik mezelf heb verraden. 'Ik had me onder de wandtafel verstopt,' voeg ik er opgelaten aan toe. 'Eigenlijk... ben ik de hele tijd bij het feest geweest.'

'Wát?' Pap kijkt me met grote ogen aan en maakt dan een snuivend geluid dat een lach zou kunnen zijn. 'O, Effie toch.'

'Zat je onder de wandtafel?' zegt Krista vinnig.

'Voor het eten al,' zeg ik. 'Toen jij bezig was met... de tafelschikking.'

En het schikken van je ondergoed, sein ik haar geluidloos. Ik zie aan Krista's ogen dat ze het heeft opgevangen.

'Ik had kunnen weten dat je jezelf naar binnen zou smokkelen,' zegt ze kil. 'Ik zou die uitsmijter voor de rechter moeten slepen. Hij moest ongewenste gasten buiten houden.'

'Nou, mij kon hij niet buiten houden. En ik hoorde je tijdens het diner zeggen dat pap zo'n fantastisch jaar had gehad. Dat hij een fortuin had verdiend. Ja toch, pap?' zeg ik smekend.

'Krista probeert mijn ego op te vijzelen,' zegt pap met een grimas. 'Ze bedoelt het goed, maar...'

'Het gaat toch niemand iets aan?' zegt Krista opstandig. 'Hou de schijn op, zeg ik. Strooi de mensen wat feestzand in de ogen. Waarom zouden we de mensen niet laten denken dat het uitstekend gaat met je vader? Beter dan de waarheid vertellen en de avond voor iedereen bederven.'

'Dus... wat is de waarheid?' zeg ik, van de een naar de ander kijkend.

'Het is lastig, al sinds de scheiding,' zegt pap langzaam. 'En Krista... Krista probeert te helpen.'

'Al word ik er niet voor bedankt.' Krista slaat haar armen over elkaar. 'Stank voor dank krijg ik, verdomme.'

Het duizelt me. Ik blijf heen en weer kijken, van Krista – krachtig, kleurrijk, stekelig van verontwaardiging – naar pap, die een beetje flets en futloos bij haar afsteekt.

Heb ik Krista verkeerd ingeschat? Hebben we Krista allemaal verkeerd ingeschat? Maar nee. Néé. Mijn geest komt in opstand. Ze had me niet voor het feest uitgenodigd, weet je nog? Ze gooide haar drankje over me heen, weet je nog?

'Effie,' zegt pap ernstig. 'Weigerde je echt naar het feest te komen, alleen maar omdat je mijn partnerkeuze niet goedkeurt?'

'Nee!' zeg ik gekwetst. 'Nee, natuurlijk niet! Oké, Krista en ik kunnen niet zo goed met elkaar opschieten, maar dat is voor mij geen reden om niet naar een feestje te komen. Het lag aan de uitnodiging. De anti-uitnodiging.'

Pap zucht. 'Snoes, Krista heeft uitgelegd dat het een vergissing was. Iedereen kan zich vergissen...'

'Het wás geen vergissing,' zeg ik, weer net zo gekwetst als toen. 'Het was opzet. En... ik dacht dat jij er ook zo over dacht,' voeg ik er met een klein stemmetje aan toe. 'Ik dacht dat je me er niet bij wilde hebben.'

'Wát?' zegt pap geschokt. 'Hoe kun je zoiets denken?'

Ik kijk hem aan, bijna knappend van frustratie.

'Kom op, pap. Je negeerde me al weken. De dag na de keukenruzie heb ik die voicemail bij je ingesproken, maar je hebt niet eens teruggebeld. Vervolgens stuurde je me die akelige e-mail over het doorsturen van de post. Ik had iets van: oké. Helder. Pap wil niet met me praten. Ook goed. Dan praten we niet.'

'Maar ik heb gevraagd of je met me wilde lunchen!' zegt pap met een rimpel van ontsteltenis in zijn voorhoofd. 'Ik heb je voor een lunch uitgenodigd, Effie. Je hebt niet gereageerd.' '

'Hè?' Ik gaap hem aan.

'Ik stelde voor om te gaan lunchen. Toen ik je die mand stuurde. En ik heb nooit een voicemail van je gekregen.'

Ik kijk hem ontzet aan. Denkt hij soms dat ik lieg?

'Ik heb meteen de volgende dag die voicemail ingesproken,' zeg ik hijgend. 'Meteen de volgende dag. En waar heb je het over, "die mand"? Ik weet niets van een mand.'

'Een mand met lekkers. Van Fortnum's.' Pap lijkt er niets meer van te begrijpen. 'Een klein zoenoffer. Effie, je móét hem hebben gekregen.'

'Pap, als ik een mand van Fortnum's had gekregen, had ik dat wel geweten, denk ik,' zeg ik beverig. 'Dat had ik wel gemerkt, denk ik.'

'Maar we hebben hem gestuurd! Nou ja, dat heeft Krista gedaan,' verbetert hij zichzelf. 'Ik had het erg druk en zij stond erop dat zij hem zou bestellen, om mij tijd te besparen.' Hij wendt zich tot Krista, en bij het zien van haar opstandige, afwerende gezichtsuitdrukking slaat zijn ongeloof om in afgrijzen. 'Krista?' zegt hij onheilspellend zacht.

'Ik ben het vergeten, oké?' zegt Krista. 'Ik had van alles aan mijn hoofd! Trouwens, een mand van Fortnum's, Tone? Wat een onzin! Je kunt je geen mand van Fortnum's veroorloven!'

Is ze het vergeten? Of had ze er gewoon geen zin in?

'En mijn voicemail?' zeg ik met een plots fel wantrouwen, en Krista haalt haar schouders op.

'Je vader krijgt zoveel voicemails.'

'Handel jij die af?' Ik kijk haar recht aan en ze steekt haar kin naar voren.

'Ik neem hem in bescherming. Ik assisteer hem. Het is mijn taak om de flauwekul eruit te ziften.'

Ik ben sprakeloos. Flauwekul?

'Je geeft helemaal niets door, hè?' Nu is het me duidelijk. 'Wat, wís je zijn voicemails? Scherm je pap opzettelijk voor ons af? Bean en Gus hebben er ook last van,' voeg ik eraan toe, en ik kijk weer naar pap. 'Niemand kan je bereiken, pap. Iedereen probeert het, iedereen wil met je praten, maar het is onmogelijk.'

'Krista?' Pap keert haar zijn gezicht toe en ik zie een ader op zijn voorhoofd kloppen. 'Krista, waar ben je mee bezig?'

'Je zei dat ik op mijn eigen oordeel moest afgaan,' zegt Krista, die zich nergens voor lijkt te schamen. 'Nou, mijn oordeel is dat je veel te veel voor die kinderen doet. Tjeezus! Het zijn geen kinderen, het zijn volwássenen. Zo zouden ze zich ook eens moeten gaan gedragen, het hele stel.'

Ik werp een blik op pap en word een beetje nerveus, want hij is bleek en hij beeft.

'Misschien wel,' zegt hij, alsof hij zijn stem maar moeilijk in bedwang kan houden, 'maar die beslissing is aan mij. Hoe ik met mijn kinderen omga is míjn keus.' Hij kijkt een paar seconden zwijgend naar Krista en voegt er dan aan toe, bijna tegen zichzelf: 'Ik wist dat we niet dezelfde prioriteiten hadden, maar...' Hij breekt zijn zin af en haalt diep adem. 'Effie, wil je me alsjeblieft even alleen laten met Krista?'

Mijn hart slaat een slag over. O mijn god...

'Eh, natuurlijk,' mompel ik.

Met bonzend hart stap ik achteruit over de drempel. Ik sluit de deur achter me, zet een paar stappen de hal in... en blijf staan. Ik hoor hun stemmen uit de werkkamer komen. Harde, boze stemmen.

Daar sta ik dan, nog een beetje verdoofd, de verre eb en vloed van het verhitte gesprek te volgen en me wanhopig af te vragen wat er wordt gezegd en of ik niet tactvol weg moet gaan, maar op de een of andere manier kan ik het niet. Ik kan geen stap verzetten. Wat gebéúrt er?

Dan zwaait de deur plotseling open en stormt Krista de kamer uit, briesend en met ogen die vonken schieten.

Shit. Ik had me uit de voeten moeten maken toen het nog kon. Ze loopt recht op me af, met op elkaar geklemde kaken, en ik word overmand door angst. Ze schudt haar blonde haar over haar schouder en neemt me minachtend op.

'Nou, je hebt gewonnen, juffertje Effie. Je vader en ik... We zijn uit elkaar.'

'Het gaat niet om winnen,' zeg ik zwakjes.

'Het zal wel.'

Ze neemt me nog eens op en zoekt dan in haar tas naar haar sigaretten.

'Goudzoeker. Het gore lef. Ja, ik heb navraag gedaan naar je vader, maar zal ik jou eens zeggen waarom? Ik had médelijden met hem. Hij zag er verschrikkelijk uit. Ik wilde mezelf niet met een psychopaat opschepen, dus informeerde ik naar hem. Natuurlijk was het weer het oude liedje. Vrouw wordt op een ochtend wakker, wil scheiden, kleedt man financieel uit. Man gaat naar de kroeg, Krista raapt de scherven bij elkaar. Ik weet niet waarom ik het doe, ik moet een messiascomplex hebben.'

'Mimi heeft pap niet uitgekleed!' Ik kijk haar weifelend aan.

Krista haalt haar schouders op en steekt een sigaret in haar mond. 'Laten we dan zeggen dat ze er warmpjes bij zit.'

'Ze heeft een appartement in Hammersmith!' roep ik uit. 'Het is niet bepaald een villa.'

Krista neemt me even op en schiet dan in de lach.

'O, je hebt geen idee, hè?' Ze haalt een gouden aansteker tevoorschijn en probeert hem aan te knippen. 'Mimi heeft je vader wel meer afhandig gemaakt dan een appartement in Hammersmith. Je zou haar banksaldo moeten zien. Ik bedoel, leuk voor haar, maar voor je vader is het niet zo leuk. Ik heb veel over die lieve Mimi van jou gehoord,' vervolgt ze als ze haar sigaret eindelijk heeft aangestoken. 'Er wordt over haar gepraat. Ik weet dat ze een warm, lief mens is. Met haar snoezige tekeningetjes. Linnen jurken. Rieten manden. Dat werk.' Ze neemt een lange, diepe haal en vervolgt dan met de kille constatering: 'Maar als je het mij vraagt, kun je best warm en lief zijn, maar ook spijkerhard als je dat wilt.'

Mimi? Spijkerhard?

Ik kan het idee niet eens bevatten, maar misschien heb ik niet het hele plaatje gezien, geef ik schoorvoetend toe. Ik kon me ook niet voorstellen dat ze kattig deed tegen pap. Ik heb Mimi nooit zaken zien doen, en een echtscheidingsconvenant zal wel een zakelijke onderhandeling zijn.

'Bambi! Kom op! We gaan!' Krista draait zich al om, klaar om weg te lopen, als het opeens tot me doordringt: ze weet dingen van pap die verder niemand weet, en dit is mijn enige kans om ze te horen.

'Krista, wat is er nou echt gebeurd?' vraag ik snel. 'Met paps financiën?'

Krista keert zich om en even weet ik niet of ze wel antwoord wil geven, maar dan haalt ze haar schouders op.

'Hij begon steeds riskantere investeringen te doen, hè? Uiteindelijk zat hij de hele dag naar dat ellendige computerscherm te turen.' Ze blaast een rookwolk uit. 'Mijn vader was bookmaker. Ik ken die angst in de ogen van mensen. Daarom nam ik het heft in handen, begon ik zijn telefoontjes af te handelen om hem een beetje te helpen. Denk maar van me wat je wilt.' Krista vangt mijn blik door de rookslierten heen. 'Maar ik was Team Tony. Tja, je ziet wat ervan komt. Het is voorbij. Aardige vent, hoor, Tone. Ik mag hem wel. Maar zijn bagáge. God sta me bij!' Ze neemt me nog eens neerbuigend op en ik hap naar adem. Ik had mezelf nog nooit als bagage gezien. 'Dáár ben je, Bambi, schattebout,' vervolgt ze tegen Bambi, die naar haar toe komt dribbelen. 'Kom mee.'

'Wacht!' zeg ik. 'Eén ding nog. Geef je toe dat je je kir royal met opzet over mijn jurk hebt gegooid?'

'Het zou kunnen,' zegt ze zonder een greintje berouw. 'Schiet me maar lek. Je zei dat ik een goudzoeker was!'

'En je had me niet voor het feest uitgenodigd.' Het steekt weer. 'Ons laatste familiefeest op Greenoaks. Je hebt me opzettelijk overgeslagen en pap voorgelogen.'

Krista neemt nog een hijs en knijpt haar ogen tot spleetjes.

'Misschien had ik je wel een uitnodiging moeten sturen.' Ze haalt haar schouders op, als in een vluchtig moment van zelfreflectie. 'Maar ik ergerde me echt groen en geel aan je. Je maakte me kwaad. Meer kan ik er eigenlijk niet over zeggen. Ik kreeg het op mijn heupen van je.'

'Oké,' zeg ik, en opeens kan ik er wel om lachen. 'Nou, bedankt voor je eerlijkheid.'

'Misschien omdat ik kan zien dat je lef hebt,' vervolgt ze peinzend. 'Meer dan je zus, de ziel. Jullie zijn echt heel verschillend. Jij bent het waard om ruzie mee te maken.'

'O,' zeg ik. Ik weet niet of ik het als een compliment moet opvatten. 'Eh... dank je?'

'Graag gedaan,' zegt Krista.

Ik kijk gefascineerd naar haar onberispelijke, zwaar opgemaakte gezicht. Een bizar gevoel bekruipt me: spijt omdat ik Krista niet beter heb leren kennen. Dit is de vrouw met wie ik een vete had. Die zonder met haar ogen te knipperen mijn relatie met pap heeft verwoest. Ze heeft zoveel schade in onze familie aangericht dat het bijna niet meer goed kon komen, maar ik zie nu ook wel in dat ze paps leven leuk en spannend maakte en dat ze hem praktische hulp bood. Ze is dan misschien volslagen immoreel, ze is ook sterk, ze heeft pit en ze heeft meer inhoud dan ik besefte.

'Jij hebt van ons allemaal het meeste weg van een matroesjka,' zeg ik voordat ik me kan inhouden, en Krista zet prompt haar stekels op.

'Een matroesjka?' herhaalt ze verontwaardigd. 'Noem je mij een matroesjka? Ik ben niet Russisch en ik ben geen plastic popje. Dit is allemaal puur natuur!' Ze gebaart naar haar indrukwekkende

289

lijf. 'Afgezien van mijn tieten dan, maar het is niet meer dan beleefd om je tieten te laten doen. Het is een kwestie van manieren.'

Ze snuift gepikeerd en drukt haar sigaret uit in een sierschaal. 'Kom op, Bambi. We gaan pleite.'

'Eh… red je je wel?' zeg ik in een opwelling.

'Of ik me wel red?' Krista lacht honend en draait zich naar me om. 'Ik heb een bedrijf opgebouwd, ik heb de stekker uit de beademing van mijn moeder getrokken en ik heb een haai op zijn snuit gestompt. Ik denk dat ik dit ook wel aankan.'

Ze schudt haar haar over haar schouder en schrijdt de trap op, en ik kijk haar na, een beetje buiten adem. Dan hoor ik pap roepen: 'Effie? Effie, lieverd, ben je er nog?' en ik haast me naar de deur.

'Ja,' roep ik. 'Ik ben er nog. Ik ben er nog.'

Ik loop de werkkamer in en zie pap op een van de stoelen bij de haard zitten, met het schaakbord voor zich, en heel even lijkt het alsof we terug in de tijd zijn.

'Ik heb voor ons allebei ingeschonken,' zegt hij met een knikje naar de twee glazen whisky naast het schaakbord.

'Dank je,' zeg ik, en ik ga tegenover hem zitten. Pap heft zijn glas naar me. Ik glimlach aarzelend terug en we nemen allebei een slokje.

'O, Effie,' verzucht hij terwijl hij zijn glas neerzet. 'Het spijt me zo ontzettend.'

'Nou, mij ook. Het is…' Ik zoek naar woorden. 'Ik denk dat er een communicatiestoornis was.'

'Dat is diplomatiek uitgedrukt,' zegt pap droog. 'Ik kan nog steeds niet geloven dat Krista…' Hij breekt zijn zin af en doet zijn ogen dicht.

'Pap,' zeg ik. 'Laten we dit niet doen.'

Ik denk echt niet dat het pap en mij zal helpen als we Krista nu gaan bespreken. (Bovendien ga ik dat al met Bean doen, later.)

Pap doet zijn ogen weer open en neemt me ongelovig op.

'Ben je echt de hele tijd op het feest geweest?'

'De hele tijd.' Ik knik. 'Ik verstopte me her en der.'

'Maar waarom? Toch niet alleen om Krista te ontlopen?'

'Nee!' Ik lach tegen wil en dank. 'Ik zocht mijn matroesjka's. Je hebt ze toch niet toevallig ergens gezien?'

'Je matroesjka's?' Pap fronst peinzend zijn voorhoofd. 'Nou, ik heb ze wel gezien… maar ik zou niet weten waar.'

'Dat zei Bean ook.' Ik zucht. 'De verhuizers zullen ze wel vinden.'

'Ze kunnen niet echt weg zijn,' zegt pap geruststellend. Dan lacht hij opeens.

'Ongelooflijk dat je onder de wandtafel zat. Weet je nog die keer met Kerstmis dat je je daar had verstopt, toen je nog een klein meisje was?'

'Ja, daar moest ik ook aan denken.' Ik knik. 'Je kwam bij me zitten. En toen mocht ik de kerstpudding naar binnen dragen.'

'We hebben hier mooie tijden beleefd,' zegt pap, en als hij naar zijn glas reikt, zie ik een schaduw over zijn gezicht trekken. Nu ik hem van dichtbij zie, valt het me op dat hij meer rimpels heeft dan de vorige keer dat ik hem zag. Hij ziet er ouder uit. Zorgelijker. Absoluut niet als iemand die 'nooit gelukkiger' is geweest.

Wat is hij ook een artiest, die pap. Hij kan zijn gasten voor de gek houden en zelfs zijn eigen kinderen, maar het leven is zwaar, besef ik. Zwaarder dan hij wilde laten merken.

Opeens word ik overspoeld door schaamte. Heb ik pap ooit gevraagd hoe het met hem gaat? Heb ik hem ooit als mens gezien? Of zag ik hem alleen als mijn vader, een supermens die niet mocht scheiden, het huis niet mocht verkopen en in wezen nooit mocht falen, op wat voor manier dan ook?

'Pap, hadden we maar geweten dat je zo in de stress zat over geld,' zeg ik omzichtig.

'O, lieverd.' Hij zet onmiddellijk zijn niets-aan-de-hand-masker weer op. 'Zit daar maar niet over in.' Hij werpt me een zelfverzekerde Tony Talbot-glimlach toe en ik grijp naar mijn voorhoofd.

'Pap. Niet doen. Ik ben geen kind meer. Zég het. Als je me gewoon de waarheid had verteld, die keer toen ik Krista het bureau zag fotograferen, in plaats van mijn kop eraf te bijten...'

Ik haal het me voor de geest, maar ik zie het nu heel anders. Pap voelde zich aangevallen. Gegeneerd. Hij moest er niet aan denken de waarheid toe te geven – dat hij geldzorgen had – dus ging hij maar in de aanval.

Pap beantwoordt mijn blik een paar seconden. Dan verandert zijn gezichtsuitdrukking en hij wrijft over zijn wang.

'Je hebt gelijk, Effie. Ik heb me slecht gedragen die dag. Het spijt me. En het is waar, ik vergeet dat jullie volwassen zijn. Nou, vooruit dan maar.' Hij neemt een teug whisky en kijkt me recht aan. 'Het begon griezelig te worden. Helemaal mijn eigen schuld. Toen Mimi en ik uit elkaar gingen, was het duidelijk dat ons vermogen verdeeld zou worden en dat we Greenoaks zouden moeten verkopen.'

'Ik heb niet eens gedácht aan...' Ik zwijg even beschaamd. 'Financiële regelingen.'

'Nee, waarom zou je ook?' Opeens kijkt pap me indringend aan. 'Schat, als je maar weet dat er geen sprake was van bitterheid. Mimi heeft een eerlijke regeling gekregen. We waren allebei tevreden, maar... dingen werden er wel anders door. Vanzelfsprekend. In mijn financiële planning was geen rekening gehouden met een echtscheiding.'

Hij nipt weer van zijn whisky en ik vraag me af met wie hij hierover heeft kunnen praten.

'En hoe langer ik nadacht over het verkopen van Greenoaks... hoe meer ik ertegen op begon te zien.' Hij slaakt een diepe zucht en kijkt om zich heen. 'Op de een of andere manier voelt dit huis aan als meer dan een huis. Weet je wat ik bedoel?'

Ik knik zwijgend.

'Ik besloot dus te zien of ik een klapper kon maken om Greenoaks te houden. Dat was mijn gigantische, verschrikkelijke blunder.' Hij staart in zijn glas. 'Ik nam een paar grote investeringsrisico's. Ik overtrad al mijn eigen regels. Als ik mijn eigen cliënt was geweest…' Hij schudt zijn hoofd. 'Maar er was niemand om me tegen te houden. Het was ook zelfoverschatting,' geeft hij ruiterlijk toe. 'Ik dacht dat ik beter was in dit spelletje dan ik in feite ben.'

'En toen?' vraag ik angstig.

'O, toen ging het mis, natuurlijk. Het was tamelijk rampzalig.' Pap zegt het luchtig, maar zijn ogen staan ernstig. 'Een paar helse weken lang was ik bang dat we niet alleen zonder Greenoaks, maar helemaal zonder dak boven ons hoofd zouden eindigen. Toen droeg ik de teugels van het gezinsleven over aan Krista. Ik kon nergens anders meer aan denken dan aan mijn radeloze reddingsoperatie.' Hij zwijgt even, alsof hij het in gedachten nog eens doorneemt. 'Het probleem is dat ik de teugels niet meer terugnam. Het was wel makkelijk om Krista voor alles te laten zorgen. Ik vertrouwde haar.'

'Dus… gaat het nu weer goed?' Ik durf het amper te vragen.

'O, ik overleef het wel.' Hij ziet mijn gezicht, leunt naar voren en legt geruststellend een hand op mijn schouder. 'Ik red me wel, Effie. Echt. Misschien niet in zo'n voornaam huis als dit, maar het leven gaat door. Ik zal Greenoaks missen, maar het is niet anders.'

Hij schenkt zichzelf nog een whisky in en biedt me de karaf aan, maar ik schud mijn hoofd.

'Ik begrijp het wel, pap,' zeg ik. 'Ik begrijp wel dat je Greenoaks wilde houden.'

'Ik was zo trots toen we hier in trokken, weet je,' zegt pap weemoedig. 'Een jongen uit Layton-on-Sea, in dit huis. Ik weet nog dat mijn oude opa een keer op bezoek kwam. Herinner je je hem nog?'

'Eh... zo'n beetje,' zeg ik.

'Nou, hij kwam ons in Greenoaks opzoeken en ik herinner me zijn gezicht nog toen hij het zag. Ik weet nog dat hij zei: "Nou, jij hebt goed geboerd, hè, Tony?"' Paps gezicht klaart op bij de herinnering. Dan vervolgt hij weemoedig: 'Hij was natuurlijk een schurk, die opa van mij. Heb ik je verteld over die tijd toen hij en ik besloten samen in zaken te gaan? We beraamden allerlei plannetjes om snel rijk te worden. Er kwam natuurlijk niets van terecht.'

'Nee,' zeg ik met een lach. 'We moeten een keer gaan lunchen, dan kun je me er alles over vertellen.'

'Heel graag, schat van me. Dat lijkt me leuk.'

Ik zie ons al in een knusse pub zitten, misschien bij een branden haardvuur, terwijl pap me anekdotes uit zijn verleden vertelt. Bij die gedachte alleen al ga ik me warm en hoopvol voelen.

'Maar er zat meer achter,' vervolgt pap langzaam terwijl hij zijn glas in zijn vingers ronddraait. 'Het was niet alleen een status-symbool. We waren zo aan Greenoaks gehecht. Het stond zo centraal in ons gezinsleven. Ik maakte me zorgen om wat we zonder dat zouden zijn. Of we nog wel... het gevoel zouden hebben dat we een gezin waren.'

'O, zeker,' zeg ik met een overtuiging die mij ook verrast. 'We kunnen wel zonder Greenoaks, pap. We blijven bij elkaar komen, we blijven samen, we blijven een gezin. Het wordt alleen... anders.'

Waar haal ik de woorden vandaan? Ik weet het zelf niet, maar terwijl ik ze uitspreek, besef ik dat ik het vaste voornemen heb om ze waar te maken.

'Je bent heel wijs, Effie,' zegt pap, die lachrimpeltjes rond zijn ogen krijgt. 'Ik had je veel eerder om raad moeten vragen.'

Ja, vast, antwoord ik in stilte, maar ik ga dit moment niet bederven.

'Ik moet Bean spreken,' vervolgt hij, weer ernstig. 'Ik moet het goedmaken met haar.'

'Pap, je kúnt haar meubeltjes niet verkopen,' zeg ik. 'Je zou haar hart breken. Kunnen we die niet uit de koopovereenkomst schrappen?'

'O, Effie,' zegt hij hoofdschuddend. 'Het spijt me. De kopers zijn al zo lastig geweest, met al hun extra eisen hier en daar. Ik mag het risico niet nemen dat ik de hele verkoop saboteer.'

'Maar…'

'Effie, deze verkoop moet doorgaan.' Hij blaast uit en ik zie een baaierd aan zorgen achter die uitspraak. 'Ik zal het op een andere manier goed moeten maken met Bean.'

We zwijgen allebei even. Het heeft geen zin om er nu op door te gaan, denk ik opstandig, maar het deugt niet.

Een bundel zonlicht duikt op vanachter een wolk en verdwijnt weer, en ik kijk naar pap, die in zijn herinneringen lijkt op te gaan. In deze stilte voelt het alsof ik alles kan zeggen.

Met het gevoel dat ik op eieren loop, haal ik diep adem en zeg zacht: 'Ik kon heel lang niet geloven dat Mimi en jij uit elkaar waren. Ik trok het gewoon niet. Ik keek de hele tijd naar oude foto's van jullie samen. Deze bijvoorbeeld, weet je nog?'

In een opwelling pak ik mijn telefoon en zoek de foto op waarop ik op het hobbelpaard sta. Ik laat hem zien en we kijken er allebei naar. Pap. Mimi. Ik in mijn tutu met mijn slordige staartjes. Allemaal stralend.

'Je ziet er gelukkig uit,' zeg ik.

'We waren ook gelukkig,' zegt pap knikkend.

'Dat was echt.' Het dringt tot me door dat het een vraag is. 'Het was niet… Jullie deden niet gewoon… alsof?'

Een traan ontsnapt aan mijn oog en biggelt over mijn wang, en paps gezicht verandert.

'O, Effie,' zegt hij ontdaan. 'Lieve meid van me. Dacht je dat?' Ik kijk naar het scherm, met een kriebel in mijn neus. Ik weet wel dat ik hem tegen iedereen buiten heb horen zeggen dat het een gelukkige tijd was, maar als dat nu ook toneel was?

'Weet je... tot je ons vertelde dat jullie gingen scheiden, leek je gelukkig,' zeg ik terwijl ik strak naar de foto blijf kijken. 'Dus als ik nu terugkijk, helemaal terug naar toen ik klein was, en al die leuke, gelukkige herinneringen, denk ik: tja, wat was echt?'

'Effie, kijk me aan,' zegt pap, en hij wacht tot ik onwillig naar hem opkijk. 'Luister naar me, alsjeblieft. Mimi en ik zijn jouw hele kindertijd echt en oprecht gelukkig geweest. Tot lang nadat jullie allemaal het huis uit waren. En zelfs toen waren we niet óngelukkig. We... we pasten gewoon niet meer bij elkaar. Maar tot dat moment was ons geluk echt. Dat móét je van me aannemen.' Hij leunt met een ernstig gezicht naar voren. 'Niets was onecht. De liefde die Mimi en ik ons hele huwelijk voor elkaar voelden, was echt.' Hij zwijgt even alsof hij niet goed weet hoe hij verder moet gaan. 'Maar de problemen die we hadden, waren ook echt. En de toekomst, hoe die er ook uitziet, zal ook echt zijn. Een relatie is geen kiekje.' Hij knikt naar de telefoon. 'Het is een reis.'

'Denk je dat jullie ooit weer bij elkaar zouden kunnen komen?' vraag ik, want die vraag brandt al in mijn hoofd sinds de dag dat de bom barstte. Maar terwijl ik het zeg, weet ik het antwoord al. 'Laat maar,' zeg ik snel. 'Ik weet het wel.'

'O, Effie.' Pap kijkt me aan en ik zie dat zijn ogen ook een beetje vochtig zijn. 'Kom hier.' We knuffelen elkaar, ik met mijn telefoon nog in mijn hand, met zijn armen stevig om me heen. Wat heb ik mijn vader al een tijd niet meer geknuffeld. Ik was bang dat het nooit meer zou gebeuren.

'Eh… pardon?' We kijken allebei op en zien Edwin Fullerton bedremmeld om het hoekje van de deur gluren. 'Ik wilde dit… eh… moment niet verstoren,' zegt hij, en hij kijkt gegeneerd naar zijn schoenen. 'Maar ik had nog een paar vraagjes.'

'Nee toch,' pruttelt pap, maar ik maak me al van hem los.

'Geeft niet, pap, het is al goed. Jij moet dingen doen. En ik ook.'

19

Ik loop het huis uit en de warme zomerdag in, een beetje verdwaasd door alles. Het is goed, zeg ik tegen mezelf. Het is allemaal positief. Krista gaat weg. Ik praat met pap. Ik ben weer samen met Joe. Er zijn dingen opgehelderd.

Waarom voel ik me dan niet bevrijd? Ik voel me kriebelig, alsof ik iets moet dóén, maar ik weet niet goed wat.

Mijn matroesjka's zoeken, frist een stemmetje mijn geheugen op, en ik laat mijn adem ontsnappen. Ik weet dat ik daarvoor ben gekomen; ik weet dat dat mijn doel was. Maar het is niet mijn poppenfamilie die aan me knaagt. Het is mijn echte familie.

Ik loop om het huis heen de tuin in, zie dat het terras nog bezaaid ligt met bordscherven en kijk er verdrietig naar. Wordt dit echt onze laatste herinnering aan Greenoaks? Schreeuwen, huilen en kapotgegooid serviesgoed?

Op dat moment gonst mijn telefoon. Ik ontgrendel hem afwezig en zie dat ik een bericht van Bean heb.

Waar zit je?? Ze beginnen hier cocktails te serveren. Zal ik een mojito voor je bestellen?

Ik aarzel even en antwoord dan:

Kom je terug naar Greenoaks?

Haar antwoord volgt vrijwel meteen:

Terug?? Ben je gestoord?? Ik bestel een mojito voor je.

Ik kijk met een onbehaaglijk gevoel naar haar bericht en typ:

En het vogelbadje dan? Al die dingen die je wilde houden?
De aandenkens?

Haar antwoord komt weer vrijwel direct:

Kan me geen reet meer schelen. Hoef geen aandenkens.
Kom wat drinken.

Ik stuur haar een opgestoken duimpje om tijd te rekken, maar zo voel ik me niet. Dit is niet zoals het had moeten zijn.

In een opwelling bel ik Temi, want als iemand me wijze raad kan geven, is zij het wel.

'Effie!' begroet haar opgewekte stem me. 'Eindelijk! Heb je je poppetjes?'

'Nee,' beken ik. 'Ik heb er niet echt naar gezocht.'

'Heb je niet gezócht?'

'Ik ben wel begonnen met zoeken, maar ik werd steeds afgeleid. Door familiedingen.'

'Hm,' zegt Temi. 'Wat voor familiedingen?'

Ik laat me op mijn hurken zakken, plotseling een beetje overweldigd door alles.

'Temi, onze hele familie is versplinterd. Verbrijzeld.'

'Juist,' zegt ze na een korte stilte. 'Weet ik, schat. Dat zeg je al een tijdje.'

'Nee, het is nu anders. Erger. Bean is weggestormd tijdens de brunch. Ze zei dat onze familie stuk was en nooit meer gemaakt kon worden.'

'Zei Béán dat?' zegt Temi ongelovig.

'Ja. Het was verschrikkelijk. Ze begon met borden te smijten.'

'Met bórden?' Temi schiet in de lach. 'Sorry. Sorry. Ik weet dat je gestrest bent. Maar Bean? Met borden smijten?'

'Ze heeft Humph verwond. Hij moest naar de Spoedeisende Hulp.' Ik begin tegen wil en dank te giechelen. 'Hoewel, het goede nieuws is dat pap en Krista uit elkaar zijn.'

'Dat meen je niet!' hijgt Temi. 'Jullie hebben niet stilgezeten, hè? Als je weer een feest hebt, Effie, zorg dan dat ik ook mag komen, oké?'

'O god, Temi, je had erbij moeten zijn,' zeg ik spijtig. 'Ik weet zeker dat de helft van de mensen nog nooit van hun leven op Greenoaks was geweest. Jíj had erbij moeten zijn om afscheid te nemen. Dát had het feest moeten zijn dat we...'

Ik breek mijn zin af, want mijn brein draait opeens op volle toeren. Dat is het. Natuurlijk. Zó zit dat. Het zat van meet af aan niet goed met dat feest. Het was stom en nep en pretentieus en het was geen fatsoenlijk afscheid van Greenoaks.

Ik ga staan, opeens bruisend van energie, vol overtuiging, en ik weet precies wat me te doen staat.

'Temi, kun je de trein hierheen nemen?' vraag ik plompverloren.

'Wat?'

'Ik geef een feest. Afscheid van Greenoaks. Vanavond.'

'Nóg een feest?' zegt ze verbijsterd.

'Ja, maar dan anders. Niet zo chic. Het feest dat dit had moeten zijn. Een kampvuur op de berg... drankjes... Een Talbot-familiefeest.'

'Oké. Ik doe mee.' Ik hoor aan haar stem dat ze glimlacht. 'Ik neem de eerste de beste trein. Jullie gaan niet zonder mij een kampvuur stoken!'

Ik verbreek de verbinding, ook met een glimlach. Ik wil het feest geven dat we meteen hadden moeten hebben. Met de goede mensen. Niet Humph. Niet Lacey. Niet met tig onbekenden die alleen voor de drank komen.

Ik open voortvarend een nieuw document en stel een uitnodiging op:

Kom alsjeblieft bij me op de berg zitten om voor de laatste keer naar Greenoaks te kijken. 20.00 uur. Drinken. Hapjes. Kampvuur. Liefs, Effie. Je hoeft niet te zeggen of je komt. Ik zie je daar.

Ik kopieer de tekst, denk even na en creëer dan een nieuwe appgroep die bestaat uit pap, Bean, Gus, Joe, Temi en mezelf.

Ik doop de groep *Effies Zwanenzang*. Dan plak ik de tekst van de uitnodiging in mijn bericht. En dan, voordat ik me kan bedenken, verzend ik het.

20

De avondlucht is nog warm als Gus een volgende lading takken op het vuur legt, in zijn beproefde kampvuurstapelformatie.

'Waar wil je de plaids hebben?' vraagt pap hijgend als hij boven op de berg aankomt.

'Daar.' Ik wijs naar het gras achter Gus. 'Waar we altijd zitten.'

Het is de plek met de mooiste uitzichten. Aan één kant kijk je neer op het huis en de oprit, zodat je kunt zien wie eraan komt; als je je omdraait heb je een fantastisch uitzicht over de velden. Ik ging die vergezichten vanaf de berg pas echt waarderen toen ik volwassen was.

'Drank!' Ook Bean bereikt puffend de top van de berg, met haar armen vol flessen wijn. 'God, wat heb ik een beroerde conditie.'

'Goed zo, Bean,' zegt pap, en ze werpt hem een behoedzaam glimlachje toe. We zijn allemaal nog een beetje gevoelig. Althans, Bean is nog een beetje gevoelig. Gus is nog dronken, al ontkent hij het. Joe hangt de diplomaat uit. En ik heb de leiding.

Ik vind het leuk om de leiding te hebben. Terwijl ik tegen Bean zeg waar ze de drank moet zetten, ben ik me bewust van dat gevoel. Ik moet iets te doen zoeken waarbij ik de leiding krijg.

'Ik heb ze!' Temi bereikt het hoogste punt met de vaantjes, die ze van het gras heeft gehaald. 'Geen feest zonder vaantjes.'

Ik kijk langs haar heen naar het stille, nette gazon. Nu de

vaantjes weg zijn en we alle scherven hebben opgeruimd, zou je niet denken dat er een feest was geweest. Laat staan een familieschreeuwfeest. Dat feest is geweest. Dit is het échte feest.

Temi prikt een bamboestok in de grond, begint de vaantjes eraan vast te maken... en slaakt een gefrustreerde kreet als de stok omvalt.

'Ik help je wel,' zegt Gus, die al op weg is. 'Wat jij nodig hebt, is wat spierkracht.'

'Ik heb wel spierkracht!' zegt Temi verontwaardigd. 'Ik versla je zó met armpjedrukken, Gus.'

'Ballonnen!' Joe maakt zijn opwachting. Hij lijkt wel een clown met die bos heliumballonnen boven zijn hoofd. 'Uit de woonkamer. Wat dacht je van het zilveren bestek?' voegt hij er met een uitgestreken gezicht aan toe. 'Zal ik dat ook halen?'

'Ik denk dat we wel zonder kunnen,' zeg ik al net zo droog. Terwijl ik het zeg, loopt Bean langs, en ik leg een hand op haar arm, want ik wil iets tegen haar zeggen. 'Hoor eens, Bean,' fluister ik in haar oor. 'Ik vind dat we het nog eens met pap over je meubeltjes moeten hebben. Hem ompraten.'

'Nee,' fluistert ze terug.

'Maar ik weet zeker dat we hem kunnen overhalen...'

'Nee echt, ik ben eroverheen,' kapt ze me nogal fel af. 'Ik hoef ze niet meer. Het kan me niet schelen.'

Met een dubbel gevoel zie ik haar de berg weer af lopen. Ik denk dat het haar wel degelijk iets kan schelen, maar ik ga nu niet aandringen. Alles is zo al broos genoeg.

'Ik denk dat we het vuur nu wel kunnen aansteken,' zeg ik tegen Gus, die het efficiënt aanpakt. Vlak bij ons trekt pap de wijn open.

'O, Effie,' zegt hij. 'Het schiet me net te binnen dat ik je matroesjka's inderdaad heb gezien.'

'Hè?' Ik kijk als door een adder gebeten op.

'Ja, Krista had ze.'

Ik ben even met stomheid geslagen. Mijn gezicht is verstijfd. Krista had ze?

'Ze had het erkerbankje leeggehaald en vroeg me wat ze ermee moest doen. Ik heb gezegd dat ze ze moest bewaren, uiteraard,' voegt hij er gehaast aan toe als hij mijn verslagen gezicht ziet. 'Ze zei dat ze ze op een veilige plek zou opbergen. Ze zijn dus nog in het huis. Als we ze niet vinden, zal ik haar ernaar vragen.'

Ik heb zin om hysterisch te lachen. Krista? Een veilige plek?

Maar dit is de avond van het bruggen slaan, dus slik ik mijn ongenoegen op de een of andere manier in en zet een glimlach op.

'Dank je wel, pap,' zeg ik. 'We vinden ze vast wel.'

Bean komt terug met wat kussens en ik help haar ze op de grond te rangschikken. We zijn nu allemaal in onze comfortzone. We weten allemaal wat we moeten doen.

Binnen de kortste keren knettert het vuur en hebben we allemaal een glas in onze hand, en Joe is met een schaal worstjes boven op de berg aangekomen. Hij heeft zich de hele middag voorbeeldig gedragen. Eerst heeft hij aangeboden het eten in te slaan en daarna heeft hij Temi van een ver station opgehaald nadat haar trein door een storing stil kwam te staan.

'Ik weet dat kreeftravioli lekker kan zijn,' zegt Gus met een hongerige blik op de schaal, 'maar wórstjes...'

Terwijl hij het zegt, laait het vuur plotseling op, en we kijken allemaal hoe het vlamt en vonkt. Hoe vaak hebben we hier niet in de flakkerende vlammen zitten staren? Het voelt natuurlijk, samen rond het kampvuur zitten. Ongedwongen. Een gepast afscheid.

Misschien is onze familie veranderd. Misschien is het allemaal niet meer exact zoals het was, en misschien wordt het in de toekomst weer anders, maar wat er ook gebeurt, wij blijven bij elkaar.

'Nou, proost, Talbots,' zegt Temi, om zich heen kijkend. 'En bedankt dat ik erbij mag zijn.'

'Je bent van harte welkom,' zegt Bean vol genegenheid. 'Je bent hier zo ongeveer opgegroeid.'

'Mooie herinneringen.' Temi kijkt naar het huis, de tuin en de boomhut in de verte. 'Al die mooie herinneringen. Maar we gaan allemaal nieuwe maken.'

'Ja,' zegt Bean vastberaden. 'Dat is wel het plan.'

'Zeker weten.' Ik glimlach naar haar.

'Je kunt je niet aan dingen vastklampen, alleen maar vanwege de herinneringen,' vervolgt Temi peinzend. 'Anders zou niemand ooit verhuizen. Of emigreren.'

'Zo is dat.' Bean knikt. 'Of een waardeloos vriendje dumpen. Aan ieder waardeloos vriendje kleeft minimaal één goede herinnering, maar je moet hem toch laten gaan. Anders wordt het: "O, maar denk eens aan die keer toen we zo heerlijk door de herfstbladeren liepen."'

'Niall,' zeg ik prompt, en Bean knikt spijtig, want ze is veel te lang aan Niall, haar vriendje van de universiteit, blijven hangen, zoals we al vaak hebben geconstateerd.

'Ik weet nog hoe het was toen we uit ons huis in Frankrijk weggingen,' mijmert Temi hardop. 'Dat was moeilijk. Ik was er zo gelukkig. Het was zonnig… We woonden dicht bij het strand… Ik kon er op blote voeten rondlopen…' Ze schudt ongelovig haar hoofd. 'Opeens ben ik in Londen, ik spreek de taal niet, het regent altijd, de mensen lijken zo onvriendelijk… en ik had iets van: mijn leven is verwoest! Het is aan gort!' Ze glimlacht naar me. 'Maar weet je, uiteindelijk heeft het toch best goed uitgepakt.'

Ik voel iets naast me, kijk opzij en zie Joe naast me op de plaid zakken.

'Goed gedaan,' zegt hij zacht. 'Je hebt er een positieve draai aan gegeven.'

'Nou, dat weet ik niet, hoor,' zeg ik omzichtig.

'Jawel. Dit is geweldig.' Hij spreidt zijn armen. 'Het is perfect. Ook al hebben we geen kreeft en geen dj.'

'Wat?' roep ik quasiontzet uit. 'Zit je Krista's uitwijdingsfeestje te dissen?'

'Sommige mannen trouwen elke keer met dezelfde vrouw,' zegt Joe met een peinzende blik op pap. 'Je ontmoet hun tweede vrouw, en ze is een kopie van de eerste, alleen heet ze anders.' Hij zwijgt even. 'Dat heeft jouw vader écht niet gedaan, hè?'

'Nee.' Ik giechel onwillekeurig. 'Niet echt. Bedankt dat je alle boodschappen hebt gedaan, trouwens,' voeg ik eraan toe. 'En je hebt Temi ook nog eens afgehaald. Ik heb je nog bijna niet gezien vandaag.'

'Weet ik.' Joe knikt. 'Eigenlijk wilde ik je nog iets vragen. Is het nog wat geworden met je missie? En wat hield die eigenlijk in? Wil je het me nu vertellen?' vraagt hij met twinkelende ogen. 'Vertrouw je me nu?'

'Nou, vooruit dan maar,' zeg ik alsof ik een enorme concessie doe. 'Ik was hier gekomen voor mijn matroesjka's. Zo'n set beschilderde houten poppetjes die in elkaar passen. Ik had ze al sinds mensenheugenis. Ik wilde ze pakken en dan weer weggaan, maar toen...' Ik kijk om me heen. 'Toen werden andere dingen belangrijker, denk ik.'

'Ik herinner me je matroesjka's nog wel.' Joe kijkt me aan. 'Was je daarvoor teruggekomen?'

'Ze betekenen veel voor me en ik was bang dat ze zoek zouden raken, en dat is precies wat er gebeurd lijkt te zijn.' Ik slaak een diepe zucht. 'Pap zegt dat de laatste die ze had Krista was. Ze schijnt ze "op een veilige plek" te hebben opgeborgen, waarschijnlijk de afvalbak. Maar zeg nooit nooit. Ik geef het niet op.'

'Wil je zeggen dat je ze niet hebt gevonden?' vraagt hij met een vreemde gezichtsuitdrukking.

'Nóg niet. Ik weet dat het jou allemaal wel stom in de oren zal klinken...'

'Nee. Helemaal niet.' Hij stoot opeens een ongelovige lach uit. 'Dus daar heb je echt al die tijd naar gezocht?'

'Ja!' zeg ik, gepikeerd omdat hij het grappig lijkt te vinden. 'Waarom vraag je dat?'

'Omdat ik weet waar ze zijn.'

'Hè?' Ik gaap hem sprakeloos aan.

'Ze staan in de hal. Naast de voordeur, in de vensterbank.'

'In de hál?' Ik kan het niet bevatten. 'De hal? Dat kan niet.'

'Wacht maar.'

Voor ik nog iets kan zeggen, is hij opgestaan. Hij stuift de berg af en eenmaal op het gras zet hij het op een rennen. Ik kijk hem confuus na. Hoe kan Joe nou weten waar mijn matroesjka's zijn?

Dat kan hij niet. Hij vergist zich. Hij weet niet wat matroesjka's zijn. Of ze waren er wel, maar nu niet meer... Ik moet geen hoop koesteren. Ik wacht, ademloos van spanning, handenwringend, en ik durf bijna niet...

Maar dan, net als mijn hart bijna uit mijn borst dreunt, komt hij terug. Over het gazon, de berg weer op, met iets roods in zijn hand. Mijn poppetjes. Mijn póppetjes. Ik kijk ernaar en mijn ogen schieten vol.

'Kijk eens aan.' Joe reikt me de matroesjka's aan, en wanneer mijn vingers zich om de vertrouwde, gladde, dierbare vorm sluiten, laat ik mijn ingehouden adem ontsnappen.

'Dank je wel,' pers ik eruit. Het lijkt in de verste verte niet genoeg. 'Ontzettend bedankt. Ik was bang dat ik ze nooit meer zou zien.'

'Ik herinner me ze nog wel,' zegt hij terwijl hij zich weer naast me op de plaid laat zakken. 'Je hebt ze altijd al gehad.'

'Ja.'

'Ze zijn... leuk,' vervolgt hij, duidelijk zoekend naar iets om erover te zeggen. 'Ik denk dat ze nu wel bijna antiek zijn.'

'Misschien.' Ik knik.

Ik voel me een beetje gemangeld. Al dat zoeken, en ze stonden al die tijd in de hal. Krista had ze echt op een veilige plek gezet. Ik kan het bijna niet geloven.

Dan schiet mijn hoofd omhoog. 'Maar ik ben in de hal geweest!' zeg ik. 'Hoe kan ik ze over het hoofd hebben gezien?'

'Ze stonden half achter het gordijn,' zegt Joe. 'Ik zou ze zelf ook niet hebben opgemerkt als ik niet een tijdje bij de voordeur had rondgehangen. Deze staarde me de hele tijd aan.' Hij tikt tegen de grootste pop. 'Ze is een beetje eng. Vind ik,' voegt hij er snel aan toe als ik hem een boze blik toewerp.

Hoe is het mogelijk dat ik ze niet heb gezien, vraag ik me ongelovig af. Ik zal wel niet op mijn opmerkzaamst zijn geweest toen ik de hal in kwam en de jassenkast in dook, maar als ik heel even de tijd had genomen om om me heen te kijken...

Joe heeft duidelijk langs dezelfde lijnen gedacht.

'Als je in die rozenstruik gewoon had gezegd "Ik zoek mijn matroesjka's", dan had ik gezegd "Wacht, deze?" en dan had ik ze voor je gepakt.'

'Dan had ik ze aangenomen,' zeg ik bedachtzaam. 'En je bedankt. En dan was ik direct weer vertrokken. Dan had ik de eerste trein terug naar Londen genomen.'

Het is een schokkend besef. Als ik Joe over mijn matroesjka's had verteld, had ik hier nu niet met hem gezeten. Dan hadden we dat gesprek in de kelder niet gevoerd. En dat in de boomhut. En de rest. Ik huiver bij de gedachte aan wat ik dan had gemist.

'Dat was kantje boord,' zegt Joe met opgetrokken wenkbrauwen. 'Dan hadden we misschien nooit...'

'Nee. Ik weet het.' En opeens, terwijl ik opkijk naar de man die ik bijna kwijt was, ben ik doodsbang om nog een verkeerde afslag te nemen, weer een verkeerde wereld in. 'Joe, ik weet dat we…' Mijn gezicht gloeit en ik slik. 'Maar zijn we… Wil je… Waar staan we?'

O god, ik wauwel. Maar ik weet niet hoe hij over ons denkt, over dit. En ik besef opeens dat ik het nú moet weten. Het allerergste. Of het allerbeste. Wat wás dat, vanochtend? Twee oude geliefden die een laatste ontmoeting hebben, toedeloe, dank je wel? Of was het…?

Ik zie verrassing op Joe's gezicht… en dan, terwijl hij naar me kijkt, krijgt hij lachrimpeltjes rond zijn ogen.

'O, Effie,' zegt hij. 'Liefste van me. Moet je dat nog vragen?'

Bij het horen van dat 'liefste' krijg ik een brok in mijn keel, maar ik zet door. Ik mag me niet laten beïnvloeden door de tederheid op zijn gezicht.

'Ja.' Ik kijk hem vastbesloten aan. 'Als het leven me iets heeft geleerd, is het wel dat je nergens van uit mag gaan. Leg het vast. Helder het op. Want anders…' Ik zoek naar de juiste woorden en herinner me dan opeens gek genoeg die stomme yogasculptuur. 'Anders denk je misschien dat de montage wél bij de prijs is inbegrepen. Terwijl zij zeggen dat de montage níét bij de prijs is inbegrepen. En dat leidt tot… je weet wel. Ellende.'

'Ellende.' Joe zet grote ogen op.

'Ja.' Ik steek mijn kin naar voren. 'Ellende. Ik moet het dus vragen. En ik zou het fijn vinden als je, nou ja, eerlijk was.' Mijn stem beeft opeens verraderlijk. 'Wees eerlijk.'

Ik dwing mezelf mijn blik niet neer te slaan. Joe kijkt me ernstig aan en haalt dan ten slotte adem.

'De montage is bij de prijs inbegrepen,' zegt hij. 'Wat mij betreft. De montage is bij de prijs inbegrepen. Als je iets voor die optie voelt?'

Iets in mijn binnenste lijkt los te komen. Ik denk dat een spier die de afgelopen vier jaar afgrijselijk strak heeft gestaan, nu eindelijk ontspant.

'Super.' Ik wrijf over mijn neus in een poging mijn gevoelens te verbergen. 'Ja. Die optie lijkt me wel wat.'

'De optie die míj heel erg aanspreekt,' zegt hij langs zijn neus weg, 'is een leven met jou opbouwen. Een sterk, degelijk leven. Ik weet dat jij ook vrij goed bent in montage, misschien zelfs beter dan ik. Dus misschien kan het een... gezamenlijk project worden?'

'Ik ben een kei met een moersleutel.' Ik probeer te lachen, maar het lukt niet echt.

'Ik zou zover willen gaan...' Joe aarzelt en zijn blik wordt indringend. 'Ik zou zover willen gaan te beweren dat ik het leven dat ik wil niet zonder jou lijk te kunnen opbouwen. Niets past.'

'Het leven is listig,' zeg ik. 'Misschien had je eerst een boekenkast moeten proberen.'

Joe stoot een soort blaf van een lach uit en trekt me in zijn armen. Dan zoent hij me met een nieuwe, krachtige vastberadenheid.

'We zijn wij,' zegt hij zacht in mijn oor. 'We zijn weer wij.'

Ik knik blij tegen zijn borst, met een hand nog om mijn poppetjes geklemd en een arm om Joe heen. Ik laat ze allebei nooit meer los.

Het lijkt alsof er een paar uur verstrijken voordat we ons van elkaar losmaken. Terwijl Joe glimlachend toekijkt, haal ik mijn poppetjes uit elkaar, zodat ze allemaal hun afzonderlijke, vertrouwde zelf laten zien, bekijk ze en stel ze van groot naar klein op het gras op. Ze kijken me stralend aan met hun onbeweeglijke, blije gezichtjes, alsof ze nooit zoek zijn geweest. Nooit weg. Alsof er nooit iets aan de hand is geweest.

Ik pak het kleinste poppetje, kijk op naar Joe en draai het rond in mijn vingers.

'Er was altijd een Joe waar ik niet bij kon,' zeg ik. 'Verborgen onder alle lagen. Midden in je kern.'

'Ik weet het.' Joe zucht. 'Ik weet het. Ik klap dicht. Ik sluit me af voor de buitenwereld. Daar bewijs ik mezelf geen dienst mee.'

Ik kijk even naar mijn dierbare, vertrouwde kleinste poppetje en richt mijn blik dan weer op Joe.

'Laat me binnen, Joe,' zeg ik zacht. 'Laat me erin. Ik wil midden in je hart zitten.'

Joe knikt. Zijn ogen staan ernstig. 'Ik zal mijn best doen. Ik wil het zelf ook. En ik wil in jouw hart zitten.'

'Daar zit je al,' fluister ik terwijl ik met mijn vingers het plakgum van de bodem van het kleinste poppetje pulk. Ik trek het eraf en zie iets flonkeren in de uitholling in het hout. Een zilveren kettinkje. Het schitteren van de kleinste diamant van de wereld.

'Nee.' Joe trekt wit weg. 'Néé.'

'Het is altijd blijven branden,' zeg ik, en ik pak het piepkleine kaarsje. Joe kijkt er zwijgend naar, neemt het van me aan, werpt me een vragende blik toe en bevestigt het kettinkje dan om mijn nek. Het voelt warm, alsof ik het maar vijf minuten niet heb gedragen.

'Effie…' Joe's ogen staan opeens gekweld, maar ik schud mijn hoofd om hem het zwijgen op te leggen.

'Niet achteruit,' zeg ik. 'Vooruit. Alleen maar vooruit.'

'Je matroesjka's!' Bean ploft naast me neer en pakt een van de poppetjes. 'Je hebt ze gevonden!'

'Joe heeft ze gevonden,' leg ik uit. 'Hij wist de hele tijd al waar ze waren.'

'Maar natúúrlijk,' zegt Bean met een komisch oogrollen. 'Laat het maar aan Joe over. Je had het hem meteen moeten vragen.'

'Nee!' zeg ik met klem. 'Juist niet. Ik had het Joe níét meteen moeten vragen.' Net als ik wil uitleggen dat als ik dat had gedaan, we hier nu geen van allen zouden zitten, kijk ik over

Joe's schouder en zie pap. Hij is stilletjes van het gezelschap weggeschoven en zit nu alleen over de tuin van Greenoaks uit te kijken. Hij verroert zich niet en ik heb hem nog nooit zo triest zien kijken.

Ik geef Bean een porretje. Ze volgt mijn blik en slaat geschrokken een hand voor haar mond. Dan kijk ik naar Gus, die zijn gesprek met Temi afbreekt en samen met haar naar ons toe komt.

'Pap?' begin ik, zonder te weten wat ik wil zeggen. Hij draait zijn hoofd en bij het zien van zijn mismoedige gezicht voel ik een soort plons vanbinnen. 'We... we moeten muziek hebben!' zeg ik in het wilde weg. Ik klink maar een klein beetje gespannen. 'Kom op, zingen, allemaal!'

Ik haast me naar pap toe en trek hem overeind om hem aan te sporen. Dan pak ik een van zijn handen, kruislings, en begin onzeker te zingen: *'Should auld acquiantance be forgot...'*

Een paar seconden lang komt er niemand in beweging. Mijn aarzelende stem zweeft zielsalleen door de avondlucht en de angst slaat me om het hart. Gaat er niemand meezingen? Was dit een verschrikkelijk slecht idee?

Maar dan voegt paps stem zich opeens bij de mijne. Hij geeft een kneepje in mijn vingers en ik knijp terug. Bean haast zich naar ons toe, pakt paps andere hand en zingt vals mee met haar onvaste sopraanstem.

'Goed van je,' hoor ik plotsklaps in mijn oor, en Joe pakt mijn andere hand. 'Goed gedaan, Effie.'

Hij steekt zijn andere hand uit naar Temi, die al luidkeels meezingt, en Gus komt er ook bij, loeiend alsof hij bij een rugbywedstrijd is. Binnen de kortste keren hebben we een kring gevormd. We staan hand in hand, wij allemaal, en onze armen rijzen en dalen in een onhandig ritme. Onze gezichten worden beschenen door de flakkerende gloed van het vuur en we zingen, vals en door elkaar heen. We lachen verlegen als we onze tekst kwijt zijn, we stoten tegen elkaar aan en sjorren aan elkaars handen, maar we blijven in de maat, nét. We zijn nog samen, nét.

21

Rond middernacht is alle wijn op. En alle reservewijn. En de cider, de worstjes en de chocoladetaart zijn ook op. Pap is weggegaan, want hij was te oud om de nacht op de berg door te brengen, beweerde hij. Het vuur is uit en Bean, Gus, Joe, Temi en ik zijn in slaapzakken gekropen, met kussens en alle dekens die we konden vinden.

'Dit ligt echt helemaal niet lekker,' zegt Bean telkens klaaglijk. 'Hoe hebben we hier in vredesnaam zo vaak kunnen slapen?'

'We zullen wel dronken zijn geweest,' oppert Joe.

'We waren jong,' zegt Temi. 'Ik sliep overal op feestjes. Op de vloer, op een kleed, een keer in een badkuip...' Ze draait zich om en stompt tegen een kussen. 'Effie, heb je geen opblaasmatras die we kunnen gebruiken?'

'Of een echte matras,' zegt Gus. 'We kunnen er een halen.'

'Of een hemelbed,' repliceer ik. 'Kom op! Wat zijn jullie zwak allemaal. Het is onze laatste nacht op Greenoaks. We móéten op de grond slapen.'

Ik ga niet toegeven dat ik ook totaal niet lekker lig. Daar gaat het niet om. Waar het om gaat, is dat we hier allemaal zijn, net als vroeger. Ook al prikken er stenen in onze rug en is er geen spiegel voor Temi om haar vijf ziljoen onmisbare, essentiële serums op te brengen.

Ik val ten slotte in een onrustige slaap, waaruit ik een paar keer ontwaak om een deken over me heen te trekken of dichter tegen

Joe aan te kruipen. Op een gegeven moment lig ik naar de sterren te kijken, ontdek magische constellaties in het donker en luister naar Bean, die mompelt in haar slaap. Dan doezel ik weer weg. En zo ga ik de hele nacht door met waken, slapen en doezelen, tot het opeens zeven uur 's ochtends is, met een blauwe lucht, en iedereen nog in diepe rust is behalve ik, want ik ben klaarwakker. Dat heb ik weer.

Ik heb het ijskoud, wat zou kunnen komen doordat ik me op de een of andere manier uit mijn slaapzak heb gewurmd in mijn slaap. En ik heb overal pijn. Ik voel me als iemand van drieënnegentig, maar daar staat tegenover dat het een gloednieuwe dag is, met een schone, frisse lucht, en dat niets mijn gezicht van die lucht scheidt. Geen muren, geen ramen, niets. Ik haal diep adem en de voldoening die dat schenkt, verdringt het lichtelijk beurse gevoel in mijn schouders. Hier zijn we dan met zijn allen. Het is ons gelukt.

Ik steun op mijn ellebogen, kijk naar de vredige oprit en vraag me af of ik de fut heb om thee voor iedereen te zetten. Misschien kan ik Gus beter per ongeluk expres wakker maken en hem thee laten zetten. En dan, terwijl ik kijk, komt er een auto aan. Een Volvo die ik niet herken. Hij stopt, de motor slaat af en er gebeurt even niets. Dan gaat het portier aan de bestuurderskant open en stapt er een vrouw uit. Ze is zo te zien achter in de dertig en ze draagt een spijkerbroek, instappers en een gestreken gestreepte blouse. Haar schone blonde haar danst en ze ziet er best aanbiddelijk uit.

Ik kijk gefascineerd toe terwijl ze een paar passen in de richting van het huis zet en omhoogkijkt. Ze kijkt om de oprit heen, zet nog een stap naar voren en maakt dan opeens een kinderlijk huppeltje van blijdschap. Dan werpt ze een blik op de berg, ziet me kijken en slaat een hand voor haar mond.

Ze heeft zo'n open, vriendelijk gezicht dat ik zonder erbij na te denken overeind kom en naar haar toe loop.

'Hallo,' zegt ze vriendelijk als ik bijna bij haar ben. 'Neem me niet kwalijk dat ik al zo vroeg kom storen. Ik ben Libby van Beuren.'

'Van Beuren?' Het brengt me van mijn stuk.

Ze ziet er niet sinister uit. Ze lijkt totaal niet op mijn beeld van de Van Beurens. (Dat was, besef ik nu, een stel dreigend kijkende FBI-agenten in zwarte pakken.)

'De man bij het kantoor van de makelaar zei dat jullie het vast niet erg zouden vinden als ik even kwam kijken.' Libby van Beurens ogen sprankelen. 'Ik weet dat het huis pas woensdag van ons wordt, maar ik kwam toevallig langs en ik kon de verleiding niet weerstaan. Ben jij… een van de Talbots?'

'Ik ben Effie,' zeg ik, en ik steek mijn hand uit. 'We wilden net…' Ik gebaar naar de anderen, die een voor een wakker worden, hun ogen uitwrijven en naar ons kijken. 'We hadden een soort uitwijdingsfeest met een kampvuur. We hebben buiten geslapen.'

'Buiten!' herhaalt Libby van Beuren, en haar hele gezicht licht op. 'Met een kampvuur! Wat heerlijk! Alles aan deze plek is magisch. Mágisch. De boomhut. Het torentje. Ik heb zoveel plannen…' Ze breekt haar zin af bij het zien van een vrachtauto die langzaam de oprit in zwenkt. GARSETT VERHUIZINGEN, staat er op de zijkant. 'O! Daar zijn jullie verhuizers. Succes!' Ze trekt een komisch gezicht. 'Verhuizen is verschrikkelijk, hè? Mijn man is in de ontkenningsfase. Maar goed, ik moest gewoon even een kijkje komen nemen. Ik verheug me er zo op. Zijn jullie hier gelukkig geweest?'

'Ja,' zeg ik eenvoudigweg, en ik knik. 'We waren gelukkig hier.'

'Ik ben bij de eerste aanblik als een blok voor het huis gevallen. Het is zo bijzonder. Het glas in lood. En dat metselwerk.'

'Niet iedereen vindt het metselwerk mooi.' Ik voel me wel verplicht het op te merken, maar Libby van Beuren steekt haar kin omhoog.

'Boeit me niet wat iedereen vindt. Ik vind het prachtig. Het is anders! Het is uniek!'

'Zo heb ik er ook altijd over gedacht.' Ik glimlach naar haar, want ik voel meteen een klik. 'Het is een uniek huis. Je vergeet het niet snel.'

'Nee, daar kan ik me iets bij voorstellen.' Ik merk dat ze aan mijn lippen hangt. 'Zijn jullie een groot gezin?' Ze kijkt naar de anderen op de berg. 'Ben je hier opgegroeid? Was het een goede plek om kinderen groot te brengen?'

'Ja. Mijn ouders zijn… Ze zijn eigenlijk uit elkaar, maar het geeft niet. Het is goed zo. We hebben ons allemaal… Je weet wel. Aangepast.'

Een van de verhuizers heeft aan de deur gebeld en pap doet open, met een kop thee in zijn hand. Hij werpt een verbaasde blik op Libby van Beuren en mij en ik zwaai naar hem.

'Nou, ik zal jullie niet langer ophouden,' zegt Libby van Beuren, 'maar het was heel leuk om je even te spreken…'

'Wacht,' zeg ik, want ik ruik mijn kans. 'Even snel. Ik weet dat jullie het Pieter Konijn-ameublement uit een van de slaapkamers hebben overgenomen, maar dat heeft mijn vader eigenlijk verkocht zonder… Hij had niet door…' Ik zwijg even om mijn woorden te kiezen. 'Het is van mijn zus. En ze is er dol op. En ze was erg van streek. Dus, kan ik het terugkopen?'

'O, hemeltje!' Libby van Beuren slaat ontzet een hand voor haar mond. 'Natuurlijk. Natuurlijk! En zit maar niet in over dat terugkopen. Zo is mijn man gewoon. Hij wil altijd goede deals maken, Dan. Hij wilde van alles bij de koop in hebben, gewoon uit principe. Snap je? Ik bedoel, we vinden het erg mooie meubeltjes, maar als je zus er echt aan gehecht is…'

'Dank je wel. Dat is ze. Dank je.'

'Ik regel het wel met Dan, geen zorgen.' Ze vervolgt op vertrouwelijke toon: 'Eerlijk gezegd merkt hij het toch niet.'

Er komt nog een vrachtwagen de oprit op en ze trekt een spijtig gezicht.

'Ik sta in de weg. Neem me niet kwalijk. Ik ga al.'

'Nee!' zeg ik prompt. 'Blijf, alsjeblieft. Neem je tijd.'

'Tja, als je het zeker weet...' Ze werpt een blik op haar auto. 'Zou ik de kinderen even snel rond mogen laten kijken?'

'Kinderen?' zeg ik verbaasd. 'Natuurlijk!'

'Ik moet ze bij hun dagkamp afzetten, maar ik zou het zo leuk vinden om ze een voorproefje...'

Ik zie dat ze naar de auto loopt, het achterportier openmaakt, een beetje in het interieur rommelt en twee meisjes helpt uitstappen. Ze dragen allebei een spijkerbroek en sneakers en hun glanzende haar wordt met klemmetjes uit hun gezicht gehouden. Het ene meisje houdt een oud knuffelkonijn vast en het andere zuigt op haar duim.

Ze zetten een paar stappen naar voren, hand in hand, en kijken met grote ogen op naar het huis.

'Dit is ons nieuwe huis!' zegt Libby van Beuren bemoedigend. 'Hier gaan we wonen, lieverds!'

'Het is eng,' zegt een van de meisjes. Ze draait zich om en aan haar gezicht te zien moet ze bijna huilen. 'Ik vind oma's huis mooi.'

'Het huis van mijn moeder,' legt Libby aan mij uit. 'Daar logeren we tijdelijk. Hé, maar we gaan dit huis ook mooi vinden!' zegt ze geruststellend tegen haar dochter. 'Als we eraan gewend zijn. Dit is Effie!' Ze gebaart naar mij. 'Die woonde hier toen zij nog een klein meisje was. Effie, dit zijn Laura en Eleanor.'

Ik zak door mijn knieën om op ooghoogte met de meisjes te komen en kijk in hun serieuze, wantrouwige gezichten.

'Jullie gaan het hier heel fijn vinden,' zeg ik ernstig. 'Er zijn allerlei zolders om in te klimmen. En er is veel gras om op te spelen. En er is een boomhut. En kijk, je kunt over die tegels hinkelen,' zeg ik, want opeens herinner ik me een spelletje dat ik vroeger met Bean deed.

Ik laat de meisjes de oude stapstenen zien die van het gazon naar de berg leiden, en al snel hinkelen ze achter me aan en springen van steen naar steen, net zoals Bean en ik vroeger deden.

'Dank je wel,' zegt Libby van Beuren opgelucht terwijl we allebei naar de meisjes kijken. 'Verhuizen is altijd moeilijk. Een nieuw huis, nieuwe school... Heb jij op de dorpsschool gezeten?'

'Ja,' zeg ik knikkend. 'En de directrice van toen is er nog steeds. Ze is fantastisch.'

'O, fijn.' Libby van Beuren slaakt een zucht van verlichting. 'Voor jullie zal het ook wel moeilijk zijn,' voegt ze eraan toe, alsof het nu pas in haar opkomt. 'Hier weggaan, na al die jaren.'

'Het komt wel goed,' zeg ik na een korte stilte. 'We redden ons wel.'

'Nou, ik hoop dat we het eer zullen aandoen,' zegt ze. 'Het voelt als een hele verantwoordelijkheid, begrijp je? Zo'n huis als dit op je nemen.'

'Dat komt ook vast wel goed.' Ik kijk in haar enthousiaste, nerveuze ogen en voel iets in me ontspannen. Ik weet dat ze het heerlijk zal vinden op Greenoaks en er goed voor zal zorgen. 'Veel plezier. Blijf zo lang als je wilt, trouwens.' Ik gebaar naar de meisjes. 'Laat ze maar even wennen. Leuk je gezien te hebben. En succes!'

'Jij ook! O, en je mag terugkomen wanneer je maar wilt,' voegt ze er geestdriftig aan toe. 'Wanneer je maar wilt. We zouden het enig vinden als je op bezoek kwam.'

'Dank je wel,' zeg ik na een korte aarzeling. 'Wie weet.'

Ik klim de berg weer op, waar Gus nog ligt te slapen, Bean rechtop in haar slaapzak zit, Temi het druk heeft met haar telefoon en Joe vol verwachting naar me uitkijkt, met piekhaar.

'Wie was dat?'

'De nieuwe eigenaar van Greenoaks.'

'Aha.' Joe neemt me onderzoekend op. 'Gaat het?'

'Prima,' zeg ik bruusk. 'Het gaat allemaal goed.'

'Ik moet terug naar Londen,' zegt Temi gapend. 'Het is máándag.'

'Ik ook,' zeg ik. Het schiet me opeens te binnen. 'Ik heb nog een cateringklus vandaag.'

'Ik zat te denken om de trein van tien voor halfnegen te nemen.' Gus tuurt lodderig naar zijn horloge. 'Hebben we dan nog tijd voor eieren met spek?'

'O, moet je die twee zien,' zegt Temi. Haar gezicht wordt zacht en als ik haar blik volg, zie ik de twee meisjes, die tikkertje doen, om de rozenstruiken rennen.

'Ik denk dat ze het hier wel leuk zullen vinden,' zeg ik. 'Ik hoop het maar.'

Alles in mij is anders geworden. Sterker. Ik kan niet alleen loslaten, ik doe het met plezier. Ik ben op de toekomst gefocust. En net als ik Bean wil vragen of ik haar donkerblauwe blazer mag lenen voor thuis, zie ik een man naar de berg lopen. Hij ziet er niet uit als een verhuizer, en ook niet als een Van Beuren. Hij heeft een vriendelijk gezicht en dik krullend haar, en als hij dichterbij komt, voel ik een zakker in mijn maag, want nu herken ik hem opeens. O god, o god...

'Ik ben Adam,' zegt hij terwijl hij de berg op loopt op zijn stevige schoenen. Zijn stem klinkt omzichtig maar gedecideerd, en hij kijkt van Temi naar mij. 'Adam Solomon. Ik zoek Bean?'

'Hier ben ik,' zegt Bean met een klein, angstig stemmetje. 'Adam, ik ben hier. Hoi.' Ze zat half achter Gus verstopt, maar nu komt ze tevoorschijn, en ik zie de spanning op haar gezicht toenemen.

'Hoi,' zegt Adam.

'Hoi,' zegt ze nog eens.

Naast me kijkt Joe strak toe. Temi heeft ogen als schoteltjes gekregen en ik zie dat Gus gaat verzitten om het beter te kunnen zien.

'Ik wilde...' Adam slikt. De bries woelt zacht door zijn haar. 'Heb je zin om... samen te ontbijten?'

'Oké,' zegt Bean argwanend.

'En... te lunchen?'

'Oké,' zegt Bean weer.

'En te dineren? En dan weer te ontbijten? En misschien...' Hij aarzelt. 'Misschien kunnen we altijd samen eten?'

Als het tot Bean doordringt wat hij bedoelt, golft er iets over haar gezicht. Het is alsof de zon doorbreekt. En het dringt nu pas tot me door dat haar nacht heel lang moet hebben geduurd.

'Ja,' zegt ze beverig, en haar mondhoeken krullen op in een blije glimlach. 'Ja, dat lijkt me leuk.'

'Mooi,' zegt Adam met een zucht. 'Dat is... fijn.' Hij reikt naar haar in een intuïtieve, liefdevolle beweging, maar lijkt zich dan bewust te worden van zijn kleine maar aandachtige publiek, want hij pakt alleen Beans handen en blijft ze vasthouden, stevig.

Ik adem uit, met prikkende ogen. Te oordelen naar de manier waarop hij naar haar kijkt, standvastig, beschermend, zou hij weleens kunnen slagen voor de Geschikt voor mijn Zus-test.

'Laat me... Ik ga koffiezetten en dan kun je fatsoenlijk kennismaken met iedereen,' verbreekt Bean de ban uiteindelijk, een beetje blozend, en dat lijkt voor iedereen het sein te zijn om in beweging te komen.

'Ik moet douchen,' zegt Temi.

'We móéten spek hebben,' zegt Gus. 'Zal ik broodjes gebakken spek maken?'

'Ik help wel,' biedt Joe aan, en hij legt licht een hand op mijn schouder. 'Kom je ook?'

'Ik kom zo,' zeg ik, en hij knikt.

Ik ga op het gras zitten en kijk naar Bean en Adam, die de berg af lopen. Adam houdt haar ene hand nog steeds stevig vast. Ze worden gevolgd door een soort optocht van Joe, Gus en Temi, die hun slaapzakken en dekens achter zich aan slepen. Hun haar zit in de war en hun kleren zijn verfomfaaid. Net als vroeger.

Ze sjokken allemaal over de oprit en verdwijnen door de voordeur het huis in. Dan is het heel even volmaakt stil. Er zijn geen verhuizers op de oprit. Libby van Beuren is uit het zicht verdwenen en ik zie de twee kinderen nergens. Ik ben alleen met Greenoaks.

In een opwelling reik ik naar mijn matroesjka's, zet ze op een rijtje op het gras en maak er een foto van, met Greenoaks op de achtergrond. De vijf vertrouwde gezichtjes kijken me strak aan, met een starre glimlach. Altijd verbonden, altijd familie, altijd een deel van elkaar, ook als je ze uit elkaar haalt.

Ik maak nog een paar foto's, stoei wat met filters en berg dan mijn telefoon op. Ik sla mijn armen om mijn knieën, zucht en laat mijn blik voor het laatst over het torentje, het glas in lood en het zonderlinge metselwerk glijden. Lief Greenoaks. Lief, lelijk oud huis.

Ik denk niet dat ik terugkom, valt me in. Ik ga niet terug. Het is niet nodig.

Epiloog

Een jaar later

Ik heb me vast voorgenomen dat Skye ons bruidsmeisje moet worden. Ze is heel voorlijk en ik weet zeker dat ze binnen de kortste keren kan lopen.

'Ik heb over een baby gelezen die met acht maanden al kon lopen,' zeg ik achteloos tegen Bean. 'En eentje zelfs met zeven maanden. Het was op YouTube. Het komt voor.'

'Ik ga haar niet pushen om te leren lopen, alleen maar omdat ze dan mee kan waggelen op jullie bruiloft.' Bean werpt me een dreigende tijgermoederblik toe. 'Dus haal je maar niets in je hoofd.'

We kijken allebei naar Skye, die stralend naar ons lacht op die zonnige, aanbiddelijke manier van haar. Ze ligt op haar schapenvachtje in haar Pieter Konijn-kinderkamer en lijkt helemaal op te gaan in haar eigen handjes. Ik moet toegeven dat ik ze ook fascinerend vind. Eigenlijk vind ik alles aan haar fascinerend, en ik breng het grootste deel van mijn vrije tijd hier bij Bean en Adam door om ze zo veel mogelijk te helpen.

'Wat dacht je dan van kruipen?' stel ik voor. 'Zou ze een kruipend bruidsmeisje kunnen zijn?'

'Een kruipend bruidsmeisje?'

'Ze zou haar eigen witte sluiertje kunnen krijgen.'

'Dan zou ze op een rups lijken,' zegt Bean vertederd. 'Of een wit slakje dat naar het altaar schuift.'

'Nee, echt niet!' zeg ik. 'Nee hè, Skye?' Ik druk mijn neus in Skyes buikje om haar kostelijke geborrel te horen. De nazomerzon valt door de vitrage en beneden hoor ik een kurk knallen, wat betekent dat er Aperol Spritz onderweg is. Het voelt feestelijk. Elke familiebijeenkomst voelt tegenwoordig als een feestje. Eerst Beans verloving en bruiloft, toen de komst van Skye, daarna Joe en ik... Ik draai mijn verlovingsring, die nog steeds onwennig aanvoelt, om mijn vinger rond.

'Leuk konijn,' zeg ik bij het zien van een nieuw, gehaakt blauw konijntje op de schommelstoel, en Beans gezicht licht op.

'Dat heeft Mimi gemaakt.'

'Maar natuurlijk.'

Mimi is een geboren grootmoeder. Vanaf het moment dat Bean uit het ziekenhuis kwam, is ze hier bijna elke dag om wasjes te draaien of een blokje om te lopen met Skye. Ze heeft zelf nooit kinderen gekregen of voor een baby gezorgd, zoals ze vaak genoeg heeft opgemerkt, waardoor het voor haar ook een nieuw avontuur is. Voor ons allemaal.

Ik voel me anders in de familie, tegenwoordig. Gelijkwaardiger aan mijn broer en zus. Toen Adam weg moest voor zijn werk en niet mee kon naar een van Beans echo's, ben ik met haar mee-gegaan en heb ik haar hand vastgehouden. En ik stuur haar nog steeds vitaminen. Het is een terugkerende grap geworden.

Bean wil nog steeds te veel doen. Ze kan het niet helpen, maar Gus en ik proberen haar nu voor te zijn. Met Kerstmis heb ik dus alle cadeaus georganiseerd. Ik heb zelfs een borrel gegeven op paps verjaardag en we hebben mijn piepkleine boompje opgetuigd.

We zijn allemaal een generatie opgeschoven, die dag dat Adam ons belde met het nieuws over Skye. Ik werd tante. Pap werd opa... We stonden allemaal op slag een treetje hoger. Gus verwoordde het het beste, toen ik hem de volgende dag in het ziekenhuis zag. Hij wierp me een van zijn ironische, komische blikken toe en zei: 'Nu zijn wij de kinderen niet meer, hè, Effie? We kunnen maar beter volwassen worden of zo.'

Hij heeft wel wat gedatet sinds Romilly, maar nog niemand voor de lange termijn gevonden. Pap datet ook. Het duurde even voordat alles weer tot rust was gekomen na het feest, maar een paar maanden later vertelde hij tijdens een van de gezamenlijke lunches die we tegenwoordig houden dat hij een bescheiden flat in Chichester had gekocht.

Het past wel bij pap, Chichester. Hij zeilt soms en zijn buurman is een oude vriend uit zijn studietijd. Sinds kort heeft hij het over een 'speciale vriendin' aan wie hij ons wil voorstellen, maar voorlopig houdt hij haar voor zichzelf. Geen foto's op Instagram deze keer. We zoeken hem vaak op, en de vorige keer, toen ik een wandeling over het kustpad maakte met Joe, zei ik zomaar tegen hem: 'Ben je niet blij dat pap hierheen is verhuisd?'

Bean is in de wolken in haar huisje met Adam en de kleine Skye die in haar kinderkamer ligt te borrelen. Ik vind het zalig om verloofd te zijn met Joe. (Afgezien dan van die afgrijselijk onflatteuze foto van me in de *Daily Mail* met als bijschrift: *Jeugdliefde van Hartendokter pronkt met nieuwe verlovingsring tijdens uitstapje naar koffietent*. Ik ging gewoon koffie halen!)

Ik heb ontzettend veel berichtjes gekregen van oude schoolvrienden, in de trant van *We wisten het wel!* en *Nu pas?!* Humph stuurde een uitgesproken charmante kaart en beloofde ons als huwelijkscadeau een alpacawollen deken van een van zijn zeventig nieuwe alpaca's. (Hij heeft de Spinken-methode vaarwel gezegd en noemt zichzelf nu 'veehouder'.)

En ik heb een baan. Eindelijk dan toch. Ik bleef onvermoeibaar solliciteren. Elke dag. Ik gaf niet op. Tot ik eindelijk beet had, bij een evenementenbureau dat ik al eerder had aangeschreven, maar dat nu een nieuwe vacature had. Ik werk er nog niet lang, maar tot nog toe gaat het goed.

Gus bloeit ook op. Sinds hij Romilly heeft gedumpt, is hij een ander mens. Hij gaat minder op in zijn werk en leeft meer in de echte wereld. Misschien omdat die nu aantrekkelijker voor hem is.

Onze familie is net zo'n spelletje waarbij je aan een plastic doosje moet schudden om alle zilveren balletjes in alle gaatjes te krijgen. Soms lijkt het onmogelijk, maar als je maar lang genoeg wacht, gebeurt het toch; uiteindelijk vinden we allemaal onze plek.

Als we van de kinderkamer de trap af lopen op weg naar de keuken, hoor ik pap met Adam over brooddeeg babbelen, en ik moet op mijn onderlip bijten om niet te lachen. Een van de dingen die we over Adam aan de weet zijn gekomen sinds hij zich bij onze familie heeft aangesloten, is dat hij bijna obsessief is als het om het bakken van brood gaat. Hij heeft pap al twee keer een zuurdesemstarter opgedrongen, en de starter is twee keer dood-gegaan omdat pap er niet goed voor zorgde, maar zo te horen gaat hij het nu voor de derde keer proberen.

'Ja, glutengehalte,' vang ik uit paps mond op als ik Beans keuken in loop. 'Absoluut. Daar moet ik om denken.'

'Hoor je dit geluid? Dat is wat je wilt horen…' Adam, die op een brood klopte, kijkt op als hij me ziet. 'Alles oké?'

'Ze is nog aanbiddelijker dan vorige week,' zeg ik met een ver-zaligde zucht.

'Vooral om drie uur 's nachts,' zegt Bean, die Skye in haar wipstoeltje zet, dat tweedehands is en opnieuw bekleed met een smaakvolle vintage stof, want Bean is Bean en ze doet niet aan 'als we maar een wipstoel hebben, de rest maakt niet uit'.

'Aperol Spritz?' Adam zet zijn brood op een rek.

'Ja, lekker!' zeg ik.

'Altijd.' Bean glimlacht naar hem. 'Ik zal de hummus pakken.'

We gaan naar Beans terras met onze drankjes, brood, dips en Skye, die met wipstoeltje en al in de schaduw wordt gezet, bij het oude stenen vogelbadje van Greenoaks. Het staat perfect in Beans tuintje. Beter dan ooit tevoren zelfs, want hier valt het echt op.

'Hallo, hallo!' klinkt Joe's stem door het gesprek heen, en hij komt via de zijgang de tuin in. 'Ik dacht wel dat jullie hier zouden zitten.'

Hij komt naar me toe voor een begroetingszoen en als hij een kneepje in mijn schouder geeft, voel ik die duizeling van ongeloof die ik soms nog krijg. Ik ben met Joe samen. Voor altijd. Het is allemaal goed gekomen. Het was op een haar na fout gelopen, maar het is goed gekomen.

Als Joe iedereen heeft begroet en zichzelf een drankje heeft ingeschonken, komt hij naast me zitten en laat me zijn telefoon zien.

'Dus… Ik heb een huis gevonden.'

'Wat?' Ik kijk op, meteen alert, want we zijn op zoek, maar het is ondoenlijk. Huizen zouden net zo goed dodo's kunnen zijn. Of ze kosten een triljoen pond, of… Nee, dat is het. Dat is het enige probleem. Ze kosten een triljoen pond. Tenzij je in de rimboe gaat wonen, zoals Bean, maar Joe moet naar het St.-Thomas Ziekenhuis en ik werk in Soho, dus we proberen iets in of in de omgeving van Londen te vinden. Zelfs Temi bijt op haar onderlip als ik haar vraag of ze iets voor ons heeft gevonden, en zij ziet zichzelf zo ongeveer als makelaar.

'Een huis,' herhaalt hij. 'En we kunnen het betalen.'

'Een huis?' Ik frons mijn voorhoofd. 'Nee. Een flat, bedoel je.'

'Een huis.'

'Een echt huis?'

'Het is… bijzonder. De makelaar zei tegen me: "Ik héb wel een huis, maar het is zo lelijk dat niemand het wil bezichtigen."'

'Lelijk?' Ik ga geboeid rechtop zitten en Joe grinnikt.

'Dat zei hij. Hij liet ook het woord "apart" vallen. Ik dacht dat je het wel zou willen zien.'

Hij geeft me zijn telefoon en ik zie een foto van het raarste huis dat ik ooit heb gezien. Het lijkt een stuk of vier soorten gevelbekleding te hebben, van baksteen tot nepsteen tot grindtegel tot een soort betimmering. Het heeft een scheve gevelspits en een verzakte veranda en er leunt een mottige boom tegenaan, maar het spreekt me aan. Het heeft vriendelijke lijnen. Het zegt: *Geef me een kans. Ik zal voor je zorgen.*

Ik scrol door foto's van een afschuwelijke woonkamer, een groene badkamer, een aftandse bruine keuken, drie slaapkamers en nog eens de buitenkant. Mijn hart stroomt al over van liefde.

'Jemig,' zegt pap, die over mijn schouder kijkt. 'Dat is echt lelijk.'

'Het is niet lelijk!' zeg ik afwerend. 'Nou ja, het is lelijk op een goede manier. Huizen horen een beetje lelijk te zijn. Dat geeft ze karakter.'

'Dat heb ik ook altijd gevonden.' Joe vangt mijn blik en ik weet dat hij het volkomen begrijpt.

'Ik bedoel, wie wil er nou een volmaakt paleis?'

'Mij niet gezien,' zegt Joe gedecideerd. 'Nooit.'

'Effie!' zegt Bean, die over mijn andere schouder gluurt, met afgrijzen in haar stem. 'Dat kun je niet menen.'

'Ik vind het prachtig,' zeg ik koppig. 'Het is helemaal mijn soort huis.'

'Maar die grindtegels!'

'Ik vind ze geweldig.'

'Maar die ramen dan.' Ze klinkt nu echt overstuur. 'En het kost een fortuin om ze te vervangen.'

'Ik vind het mooie ramen,' zeg ik opstandig. 'Die maken het huis áf.'

'Oké, kippenpootjes,' roept Adam, die met een bakplaat uit de keuken komt, en iedereen richt zich op het eten.

Als we allemaal aan de houten tafel zitten, hannesend met borden, kippenpootjes, servetten en glazen, luister ik met een half oor naar het gesprek over de kruidenmarinade, knikkend en glimlachend, maar tegelijkertijd blijf ik maar naar de foto's van het huis kijken, met een hoofd vol visioenen. Visioenen van de toekomst. Joe. Ik. Een lief, lelijk huis dat we ons eigen kunnen maken.

Allemaal mooie visioenen.

Dankwoord

Dank aan mijn wijze redacteuren: Frankie Gray, Kara Cesare, Whitney Frick en Clio Seraphin, samen met iedereen van Transworld.

Veel dank ook, als altijd, aan Araminta Whitley, Marina de Pass, Nicki Kennedy en iedereen bij The Soho Agency en ILA.